ULLSTEIN

ÜBER DAS BUCH

Die Einladung zum 25jährigen Ehemaligentreffen aus der Unizeit will Privatdetektiv John Marshall Tanner aus San Francisco eigentlich sofort ausschlagen. Schon weil sein Gefühl ihm sagt, eine solche Veranstaltung sei »unreif, reaktionär und in gerontologischer Hinsicht womöglich gar schädlich«. Er geht trotzdem und trifft dort nicht nur auf eine alte Jugendliebe – und zwar heftig –, sondern auch auf seinen Kumpel aus hoffnungsvolleren Tagen, Seth Hartman. Der hat sich als Rechtsanwalt in der Südstaatenstadt Charleston, South Carolina, auf Fälle von Rassendiskriminierung spezialisiert und nun dafür die Quittung erhalten: Wegen »Agitation für antiweiße und antichristliche Kräfte« wurde er von einem *Bund des Stolzen Südens* zum Tode verurteilt. Auf Bewährung immerhin, denn er hat 60 Tage Zeit zu verschwinden, bevor eine »Reinheitsbrigade« sich seiner annimmt. Seth bittet Tanner, ihn nach Charleston zu begleiten und für ihn nach der obskuren Organisation zu fahnden, die ihm nach dem Leben trachtet. Als Klan-Mäzen aus Denver getarnt, gelingt es ihm schließlich, mit der Gruppe Kontakt aufzunehmen.
Die Krimis von Stephen Greenleaf sind jenseits der Illusion und des Instant-Thrills angesiedelt: realistisch, philosophisch und literarisch sind sie für Leser geschrieben, die ohne Krimi nicht ins Bett gehen und auch keine Angst haben, von ihm zu träumen.

ÜBER DEN AUTOR

Stephen Greenleaf hat – wie sein Held Tanner – eine juristische Karriere hinter sich. Er war praktizierender Anwalt in Monterrey und San Francisco und außerordentlicher Professor für Strafrecht, bevor er sein Leben in Seattle settelte und sich vornahm, sein Geld fürderhin auf anständige Weise zu verdienen.

STEPHEN GREENLEAF

Kreuz des Südens

Krimi

Aus dem Amerikanischen
von Karsten Singelmann

ULLSTEIN GELBE REIHE

Ullstein Buchverlage GmbH & Co. KG,
Berlin
Taschenbuchnummer: 24599

Juli 1999

Umschlaggestaltung: Vera Bauer
Bildagentur: Mauritius

Taschenbuchausgabe mit freundlicher
Genehmigung des
Haffmans Verlags, Zürich

Printed in Germany 1999
Gesamtherstellung: Ebner Ulm
ISBN 3 548 24599 4

Gedruckt auf alterungsbeständigem
Papier mit chlorfrei gebleichtem
Zellstoff

Die Deutsche Bibliothek –
CIP-Einheitsaufnahme

Greenleaf, Stephen:
Kreuz des Südens : Krimi /
Stephen Greenleaf. Aus dem Amerikan.
von Karsten Singelmann. –
Berlin : Ullstein, 1999
(Ullstein-Buch ; 24599)
ISBN 3-548-24599-4

1

Vielleicht lag es daran, daß es einer dieser nebligen Tage in San Francisco war, die einen glauben machen, daß die Sonne nichts mehr mit uns zu tun haben will. Oder vielleicht war es, weil ich im vergangenen Monat weniger als tausend Dollar verdient und meine Bankerin wie eine Geisha gekichert hatte, als ich andeutete, daß ich einen Kredit vertragen könnte, um mich bis zum Ende der Rezession über Wasser zu halten. Oder vielleicht war es auch, weil meine Bankerin sechsunddreißig und hinreißend ist, ich dagegen achtundvierzig und übergewichtig, und sie sich nicht einmal die Mühe machte zu erröten, als ich mit ihr flirtete. Warum auch immer, jedenfalls lehnte ich die Sache mit dem Klassentreffen von dem Moment an ab, da ich mit ihr konfrontiert wurde.

Als die Post mir die erste von einem Dutzend noch folgenden, zunehmend aufdringlichen und in aller Unschuld flehentlichen Ankündigungen auf den Schreibtisch wehen ließ, reagierte ich in erster Linie mit Bestürzung – darüber, daß so viel Zeit vergangen war; daß ein solch unliebsamer und scheinbar weit entfernter Meilenstein jetzt tatsächlich vor der Tür stand; daß ich sage und schreibe jetzt auch zu diesen Leuten gehörte, die ich früher, aus der arroganten Warte der Jugend, für lächerlich altmodisch und eher mitleiderregend gehalten hatte; daß ich wahrhaftig, plötzlich und endgültig, auf die falsche Seite der Altersskala gepurzelt war. Und wie es bei solchen idyllischen Innenschauen meistens ist: je länger ich darüber nachdachte, desto schlimmer wurde es.

Die eher vernunftgeleitete Reaktion, die ich noch am selben Abend im Zuge eines stummen Monologs im Guido's formulierte, stellte meine Abneigung gegen die Veranstaltung auf eine anspruchsvollere Grundlage: das ihr zugrundeliegende

Gefühl sei unreif, reaktionär und in gerontologischer Hinsicht womöglich schädlich; in meinem Alter sei die einzig vernünftige Blickrichtung die nach vorn – Nostalgie sei dagegen eine Krücke für die in ihrer Entwicklung Stehengebliebenen und beruflich Gescheiterten, und ich gehörte natürlich weder zu diesen noch zu jenen; das Gedächtnis sei zu verdreht, als daß man darin herumpfuschen sollte – die guten Zeiten waren gar nicht so gut gewesen, und die schlechten noch viel schlimmer. Alles zusammen also Grund genug, das Vergangene gut sein und die Toten selig ruhen zu lassen.

Aber die Philosophiererei zeigt nur Möglichkeiten auf; an einem bestimmten Punkt muß man handeln, und dann läuft es doch so ziemlich aufs Würfeln hinaus. In diesem Fall schien der ausschlaggebende Faktor der zu sein, daß ich mir angesichts meiner finanziellen Lage die Reise selbst dann nicht hätte leisten können, wenn ich gewollt hätte. Also kreuzte ich das Kästchen an für »Werde nicht teilnehmen« und verzichtete darauf, weitere biographische Daten mitzuteilen als Namen, Adresse und – nach lebhafter innerer Debatte und einer Durchsicht aller einschlägigen Euphemismen – meine derzeitige Beschäftigung. Nachdem ich dann noch einen überaus salbungsvollen Sendboten abgewiesen hatte, der in meinem Büro aufgetaucht war, um mich mit weit weniger Takt, als es seiner Mission zuträglich war, zu einer absurd hohen Spende für den Entwicklungsfonds zu bewegen, hielt ich die Angelegenheit für erledigt.

Und dann stand ich, sechs Monate nach dem letzten Gelöbnis meiner Nichtbeteiligung, doch irgendwie in einer unzureichend beleuchteten Turnhalle auf dem Campus eines winzigen, geisteswissenschaftlich orientierten Colleges im Herzen des nördlichen Mittelwestens, zweitausend Meilen von zu Hause entfernt, und wartete darauf, daß mir mein Namensschild, ein T-Shirt sowie ein Veranstaltungskalender für das Wochenende zugeteilt würden, damit ich mich alsdann Hals über Kopf in die Feierlichkeiten zum fünfundzwanzigsten Jahrestag meines Studienabschlusses an eben diesem Institut stürzen könnte. Falls man mich nach dem Grund für diesen Meinungswandel fragt: ich würde sagen, teilweise hatte es damit zu tun, daß ich gerne wissen wollte, wie ein Haufen von Ärzten und Rechtsanwälten und leitenden Versicherungsangestellten reagieren würde, wenn man ihnen einen leibhaftigen Privatdetektiv vorsetzte.

Ein etwas wesentlicherer Beweggrund hing allerdings mit dem Alter zusammen. Die Fünfzig türmte sich vor mir auf wie das Matterhorn; ich würde einen Anstoß brauchen, um den Aufstieg zu bewältigen. Wenn es gelänge, meine seelischen Batterien wieder aufzuladen, meinen Vorrat an Hoffnung wieder aufzufüllen, weitere Gründe dafür zu finden, das zu tun, was ich tat, dann hätte das Klassentreffen seinen Zweck schon erfüllt. Aber optimistisch war ich nicht.

Während die Anmeldungsschlange unmerklich kürzer wurde, klopfte mir das Herz, als hielte mir jemand eine Pistole unter die Nase, und meine Nerven waren angespannt, als lägen besoffene Enthüllungen und zwanghafte Verbrüderungen bereits hinter mir, statt unmittelbar bevorzustehen. Meine Augen tanzten wie übermütige Spatzen – ich wollte nicht unnahbar erscheinen, aber ich wollte auch niemandem unter die Augen treten, den ich, obwohl ich es müßte, womöglich nicht erkannte. Die Haltung, die ich schließlich einnahm, war die, daß ich vergeblich keine Ahnung hatte, was der ganze Aufruhr eigentlich sollte; ich war ja nur da, um den Zähler abzulesen. Diese kleine Nummer brachte mich allerdings lediglich über die nächsten drei Minuten.

Und während mir also derlei echte und eingebildete Dilemmata durch den Kopf wirbelten wie Socken in der Trockenschleuder, landete mit dem Feingefühl eines Zementsacks eine Hand auf meiner Schulter. »Tanner, du Arschloch. Wieso hast du nie auf meinen Brief geantwortet?«

»Meinst du den, den ich '72 gekriegt hab? Der ankündigte, du würdest für einen Tag nach San Francisco kommen und dich mit mir treffen wollen? Der eine Woche nach dem Tag kam, an dem du eintreffen wolltest? Du hattest nämlich keinen Absender angegeben, du Schwachkopf.«

Ich hatte den größten Teil meiner Ansprache schon beendet, bevor ich mich dem Adressaten zuwandte, niemand anderem nämlich als Gilbert Huxley Hayward, einem meiner besten Freunde jener Jahre, dem liebenswertesten und zugleich nervtötendsten Menschen, dem ich je begegnet war.

Ich war schon drauf und dran, ihn aufs wärmste zu begrüßen, aber als ich ihn in meiner Bifokalbrille fixiert hatte, fürchtete ich, mich geirrt zu haben. Das weiße Haar, der aufgeschwemmte Körper, die von einem Nikolausbart überwucherten Wangen: alles deutete darauf hin, daß mein Erkennungssystem versagt hatte.

»Gil?«

Sein Lächeln war so gewaltig wie sein Bauch, den er wie einen Kürbis tätschelte, dort, wo sein Gürtel von der Wölbung verdeckt war. »Ganz zu Diensten.«

»Was zum Teufel ist passiert?«

Sein Ego war unversehrt, und sein Lachen kam ohne falsche Hemmungen, das mußte man ihm lassen. »Das gleiche wie bei dir, du Schleimscheißer. Ich schätze, es gibt wohl keine Spiegel bei dir zu Hause, sonst hättest du mitgekriegt, daß du heutzutage mehr Ähnlichkeit mit Tom Foley hast als mit Tom Cruise. Wie entsetzlich, daß ausgerechnet ich es dir sagen muß.«

Ich lachte, um meine Taktlosigkeit zu überspielen. »Schön, dich wiederzusehen, Gil.«

»Yeah. Ist lange her und dieser ganze Scheiß. Nehme an, die passenden Klischees sind alle aufgebraucht.« Er blickte sich in der Turnhalle um, eher widerwillig als ehrfürchtig. »Weißt du noch, wie mir hinter den Ringermatten schlecht geworden ist und ich die ganze Nacht eingeschlossen war und wie Dekan Antley die Bullen gerufen hat, weil er dachte, ich sei entführt worden?«

»Weißt du noch, wie du mir Sonnenöl in mein Rasierwasser getan hast und ich dachte, ich hätte die Pocken?«

»Weißt du noch, wie wir Jansons Schuhe mit Klebstoff gefüllt haben?«

»Weißt du noch, das Waschmittel im Schwimmbecken?«

»Weißt du noch, Susan Willoughbys Titten?«

Ich wußte das alles noch, und auch noch mehr, und Gil ebenfalls. Wir nahmen uns ein bißchen Zeit für diese schöne Übung. Das Schwellen meiner Brust überraschte mich.

»Und wie vertreibst du dir heutzutage so die Zeit?« fragte ich, als die Erinnerungen sich etwas zurückgezogen hatten.

»So wie immer – reich werden und flachgelegt werden. Ist auch gar nicht mal so schwierig in New Jersey.«

Ich schlug einen Bogen um sein Geschlechtsleben. »Womit verdienst du deinen Lebensunterhalt?«

Das Thema lag anscheinend unter seiner Würde. »Mit allem möglichen«, sagte er achselzuckend.

»Frau und Kinder mitgebracht?«

Gil schüttelte den Kopf. »Sagten, sie hätten über den Laden noch nie etwas gehört, was sie neugierig gemacht hätte; außerdem hatte die Jüngste Karten für Kris Kross. Was immer das sein mag.« Er faßte mich schärfer ins Auge, so als hätte er ein übles Gerücht gehört, könne sich aber nicht genau erinnern, worum es da ging. »Und du? Hast irgendeine Familie hier rumlaufen?«

»Hier nicht, und auch sonst nirgends.«

»Willst du mir erzählen, daß du nie verheiratet warst?«

»Korrekt.«

»Aber du hast mit jemandem zusammengelebt, oder?«

»Nicht länger als ein verlängertes Wochenende.«

Gil schüttelte den Kopf. »Gottogott. Daß du nicht andersrum bist, weiß ich, es sei denn, die hätten da draußen irgendwas im Wasser, das die ganze Sexgeschichte auf den Kopf stellt, was man, wenn man sich's genau überlegt, wirklich mal überprüfen sollte, wenn es nicht schon längst geschehen ist.« Gil setzte einen cleveren Gesichtsausdruck auf, und sein Ellbogen bohrte sich spitz in meine Rippen. »Ich kenne jemanden, der sich freuen würde zu hören, daß du die Herde noch nicht im Stich gelassen hast, Cowboy.«

Mein Magen flatterte, krümmte sich zusammen und drückte sich dann nach oben. »Du meinst hoffentlich nicht Libby.«

Sein Grinsen spielte ins Schwachsinnige. »Sieht auch noch ausgesprochen appetitlich aus. Da würde ich glatt Eintritt zahlen fürs Zugucken.«

Ich versuchte ihn zu beruhigen, wohl wissend, daß Ruhe und Gil Hayward einander schon immer völlig fremd gewesen waren. »Ich bin sicher, daß sie einen Mann dabei hat; sie hat ein Jahr nach unserem Abschluß geheiratet.«

Gil schüttelte den Kopf. »Sie befindet sich gerade zwischen den Ehemännern zwei und drei, und die Nummer drei ist noch nicht auf der Bildfläche erschienen – ihre eigenen Worte. Du hast also freie Bahn.«

»Klasse.« Mein Magen entschloß sich zu einem zweiten Überschlag.

»Komm schon«, drängte Gil und klopfte mir erneut auf den Rücken. »Erledige den Papierkram und folge mir. Wir sind drüben im Milton, dasselbe Stockwerk wie in unserem ersten Jahr. Hartman ist auch schon da und versucht herauszufinden, wie er seinen Koffer aufkriegt. Hast du 'n Auto?«

Ich nickte. »Mietwagen.«

»Gut. Dann können wir eine kleine Tour übern Kiez machen, falls unsere Klassenkameraden noch genauso langweilig sind wie früher. Erinnerst du dich noch an die Stadtmäuse, die wir einmal in der Pizzeria aufgelesen haben?«

»Lieber nicht.«

»Komm schon, Tanner; die waren gut dabei.«

»Das war ein einziger Jammer; heutzutage würde so was als glatte Vergewaltigung gelten.«

Gils Gesicht bewölkte sich, so wie sich Texas bewölkt – alles wird mit einem Mal schwarz, und der Donner rollt. Plötzliche Gewaltausbrüche waren schon immer sein Markenzeichen gewesen, und für einen Moment dachte ich, er würde mir eine scheuern. Aber seine Fäuste entkrampften sich schnell, und er begnügte sich mit einer wegwerfenden Bemerkung. »Daß sie keine Einladung verschickt haben, heißt noch lange nicht, daß sie's nicht wollten. Es war das Lebensziel der Stadtmäuse, mit College-Jungens zu vögeln.«

»Mir ist so, als hätte es ziemlich lange gebraucht, bis deine mit dem Heulen aufhörte«, sagte ich steif und bereute es sofort. Daß es bei mir an jenem Abend nicht zu Handgreiflichkeiten mit dem Mädchen, das ich abgekriegt hatte, gekommen war, hatte mehr mit Suff als mit Edelmut zu tun gehabt, und überhaupt war die Vergangenheit unwiderruflich vergangen. Und dennoch, selbst wenn unser Verhalten vielleicht weniger einseitig gewesen war, als ich wiedergegeben hatte: diese Episode stellte einen jener jugendlichen Exzesse dar, die einen Splitter in der Seele hinterlassen; etwas, von dem du hoffst, daß es nie wieder passiert; etwas, von dem du nicht glauben kannst, daß du es getan hast.

Etwas, für das du Buße tun mußt.

»Komisches Gefühl irgendwie, hier ein Auto zu haben«, sagte ich auf dem Weg zum Parkplatz, indem ich auf eine jener zahllosen Regeln anspielte – neben dem vorgeschriebenen Kirchgang am Sonntag und dem Schlips-und-Kragen-Zwang beim Abendessen –, mit denen die Anstalt sich den Eltern beruhigend als Stätte der Erziehung, deren Kindern aber peinigend als Anachronismus darstellte.

»Yeah«, schimpfte Gil, dessen Begeisterung schon wieder

abflaute. »Es wäre fast erträglich gewesen, wenn wir fahrbare Untersätze gehabt hätten.«

Ich machte Gil die Wagentür auf, warf mein Jackett auf den Rücksitz und stieg auf der Fahrerseite ein. Bevor ich den Motor anließ, öffnete ich den Packen mit den ganzen Unterlagen für unser Treffen und warf einen Blick auf den Plan des heutigen Tages. Schon die erste flüchtige Lektüre verriet mir, daß die Vergnügungen anscheinend mit einem fröhlichen Singen im neuen Theater beginnen, bei einem Tanz in der alten Turnhalle ihren Höhepunkt erreichen und mit einem Treffen der Anonymen Alkoholiker im Keller der Schulkapelle ihren Ausklang finden sollten.

Mein Gefühl sagte mir, daß die Sache sich das ganze Wochenende über mindestens auf diesem Schrägheitsniveau halten würde.

2

Die Fahrt zum Wohnheim war kurz – jede Fahrt innerhalb des Campus war zwangsläufig kurz –, aber sie war lang genug, um eine langgehegte Erinnerung zu bekräftigen: Das Gelände meiner Alma mater gehörte zu den schönsten Fleckchen Erde überhaupt. Ausgreifende Rasenflächen, riesige Eichen und Ulmen und Ahornbäume; majestätische Gebäude; blühende Gärten; Hügel und Täler und Seen und Bäche. Anregend, das Ganze, damals genau wie heute, aber gleichzeitig auch irreführend und geradezu trügerisch.

Denn zum einen war jetzt Sommer, so daß sich die Flora auf dem Höhepunkt ihrer Blüte befand, während sie über weite Strecken des Schuljahres sich in verlotterte Lustlosigkeit einrollte. Jene trüben grauen Wintermonate waren immer gut für jähe Temperamentsausbrüche und Stimmungsschwankungen – Romanzen scheiterten, Freundschaften brachen auseinander, Studien wurden vernachlässigt, oftmals war es nicht wiedergutzumachen. Das langsame Vordringen des Frühlings konnte die Sache nicht eigentlich mehr retten, nicht mal in jenem Jahr, als das Baseball-Team ein Saisonergebnis von 26:5 Siegen erzielte und Gil und ich in die Liga-Auswahl berufen wurden.

Schwerwiegender als die unmäßigen botanischen und meteorologischen Bedingungen war mein Gefühl – das sich auf einen Groll stützte, von dem ich nichts geahnt hatte, bevor ich an diesem Morgen das Flugzeug bestieg –, daß die Sorgfalt, mit der die Anlagen und Gebäude, ebenso wie das darin pulsierende Streben und Trachten, behandelt wurden, entschieden im Gegensatz stand zur Vernachlässigung dringlicherer Bedürfnisse. Der völlige Mangel an Beratung, oder auch nur merkbarem Interesse, hinsichtlich solcher Fragen wie Berufswahl, sozialer Kompetenz oder auch Symptomen von persönlichen Funktionsstörungen ließ viele von uns, mich eingeschlossen, in einem Nebel stochern, der uns häufig in die Irre führte. Am Tag meines Abschlusses, als ich hinaus in die Welt geschickt wurde, da hatte ich mehr Kenntnisse über die Renaissance als über mich selbst.

Aber während ein Teil von mir noch mit Schuldzuweisungen beschäftigt war, gestand der größere Teil schon ein, daß ich nicht gerecht war. Meine eigene Erfahrung ließ sich schließlich nicht unbedingt verallgemeinern. Ich war kein Gelehrtentyp, nicht von jener Leidenschaft ergriffen, die mir einen deutlichen Weg zu Karriere oder Bestimmung gewiesen hätte; in meiner Unsicherheit, wer ich war und was ich wollte, mußte ich aus externen Quellen schöpfen, was die meisten meiner Klassenkameraden hier drinnen fanden. Der Wunsch, dem College die Schuld zu geben für den lahmen Schwung in meinem Leben, gestand diesem zudem mehr Zauberkraft zu, als es hatte und haben konnte. Das änderte aber nichts daran, daß ich mich fragte, wie wohl meine Kameraden die Konturen ihres Lebenslaufes nach dem von der Schule initiierten Startschuß einschätzten – sahen sie sich als prädestinierte Erfolgsmenschen von großem Zuschnitt oder, so wie ich, als illegitime Sprößlinge eines beliebigen Zufalls? Vorläufig begnügte ich mich jedoch damit, anzuerkennen, daß das College ein ganz reizender Ort war, dessen Oberfläche einen stolz machen konnte. Was sich hinter den heroischen Steinfassaden und dem trüben Lächeln des Lehrkörpers verbarg, das war schon sehr viel problematischer.

Ich parkte das Auto, hievte meine Tasche aus dem Kofferraum und schleppte sie dem Anmeldungsschalter entgegen, Gil immer vorneweg, so wie der Tackle den Fullback bei einem Power-Sweep-Angriff führt, und genau das hatte er früher ja auch oft für mich getan. Obwohl die meisten Gesichter in der Menge mir vertraut waren, in dem Sinne, wie einem auch die

Reklametafeln neben dem Highway vertraut sind, hatte ich Schwierigkeiten, die dazu passenden Namen zu finden. Wie ein Eichhörnchen umherzappelnd, behalf ich mich mit eher allgemeinen Gesten der Begrüßung, die mit gleicher Unverbindlichkeit erwidert wurden. Als ich soweit war, meinen Zimmerschlüssel in Empfang zu nehmen, hatte ich entschieden, daß mein ursprünglicher Impuls angemessen gewesen war – meine Teilnahme war ein großer Fehler, der sich nur noch verschlimmern würde, sobald die Feierlichkeiten eskalierten.

Ich war gerade dabei, eine Rückzugserklärung zu formulieren, als Seth Hartman an meiner Seite auftauchte, wundersamerweise noch genau so aussehend wie an dem Tag, als wir uns kennengelernt hatten und sofort dicke Freunde geworden waren, nämlich am zweiten Tag der Orientierungseinheit für die Studienanfänger, wo wir festgestellt hatten, daß wir beide *Goodbye, Columbus* lasen, während wir darauf warteten, für das Bestiarium fotografiert zu werden. In meiner Stimmung so haltlos schwankend wie zu schlimmsten Studienzeiten, war ich jetzt schon wieder froh, an Ort und Stelle zu sein.

»He, Marsh«, sagte Seth, und sein Grinsen war gleichzeitig schief und schüchtern und aufrichtig.

Ich grinste breit zurück und schüttelte ihm die Hand. »Was immer du auch nimmst, es wird dich reich machen, wenn du es per Versand verkaufen kannst.«

Seine blauen Augen funkelten vor Vergnügen. »Falls du auf mein unversehrt jugendliches Aussehen anspielst, so muß ich dies der Reinheit meines Herzens und Geistes zuschreiben, sowie einem allabendlichen Schluck Jack Daniel's gegen die Kälte.«

»Ich dachte, in Charleston wird es nie kälter als dreißig Grad im Schatten.«

Das Grinsen machte Platz für einen Aphorismus. »Kälte kommt nicht immer von außen. Das dürfte dir bekannt sein.«

Ich versuchte zu erkennen, ob da irgendwo eine Botschaft drinsteckte, aber das Ergebnis war unbestimmt. Seth Hartman schien den Heckenschützen der Zeit in jeder Hinsicht entgangen zu sein. Sein Körper war so fließend und geschmeidig wie eh und je, seine Haare noch immer in perfekter Oberschüler-Manier geschnitten, wenn auch vielleicht mit ein paar grauen Einsprengseln. Er hatte ein scharf umrissenes und markiges Kinn, straffe und von der südlichen Sonne gebräunte Haut, seine Kleidung bestand aus einer ungewöhnlichen Kombination von leichtem Leinen und weichem Leder. Während ich ihn so beobachtete, wie er die Begrüßungen anderer Leute entgegennahm und sie entspannt und liebenswürdig erwiderte, wurde klar, daß Seth immer noch hell und schnell, witzig, vornehm und zurückhaltend war, ein Star wider Willen, genau wie in den alten Zeiten, als ich mich unverfroren in seinem Glanz gesonnt hatte, welcher weniger in dem gründete, was er tat, als schlicht in dem, was er war. Man konnte ohne Übertreibung sagen, daß meine Freundschaft mit Seth Hartman die bemerkenswerteste Errungenschaft jener vier Jahre meiner Jugend darstellte.

»Wirklich schön, dich zu sehen, Marsh«, sagte Seth.

»Dich auch.«

»Ich hätte dich beinahe angerufen, als diese Klassentreffengeschichte aufkam. Hab mir deine Nummer von der Auskunft besorgt und alles, aber ich konnte mich nicht überwinden, den Hörer abzunehmen.«

»Das kann ich verstehen«, sagte ich, weil es so war. Seth und ich waren einander einst zentrale Bezugspersonen gewesen, hatten ein wechselseitiges Hilfsunternehmen gebildet, das mal den einen, mal den anderen über die Schikanen und Hindernisse der Reifeprüfung hinwegtrug. Ich glaube, ein Grund dafür, daß wir seitdem getrennt geblieben waren, lag darin, daß jeder erneuerte Kontakt dieses Band nur hätte schwächen können.

»Du lebst immer noch in San Francisco, ja?«

»Richtig.«

»Und bist immer noch ... wie soll ich's nennen? Privatdetektiv, Schnüffler, das klingt so nach *film noir.*«

»Tja, das bin ich. *Noir* durch und durch.«

»Darüber müssen wir uns mal unterhalten, ich möchte wissen, wie man vom Rechtsanwalt zum Spürhund wird.«

»Das machen wir, nachdem wir geklärt haben, warum du New England gegen South Carolina eingetauscht hast. Ich bin nicht gerade ein Experte, aber dein Akzent klingt wie frisch von der Plantage. Möchte wetten, du hast deinen Erstgeborenen Rhett genannt.«

Die Apparatur seines Gesichts schien vorübergehend per Knopfdruck abgestellt worden zu sein: Der Glanz erlosch in seinen Augen, und sein Lächeln wurde ganz steif vor Anstrengung. Aber gleich darauf war sein soziables Netz wieder *on line* geschaltet, und er machte eine extravagante Verbeugung aus der Hüfte. »Wohl bin ich ein Sohn des Südens. Du solltest mich sehen, wie ich des Abends die Tradd Street hinunterwandle in meinem weißen Anzug und meinem Gehstock.«

Komischerweise konnte ich mir das ganz leicht vorstellen.

»Ich habe übrigens das Zimmer neben dir«, sagte Seth, indem er auf seine Uhr schaute. »Nur für den Fall, daß du Alpträume haben solltest.«

»Vor einer Minute war ich mir noch sicher, daß das ganze Wochenende ein einziger Alptraum werden würde.«

Seth lachte. »Kann man jetzt noch nicht sagen, schätze ich, aber ich weiß, was du meinst. Und so wie ich dich kenne, hast du deine Flucht schon vorbereitet: Motel in der Stadt, und dann am Sonntag morgen ab zum Flughafen, ohne jemandem auf Wiedersehen zu sagen. Hab ich recht?«

Ich merkte, wie ich rot wurde. »So ungefähr.«

»Halte wenigstens eine Nacht durch. Versprochen?«

Ich zuckte die Achseln. »Klar.«

Während Seth mir auf die Schulter klopfte, war ich ganz froh darüber, daß er mich durchschaut hatte, daß wir auch nach so langer Zeit noch instinktiv in die gleiche Richtung dachten.

»Also, was steht an?« fragte ich, wobei ich erneut auf die Tagesordnung schaute, diesmal allerdings, ohne daraus schlau zu werden.

»Jetzt gleich?« Seth kontrollierte seine Notizen. »Empfang im Haus des Präsidenten, danach eine Podiumsdiskussion unter dem Titel ›Wo wir herkommen und wo wir hingehen und wie wir sicher sein können, dort anzukommen.‹ Gil ist einer der Initiatoren, das mag dir eine Vorstellung davon vermitteln, wie differenziert die Diskussion ausfallen wird. Danach ein Konzert des Klassenpianisten und eine Lesung des Klassendichters und ein Film des Klassenfilmemachers. Dann Abendessen, dann Freizeit, dann eine Strumpftanzparty in der Turnhalle.

»Du hast das A. A.-Treffen vergessen.«

»Richtig.« Seth blinzelte und sah mich an. »Ist das für dich von speziellem Interesse?«

»Noch nicht. Und bei dir?«

Er schüttelte den Kopf. »Das Saufen ist das geringste meiner Probleme.« Seths Blick wurde für einen Moment ernst, wechselte aber umgehend ins Verschmitzte. »Den wichtigsten Punkt habe ich ganz vergessen.«

»Welchen denn?«

»Das Kollegium macht Tag der offenen Tür – fünf Uhr in der Bibliothek. Sieh zu, daß du rechtzeitig da bist, damit du auch schön die zärtlichsten Erinnerungen mit ein paar von deinen Lieblingsprofs austauschen kannst.«

Ich fluchte. »Da gibt es kein einziges Kollegiumsmitglied, das je auch nur meinen Namen gekannt hätte. Vielleicht sollten wir uns lieber zum Dings davonschleichen, wie hieß noch dieses . . .«

»The Jabberwock. So schnell hast du also dein zweites Zuhause vergessen.«

»Eigentlich konnte ich den Laden nie ausstehen. Roch da immer nach Kerosin oder was.«

»Ich glaube, das war eher der Gestank des Betrugs am verhungernden Studenten.« Seth sah wieder auf seine Uhr. »Ich muß ein paar Anrufe erledigen. Falls ich dich beim Abendessen nicht sehe, kannst du mich dann um neun hier treffen? Vielleicht können wir uns ein bißchen aus dem Trubel zurückziehen und eine Weile klönen. Alles auf den neuesten Stand bringen und so.«

»Klar.«

»Und vielleicht auch nur wir beide? Für 'ne Stunde oder so? Falls er sich uns anschließen möchte, sag Gil doch, daß wir ihn um zehn im Jabb treffen.

»Okay.«

»Gut. Bis später dann.«

»Alles klar.«

Seth wandte sich zum Gehen, zögerte dann und drehte sich um, ohne mir ganz in die Augen zu blicken. »Du hast mir gefehlt, Marsh. Ich wünschte, ich hätte schon längst was dagegen unternommen.«

»Geht mir auch so.«

»Wir müssen das ab sofort wiedergutmachen.«

»Genau.«

»Genau. Gut, bis nachher.«

»Okay, bis nachher.«

Als er forteilte, um seine Anrufe zu machen, fragte ich mich, was hier eigentlich los war. Nicht mit dem Konzert oder dem Tag der offenen Tür oder der Podiumsdiskussion. Sondern mit meinem Freund Seth Hartman.

3

Plötzlich war ich allein, inmitten von Leuten, die ich einst beneidet und gemieden hatte, bewundert und gefürchtet, begehrt und umgangen. Jetzt wußte ich nicht mehr so recht, warum das alles so kompliziert gewesen war.

Ich schleifte meine Tasche in mein Zimmer, kam zu der Überzeugung, daß ich schon in einladenderen Gefängniszellen übernachtet hatte, und kehrte dann in den Gemeinschaftsbereich zurück. Als ich mir meinen Weg durch die Menge bahnte, war ich scharf auf eine Tasse Kaffee und einen unauffälligen Abgang; es war nur die Etikette, die mich von letzterem abhielt.

Mit dem Styroporbecher in der Hand beschloß ich, ein wenig zwischen den Gebäuden und durch die Haine, Tore und Gärten zu spazieren, um welchen Erinnerungen auch immer nachzuhängen, die sich dort regen mochten. Meine Route verlief ohne Plan und ohne bestimmte Richtung, ganz im Einklang mit meiner gegenwärtigen Stimmung und meinem akademischen Werdegang. Der Himmel war teilweise bewölkt, was sich ebenfalls gut ins Gesamtbild einfügte.

Die ramponierte Lounge im Gebäude der Studentenvereinigung, wo ich Jahrhunderte beim Kartenspiel vergeudet hatte; das gotische Wohnheim, in dem ich mein Abschlußjahr vergammelt hatte; die Bauhaus-Bibliothek, in der ich allzu viele Abende verbracht und mit den Zumutungen der Anstalt gehadert hatte; die antike Einrichtung der Teestube, wo wir uns, nachdem wir aus der Bibliothek verscheucht worden waren, mit den neuesten Beweisen unserer Brillanz gebrüstet hatten; während der nächsten Stunde kehrte ich an diese und noch andere Stätten zurück, einschließlich der Kapelle, die mich im Winter meines zweiten Jahres nicht losgelassen hatte, als ich im Banne verschiedener religiöser Erlebnisse stand, wie sie mir seitdem nicht annähernd wieder untergekommen sind.

In ästhetischer Hinsicht war das alles ganz angenehm, und die Erinnerungen, die kamen und gingen, waren nicht gänzlich abstoßend. Der Spaß, der ja durchaus vorgekommen war, hatte hauptsächlich in Abenteuern gelegen – Überfälle auf andere Wohnheime oder andere Schulen auf der Suche nach harmloser Beute; Partys mit ergreifenden oder grotesken Vorfällen; Vorführungen, die meinem unerleuchteten Geist zeitlose Wunder eröffneten. Die schlechten Zeiten schienen denkwürdiger, weil sie quälend gewesen waren: verfehlte Ziele, vertane Freundschaften, zerbrochene Romanzen, ganze Schatzkammern voller Wissen, die man übersehen oder, nachdem erforscht, wieder vergessen hatte.

Wenn ich im ersten Semester nach meinen Zielen gefragt worden wäre, hätte ich sie für denkbar einfach erklärt: ich wollte witzig und intelligent sein, kultiviert und gebildet, philosophisch und komisch, ausdrucksstark und ironisch. Ich wollte von allem etwas wissen und von manchem alles. Ich wollte geschätzt, und ich wollte geliebt werden. Dann verflogen die vier Jahre, und als ich mich verabschiedete, war ich nichts von alledem geworden. Ich hatte keine Ahnung, wieso.

Bei allem Ansturm der Erinnerungen blieb doch meine den Spaziergang anfeuernde Erwartung unerfüllt, die Hoffnung, daß diese Reise mir Einsichten oder gar Veränderungen bescheren würde. Mich überkam lediglich die Erkenntnis, daß das Leben, das ich führte, mit jenem, das ich angestrebt hatte, nur äußerst triviale Übereinstimmungen aufwies und in vielerlei Hinsicht das genaue Gegenteil darstellte. Im Unterschied zur Welt der Vernunft und Zurückhaltung, der meine Erziehung mich entgegengeführt hatte, war die Welt, in der ich lebte und arbeitete, geprägt von Gewalt und Grausamkeit, Eifersucht und Gier, Schande und Abhängigkeit, Schmerz und

Erniedrigung. Und so drängte sich die Schlußfolgerung auf, daß die an diesem College verbrachte Zeit jedenfalls für mich, der ich von hier ein ganzes Bündel von Fehleinschätzungen mitgenommen hatte, an denen ich mich bis zum heutigen Tag abarbeitete, weniger ein Segen als ein Fluch war.

Der Rosengarten war meine letzte Station; es war dies der einzige Schauplatz, der besonderer Notiz bedurfte, die einzige Szene, für die ich das Drehbuch geschrieben hatte. Ich betrat das Arboretum mit Ehrfurcht, bewegte mich auf kühlen Wegen auf seine Mitte zu und bemerkte dann, daß ich nicht allein war.

Es war, als wären wir Schauspieler in der Fortsetzung eines Filmklassikers und die Kamera führe nach hinten weg, während die Kabelträger und Tonleute im Unterholz steckten: So stand Libby Grissom neben einem hybriden Teerosenstrauch, genau an dem Punkt, an dem ich mich erstmals getraut hatte, meine Gefühle für sie auszusprechen. Damals wie heute sprach der Moment jeglicher Zeitauffassung hohn, trennte und verschmolz zugleich, drückte die Gegenwart wie eine Ziehharmonika zusammen, um sie sogleich wie einen Pizzateig auseinanderzuziehen. Mit stoßendem Atem und ganz kribbelig vor Ungewißheit wartete ich darauf, daß irgend etwas passieren möge, ohne sagen zu können, was dieses Etwas hätte sein sollen.

In ihrem eigenen Zeittaumel gefangen, den Blick von einer makellos gelben Blüte gebannt und beide Hände in nervöser Bewegung, bemerkte Libby mich zunächst nicht. Ihrem Gesichtsausdruck nach zu schließen, war die Begleitmusik zu ihrer Trance eher ein Klagegesang als ein Menuett. Ich litt keinen Zweifel, daß ich die Quelle dieses Liedes war.

Sie wirkte größer als früher, vielleicht weil sie schlank war wie eine Zeder. Ihr ehemals blondes Haar war jetzt goldbraun; die ehemals üppigen Locken zu einer keilförmigen Linie über den Ohren und dem Hals gestutzt. Ihre Kleidung war sportlich und einfach: vielgetragene Laufschuhe, Shorts von etwas hellerer Färbung als ihre schlanken und muskulösen Beine, ein mit einem frechen Slogan bedrucktes Oberteil. Ihre Hände zeigten keinen weiteren Schmuck als die vom Alter zugefügten Pigmentflecken; ihre Augen wirkten eigenwillig und aufmerksam.

Einmal mehr verspürte ich den Impuls, mich umzudrehen und wegzulaufen, die Begegnung zu verschieben, bis ich mich mit geistreichen Bemerkungen und Retourkutschen bewaffnet hatte, bis ich unsere Vergangenheit so weit geklärt hatte, daß ich wüßte, wo die Dividenden lägen und an welcher Stelle Entschuldigungen angebracht seien. Aber da flog ein Vogel auf, ein Ast erzitterte, ein Blatt fiel träge zu Boden, und Libbys Bann war gebrochen.

Als sie sich in meine Richtung wandte, ertappte sie mich; ich zitterte wie ein Kaninchen. »Marsh.« Ihre Hand fuhr zur Kehle. Ihre Augen waren erst so verwirrt wie die des Vogels, dann so mißtrauisch wie meine eigenen. »Mein Gott.«

Ich winkte dümmlich. »Ms. Grissom.«

»Ich hab nicht ... man hat mir nicht gesagt, daß du kommst.«

»Ich wollte eigentlich auch nicht.«

Libby wand sich hin und her, genau wie ich unter dem Drang, die Flucht zu ergreifen. »Also, ich bin froh, daß du's doch getan hast.«

»Ich auch. Du siehst großartig aus, Libby.«

Ihr Lachen war kurz und abwehrend. »Nachdem ich mich entschlossen hatte zu kommen, habe ich mein Aerobic-Pensum verdoppelt und zehn Pfund abgenommen. Wenn ich das geahnt hätte, hätte ich mich noch für fünf Pfund weitergequält.«

Ich fühlte mich geschmeichelt, wußte aber nicht, wie ich damit umgehen sollte. »Und wie geht es dir?« murmelte ich und wand mich so unkontrolliert, daß ich meinen Ellbogen in einen Dorn rammte. »Ich mein, du weißt schon, ist das Leben sanft mit dir umgesprungen, schaust du dem Alter gelassen entgegen und so weiter?«

Sie runzelte die Stirn und wandte sich ab, der herrschaftlichen Kapelle auf dem Hügel oberhalb unseres Standpunkts zu. »Das soll man gar nicht, oder? ›Geh nicht gelassen in die gute Nacht‹, weißt du nicht mehr?«

»Du warst schon immer belesener, als dir gut tut. Ich meinte doch nur, ob du glücklich bist?«

Eine Augenbraue fuhr nach oben, während sie mich auf gleiche Weise betrachtete wie eben noch die gelbe Rose. »Im Moment?« Sie zuckte die Achseln. »Nicht übermäßig. Aber ich bin es gewesen, ab und an. Und hoffentlich auch bald wieder.«

»Magst du darüber reden?«

»Mit dir? Hier? Jetzt? Ich glaube nicht.« Ihr Lächeln wurde erst fest, dann verzog es sich. »Vor ungefähr einem Jahr hätte ich so gerne mit dir geredet, daß es zur Obsession wurde. Aus irgendeinem Grunde war ich ganz hibbelig deswegen. Ich hab die ganzen Jahrbücher herausgekramt und mir die Bilder angeguckt und all die Briefe ausgegraben, die wir uns im Sommer vor dem Abschlußjahr geschrieben haben, und, tja, es war verrückt. Monomanie oder so was. Eines Abends hab ich drei Gläser Bourbon runtergekippt, deine Nummer rausgesucht und gewählt und dann in dem Moment aufgelegt, als du dich gemeldet hast. Das hab ich viermal hintereinander gemacht, bevor ich mich wieder unter Kontrolle hatte. Du hast bestimmt gedacht, es sei der CIA.«

»Ich wünschte, du hättest durchgehalten.«

Sie sah mir in die Augen. »Warum hast *du* dann nicht angerufen?«

»Du bist verheiratet. Oder warst.«

»Das spielte doch keine Rolle.«

»Doch.«

Der Wortwechsel rief den Geschmack unserer letzten Wochen in Erinnerung, als jede Unterhaltung unvermeidlich in Streit ausartete, als alle unsere Ansichten unvereinbar waren, als wir wie unter Zwang standen, uns gegenseitig weh zu tun. Damals hatte ich nicht verstanden, warum wir uns plötzlich so fremd geworden waren, aber im Rückblick scheint der Grund ganz simpel: Wir hatten Angst vor dem, was kommen würde, und jeder gab dem anderen die Schuld für diese Angst.

Während ich daran dachte, wie verletzend unsere Skrupel uns hatten sein lassen, versuchte Libby, die Stimmung zu heben. »Das ist sowieso eine strittige Frage«, sagte sie leichthin. »Meine zweite Scheidung ist seit letztem Monat abgeschlossen.«

»Tut mir leid.«

»Braucht es nicht; ich war ja diejenige, die sie eingereicht hat. Ich wollte es so; brauchte es sogar. Es ist nur so, daß ich anscheinend immer noch irgendwie . . . ›am Torkeln bin‹ – wäre wohl ein passender Ausdruck.«

»Scheidungen sind nie leicht.«

Sie runzelte die Stirn. »Ich dachte, du wärst nie verheiratet gewesen.«

»War ich auch nicht. Aber ich stecke drin. Wegen meiner Arbeit, meine ich.«

Ihr Lächeln rutschte in Richtung hämisches Grinsen, aber vielleicht war das auch nur eine Projektion meinerseits. »Schlüssellochgucken.«

Ich war zu sehr an dergleichen gewöhnt, um mich auf den Schlips getreten zu fühlen. »Nicht ganz. Aber manchmal knapp davor.« Ich suchte dringend nach einem anderen Thema. »Ich weiß nicht mal, wo du wohnst«, sagte ich schließlich.

»Baltimore.«

»Gefällt's dir?«

»Hat schon seine guten Seiten. Und du? Noch in San Francisco?«

»Jau.«

»Gefällt's dir?«

»Immer weniger.«

»Das trifft aber so ziemlich auf jeden Ort zu, findest du nicht? Ich meine, nirgends ist es so schön wie früher, oder?«

»Stimmt wohl.«

»Obwohl sich Baltimore sogar in vielerlei Hinsicht verbessert hat.«

»Hab ich auch schon gehört.«

Libby atmete durch, unzufrieden mit unserem Abdriften ins Banale, sah auf die Rose, oder vielleicht auch auf die Dornen, und schüttelte dann den Kopf, als wolle sie ihren Gedankenfluß umleiten. »Mein Gott, so manche Nacht habe ich in der Hoffnung verbracht, daß dies passieren würde, und so manchen Tag habe ich gebetet, daß es nicht so käme. Jetzt stehst du vor mir, und ich weiß nicht, was ich dir sagen soll.«

»Mir geht's genauso.«

»Vielleicht sollten wir uns zurückziehen und die Möglichkeiten überdenken.«

»Ja, vielleicht.«

»Und später wieder zusammenkommen, um die Ergebnisse auszutauschen.«

»Hört sich ganz nach Projektstudium an.«

Zum erstenmal war ihr Lächeln ein Ausdruck, den ich wiedererkannte, ein Ausdruck, der mir einst lieb und teuer gewesen war. »Genau«, sagte sie. »Eine Semesterarbeit. ›Liebe danach‹ könnten wir sie nennen. Libby und Marsh, dreißig Jahre später.«

»Fünfundzwanzig.«

»Neunundzwanzig, eigentlich. Wir haben uns in der ersten Woche des ersten Semesters kennengelernt.«

»Na, aber kaum.«

»Kaum vielleicht für dich; aber ich hab jeden Tag an dich gedacht, seit ich während der Orientierungseinheit deinen Namen beim Sackhüpfen gezogen hatte.« Sie verzog das Gesicht bei dieser Übertreibung. »Na gut, das war gelogen, aber nicht sehr.« Sie schüttelte den Kopf und seufzte. »Ich hoffe, sie haben dieses Sackhüpfen abgeschafft. Das war sehr erniedrigend für die Frauen.«

Ich war gerade nicht in feministischer Stimmung. »Wann wollen wir uns treffen?«

Sie zuckte die Schultern. »Heute abend? Da findet irgend so ein Tanz statt, oder?«

»Hüpfen in Strümpfen. In der Turnhalle.«

»Du klingst nicht begeistert. Aber das warst du ja nie.«

»Nicht, was Tanzen angeht, jedenfalls.«

»Nicht, was das meiste angeht, wenn ich mich recht entsinne.«

»Begeisterung sollte sich gelegentlich von der Vernunft mäßigen lassen«, begehrte ich auf. »Wie wär's, wenn wir uns am Stadion treffen? Beim Kartenhäuschen.«

Libby streckte die Zunge heraus. »Ich weiß, was *da* immer abgelaufen ist, glaub bloß nicht, ich hätte keine Ahnung. Die Tribüne neben den Tennisplätzen?«

»In Ordnung.«

»Wieviel Uhr?«

»Ich bin um neun mit Seth verabredet, also . . . halb elf?«

Sie nickte. »Halb elf ist in Ordnung. Ich werde ein Nickerchen einlegen.«

»Schön. Bis dann also.«

»Wie geht es Seth übrigens?«

»Er scheint irgendwas auf dem Herzen zu haben.«

»Was denn?«

»Keine Ahnung; wahrscheinlich weiß ich mehr, sobald wir uns treffen.«

»Genau wie ich«, sagte Libby schlicht, winkte zum Abschied und verschwand hinter einer Hecke, während ich mit einem blutigen Ellbogen und einer ockerfarbenen Rose zurückblieb, und mit einem ganzen Bündel heilloser Gefühle für eine Frau, die ich in der gerade zurückliegenden Hälfte meines Lebens nicht einmal zu Gesicht bekommen hatte.

4

Ich wanderte zu meinem Zimmer zurück; mein Kopf war vollgestopft mit Erinnerungsbrocken, und meine Neigung ging immer noch dahin, das ganze Unternehmen abzublasen, damit wenigstens dieser Teil meiner Vergangenheit da blieb, wo er seit einem Vierteljahrhundert gelegen hatte: in einem flachen Grab, wo er keinen Schaden mehr anrichten konnte. Aber die Vergangenheit ist niemals wirklich begraben, oder auch nur wirklich tot, und da war ein Teil von mir, der weiter mit ihr ringen und sie zwingen wollte, sich näher zu erklären, auf daß er im Gegenzug die Gegenwart erklären könnte. Da ich aus eigener Kraft nicht recht weiterkam, machte ich einen Umweg über die Lounge und traf auf einige Leute, die ihre College-Erfahrungen hoch genug schätzten, um darüber reden zu wollen.

Und so ging es weiter für den Rest des Nachmittags und frühen Abends. Im Garten seines stattlichen Heimes formulierte der Präsident eine subtile, aber unmißverständliche Bitte um Spenden. Was die höheren Sphären anbelangt, so war der Pianist sein Geld wert; der Dichter erschien nicht, aus Gründen, die nicht mitgeteilt wurden, Gerüchten zufolge aber mit Kokain zu tun hatten; der Film war erfreulich kurz; und das Zukunftsforum wurde in eine Debatte über den Thomas/Hill-Prozeß umfunktioniert und Gil Hayward aus dem Saal gebuht.

Der Anlaß brachte eine Ad-hoc-Stimmung hervor, in der ich mich in lebhafte Gespräche mit Leuten verwickelt sah, die mir von früher kaum bekannt waren, während es große Anstrengung kostete, ein Schwätzchen mit Leuten zustande zu bringen, die ich einst als Freunde betrachtet hatte. So brachte ich es nacheinander auf Plaudereien mit dem Erben eines Ölvermögens, einem selbsternannten Schizophrenen, einem ähnlich beschaffenen Genie, einem Playboy, der sein Gewerbe von Buenos Aires aus betrieb, und einer Frau, die die Kinderheilkunde zugunsten von Kräuter- und Gewürzfeldern in Oregon aufgegeben hatte. Nachfragen bezüglich meiner eigenen Tätigkeit parierte ich ohne Schwierigkeiten – die meisten Leute dachten offenbar, daß ich sie zum besten hielte, wenn ich ihnen erzählte, was ich so trieb. Irgendwann kam ich zu dem Schluß, daß ich die einzige Person im Saal war, die kein Haus besaß.

Über weite Strecken waren die Gespräche merkwürdig zurückhaltend und betont vorsichtig, so als hätte jeder eine derart glänzende Reputation zu wahren, daß Offenherzigkeit nicht in Betracht kommen konnte. Obwohl immer mal wieder humorige, pathetische und sogar tiefsinnige Blasen an die Oberfläche stiegen, war das Ergebnis nach acht Stunden Geselligkeit eher enttäuschend. Ich war ja auf der Suche nach einer Perspektive, einem Verständnis davon, wie die Leute ihre Welt und ihr Leben darin sahen, aber trotz aller flotten Sprüche und gelegentlicher Anfälle von Selbstreflexion bekam ich kein Bild – je direkter die Fragen, desto ausweichender die Antworten. Im allgemeinen schienen die Frauen zufriedener oder jedenfalls offener zu sein als die Männer; diese wirkten starr und irgendwie eingeschüchtert, ob vom speziellen Anlaß oder von ihrem Leben als solchem, das war schwer zu entscheiden. Vielleicht war es auch einfach nur der Typ, von dem ich angezogen wurde, aus Gründen des Selbstschutzes.

Mein genereller Eindruck war, daß die fünfundzwanzig Jahre niemanden groß verändert hatten, und dieser Entwicklungsstillstand bedrückte mich – wenn eine gute Ausbildung und fünfundzwanzig Jahre ihrer Nutzbarmachung keinen Eindruck auf Weltanschauung oder Psyche hinterlassen, welchen Sinn hat dann das Ganze? Was ich mir anscheinend erhoffte, war, daß irgend jemand mich mit dem Beweis konfrontieren würde, daß das Leben, entgegen den Eindrücken, die ich im Zuge meiner Arbeit immer wieder anhäufe, sowohl gütig als auch konsequent ist. Aber wenn ein solcher Beweis auf diesem Klassentreffen zu holen war, so hatte ich ihn jedenfalls bis zum Ende des Abends noch nicht aufgespürt, obwohl ich mich durchaus für einen guten Detektiv halte.

Sobald die Tischreden nach dem Abendessen beendet waren, war ich reif für einen Drink, der Hochprozentigeres bot als Pils. Zum Glück wartete Seth schon auf mich, als ich zu seinem Zimmer kam. Es kostete uns fünf Minuten zu erkennen, daß das Wohnheim der Kommunikation nicht förderlich war, und so steuerten wir denn die örtliche Bar an.

Als unsere Drinks gebracht worden waren, prosteten wir uns zu. »Es ist lange her«, sagte Seth.

»Zu lange.«

»Warum haben wir es dazu kommen lassen?«

»Erstens, weil wir dreitausend Meilen auseinander leben. Zweitens, weil wir Feiglinge sind.«

»Wovor fürchten wir uns denn?«

»Mit den Erinnerungen ins Gehege zu kommen«, schlug ich vor, dann fragte ich mich, ob Seth unsere Freundschaft in einem annähernd so hellen Licht sah wie ich.

»Wir sollten eine höhere Gangart einlegen«, sagte er. »Von Zeit zu Zeit ein Treffen ansetzen.«

Ich rief mir meine jüngste Erniedrigung in der Bank ins Gedächtnis. »Mein Budget dürfte ein Treffen in der nächsten Zeit kaum zulassen.«

»Ich kann deine Kosten übernehmen, kein Problem.«

»Für mich wär's schon ein Problem.«

Seth lachte. »Immer noch der edle Wilde.«

»Eher letzteres als ersteres, aber ich arbeite daran.«

Wir tranken.

»Also, wie läuft dein Leben, Marsh?« erkundigte sich Seth,

genauso ernsthaft, wie ich Libby gefragt hatte. »Ich meine, grundsätzlich.«

»Grundsätzlich läuft es gut. Nicht toll, aber gut.«

»Warum nicht toll?«

»Zu einsam, zu selbstsüchtig, zu gewöhnlich, um toll zu sein. Aber gut ist gut genug. Meistens. Wie ist es bei dir?«

»Ich habe meine Höhen und Tiefen gehabt.« Er kehrte den Spieß gleich wieder um. »Welches ist der beste Teil?«

»Von meinem Leben?« Ich zuckte mit den Schultern. »Die Tatsache, daß ich Leuten ab und an aus der Patsche helfen kann, wahrscheinlich. Daß ich das tue, was ich tun möchte, auf die Art, wie ich es tun möchte, und dabei genug Geld verdiene, um Anspruch auf Sozialhilfe zu erwerben, aber nicht genug, um in Versuchung zu kommen, die Republikaner zu wählen.«

Seth lachte. »Ich weiß, was du meinst – zu Hause werde ich als Verräter an meiner Rasse und Klasse angesehen. Ich bin vielleicht der einzige Kaukasier in der Stadt, der Demokrat ist. Ich und der Bürgermeister«, verbesserte er sich. »Wo wir gerade dabei sind, komm doch einfach mit mir mit in den Süden.«

»Wann?«

»Sonntag. Flieg mit mir von hier zurück.«

Ich schaute auf seinen weißen Baumwollpullover und seine blaßgelbe Hose. »Ich hab nicht die richtige Garderobe dafür.«

»Ich meine es ernst, Marsh. Das Leben ist kurz; ab und an muß man mal ein bißchen Bären losmachen. Wir schleichen auf die Fünfzig zu, weißt du.«

»Darauf wäre ich schneller gekommen als auf die Nummer meines Buchmachers, aber ich habe meinen Rückflug schon gebucht. Die Fluggesellschaften haben es nicht gern, wenn man improvisiert.«

»Ich kenne einen Arzt. Der wird ihnen erzählen, daß es sich um einen medizinischen Notfall handelt, der eine Kidneybohnen-mit-Reis-Kur erfordert.«

Ich bot ihm eine respektable Ausflucht an. »Ich würde mir Charleston wirklich gerne mal angucken; ich war noch nie im tiefen Süden. Vielleicht nächsten Winter.«

Die nächsten Worte, die Seth aussprach, vibrierten vor Dringlichkeit. »Es wäre sehr hilfreich, wenn du jetzt kommen könntest.«

Seths blaue Augen luden sich mit jener Intensität auf, die er vor Prüfungen immer gezeigt hatte, einer elektrischen Spannung, die ihn über den Stress der durchpaukten Nacht, der Prüfung und der am Abend sich anschließenden Party hinwegtrug, ohne daß er Anzeichen der Überanstrengung aufwies, die den Rest von uns in Stein verwandelte.

»Das klingt nach mehr als nur einer zwanglosen Einladung«, sagte ich.

Seths Augen wurden so dunkel wie reife Weintrauben. »Das ist der einzige Grund, weswegen ich hier bin«, sagte er. »Dich zu engagieren, um mir zu helfen.«

Ich wußte nicht, was ich sagen sollte, also sagte ich: »Ich fühle mich geschmeichelt.«

Seth wandte unbehaglich den Blick ab. »Aber ich will dir das Wochenende nicht versauen. Es gibt keinen Grund, die Situation weiter zu besprechen, falls es ausgeschlossen ist, daß du mit runterkommst und dich damit befaßt. Wenn du bereit bist, mitzukommen, können wir es dabei belassen, bis wir zu Hause sind. Wenn nicht, dann vergiß, daß ich irgendwas gesagt habe.«

Er schaute auf die Bier-Neonreklame, die im Fenster blinkte, und dann durch sie hindurch in die bedrohliche Untiefe der Nacht. »Du kannst sowieso nur dann eine rechte Vorstellung davon bekommen, was mit mir passiert, wenn du nach Charleston kommst«, sinnierte er ruhig. »Wie das meiste im Süden ist auch dies mehr eine Sache des Gefühls als von Fakten.«

»Was ist los, Seth?«

Er blickte sich in der Bar um. Was er sah, konnte ihn nicht aufheitern. Als er weiterredete, waren seine Worte so trocken wie der Staub auf dem Boden. »Jemand versucht, mich zu zerstören.«

»Im Ernst?«

Er nickte. »Erinnerst du dich an den Sommer '66? Als ich in den Süden ging, um dem SNCC beim Registrieren von Wählern zu helfen?«

»Na sicher. Ich hab nie deine Geschichten vergessen, wie du durch die Landschaft gescheucht worden bist von den Rednecks in ihren Pickups, mit ihren Gewehren und Niggerjagdhunden.«

Beim Echo des letzten Wortes sah Seth wieder zur Seite, diesmal auf eine Ansammlung von Leuten am Nebentisch. »Ein paarmal ist es eng geworden. Für viele von uns.«

»Aber was hat das mit heute zu tun?«

»Ich bin mir nicht sicher, aber das, was jetzt passiert, scheint einen Bezug zu dieser Zeit zu haben, oder jedenfalls zu den Dingen, um die es da ging.«

»Ich kapier immer noch nicht.«

Wie in Zeitlupe holte Seth seine Brieftasche hervor und entnahm ihr einen Bogen Papier, der mehrfach gefaltet war und neben den Geldscheinen steckte. Nachdem er das zweifelhafte Wertpapier glattgestrichen hatte, betrachtete er es einige Sekunden lang, bevor er es mir mit einem Ausdruck übergab, als handele es sich um eine Ratte:

BEKANNTMACHUNG BEZÜGLICH
RASSENURTEILS

HIERMIT WIRD BEKANNTGEGEBEN, daß der BUND DES STOLZEN SÜDENS den Anwalt SETH HARTMAN als einen FEIND DER SÜDLICHEN LEBENSART erkannt hat.

Ihre Unterstützung und Agitation zugunsten der DEGE-

NERIERTEN, KUPPLERISCHEN, RASSENVERSEUCHENDEN, FREMDEN, ANTIWEISSEN UND ANTICHRISTLICHEN Kräfte, die sich der ZERSTÖRUNG der SÜDLICHEN LEBENSART verschrieben haben, macht Sie, SETH HARTMAN, zu einem VERRÄTER des SÜDENS und der GROSSEN WEISSEN RASSE.
Nehmen sie daher folgendes Urteil zur Kenntnis:
IHRE STRAFE: der TOD
VOLLSTRECKER: DIE REINHEITSBRIGADE DES BUNDES des STOLZEN SÜDENS
IHRE EINZIGE RETTUNG: DIE ENTFERNUNG IHRER PERSON vom BODEN der NEUEN KONFÖRDERATION
Die Bestrafung ist für 60 Tage ausgesetzt, um Ihnen Gelegenheit zu geben, diesen Gerichtsbezirk zu verlassen. Doch SEI GEBÜHREND DARAUF HINGEWIESEN, daß das Versäumnis, sich in der vorgegebenen Frist zu entfernen, die UNVERZÜGLICHE und ordnungsgemäße Vollstreckung Ihrer RASSISCHEN BESTRAFUNG nach sich ziehen wird.

STABSBEFEHL # 7
DER BUND DES STOLZEN SÜDENS

STOLZ DES SÜDENS = WHITE POWER
RETTET DEN SÜDEN

»Das ist ernstgemeint, was?« sagte ich, indem ich Seth das Blatt zurückgab; vor meinem inneren Auge türmten sich die Bilder von weißen Umhängen und brennenden Kreuzen und den Männern, die von solchen Symbolen Gebrauch machten.

Er nickte. »Ich denke schon.«

»Was glaubst du, steckt dahinter?«

Seth rieb sich die Augen und schüttelte den Kopf. »Das ist das Problem – ich weiß es nicht. Aber ich will das jetzt nicht vertiefen, Marsh; ich muß nur wissen, ob du mir helfen kannst, der Sache auf den Grund zu gehen.« Er beendete seine

Beschwörung mit brechender Stimme; ich hatte ihn noch nie so elend erlebt.

»Ich weiß nicht, Seth. Ich habe Klienten und –«

Mit einiger Mühe sammelte er sich und brachte ein schiefes Lächeln zustande. »Da die Urteilsverkündung nichts ausgerichtet hat, wird dies hier dich vielleicht überzeugen.«

Seth wühlte erneut in seiner Brieftasche und reichte mir einen Zeitungsausschnitt, in dem von einer lokalen Geldsammelaktion berichtet wurde:

> Die größte Zugnummer der Veranstaltung ist die Gelegenheit, eine Kuh auf das Football-Feld der High School defäkieren zu sehen. Die Eltern, Schüler und Anhänger haben nicht nur die einmalige Gelegenheit, dieses Schauspiel aus erster Hand zu erleben, ihnen wird darüber hinaus die Möglichkeit geboten, Wetten darauf abzuschließen, wo dieses historische Ereignis stattfinden wird: Das Spielfeld ist zu diesem Zwecke in numerierte Quadrate aufgeteilt worden.

Als ich fertiggelesen hatte, sah ich ihn an und grinste.

»Carolina, ich komme.«

5

Seth ahnte nicht, daß seine Bemühungen, mich nach Charleston zu bekommen, bei mir einen Nerv berührten, der mehr als alles andere geeignet war, mich für seine Sache zu gewinnen. Dieser Nerv bestand aus Schuldgefühlen, und deren Quelle lag in der Bürgerrechtsbewegung – *dem* sozialen und politischen Faktum, das die Zeit meiner Jugend zuallererst bestimmt hatte: das heroische Sichwinden der Nation aus der Hölle der Apartheid auf den Tugendpfad der Rassengerechtigkeit. Die Tatsache, daß die russische Wunde immer noch eitert, und zwar heute giftiger als noch vor ein paar Jahren, mindert weder die Würde des damaligen Aufbruchs noch den Mut derjenigen, die ihn, wie Seth, mit allen Risiken getragen haben.

Seth hatte mich in jenem Sommer wiederholt gebeten, mit ihm zusammen runterzufahren und für den SNCC zu arbeiten. Ich hatte die Sache gründlich erwogen, schließlich aber doch meine Einwände obsiegen lassen. Ich mußte mir mein Schulgeld verdienen, ich brauchte Zeit für meine Familie, ich hatte kein Talent zum Werben oder Mobilisieren oder zum Organisieren überhaupt. Alles wahr, und doch ungenügend: Ich hätte mein Teil tun müssen, tat es aber nicht.

Warum ich nicht mehr getan hatte, eine Sache zu fördern, an die ich leidenschaftlich glaubte, das war eine Frage, die sich mir in all den Jahren häufiger in den Weg geworfen hatte, als meinem Wohlbefinden zuträglich war, denn die Antwort enthielt unweigerlich Hinweise auf Trägheit und Feigheit. Aber gestern war gestern, und heute war heute. Daß das Todesurteil des Bundes des Stolzen Südens gegen Seth eine verspätete Gelegenheit darstellte, meine Schuld zu tilgen, das war eine Phantasie, der ich mich nur allzu bereitwillig hingab.

Gil kreuzte im Jabberwock auf, als ich gerade gehen wollte. Ohne daß ich irgend etwas gesagt hätte, wußten beide, wo ich hinwollte, als ich mich knapp verabschiedete, und sie machten ihre Witze, während ich meinem Rendezvous entgegeneilte.

Auf der Fahrt zum Campus begannen die Gedanken an Seth und den Süden schon zu verblassen, und Libby Grissom – nicht die heutige Libby, sondern die, die ich geliebt und verloren hatte – trat an ihre Stelle. Als ich mich auf die Wanderung den rutschigen Abhang hinunter zum Tennisplatz – einer schwach erleuchteten Oase hopperesker Geometrie im frühlingsfrischen Schleier der Nacht – machte, pochte das Blut in meinen Adern, und mein Herz hüpfte bis in den Hals hinauf. Meine Stirn war von kaltem Schweiß bedeckt, als ich die Tribüne erreichte.

Aber sie war nicht da. Schwerer enttäuscht, als ich erwartet hatte, stand ich neben der Tribüne und kämpfte mit einem hartnäckigen Mückengeschwader, während ich eine Reihe von weit entfernten Silhouetten beobachtete, die zu ihren eigenen geheimen Stelldicheins ins bewaldete Arboretum spazierten. Daß das einzige Stückchen Privatsphäre, das die Schule Liebespaaren gewährte, dasselbe war, das sie auch den Feldmäusen zur Verfügung stellte, galt als einer ihrer Reize.

In weniger als einer Minute hatte ich beschlossen, Libbys Entscheidung als eine weise zu betrachten. Auf dieser Geschichte ruhte kein Segen. Welche gegenseitige Anziehungskraft auch immer hätte bestehen mögen, wenn wir uns in dieser Woche als Fremde begegnet wären, unsere Vergangenheit hatte uns einander auf eine Weise entfremdet, die sowohl ungreifbar als auch unwiderruflich war.

»Entschuldige, daß ich zu spät komme.«

Die Stimme kam unsicher aus dem Schutze der Dunkelheit, verzerrt von Kälte und Nervosität.

»Ich hatte schon entschieden, du hättest entschieden, nicht zu kommen.«

»Warst du enttäuscht?«

Ich entschied mich für Offenheit. »Ja.«

Sie verweilte im Schatten, der sichtbarste Teil von ihr war der orangene Rand ihrer Schuhe. »Das hatte ich tatsächlich entschieden«, sagte sie sanft. »Und dann fand ich, daß es bokkig und unreif wäre, dich zu versetzen. Und dann fand ich, daß dich zu treffen ... provokanter wäre, als ich sein sollte. Und dann fand ich: scheiß drauf. Aber Linda Barnard wollte mir von ihrer Foto-Safari in Kenia erzählen, und Gladys Sandstrom wollte über Östrogen-Therapie reden – ich hatte gar keine Ahnung, daß es so viel Streit gibt über ... Wie auch immer, besser spät als gar nicht, hoffe ich. Tut mir leid, daß ich dich hab warten lassen.«

»Macht nichts; zufällig bin ich darin ziemlich gut.«

»Wegen deiner Arbeit, meinst du.«

»Meiner Arbeit. Meinem Leben. Was auch immer.«

Sie versteifte mißbilligend die Lippen. »Du wirst stoisch im Alter. Ich bin mir nicht sicher, ob dir das steht.«

»Entschuldige bitte«, sagte ich und ärgerte mich meinerseits über ihre Haltung, aber auch über ihre Treffsicherheit.

»Irgendwann würde ich allerdings gerne mehr davon hören. Von deiner Arbeit, meine ich.«

»Warum?«

Sie zuckte die Schultern. »Sie scheint romantisch zu sein. Und gefährlich. Und ... irgendwie unausweichlich.«

»Ich kann nicht sagen, daß irgend etwas von dem richtig ist, aber wir können gerne darüber reden, wenn du möchtest.«

»Vielleicht später.«

Während des einleitenden Geplänkels schien Libby einen Entschluß gefaßt zu haben. Sie gab sich einen Ruck, trat an meine Seite und drückte mir einen Kuß auf die Wange, einen trockenen, kühlen und beiläufigen, das pflichtbewußte Busserl eines ehemaligen Paares. »Hi.« Über ihren schneeweißen Schuhen trug sie Jeans und ein *Milchpulver-Biskuit-*

Sweatshirt und einen Hut, der zu einem Angelausflug gepaßt hätte.

»Hi.«

»Und was hast du seit dem Abendessen getrieben?« Sie schnüffelte. »Ich glaube, ich rieche Bier.«

»Das Jabb.«

»Hast dich mit den alten Jungens verbrüdert?«

»Seth hauptsächlich.«

»Hast du herausgefunden, was er auf dem Herzen hatte?«

»Was er auf dem Herzen hatte, war, mich dazu zu bewegen, mit ihm nach Charleston zu kommen, wenn das Klassentreffen vorbei ist.«

»Und? Hat er?«

»Ich glaube schon.«

»Und wie?«

Ich zuckte die Schultern. »Ich habe dem Süden in all den Jahren für vieles die Schuld gegeben; jetzt wird es Zeit, mich zu vergewisssern, daß ich recht hatte.«

»Und wenn nicht?«

»Dann müßte ich mich wohl entschuldigen.«

Sie lachte. »Bei wem?«

»Vielleicht habe ich deshalb Jimmy Carter gewählt.«

Libby legte ihre Hände auf meine Brust und schubste. »Du bist noch immer genauso seltsam wie früher«, beschuldigte sie mich, dann zog sie mich auf die Tribüne und setzte mich auf eine Bank. »Sonst noch was Interessantes passiert?«

»Nicht viel. Und bei dir?«

»Erinnerungen, hauptsächlich.«

»Bei mir auch. Als du kamst, dachte ich gerade an die Nacht, in der wir Schluß gemacht haben.«

Sie rutschte auf der Bank entlang, noch einen halben Meter von mir weg. »Dieses Band habe ich heute abend selbst schon ein paarmal ablaufen lassen.« Sie seufzte. »Ich bin zweimal geschieden worden, habe zugesehen, wie mein Vater an Krebs gestorben ist, und mußte auch meine Kinder durch ein paar ziemlich rauhe Stürme bringen, aber so elend wie damals habe ich mich nie wieder gefühlt.«

»Wir waren zu der Zeit ziemlich verletzlich. Abschlußjahr; ein weiterer tiefer Einschnitt stand bevor; wir waren beide drauf und dran, aus dieser verschwommenen Geborgenheit in die kalte grausame Welt gestoßen zu werden.«

Libby nickte nachdenklich. »Was das betrifft, hast du recht. Ich weiß noch, daß ich völlig in Panik war, weil ich nicht wußte, was ich mit meinem Leben anfangen sollte. Ich dachte, man würde von mir erwarten, daß ich einen Plan für die nächsten vierzig Jahre ausgearbeitet hätte, und ich hatte nicht mal einen für die nächsten drei Tage.«

»Dazu kommt, daß ich dadurch, daß ich mit dir zusammen war, mir zum erstenmal vorgestellt habe, wie das so ist, mit Frau und Kindern und mit Hypotheken und all diesen Sachen. Dann haben wir uns getrennt, und das schien zu bedeuten, daß mein Gefühlsleben sogar noch komplizierter werden würde, als es das Schulleben schon war.«

Libby nickte. »Am Tag vor der Trennung bin ich die ganze Nacht aufgeblieben und hab mit Marcia Wells übers Heiraten, über das Berufsleben und über meine Bedürfnisse und Pflichten als Frau geredet. Ein Ergebnis davon war, daß ich meinte, ein Mann in meinem Leben würde mich daran hindern, das zu tun, wofür ich bestimmt war.« Ihr Lächeln verzerrte sich. »Von heute aus gesehen, wirkt es geradezu arrogant, daß ich mir eingebildet habe, ich *hätte* so etwas wie eine Bestimmung.«

»Vielleicht hattest du recht – vielleicht hätte ich dich wirklich behindert.«

»Oder vielleicht war es mir mehr als alles andere bestimmt, dich in meinem Leben zu haben.« Die Verbitterung in ihrem Lachen machte mich traurig. »Wahrscheinlich aber nicht – für das ewige Glück bin ich offenbar nicht gemacht.«

»Ich auch nicht.«

»Ein bißchen gebe ich dem College dafür die Schuld. Für meine Probleme mit Männern, meine ich.«

»Warum?«

»Weil sie uns so isoliert gehalten haben. Das nenne ich Segregation: die Jungen auf der einen Seite des Campus, die Mädchen auf der anderen. Heute teilen sich die Geschlechter die gleichen Stockwerke, sogar die gleichen *Waschräume*, wenn die Gerüchte stimmen. Damals konnten wir uns überhaupt nicht kennenlernen, nicht verstehen lernen, wie das andere Geschlecht denkt und fühlt und reagiert. Ich glaube, für die Männer war es noch schlimmer als für die Frauen.«

»Wieso?«

»Weil so viele Männer in unserem Alter es anscheinend einfach nicht kapieren. Was es mit den Frauen auf sich hat, meine ich. Vielleicht wäre es anders gekommen, wenn eine Sippschaft von uns vier Jahre lang am anderen Ende des Flurs gewohnt hätte.«

Dem stimmte ich zu und sagte es ihr.

Jenseits der Bäume quiekte jemand vor Vergnügen. Libby schaute in die Richtung des Geräusches, als ob es in einer fremden Sprache erklungen wäre. »Hast du zur Zeit eine Beziehung?«

Ich dachte an meine Freundin Betty; ich sah Libby im Mondschein an; ich schwindelte ein bißchen. »Eigentlich nicht.«

Sie lachte. »So würde sich jemand ausdrücken, der was aufreißen will.«

Ich wurde rot, hoffte aber, daß sie es in der Dunkelheit nicht sehen könnte. »Wenn du damit fragen willst, ob ich dich noch attraktiv finde, dann heißt die Antwort ja.«

»Das wollte ich nicht, soviel ich weiß, aber trotzdem danke.« Sie hob einen Fuß und untersuchte ihren Knöchel. »Meine Beine müßten zum Schutze der Öffentlichkeit in diskretes braunes Packpapier eingewickelt sein, hast du mal gesagt. Ich glaube, das war in der Nacht, als du mich zum erstenmal nackt gesehen hast.«

Wir suchten und fanden beide etwas, das wir dringend anschauen mußten.

»Warum bist du hierher zurückgekommen, Marsh?« fragte Libby, nachdem sich die Turbulenzen gelegt hatten.

»Um zu gucken, was den Unterschied ausmacht, nehme ich an.«

»Welchen?«

»Den zwischen Erfolg und Scheitern, würde ich sagen. In Ermangelung besserer Ausdrücke.«

»Ich weiß nicht genau, was du meinst.«

»Wir hatten damals so große Pläne – Richard Williams hatte eine Strategie entwickelt, wie er an den Supreme Court berufen werden wollte, das weiß ich noch. Und einige haben sie tatsächlich verwirklicht – Bill Grayson ist eine heiße Nummer im Biotech-Bereich; Jason Stevens hat erst ein Heidengeld im Immobilienhandel gemacht und dann eine Stiftung gegründet, die Wohnungen für Einkommensschwache baut; Lana Maxwell sitzt im Kongreß.«

»Und Sally Lincoln ist Großmutter.«

»Und ich bin Privatdetektiv; die Betonung liegt auf privat. Ich gehöre keinem Klub an, ich habe keine Angestellten, ich habe nicht mal Familie. Was ist also passiert? Warum habe ich nicht meinen Abdruck in der Welt hinterlassen? Was ist der Unterschied zwischen Typen wie mir und Typen wie Grayson? Begabung? Glück? Die Gene?«

»Ein bißchen von allem, könnte ich mir vorstellen.«

»Da bin ich nicht sicher. Es hat auch was mit Motivation zu tun, und auch mit Energie, aber vor allem mit Reife, glaube ich. Im Grunde verdiene ich meinen Lebensunterhalt mit Versteckspielen. Ich komme mir häufig wie ein Kind vor, eins, das draußen vor dem Süßwarenladen steht und sich die

Nase am Schaufenster plattdrückt, weil es gerne drinnen bei den Erwachsenen wäre, aber nicht weiß, wie es das anstellen soll.«

Libby nickte. »So ein Gefühl habe ich manchmal auch. So als ob alle anderen schon die Antwort gefunden haben und ich noch dabei bin, die Fragen zu stellen. Es ist, als wenn es da irgendwo ein Buch gäbe, das jeder gelesen hat außer mir, irgendeine Pflichtlektüre, von der ich nichts mitgekriegt habe, und deshalb falle ich durch die Prüfung. Ich habe manchmal solche Träume – alle wissen von dem Test, nur ich nicht, und wenn ich es schließlich merke, ist es zu spät, irgend etwas zu tun außer die Prüfung zu verhauen.«

Sie tastete nach meiner Hand und ergriff sie. »Du hältst dich nicht im Ernst für einen Versager, Marsh, oder?«

»Ich weiß nicht. Vielleicht bin ich deswegen hier.«

Ich zog ihre Hand zu mir heran und drückte sie. Nach ein paar traulichen Momenten befreite Libby ihre Finger und ging zu dem Zaun, der die Tennisplätze begrenzte, dann drehte sie sich um und lehnte sich dagegen. »Ich bin mir nicht sicher, ob diese . . . Rekapitulation . . . gut für uns ist. Das Durchleuchten des Lebens kann seinen Tribut fordern.«

Als ich darauf nichts sagte, blickte sie auf die entfernte Wölbung des Arboretums und auf den hohen Klotz des nächstgelegenen Wohnheims. »Tja, da wären wir – frei, weiß und einundzwanzig, wie wir immer sagten. Was willst du jetzt machen?«

»Das hast du mich früher immer ein dutzendmal pro Abend gefragt: Was willst du machen.«

Ihr Blick begegnete meinem. »Die Antwort war für gewöhnlich Sex.«

»He, ich meine mich da an ein Joint Venture zu erinnern.«

»Oh, ich wollte es ja auch. Meistens. Ich kam mir dabei verrucht und verkommen vor, aber ich war gleichzeitig heiß, wer wollte das leugnen. Vielleicht war das das Problem: Wir haben zu sehr auf unsere Körper gehört, und zu wenig auf unser Inneres.«

»Die körperlichen Signale machen sich in dem Alter wohl deutlicher bemerkbar.«

»Auf jeden Fall sind sie leichter zu bedienen.«

»Solange wir bis zur Sperrstunde fertig waren.«

Sie kam auf mich zu und wischte mir etwas von der Wange. »Sperrstunde«, wiederholte sie. »Kein Wunder, daß wir nie erwachsen wurden.«

Sie nahm meinen Arm und zog mich auf den Hügel zu, der zum Mittelpunkt des Campus hinaufführte. »Also, warum hast du mich nie angerufen?« fragte sie unterwegs.

»Vermutlich weil ich dachte, daß das Komplikationen für dein Leben bringen könnte.«

»Wenn du in den achtziger Jahren angerufen hättest, wäre mir das überhaupt nicht aufgefallen – mein Leben hätte nicht komplizierter sein können, wenn ich mich um die Präsidentschaft beworben hätte.«

»Was war denn?«

»An Komplikationen? Ein Drogenproblem bei meinem Sohn. Ein gesundheitliches Problem bei meiner Tochter. Ein Treueproblem bei meinen Ehemännern. Und ein Karriereproblem bei mir.«

»Ich weiß nicht mal, was du eigentlich machst.«

»Was ich machen *wollte*, war Innenarchitektur. Was ich wirklich mache, ist, die Ersatzehefrau für einen Haufen von Baltimorer Geschäftsfrauen zu geben.«

»Soll heißen?«

»Ich betreibe einen Catering-Service. Hors d'œuvres für die Vizepräsidentinnen, die den Verkäuferstab zum Cocktail bitten, bevor das Preisverleihungsbankett im Marriott's beginnt.«

»Du hörst dich nicht ganz so begeistert an wie der Galoppierende Gourmet.«

»Wenn ich noch ein Canapé zu sehen bekomme, fange ich an zu schreien.«

»Warum machst du dann nicht etwas anderes?«

»Ich weiß ja nicht, ob du schon mal davon gehört hast, aber es gibt da draußen heutzutage keine Jobs. Null. Für niemanden.«

Da hatte sie wohl recht. Die Zeiten waren hart und wurden noch härter, und die Rezession würde bis zum Ende des Jahrhunderts dauern.

»Also«, fuhr sie fort, »Wie ich schon sagte: Was machen wir jetzt?«

Ich war zu müde für weiteres Analysieren, ob uns betreffend oder was auch immer. »Wir könnten zu dem Tanz gehen.«

»Du magst nicht tanzen.«

»Ein Vorteil des mittleren Alters ist es, daß es einem nichts mehr ausmacht, sich hin und wieder lächerlich zu machen; wenn es wenigstens für einen guten Zweck ist.«

Sie umklammerte meinen Arm und schmiegte sich an meine Seite. »Das wollte ich schon immer sein: ein guter Zweck. Wie gut bist du übrigens in Erdkunde?«

»Zwei minus, wenn ich mich recht entsinne. Wieso?«

»Ich hab mich gerade gefragt, ob du eigentlich weißt, daß Baltimore gar nicht so weit von Charleston entfernt ist.«

6

Am Samstag wurde es schlagartig ernst mit dem Klassentreffen. Sofort nach dem Frühstück teilte sich die Menge auf und bildete Metastasen von Untergruppen, die sich in Diskussionen stürzten, deren Themenspektrum sich von den Friedensaussichten im Nahen Osten über die im Zusammenbruch der Sowjetunion liegenden Gefahren bis zu den Wurzeln der wirtschaftlichen Lähmungserscheinungen erstreckte. Die Gruppe, der ich mich anschloß, besser gesagt: die mich umschloß, nahm sich die anstehenden Wahlen vor.

Es stellte sich heraus, daß wir alle, von zweien abgesehen, Demokraten waren, wobei die beiden Ausnahmen Bush deshalb verehrten, weil er der gesalbte Apostel des Heiligsten aller Heiligen – Ronald Reagan – war. Die meisten anderen sehnten sich nach Cuomo – mehr seiner rhetorischen Qualitäten als seiner Politik oder Persönlichkeit wegen –, unterstützten aber Clinton und fürchteten sich vor Perot. Daneben gab es nur noch einen unbeirrten Tsongas-Fan und zwei, die sich für Jerry Brown aussprachen. Viele von uns äußerten sich leidenschaftlich, notfalls sogar unlogisch, zu diesem oder jenem Punkt; einig waren wir uns alle, daß diese Wahl für längere Zeit die letzte Chance bot, eine Regierung des Mitgefühls zu bilden, die dem Wohl des einfachen Volkes statt dem des Big Business dienen würde; und doch hatte keiner von uns seine Zeit diesem Zweck, der uns so bedeutsam erschien, verschrieben.

Irgendwann erwähnte jemand den Namen Rodney King.

»Was für eine Farce!«

»Das Urteil oder die Unruhen?«

»Das Urteil natürlich.«

»Hast du das Video gesehen? Das *ganze* Video?«

»Ich habe gesehen, wie ein Mann fertiggemacht wurde, wenn du das meinst.«

»Nur solange er Widerstand leistete. Sobald er sich ruhig verhielt, haben sie aufgehört, ihn zu schlagen. Die Cops haben nur ihre Pflicht getan.«

»War das ihre *Pflicht*, rassistische Sprüche über den Polizeifunk von sich zu geben? War das ihre *Pflicht*, ihn immer wieder zu prügeln, obwohl sie fünf gegen einen waren?«

»Das war kein Prozeß, das war eine Metapher.«

»Wofür? Die Verantwortungslosigkeit der Schwarzen?«

»Das ist so ein Blödsinn. Die Schwarzen werden in diesem Land seit zweihundert Jahren unterdrückt. Das war nur ein offizieller Wink, ihnen zu sagen, welches ihr Platz ist, für den Fall, daß sie es vergessen hätten.«

»Das ist liberales Gefasel. Die Schwarzen suchen seit zweihundert Jahren nach Ausreden. Jetzt sollen die Koreaner schuld sein, um Gotteswillen.«

»Es stimmt, daß viele Leute sauer darüber sind, als Rassisten bezeichnet zu werden, und nicht nur Konservative. Sie glauben, daß die Schwarzen ihre Chance gehabt und sie vermasselt hätten.«

»Sie glauben, daß die Schwarzen nur daran interessiert sind, uneheliche Kinder zu zeugen und Weiße zum Drogenkauf zu nötigen.«

»Die Statistiken geben ihnen recht.«

»Das ist nicht wahr. Die meisten Schwarzen in Amerika gehören zur Mittelschicht, nicht zur Unterschicht. Und die meisten Sozialhilfeempfänger sind Weiße.«

»Das Problem ist, daß Vögeln und Drogenhandel das einzige ist, was diese rassistische Gesellschaft ihnen zu tun erlaubt. Jedesmal wenn der schwarze Mann sich erheben will, stößt ihn das Herrschaftssystem wieder zu Boden.«

»Wie kann man eine Gesellschaft rassistisch nennen, die Michael Jordan und Bill Cosby hervorgebracht hat?«

»Gladiatoren. Narren. Spaßmacher. Die Unterdrücker haben immer zu ihrem Vergnügen ein paar Zugeständnisse gemacht.«

»Was ist mit Jesse Jackson?«

»Auch ein Entertainer.«

»Was ich traurig finde, ist, daß so viele Schwarze –«

»Du meinst Afroamerikaner.«

»– Afroamerikaner, schwarze Intellektuelle eingeschlossen, glauben, daß der Grund für ihre Probleme in einer Verschwörung liegt, die ihre Rasse zerstören soll. Durch Drogen, zum Beispiel.«

»Und AIDS.«

»Was ich nicht fassen kann, ist, daß manche Leute diese jungen Sexprotze tatsächlich ermutigen, so viele Frauen zu schwängern, wie sie nur können.«

»›Babys bekommen Babys‹, so hat Jesse es genannt.«

»Euch ist wohl klar, daß Jesse, wenn er diesmal kandidiert hätte, auch nominiert worden wäre.«

»Was glaubst du, warum haben sie ihn nicht kandidieren lassen?«

»Die Schwarzen werden nie zu Potte kommen, solange ihre Führung nicht aufhört, nach Sündenböcken zu suchen. Das Problem der Schwarzen sind die Schwarzen – Verschwörungstheorien sind die letzte Zuflucht für kleine Geister.«

»Verschwörungstheorien sind das, was übrigbleibt, nachdem die Regierung ihre Hearings abgehalten hat, die herausfinden sollten, was passiert ist.«

»*JFK.* Genau. Klassefilm. Ich glaube auch, daß es der CIA war.«

Und so weiter. Obwohl die Diskussion, wie nicht anders zu erwarten, spröde und distanziert war, bekräftigte sie meinen Entschluß, mit Seth nach Charleston zu gehen, um mich, egal wie verspätet und am Rande auch immer, endlich für die Sache des Rassenfriedens zu engagieren, gut und gern fünfundzwanzig Jahre nachdem ich mich hätte aufraffen sollen.

Weiter Bemerkenswertes geschah dann nicht mehr, bis Gil und ich mittags nebeneinander in der Schlange vor der Essensausgabe standen. Nachdem er seinen Teller vollgefüllt hatte, tippte er mir auf die Schulter. »Hier ist es passiert, stimmt's?«

»Was?«

»Das große Verbrechen.«

»Oh. Yeah.« Ich zeigte es ihm. »Das Fenster da drüben.«

Ich hatte es – kaum zu glauben – ganz vergessen, denn was Gil ansprach, das war ein Anfall von krimineller Energie, dem ich mich im Winter meines »Junior«-Jahres, des vorletzten am College also, hingegeben hatte. Seth und ich waren derart süchtig nach einem bestimmten Schokoladenkeks geworden, den die Mensa von Zeit zu Zeit anbot, daß wir beschlossen, so viele davon zu stehlen, wie wir nur kriegen konnten. Nachdem wir unseren Coup bis ins letzte Detail geplant hatten, schlichen wir uns an dem Tag, an dem der Keks normalerweise auf dem Speiseplan stand, um drei Uhr früh zur Küche, zerbrachen ein Fenster, stiegen ein, fanden mehrere Tabletts voll der leckeren Happen, beschlagnahmten so viele, wie wir tragen konnten, und verzogen uns dann wieder auf unser Zimmer, wo wir uns achtundvierzig Stunden lang gütlich taten.

Eine Woche später suspendierte der Vorsteher der Studenten mich für zehn Tage und verdonnerte Seth einen Monat lang zu abendlichem Stubenarrest.

Während ich noch daran zurückdachte, wie ich von Dekan Antley zusammengestaucht worden war, lachte Gil mich an. »Ich hoffe, du stellst dich beim Aufklären von Verbrechen geschickter an als beim Begehen«, sagte er. »Mit wieviel haben sie dich übrigens drangekriegt?«

»Für die Kekse?«

Er schüttelte den Kopf. »Die Jahrgangsspende.«

»Oh. Äh . . . fünf.«

»Tausend?«

»Hundert. Wie steht's mit dir?«

»Fünfundzwanzig.«

»Hundert?«

»Tausend.«

»Oh.«

Zur Cocktailstunde wurden wir von einem Zahnarzt, der zur Hälfte an einem Weingut beteiligt war, mit einer Probe seiner ersten Pressung beehrt. Zum Dinner führten ehemalige Mitglieder der Theatergruppe eine Parodie der alten Fernsehsendung *Laugh-In* auf, in der einige der berüchtigteren Professoren aufs Korn genommen wurden. Komisch fanden es nur die Professoren, ein weiterer Beleg dafür, daß akademische Selbstbezogenheit einfach grenzenlos ist. Im Rahmen der festlichen Preisverleihung wurden ein Historiker, ein Performance-Künstler, ein Zeitungskolumnist und Gil für besondere Verdienste geehrt – hinterher war man sich so ziemlich darüber einig, daß dies das erste Mal gewesen war, daß man den Künstler auf dem Campus gesehen hatte. Und plötzlich sahen wir uns für die letzte Versammlung des Wochenendes anstehen, abgesehen vom Frühstück am Sonntagmorgen und einem A. A.-Treffen zum Abschied.

Überraschenderweise bedauerte ich das nahe Ende. Ich hatte Leute getroffen, die mir damals wichtig gewesen waren, und durfte erfreut feststellen, daß es ihnen gutging. Ich hatte außerdem traurige Geschichten von Klassenkameraden gehört, die nicht erschienen waren, woraus sich erneut Fragen über Schicksal, Vorbestimmung und ähnliche Kredos ergaben, die wir bis zum Überdruß diskutiert hatten in jenen Tagen, bevor wir einen Beruf ergreifen mußten und das Leben selbst zur Philosophie wurde. Das allerbeste war, daß ich mehrere, eher zurückhaltende Erzählungen von ein paar echten

Helden unserer Zeit zu hören bekommen hatte – von Lehrern an Innenstadt-Schulen, Sozialarbeitern in den Appalachen, Krebsforschern an Universitätskliniken. Und Pastoren und Physiotherapeuten und Kinderhort-Mitarbeitern; eine unerschütterliche Parade von Menschen, die Gutes tun in der Welt, ohne daß es jemand bemerken würde, abgesehen von den Objekten ihrer Freigebigkeit. Von Zeit zu Zeit versuche ich, mich glauben zu machen, daß auch ich zu dieser Parade zähle, aber es klappt selten.

Seth hatte mich den ganzen Tag lang gemieden, vermutlich weil er befürchtete, daß ich beschlossen hätte, ihm abzusagen. Sobald ich Gelegenheit dazu fand, erzählte ich ihm, daß ich meine Reservierung geändert und jetzt ein Ticket für die Morgenmaschine nach Charleston hätte. Er lächelte und flüsterte: »Danke.«

Und dann blieb mir noch Libby.

Achtzehn Stunden zuvor waren wir nach einem einzigen Tanz auseinandergegangen, der Müdigkeit und gemischten Gefühlen Tribut zollend. In stillschweigendem Einvernehmen hatten wir den ganzen Tag über getrennte Programme verfolgt, aber jetzt am Ende des Abends fanden wir uns wieder vereint.

Wir manövrierten uns in eine unbevölkerte Ecke des Saals und setzten uns nebeneinander auf eine Plüschcouch. »Kommst du manchmal auch in den Osten?«

»Seit Jahren nicht mehr. Kommst du jemals nach Westen?«

»Bisher nicht.«

Einige Leute beobachteten uns, grinsten und flüsterten. »Wir geben Anlaß zu Gerede«, sagte ich.

»Das war schon immer so. Alle fanden, daß wir überhaupt nicht zusammenpaßten. Glaubst du, daß wir es überstanden hätten, wenn wir zusammengeblieben wären?«

»Das bezweifle ich.«

»Warum?«

»Weil die wenigsten es schaffen. Und weil wir beide noch einige Probleme zu bewältigen hatten.«

»Die meisten habe ich immer noch.«

»Ich auch.«

Ihr Lächeln war matt. »Ich dachte, in unserem Alter sollte man den Bogen allmählich raus haben.«

»Ich glaube nicht, daß das zum kosmischen Plan gehört – wenn du ein Rätsel gelöst hast, muß ein anderes an seine Stelle treten. Man nennt das, glaube ich, die Unzerstörbarkeit der Angst.«

Wir vertrieben uns ein bißchen die Zeit mit Leute-Gucken und machten uns ein Bild von unseren Kameraden, deren Stimmungen von ekstatisch bis elend zu reichen schienen. Nach einer Weile lehnte sich Libby zu mir herüber und flüsterte: »Da sitzen wir nun, an einem Scheideweg des Lebens, alle möglichen Dinge von großer Tragweite sind zu erwägen, und ich kann nicht aufhören, an Sex zu denken.« Sie krümmte ihre Finger, als ob sie ihr weh täten, dann legte sie sie mir auf den Oberschenkel. »Aber es wäre nicht recht, findest du nicht?«

»Warum?«

»Es gibt moralische Werte, Marsh. Prinzipien. Dafür haben wir die Schule besucht, um Gottes willen.«

»Nichts von dem, was wir in der Schule gelernt haben, kann das bestimmen, was du und ich in der nächsten Stunde tun sollten.« Ich legte meine Hand auf ihre. »Aber wenn du meinst, daß es unmoralisch wäre, miteinander ins Bett zu gehen, dann solltest du es lassen.«

»Das tu ich dann wohl lieber.«

»Gut.«

Einen Moment später kniff sie mir in den Bizeps. »Willst du das Thema nicht mal ausdiskutieren?«

»Nee.«

»Ausgesprochen energisch warst du ja noch nie.«

Ich lachte.

»Aber das habe ich auch immer an dir gemocht, wenn ich es mir recht überlege.«

»Ich empfinde es auch als einen ganz guten Zug von mir. Erzähl mir von deinen Kindern.«

Libbys Gesicht wurde weich, und sie wirkte jetzt eher wie dreißig als wie fünfzig. »Sie sind eigentlich ziemlich in Ordnung. Sie hatten zuerst Probleme, große sogar, aber sie haben sich gut entwickelt. Ich würde mir wünschen, daß du sie mal kennenlernst.« Sie griff in ihre Handtasche und entnahm ihr ein paar Bilder von Kindern, die so aussahen, wie Kinder aussehen.

Nachdem ich die richtigen Sachen gesagt und ihr die Bilder zurückgegeben hatte, biß sich Libby auf die Lippen. »Wie fandst du *Thelma und Louise?«*

»Schöner B-Film.«

»Nicht ein Spiegel unserer Zeit?«

»Nicht mal annähernd.«

»Wem hast du geglaubt, Hill oder Thomas?«

»Hill.«

»Bist du für die Selbstbestimmung der Frauen bei Abtreibungen?«

»In zweiter Linie ja. In erster Linie bin ich für Verhütung.«

»Hast du *Backlash – Die Männer schlagen zurück* gelesen?«

»Nein. Was ist das hier, ein Lackmustest?«

»Ich glaube, es ist das Vorspiel.«

»Das konntest du früher aber besser.« Ich packte ihre Hand und zog sie hoch. »Gehen wir zu dir oder zu mir?«

»Dahin, wo es wärmer ist«, sagte sie.

7

Am nächsten Morgen begnügte ich mich mit einem Frühstück aus dem Automaten – Kaffee und ein *Baby Ruth*-Schokoriegel –, statt das schier unbegrenzte Angebot der Mensa, das man als »Mutter Aller Frühstücke« bezeichnen darf, in Anspruch zu nehmen. Bis acht Uhr war es mir gelungen, meine Taschen in den gemieteten Taurus zu packen und auch Seth und sein Zeug noch einzuladen. Minuten später war ich auf der Straße Richtung Norden, voller Erleichterung darüber, daß ich allem entgangen war, was einem verlegenen Abschiednehmen ähnlich sieht, dem von Libby eingeschlossen.

Mein Abgang war weniger feige, als er erscheinen mochte. Im Verlauf des letzten Abends hatten Libby und ich uns alles gesagt, was es für uns zu sagen gab, und alles getan, was uns eingefallen war. Unser Liebesspiel, das zunächst zögerlich und sogar ängstlich war, wurde immer vielseitiger, je mehr wir die Verlegenheit des Ungewissen zugunsten der Finesse des Vertrauten abstreiften. Sex wurde zu einer Quelle nicht der Scham, sondern des Trosts, war nicht mehr zweideutig, sondern notwendig. Mit weit mehr Dankbarkeit als Lust gestatteten wir uns, ihn auszukosten: Energien wurden gesammelt und verausgabt, wieder und wieder, unterbrochen nur von einer kurzen Untersuchung, ob das Kondom dem Sturm auch standgehalten hatte. Immer knapp vor dem Zusammenbruch der Sauerstoffzufuhr, schweißgebadet und nach Luft schnappend, um unsere Raserei anzufeuern, verschlangen wir uns ineinander in einem verzehrenden Klammern nach Halt, so als seien wir uns gegenseitig die letzte Zuflucht. Als wir uns dann dem Höhepunkt näherten, war es nicht nur ganz leicht, sondern auch unverzichtbar zu glauben, daß wir wieder zusammengehörten, daß es uns vom Schicksal bestimmt sei, unsere

Lebensreise nun doch gemeinsam und in wechselseitiger Abhängigkeit ins Endlose zu führen. Aber in der postkoitalen Düsternis meines überaus klösterlichen Zimmers wurde uns klar, daß wir uns erneut getäuscht hatten, daß die Wahrheit, die wir versucht hatten herbeizuzwingen, das Wochenende nicht überdauern würde. Und so überkam uns die Melancholie.

Aber nicht lange. Als wir uns gewaschen und abgetrocknet hatten und abwechselnd aus einer Dose Pepsi nippten, während wir nackt und ineinander verknotet im Mondschein lagen, da lachten und blödelten wir, machten Witze und zogen uns gegenseitig auf, äußerten alberne Selbstvorwürfe und nahmen den Mund ein bißchen voll, brachten begründete Hoffnungen und unbegründete Ängste zum Ausdruck und riefen uns in Erinnerung, warum wir uns geliebt hatten. Irgendwann legte ich einen Zettel in meine Brieftasche, auf dem Libbys Telefonnummer gekritzelt stand, und sie nahm ein entsprechendes Souvenir von mir entgegen, zusammen mit dem Versprechen, daß ich sie vor meinem Heimflug aus Charleston anrufen und einen Abstecher nach Maryland in Betracht ziehen würde. Ich habe solche Versprechen schon so manches Mal gemacht, ohne sie je gehalten zu haben. Ich fragte mich ernstlich, was ich diesmal tun würde.

Neben mir war Seth über mehrere Meilen hinweg so still, daß es langsam zermürbend wurde. »Falls du deinen Spaß gehabt haben solltest«, sagte ich schließlich, »gelingt es dir jedenfalls ziemlich gut, es zu verbergen. Muß wohl an all den Jahren im Schauspielklub liegen.«

»Da keine meiner ehemaligen Freundinnen aufgekreuzt ist, kamen mir die Feierlichkeiten etwas fade vor.«

»Apropos, wo war denn Miranda?«

Er zuckte die Schultern. »Irgendwo in Europa, habe ich gehört. Nicht daß ich irgend etwas angestellt hätte, wenn sie dagewesen wäre«, fügte er schläfrig hinzu.

»Warum nicht?«

»Ich bin schon vergeben.«

»Das muß ja eine Unterhaltung nicht ausschließen, es sei denn, du und deine Frau hätten ein etwas unorthodoxes Gelöbnis getan.«

»Ich bin nicht mehr verheiratet.«

»Seit wann?«

»Seit drei Jahren.«

»Wenn du vergeben bist, wer hat dich denn genommen?«

»Meine Verlobte. Jane Jean Hendersen. Eine Southern Belle, wie sie im Buche steht – Urgroßvater ist bei Chickamauga gefallen. Wir haben uns kennengelernt, als ich runtergegangen bin, um für den SNCC zu arbeiten – in gewisser Weise liebe ich sie seitdem.« Seths Gesichtsausdruck wechselte ins Anzügliche. »Du willst mir hoffentlich nicht erzählen, daß du und Libby nichts anderes gemacht hättet als euch zu unterhalten.«

»Kein Kommentar.«

»Ein Kommentar ist gar nicht nötig – hat sich angehört wie Rugby da drinnen.«

Seth lächelte über mein Glück und schloß dann die Augen. Ich wußte, warum *ich* müde war – Libby und ich waren bis drei Uhr beschäftigt gewesen –, aber ich wußte nicht recht, woran es bei Seth liegen sollte. »Du fandst die Begegnung mit deinen geliebten Klassenkameraden nicht übermäßig erfrischend, wenn ich recht sehe«, lautete mein Angebot nach ein paar weiteren Meilen.

Er zuckte die Schultern. »Zum einen waren schon mal die falschen Leute da. Von den interessanteren Typen sind die meisten gar nicht aufgetaucht. Erinnerst du dich an Boskitts? Der Felsenkletterer, der die Voltaire-Statue aus der Bibliothek geklaut und sie am Glockenturm hochgezogen und aufgehängt hat, um damit gegen den Krieg zu protestieren? Man weiß nicht mal, wo er jetzt ist; zuletzt in Nepal gesehen worden, sagte jemand.«

»Wahrscheinlich unter einem Gletscher.«

»Und Castle. Kennst du den noch? SDS und alles? Es heißt, er sei in Peru und gehöre zum Leuchtenden Pfad. Ein echter, lebendiger Revolutionär.«

»Du hast also keine Gleichgesinnten gefunden. Und was stört dich sonst noch?«

Seth seufzte und schüttelte den Kopf. »Das hat nichts mit dem Treffen zu tun.«

»Bleibt der Bund des Stolzen Südens.«

Er nickte. »Ich denke übrigens, es wäre besser, wenn wir vorgäben, uns nicht zu kennen. Wir können es so arrangieren, daß wir uns eine Taxe vom Flughafen teilen, so als wären wir Geschäftsleute, die versuchen, ein bißchen Kohle auf dem Spesenzettel rauszuschlagen. Wenn wir in der Stadt sind, habe ich da eine Möglichkeit, dich zu bunkern, bis wir miteinander reden können. Wäre das ein Problem für dich?«

»Macht mir nichts aus, aber wozu die Nacht-und-Nebel-Aktion?«

»Du bist vielleicht effektiver, wenn du inkognito arbeitest. Sicherer außerdem.« Seth schloß die Augen, damit ich keine weiteren Fragen stellte. »Ich kenne eine Frau in Charleston, die dir gefallen wird«, murmelte er einige Meilen später. »Sie findet, das Beste am Süden sei seine Degeneration.«

Ich lachte. »Ich verbringe die Blüte meines Lebens damit, das Geschlechtsleben des Dalai Lama zu imitieren, dann schleiche ich mich auf die Fünfzig zu, und plötzlich stecke ich bis über die Hüften in lauter Frauen.«

»Ist das gut oder schlecht?«

In der Entgegnung schien etwas Ungesagtes mitzuschwingen, aber ich war zu müde, es aufzuspüren.

»Die Südstaaten sind schon ein interessanter Ort«, fuhr Seth nach einer Minute fort. »Mich haben sie in dem Sommer gepackt, als ich im Rahmen der Wählerkampagne dort war. Ich habe in letzter Zeit viel über diese Zeit nachgedacht, wegen der BSS-Geschichte und dem Klassentreffen und weil da irgendein Typ durch die Stadt streift und für ein Buch recherchiert, das er über die SNCC-Tage schreibt. Den ganzen Ärger, den wir auf uns nehmen mußten, damit schwarze Menschen etwas so Simples tun konnten wie wählen. Die Schwarzen waren so unglaublich tapfer und die Weißen so unglaublich ängstlich. Eine Zeitlang dachte ich, daß sie Angst hätten, die Schwarzen zu ermächtigen, weil sie befürchteten, diese würden dann den Spieß umdrehen, und für die Weißen auf dem Land traf das wohl auch mehr oder weniger zu. Aber was die Oberschicht betrifft, so glaube ich, daß sie am meisten Angst davor hatten, dem ins Auge zu blicken, was sie getan hatten.«

»Du meinst die Sklaverei.«

»Nein. Das war meines Erachtens noch nicht mal das Schlimmste – es gab immerhin historische und ökonomische Gründe für die Sklaverei. ›Jim Crow‹ – die Rassentrennung – war das Erzübel, die systematische Erniedrigung der schwarzen Bevölkerung, die nach der Reconstruction-Periode einsetzte. Nichts von dem, was im Norden passierte, war auch nur annähernd so verletzend für die schwarze Psyche wie das rechtlich sanktionierte Stigma, das dort unten im Namen Gottes und der Segregation errichtet wurde. Das ist es, was der Süden sich nicht eingestehen kann – daß so viele gute Leute es so lange ignorierten oder so taten, als sei es nicht wichtig. Ein Bekannter von mir hat die These aufgestellt, daß die Südstaatler ihre Vergangenheit aus demselben Grunde romantisieren, aus dem Hitler das *Nibelungenlied* wiederbelebt hat: um einen Holocaust zu verschleiern. Wie auch immer, es war diese Art von Schizophrenie, die bei mir den Wunsch geweckt hat, eines Tages zurückzukehren und ihnen zu helfen, darüber hinwegzukommen.«

»Wo wir gerade von Romantikern sprechen«, warf ich ein.

»Sicher. Du kannst dich doch auch noch an die Zeit erinnern – wir dachten damals, wir könnten alles verändern. Ich beschloß, daß ich die Sache am besten angehen könnte, indem ich Prozeßanwalt würde. Mein Daddy hatte ein bißchen Einfluß in Washington, und als eine Stelle beim Oberstaatsanwalt in Charleston frei wurde, habe ich die Mason-Dixon-Linie mit meiner frisch angetrauten Braut und meinem Dr. iur. von Yale überquert und bin einen Steinwurf entfernt von Fort Sumter gelandet. Callie konnte die Stadt von Anfang an nicht ausstehen, aber ich habe sie ziemlich liebgewonnen.«

»Warum mochte Callie sie nicht?«

»Weil es in Charleston so ist, daß die Blaublütigen dir zwar zulächeln und ›Wie geht's denn?‹ sagen, wenn sie dir auf der Straße begegnen, und sie tun dir auch gerne schön, wenn es um ihre Wohltätigkeiten geht, aber so freundlich sie auch wirken mögen und wie lange du sie auch kennen magst, du wirst nie mehr sein als ein Eindringling, und du wirst nie einen Fuß hinter ihre Tür setzen. Was mir ganz recht ist, ehrlich gesagt, aber es paßte gar nicht zu Callies Vorstellung von ihrem Platz im Universum. Callie kommt aus bester Neuenglandfamilie – sie war nie Außenseiterin, bis sie mich geheiratet hat.«

»Lebt sie jetzt wieder in Boston?«

»Nee. Ist runter nach Kiawah gezogen mit einem Typen, der ein klein wenig was Besseres als ein Mafioso ist. Seit anscheinend jeder zweite Hollywoodfilm eine Biographie von seinesgleichen darstellt, ist er ziemlich prominent geworden, und Callie feiert ein furioses Comeback.«

»Wie lange warst du beim Oberstaatsanwalt tätig?«

»Drei Jahre. Hauptsächlich Drogengeschichten. Wir liegen nur ein paar Meilen abseits der I-95, der Verbindung von Miami nach New York, außerdem haben wir Hunderte von Meilen offener Küstenstreifen, da gab es jede Menge Konterbande, die uns auf Trab gehalten hat. Mit Drogen habe ich meine erste Million gemacht.«

»Wie das?«

»Nachdem ich die Behörde verlassen und meine Anwaltspraxis eröffnet hatte, habe ich mich auf die Verteidigung von Drogenfällen spezialisiert, und ich bin verdammt gut darin geworden. Hätte noch mehr damit verdienen können, aber als meine Kinder zur Schule kamen, habe ich beschlossen, daß ich mit dieser Seite des Lebens nichts mehr zu tun haben wollte, auch nicht indirekt. Jetzt vertrete ich respektable Kriminelle.«

»Könnte einer von deinen verstimmten Mandanten hinter diesem Bund-Verein stecken?«

Er zuckte die Schultern. »Wenn ich wüßte, wer hinter dem BSS steckt, wäre ich nicht nordwärts gezogen, um dich einzufangen.«

»Bist du der einzige Jude in der Stadt?« fragte ich nach einer Weile, weil es mich erstens interessierte und weil zweitens Bigotterie zum Kern seines Problems zu gehören schien.

»Überhaupt nicht. Juden sind seit dem Ende des siebzehnten Jahrhunderts dort ansässig. Die älteste Reformsynagoge der Welt steht in Charleston – natürlich haben sich die Nazis um die Mitbewerber gekümmert. Einer der vornehmsten Charlestoner Juden verlor sein Vermögen im Bürgerkrieg. Nachdem er sein zweites gemacht hatte, bezahlte er die Rückführung aller Jungs aus South Carolina, die bei Gettysburg gefallen waren, um sie hier begraben zu lassen, obwohl er ein entschiedener Gegner der Sezession war. In Charleston gibt es viele solcher Geschichten.«

»Das glaube ich.«

Etwas in meinem Tonfall brachte ihn zum Lachen. »Du mußt aufgeschlossen an die Sache rangehen, Marsh. Yankees sind darauf dressiert, die Südstaatler als verwerflich zu betrachten – ignorant, rassistisch, inzüchtig, brutal.«

»Willst du andeuten, das sei gar nicht wahr?«

»Ich will sagen, daß es dort nicht wahrer ist als an vielen anderen Orten; dem Süden gelingt es nur nicht so gut, es zu verbergen. Aber quäle deine Gehirnzellen nicht damit, uns auf die Schliche kommen zu wollen. Größere Geister als du sind schon über dem Versuch verzweifelt, das alles zu erklären.«

»Was ist mit dem Neuen Süden, von dem man so viel hört?«

»Ich schätze, ich gehöre zu denen, die den Verdacht haben, daß der Neue Süden nichts anderes ist als der Alte Süden mit ein paar großen Banken und einem Wahlrechtsgesetz. Du brauchst auch nicht eine Minute lang zu glauben, daß die Bubbas es nicht gerne wieder so hätten, wie es war, bevor Rosa Parks einmal frech wurde.« Er kicherte trocken. »Die Ausrufer des Neuen Südens haben ziemliche Schwierigkeiten zu erklären, warum die Kriegsflagge der Konföderierten noch immer auf dem Kapitol des Staates weht und warum Strom Thurmond noch immer unser gewählter Vertreter ist.«

»Du machst Witze. Mit der Flagge, meine ich.«

»Nee. Es gibt eine Populärgeschichte von Charleston, in der die Einwohner als ›reuelos‹ bezeichnet werden, und ich denke, das trifft es so ziemlich.«

»Willst du mir erzählen, daß sich dort seit der Reconstruction-Periode nichts verändert hat?«

»Im Gegenteil. Die Hütten sind von den Straßenrändern verschwunden, und die Schilder für Weiße und Farbige sind von den Toiletten entfernt worden, und von den öffentlichen Einrichtungen bis zur politischen Laufbahn steht allen alles offen – Charlestons Bürgermeister hat Wunder gewirkt in den Rassenbeziehungen dieser Stadt. Verdammt, Charleston hat sogar einen schwarzen Polizeichef. Einen schwarzen *jüdischen* Polizeichef, falls du dir das vorstellen kannst. Aber untergründig rumort die Rassenfrage weiter – David Duke hätte eine Menge Stimmen in South Carolina bekommen, wenn Buchanan ihm nicht die Schau gestohlen hätte.«

»Über Duke wurde auf dem Klassentreffen viel diskutiert. Es gab recht unterschiedliche Meinungen darüber, was hinter seiner Popularität steckt.«

»Harte Zeiten erzeugen harte Haltungen, im Norden genau wie im Süden. Im Grunde ist Bigotterie nichts anderes als Furcht. Die Juden werden wegen ihrer Fähigkeiten im Umgang mit Geld gefürchtet; die Asiaten wegen ihrer Intelligenz; die Mexikaner werden gefürchtet, weil sie für fast umsonst arbeiten; und die Schwarzen werden aus dem elementarsten Grund überhaupt gefürchtet.«

»Die weißen Männer haben Angst, daß die schwarzen Männer sie verprügeln und ihre Frauen vergewaltigen.«

»Das ist der prosaische Aspekt. Der poetische Aspekt ist der, daß sie Angst haben, den Frauen könnte es gefallen. Die Ausstrahlung der schwarzen Sexualität ist immer noch überwältigend – darum wurde Emmett Till abgeschlachtet, und darum wurden, nachdem das Joch der Sklaverei nach dem Bürgerkrieg abgeworfen war, die Ketten der Rassentrennung angelegt. Und darum bleibt der junge männliche Schwarze bis zum heutigen Tag der meistgefährdete Teil der Bevölkerung, im Norden genau wie im Süden.«

Seth hielt inne, um Atem zu schöpfen. Die Eindringlichkeit seiner Exegese schien ihn ermüdet zu haben. »Der Süden hat Probleme, Marsh. Jede Menge. Aber eins kann ich dir sagen: Wenn du weiß bist und einen Job hast, dann ist Charleston ein ziemlich angenehmer Ort zum Leben.«

Ich fand diese Lobrede merkwürdig. »Das Flugblatt, das du mir gezeigt hast, machte einen nicht so angenehmen Eindruck. Ich dachte, diese Geschichte mit dem BSS hätte mit dem ganzen Südstaatenzeug zu tun.«

Seths Gesicht bewölkte sich, passend zum Himmel hinter den Fensterscheiben. »In South Carolina hat alles mit dem ganzen Südstaatenzeug zu tun.«

8

Seth und ich saßen im Flugzeug nicht nebeneinander, daher verbrachte ich den Abschnitt bis Chicago damit, über Libby Grissom nachzudenken und darüber, was ich in dieser Angelegenheit tun sollte. Ich kam schließlich zum Schluß, daß ich im Moment nichts zu tun brauchte, was überhaupt das häufigste Ergebnis meiner Überlegungen ist, unabhängig von ihrem Gegenstand.

Da wir vorzugeben hatten, uns nicht zu kennen, mied Seth mich auch weiterhin, als wir in O'Hare umstiegen. Seine Gleichgültigkeit mir gegenüber war so sorgfältig gewahrt, daß ich anfing, mit der Idee zu spielen, ich sei in ein Netz von Intrigen gelockt worden und das vom Bund des Stolzen Südens ergangene furchtbare Urteil habe seinen Ursprung in den ölgetränkten Fehden des Nahen Ostens oder dem sich wieder erhebenden Nazitum in den Gedärmen des vereinigten Deutschlands.

Obwohl ich mir alle Mühe gab, derlei Phantasien zu unterdrücken, verstärkte der Eindruck des Surrealen sich noch, als wir den Flughafen von Charleston erreichten. Er war überflutet von Soldaten, die mit krausen Haaren und medaillenbehängten Kampfanzügen kamen und gingen; seine weiter entfernten Landebahnen waren gesäumt von dicken schwarzen Luftschiffen, deren herunterhängende Flügel und schnaufende Schnauzen den Eindruck erweckten, daß sie nur darauf warteten, jede beliebige Stadt der Welt im Handumdrehen plattzumachen; es war die reine Brutstätte für Paranoiker. Während ich das alles betrachtete und es gleich abzutun versuchte, setzte Seth seine List fort, deren Kern darin bestand, so zu tun, als hätten er und ich einander noch nie im Leben gesehen.

Die Taxifahrt in die Stadt dauerte zwanzig Minuten. Seth und ich machten Smalltalk: Seth erzählte mir, daß die Flüsse, die wir überflogen hatten, der Ashley und der Cooper seien, die an der Spitze der Charleston-Halbinsel zusammenflössen, um an einem Ort namens *The Battery* einen Hafen zu bilden, und daß ein englisches Schiff namens *Carolina* die ersten Siedler im Jahre 1670 am Ufer des Ashley abgesetzt habe. Dann erzählte er mir, daß das, was ich aus der Luft für komisches südliches Borstengestrüpp gehalten hätte, in Wirklichkeit die ausgefransten Stummel Tausender von Bäumen seien, die 1989 von dem Wirbelsturm Hugo entzweigebrochen worden waren.

Ich für mein Teil verkündete fröhlich, daß dies mein erster Besuch in der Gegend sei und ich große Erwartungen an sie hätte; daß ich in die Stadt gekommen sei, um mir im Auftrag einer Investment-Gesellschaft ein paar erstklassige Immobilien für Alterssitze anzuschauen, und daß ich eine Option auf ein Stück Land südlich der City in Betracht zöge. Wir behielten unsere Rollen die ganze Fahrt über bei, obwohl es völlig unnötig schien – der Taxifahrer achtete weder auf die Straße noch auf unsere Scharade.

Wir verließen den Freeway an der King Street und gerieten in eine Gegend von nackten und zerfallenden Holzhäusern, zwischen die wahllos hier und da Kirchen und Gaststätten und unscheinbare Läden gestreut waren, die nicht weniger gebrechlich wirkten. Die meisten Leute auf der Straße waren schwarz, und die Waren in den Ladenschaufenstern waren ausgelegt worden, als die Wähler noch für Ike schwärmten. Nachdem wir ein Gebäude passiert hatten, das wie eine mittelalterliche Festung aussah, sich aber als ein städtischer Bürokomplex erwies, fuhren wir in das Charleston ein, von dem die Leute so viel hermachen.

Wie es ihrem Alter in diesem Teil der Stadt wohl anstand, wurde die Straße jetzt eng und holperig, ein zweihundert

Jahre alter Anachronismus aus der Zeit, bevor Henry Ford die Funktionsgrößen der Straßen verändert hatte. Die Gebäude zu beiden Seiten waren zu dicht am Verkehr gelegen und trugen deutliche Spuren ihres Alters, aber die Etablissements im Innern waren alles andere als anachronistisch: schicke Boutiquen und Juweliergeschäfte und eine Batterie von Antiquitätenläden, die vor Silbertabletts und dekorativen Walnußtischchen schier aus den Nähten platzen wollten. Es gab sogar einen Laden für Blazerknöpfe.

Als wir an einem S. S. Kresge vorbeikamen, erzählte mir Seth, daß es der Schauplatz eines der ersten Stehimbiß-Sit-Ins in den Sechzigern gewesen war und seiner Kundschaft bis vor einem Jahr unverdrossen gedient hatte. Und als wir an einem Gebäude vorbeikamen, dessen Aufschrift es als Bibliotheks-Gesellschaft auswies, erzählte er mir, daß es die älteste private Bibliothek des Landes sei.

Während das Taxi an einer Ampel neben dem Postamt hielt, zeigte Seth nach rechts. »Südlich von hier – südlich der Broad, sagt man im allgemeinen – ist der Kern des Vorkriegs-Charleston. Einige der historischen Familien wohnen noch dort. Manche haben alles verloren, außer dem Dach über ihren Köpfen und ihren Nachnamen, aber sie werden immer noch hochgeachtet dafür, wer sie sind, oder besser: wer ihre Vorfahren waren.« Seth legte ein verschmitztes Lächeln auf. »Ich gehe gerne abends dort spazieren, nur um sie daran zu erinnern, wo ein Teil ihres Geldes gelandet ist.«

Einen Straßenzug später hielt Seth das Taxi an. Als ich aus dem Fenster guckte, sah ich ein großes, unansehnliches Gebäude, dessen gelbsüchtige Fassade vor Alter bröckelig war und dessen Dekor eine unelegante Mischung neoklassizistischer Motive darstellte, die keinen rechten Sinn ergab. Die Legende »Zerstört vom Erdbeben 1886. Wiedererrichtet durch das Volk der Vereinigten Staaten 1887« war in den Architrav gemeißelt. Auf einem wettergebeutelten Schild neben der Holztür stand die Aufschrift THE CONFEDERATE HOME – DAS KONFÖRDERIERTENHEIM.

»Das soll wohl ein Witz sein«, war alles, was mir dazu einfiel.

»Nee«, erwiderte Seth, über meine Verblüffung hocherfreut. »Dein Heim fern der Heimat.«

Wir stiegen aus dem Taxi, holten mein Gepäck aus dem Kofferraum und stellten es auf dem Bürgersteig ab. Als wir damit fertig waren, deutete Seth auf das Schild, und ich las mir den Text durch: »Dieses hübsche Gebäude, ca. 1800, wurde von Gilbert Chalmers erbaut. Von 1810 bis 1825 war es das Heim von Gouverneur John Geddes, der die Tochter des Erbauers heiratete. Während Gov. Geddes' Amtszeit stattete Präsident James Monroe ihm hier einen Besuch ab. Im Jahre 1867 gründeten Mary Amarinthia Yates Snowdon und ihre Schwester, Isabella Yates Snowdon, in diesem Haus ein Heim für Witwen und Waisen der Konföderation und eröffneten in der Folge an Ort und Stelle ein College. Noch heute ist es als Konföderiertenheim bekannt.«

Als ich meine Hausaufgaben erledigt hatte, drehte ich mich zu Seth um. »Ich hoffe, du hast deine Tochter Amarinthia genannt.«

Er grinste. »Nein, aber in Versuchung war ich schon.«

»Ich soll also hier unterkommen?«

Er nickte. »Heutzutage hat man es in Studios für Schriftsteller, Künstler und andere kreativ Tätige aufgeteilt. Ich habe mir ein Zimmer gemietet, als Versteck, wenn es im Büro allzu hektisch wird. Es ist nicht gerade luxuriös, aber es gibt ein Bett und einen Stuhl und einen Fernseher, und außerdem eine Dusche am Ende des Flurs. Alle Annehmlichkeiten, und dazu interessante Leute, die zu ungewöhnlichen Stunden herumstreunen. Ich dachte mir, daß dir das lieber wäre als ein Hotel, aber wenn du keine Lust aufs einfache Leben hast, kann ich dich im Mills House unterbringen, kein Problem. Es liegt an dieser Straße, ein paar Blocks entfernt.«

Ich sah mich um. »Das hier ist in Ordnung. Ich hatte heimlich schon immer den Wunsch, einmal Jubal Early zu sein.«

»Ich bin mir nicht sicher, ob Jubal je die Nacht in Charleston verbracht hat, aber du kannst dir gerne eine ungemein tragische Geschichte heraufbeschwören und dich mitten hineinversetzen – das ist das, was dem Süden so ziemlich am besten liegt.« Seth blickte die Straße rauf und runter, als sei meine Anwesenheit ein Verbrechen. »Am besten lebst du dich erst mal ein, und ich komme dann so um neun vorbei und mach dich mit meiner Lage bekannt. Sieh dich in der Zwischenzeit ruhig ein bißchen um – oben im Zimmer liegt ein Reiseführer. Wir sind hier an der Ecke Church Street und Broad Street; jede Menge Geschichte, wohin du auch guckst, und einen Block weiter gibt's auch ein vernünftiges Restaurant.«

»Klingt gut.«

»Und, Marsh?« Seth legte seine Hand auf meinen Arm. »Nochmals danke, daß du mitgekommen bist. Wenn dir die ganze Sache nicht mehr gefällt, nachdem ich dir erzählt habe, was passiert ist, kannst du jederzeit wieder aussteigen.«

»Einverstanden.«

Wir klopften uns gegenseitig auf die Schulter, dann warf Seth einen Blick auf den Taxifahrer, der außer Hörweite hinter seinem Steuer saß. »Ich sollte dir wohl lieber nicht dein Zimmer zeigen.«

»Vermutlich nicht.«

»Es ist Zimmer zweihundertzehn.« Er wühlte in seiner Tasche. »Hier ist der Schlüssel.« Er steckte ihn mir heimlich zu. »Seid willkommen in South Carolina, mein Herr.«

»Bin ganz närrisch vor Freude, hier zu sein, Colonel.«

Seth stieg zurück in die Taxe, und ich stieß mit der Schulter die schwere Tür auf, die auf einen Innenhof führte, der den dreistöckigen Ziegelbau frankierte. Während ich mein Gepäck die stählerne Außentreppe hinaufschleppte, um auf die längs des ersten Stocks verlaufende Veranda zu gelangen, rief ich mir die Scharen der geschlagenen Helden vor Augen, deren Familien vor mir in diesem Gebäude gehaust hatten. Auf den letzten Metern bis zu meinem Ziel war ich jederzeit auf spukende Geister gefaßt.

Mein Zimmer ging direkt von der Veranda ab, deren Balken quietschten, als ich sie aufschreckte. Sowohl die Blende über der Tür als auch das schmale Fenster daneben hatten weiße Musselinvorhänge. Während ich nach meinem Schlüssel tastete, erschien mir der Ort so still wie eine Gruft – offenbar waren die Schriftsteller und Künstler ausgegangen, um Material zu sammeln, und der Geist der Witwe von Johnny Reb hielt gerade sein Nachmittagsschläfchen. Ich öffnete das widerspenstige Schloß und schleifte meine Taschen nach innen.

Obwohl durchaus stilvoll und mit einer maskulinen Note ausgestattet, war das Zimmer dunkel, und das Gefühl von Feuchtigkeit bestimmte die Atmosphäre. Die Decke war recht hoch, aber die Wände ließen klaustrophobische Anfälle voraussehen. Der Geruch von Schimmel und trockenem Moder wurde von dem Bukett im Korb neben der Tür und der Duftschale am Rande des Schreibtisches nicht ganz aufgefangen. Das Fenster überblickte den Hof bis zu einem anliegenden Park; der Ventilator an der Decke bewegte sich nicht. In stummer Ehrerbietung für Jubal Early verstaute ich meine Taschen und inspizierte mein Quartier.

Schreibtisch, Sessel, Couchtisch; Kleiderschrank, Ruhebett, Fernseher; Bücherregal, Kühlschrank, Stereoanlage. Das war so ziemlich alles, abgesehen von der Kunst an den Wänden und dem Teppich auf dem Fußboden, beides üppig und dekorativ, aber auch schon ein wenig verblichen. Ich machte das Radio gerade rechtzeitig an, um eine Stimme verkünden zu hören, daß sie von Bord der *Yorktown* im Hafen von Charleston sendete. Mir war bekannt, daß die Vorliebe der Südstaatler, ihre Politiker so lange in Amt und Würden zu halten, bis sie sich in Alter und Senilität bequem eingerichtet hatten, zu massiver militärischer Präsenz in der Gegend um Charleston geführt hatte; aber ein Flugzeugträger als öffentliche Radiostation? Du meine Güte!

Ich warf ein paar Sachen aufs Bett, hängte einen Teil meines Zeugs in den Kleiderschrank, dann wusch ich mich und zog ein anderes Hemd an. Nachdem ich den Reiseführer durchgeblättert und einige Sehenswürdigkeiten herausgesucht hatte, schob ich mir einen Stadtplan in die Tasche und kehrte auf die Straße zurück. Mit nicht geringem Staunen darüber, wo ich war, trat ich meinen ersten Spaziergang im sagenhaften Süden an – als jüngster in einer langen Reihe von Abenteurern, die in diese Gegend eingefallen waren, und durchaus nicht der erste Yankee, der gekommen war, ihr eine Lektion zu erteilen.

9

Das erste, was mir auffiel, war der Bürgersteig. Er bestand aus Steinen, die in schwere Quadrate geschnitten und unregelmäßig ausgelegt worden waren, und hatte sich im Laufe der Zeit so verzogen, daß die herausstehenden Kanten nach meinen Füßen schnappten und mich alle paar Schritte stolpern ließen, bis ich lernte, mein übliches Schlurfen in ein höher ausgreifendes Schreiten zu verwandeln. Für alte Leute mußte es der Horror sein – vielleicht waren auch deswegen kaum welche zu sehen.

Eine zweite Merkwürdigkeit betraf die Autos: Ich sah ausschließlich neue und teure. Ich war schon im Begriff, Charleston zur wohlhabendsten Stadt des Landes zu erklären, da fiel mir der Wirbelsturm wieder ein – die Autos verdankten sich zweifellos den Versicherungsgesellschaften und ersetzten diejenigen, die vom Sturm zerstört worden waren. Angesichts der allgemeinen Wirtschaftslage hofften die Autohändler vermutlich auf eine baldige Wiederaufführung.

Eine interessantere Überraschung bot die gesprochene Sprache. Obwohl ich, so gut es ging, umherlauschte, hörte ich nur eine Handvoll Leute, die den legendären, vielbesungenen Dialekt pflegten, jenen schleppend-schleifenden Südstaaten-Singsang, der so verführerisch sein kann, aber auch so bedrohlich, je nachdem, welche Botschaft er transportiert. Die meisten Leute, die mir begegneten, vor allem die jüngeren, hatten praktisch gar keinen Akzent. Gut möglich, daß es hierher verpflanzte Yankees waren, so wie Seth; ich hatte allerdings noch einen anderen Verdacht: Das Fernsehen hat die Stelle von Familie und Freunden als primäre Geräuschquelle in unserem Leben eingenommen, und so verlieren wir alle unsere spezielle Färbung.

Aber solche Beobachtungen waren lediglich Fußnoten der alles andere verschlingende Aspekt des Ortes war der geschichtliche. Wie Seth und der Reiseführer angekündigt hatten, war ich von Vergangenheit umstellt; sie war omnipräsent und unentrinnbar, sie wurde kundgetan in den Namen auf den Denkmälern und den Tafeln an den Gebäuden und den Büchern in den Läden und, höchst musikalisch und humoristisch, in den geschaffenen Erzählungen der Kutscher auf jenen allgegenwärtigen Pferdewagen, mit denen die Touristen durch die Straßen gekarrt wurden, während kecke junge Fremdenführer ihre sorgfältig bearbeiteten Versionen der Sittengeschichte Charlestons feilboten. Die Fremdenführer trugen Konföderationsmützen; die Pferde trugen Windeln; die Touristen trugen Karos.

Von der Atmosphäre angefeuert, schlenderte ich umher und schaute, stöberte und staunte; es war eine Reise durch die Zeit. In dem Dutzend der quadratischen Blocks, die mein Quartier im Confederate Home umgaben, gab es mindestens ein Dutzend Kirchen, eine älter und prächtiger als die andere. Einige davon konnten sich rühmen, erster Versammlungsort der jeweiligen Denomination in diesem Lande gewesen zu sein. Eine läutete jede Viertelstunde die Zeit aus. Eine andere war rund. Die dritte hatte Säulen im Portikus aufzuweisen, die größer waren als die des Weißen Hauses. Die vierte beherbergte auf ihrem Friedhof die sterblichen Überreste von John C. Calhoun, dem Mann, der das Rednerpult des Senats erklommen hatte, um die Sklaverei als »ein wertvolles Gut« auszurufen. Auch auf ihn war South Carolina stolz – ganz im Einklang mit seinem Erbe als Staat der Plantagenbesitzer, welcher zudem der erste gewesen war, der seinerzeit die Union verlassen hatte.

Die meisten der Gebäude waren aus Steinen und Ziegeln erbaut – in der Broad Street schien in jedem zweiten ein Rechtsanwalt oder Makler zu sitzen – aber sie waren nicht annähernd so alt wie die Stadt. Von einem der Pferdewagenführer, den ich belauschte, hörte ich, daß neben der Verwüstung, die die Belagerung Charlestons während des Bürgerkrieges mit sich gebracht hatte, auch einige eher naturhafte Katastrophen – fünf Brände, zehn Wirbelstürme, zwei Erdbeben – die Stadt immer wieder zerstört hatten; am verheerendsten war das Erdbeben von 1868 gewesen. Die meisten Gebäude aus der Stadt gehen daher nicht auf die Zeit der ursprünglichen Besiedlung, sondern auf dieses Jahr zurück, was sie aber immer noch älter und faszinierender sein läßt als den Großteil der Architektur in der Stadt, in der ich lebe.

Teils war es dem jüngsten Wirbelsturm, mehr noch aber wohl dem Kleingeld der Touristen zu verdanken, die mittlerweile in Scharen in die Stadt einfielen, daß große Teile des alten Viertels restauriert worden waren. Die Farben der Häuser waren hell, die Piazzas wirkten kühl und komfortabel, die Gärten stellten ein üppiges Blütenmeer aus. Tatsächlich war die Verschönerung so geschniegelt ausgefallen, daß ein Hauch von Unwirklichkeit über dem Ganzen lag – man konnte sich schwer vorstellen, daß Menschen, welchen Standes auch immer, jemals wirklich so gelebt hatten.

An jeder Ecke führten historische Wegweiser an den langen, stattlichen Häusern stolz ihre geschichtsträchtigen Namen auf: Calhoun, Rutledge, Pinckney, Beauregard. Jeder Schritt brachte mich zu etwas Neuem: ein Gebäude war einst ein Pulvermagazin gewesen, ein anderes pries sich als feuerfest an; das Sklavenmarkt-Museum war nur eine Straße vom Militärgefängnis entfernt, das hinter der Börse lag, welche sich unmittelbar neben der Stelle befand, wo die Sklaven gekauft und verkauft worden waren. Zu Zeiten des Bürgerkriegs hatten mehr Leute in Charleston Sklaven besessen als in jeder anderen amerikanischen Stadt; andererseits waren auch – ein Zeichen ihrer komplexen Entstehungsgeschichte – dreitausend freie Schwarze in der Stadt ansässig gewesen. Bezeichnend für die unterschiedliche Herkunft der Gründerfamilien dieser Stadt war, daß das Hauptquartier des Deutschen Arbeiterhilfsvereins sich ganz in der Nähe der etwas aufwendigeren Versammlungsorte der Iren und Hugenotten befand.

Vergangenheit als Gegenwart, Geschichte als Religion, Zukunft als ein Fortschreiben von Mythen und Verehrung der Vorfahren – noch nie war ich an einem Ort gewesen, der seine Vergangenheit derart leidenschaftlich feierte. Ich selbst kam nicht aus einer Familie, die sich darum kümmerte, wer sie war und woher sie kam – ich weiß zum Beispiel nicht, was mein Urgroßvater von Beruf war, oder auch nur, wo er geboren wurde –, daher fiel es mir schwer, den nostalgischen Furor zu verstehen, der die Stadt wie eine Armee besetzt hielt. Und dies um so mehr, als für einige von uns die Geschichte, die der Süden so hoch in Ehren hält, denn doch eine Besonderheit trägt, die alle anderen als vergleichsweise trivial erscheinen läßt.

Ob gerechtfertigt oder nicht, für Menschen meines Alters und meiner Geisteshaltung bleibt der Süden das Symbol für Amerikas größte Schande, den nicht getilgten Makel, den Virus, der uns mehr als jeder andere lähmt. Trotz der Errungenschaften der Bürgerrechtsbewegung und des Tods ihrer Märtyrer, trotz der Gesetze und Gerichtsentscheide, die sie bewirkt hat, bleibt der Rassismus eine böse Geschwulst, wie das Rodney-King-Debakel gezeigt hat. Seine Dimensionen werden zunehmend geleugnet, und seine Bekämpfung wird zunehmend problematisch. Viele Weiße weigern sich hartnäkkig, ihre Bigotterie einzugestehen, und geben lieber dem Opfer die Schuld statt dem Täter; viele Schwarze betrachten den Rassismus als Entschuldigung für alles, Selbstzerstörung eingeschlossen. Und im Zeitalter des Häppchenjournalismus und der Political Correctness können die Probleme auch nicht vernünftig diskutiert werden.

Am erdrückendsten ist aber die perverse Art, in der die Rassenfrage nach wie vor unsere Politik beeinflußt. Die Weißen kehren der demokratischen Partei in Scharen den Rücken, weil sie als zu schwarzenfreundlich angesehen wird. Um noch mehr Überläufer anzulocken, stimmen die Republikaner ein lautes Geschrei gegen »Steuern« und »Quoten« an, was von manchen als rassistische Stimmungsmache interpretiert wird, die eine weitere Verhärtung verspricht, indem sie zu verstehen gibt, daß die Regierung nicht länger anstrebt, die Benachteiligungen auszugleichen, denen farbige Menschen während unserer ganzen verkorksten Geschichte ausgesetzt waren. Die für die Wahl unserer Politiker ausschlaggebenden Stimmen kommen zunehmend von den Leuten, die denjenigen Kandidaten unterstützen, der am überzeugendsten verspricht, die Minderheiten unter ihrem eigenen Stand zu halten, und die alle staatlichen Ausgaben mißbilligen, die nicht sie selbst begünstigen.

Obwohl ich im Unterschied zu Seth nie eine Rolle in dem Rassendrama gespielt hatte, war ich von dem Thema immer fasziniert gewesen, hatte Bücher auf der Suche nach Erklärungen und Alternativen gewälzt, hatte nach Hinweisen in Zeichen und Symbolen geforscht und war manches Mal beschämt worden, wenn mein eigener Vorrat an rassischen Ängsten und Klischees sich an die Oberfläche drängte. Aus diesem Grund wandte sich meine Aufmerksamkeit denn auch bald von Charlestons heroischen Denkmälern und makellosen Gebäuden ab, um sich auf die Menschen zu konzentrieren.

Wenn auch nicht so dominierend, wie es auf dem Weg vom Flugplatz in die Stadt ausgesehen hatte, waren die Schwarzen doch auch im exklusiveren Teil der Stadt recht zahlreich vertreten. Meistenteils schienen sie Besorgungen zu machen, manche führten untergeordnete Aufgaben aus, einige trugen Post aus, und einige wenige schienen gehobeneren Tätigkeiten nachzugehen, wirkten seriös und geschäftsmäßig, dem Status, den sie anstrebten, entsprechend gekleidet. Stets wurde, wenn ein Schwarzer auf dem Bürgersteig einem anderen begegnete, ein Gruß gewechselt, keineswegs nachlässig, sondern von Herzen kommend. Die Weißen waren nicht so freundlich, auch untereinander nicht. Im ganzen schien die Stimmung unter den Schwarzen weniger Bedrücktheit als Durchhaltevermögen anzuzeigen, weniger Widerstandsgeist als Anpassung, weniger Feindseligkeit als Umsicht, weniger Hoffnung als Resignation.

Inmitten solcher Überlegungen mußte ich plötzlich lachen. Ungeachtet Seths ausdrücklicher Warnung begann ich schon nach einer Stunde Aufenthalt, den russischen Kode dieser südlichsten aller Südstaatenstädte entziffern zu wollen. Wo immer die Wahrheit liegen mochte und wie groß auch immer die Wahrscheinlichkeit, daß ich in der Lage sein würde, sie zu enthüllen, ich sah mich gezwungen zuzugeben, daß James Baldwins Feuersbrünste des rassischen Armageddons hier in Charleston in South Carolina, an diesem sonnigen Sonntag Mitte Juni, wohl eher nicht entfacht werden würden. Ein unsichtbares Schmiermittel schien das reibungslose Funktionieren der sozialen Maschinerie zu sichern und einen entspannten Verkehr innerhalb und zwischen den Rassen zu gewährleisten, im deutlichen Gegensatz zu den ständigen Konfrontationen, die die Städte des Nordens quälen, wo die Erwartung bevorstehender Feindseligkeiten eine bedrückende Atmosphäre schafft, die einen fertigmachen kann.

Eine ähnliche Spannung mußte doch auch hier herrschen, oder nicht? Hier hatte schließlich alles angefangen, in diesem Staat, dessen unersättliche Gier das Problem überhaupt erst geschaffen hatte.

Warum also empfand ich das alles nicht als abstoßend?

10

Seth klopfte um Punkt neun an die Tür, trat wortlos ein, überzeugte sich mit ein paar Blicken davon, daß ich mich eingerichtet hatte, stand dann hinter dem Schreibtisch, zaghaft und verlegen, und wußte nicht recht, wo er anfangen sollte. Er hatte eine Aktentasche in der Hand und eine Falte auf der Stirn.

»Soweit bequem?« fragte er schließlich.

»Jau.«

»Hast alles, was du brauchst? Seife, Shampoo, Schundromane?«

»Bin versorgt.«

»Schon ein bißchen die Gegend beguckt?«

»Jau.«

»Und? Wie fandst du's?«

»Nett.«

Er runzelte die Stirn. »Ist das alles?«

Ich lächelte. »Ein endgültiges Urteil behalte ich mir noch vor.«

»Bis?«

»Bis du mir erzählt hast, was zum Teufel zwischen dir und diesem BSS-Haufen los ist.«

Seth musterte das Zimmer, langsam und kritisch, so als hätte er eine größere Begeisterung erwartet, als ich zeigte, und wäre jetzt ärgerlich darüber, daß es seine Aufgabe nicht erfüllt hatte. »Wir können dich immer noch im Mills House unterbringen«, wiederholte er abwesend. »Soll ich anrufen und sagen, daß wir kommen?«

Ich schüttelte den Kopf. »Wenn es dir nichts ausmacht, würde ich ganz gerne hierbleiben. Ich gebe mich als Major der Kavallerie aus und bin gerade aus Appomatox zurückgekehrt.

Zehn Pferde sind mir zwischen den Beinen weggeschossen worden. Ich habe ein lahmes Bein, einen Ziegenbart und ein Offiziersstöckchen. Und die Taschen voll mit wertlosem Geld.«

Seths Grinsen war halbherzig. »Wie geht's mit deiner Repatriierung voran?«

»Schleppend. Sherman hat das Haus auf meinem Land niedergebrannt, und irgendwie kann ich meine Sklaven nicht wiederfinden.«

»Sherman hat Savannah geplündert und Columbia angezündet, aber Charleston hat er der Sorge der Marine anvertraut. Und die Sklaven sind keine Sklaven mehr.«

»Wie unangenehm.«

»Das hängt vom Blickwinkel ab, habe ich gehört.«

Unsere kleine Farce endete in zerbrechlichem Schweigen. Ich setzte mich auf das Ruhebett, lehnte mich gegen die harte, kühle Wand und wartete darauf, daß Seth uns dahin führen würde, wo er hinwollte.

Nach einem langen Blick aus dem Fenster stellte er seine Aktentasche auf den Schreibtisch und untersuchte den Inhalt so lange, daß ich mich zu fragen begann, was in aller Welt da wohl drin sein mochte; dann zog er einen Gegenstand hervor, der flach, rechteckig und aus Plastik war. Er setzte sich in den Schreibtischsessel, drehte sich herum, plazierte den Gegenstand in den Kassettenrekorder auf dem Schrank und drückte dann auf eine Taste.

»Mach dich auf was gefaßt«, sagte er. Als ich zu einer Antwort ansetzte, hob er nach dem ersten Wort die Hand. »Hör es dir erst mal kurz an.«

Ein Brummen, ein Summen, und dann begann eine Stimme – betont, beflissen, triefend vor Selbstherrlichkeit, aber mit weitaus weniger Souveränität, als sie auszustrahlen versuchte –, einen offenbar vorbereiteten Text zu verlesen, wobei es unterwegs einige Schnitzer in der Aussprache gab.

»Dies ist die Ergänzung Nummer Eins zur Direktive Nummer Sieben aus der Geschäftsstelle des Ersten Feldmarschalls des Bundes des Stolzen Südens:

Der Bund hat, nach Konsultationen mit den höchsten Gremien von Stab und Feldeinheiten, bestimmt, daß überwältigende Beweise dafür vorliegen, daß Seth Hartman – Rechtsanwalt, Yankee, Hurenjäger, Antichrist – ein Feind der Großen Weißen Rasse ist, und dies seit mindestens 1966. Der Bund hat ferner bestimmt, daß Seth Hartman in der Vergangenheit wie in der Gegenwart an Handlungen und Verschwörungen teilgenommen hat, die eine deutliche und unmittelbare Bedrohung für die Südliche Lebensart darstellen.

Von der Reinheitsbrigade gesammelte Hinweise belegen zweifelsfrei, daß Seth Hartman es sich seit vielen Jahren zur Aufgabe gemacht hat, die ehrwürdigsten und christlichsten Institutionen der Stadt Charleston und des Staats South Carolina zu zerstören, und ebenso lange als bezahlter Agent der internationalen zionistischen Verschwörung tätig ist, in Zusammenarbeit mit verbündetem Untermenschengesindel. Hartman hat nachgewiesene Verbindungen zur Trilateralen Kommission und zu den Erben der Illuminaten, und er ist ein aktiver Agent der Zionistischen Besatzungsmacht.

Sofern ihnen nicht augenblicklich Einhalt geboten wird, sind Hartman und seine Helfershelfer im Begriff, eine Zweite Rekonstruktion der sozialen und politischen Verhältnisse in den Südstaaten auf den Weg zu bringen, somit in Einklang stehend mit den verdrehten und fremden Ideen nördlicher Liberaler und ihrer hiesigen Mitverschwörer, deren Mission nach wie vor in der Zerstörung unseres christlichen Erbes und der Südlichen Lebensart liegt.

Hartmans Verhalten stellt eine solche Bedrohung dar für die christlichen Werte, für das Sächsische Israel und die Große Weiße Rasse und für die Reinheit junger weißer Seelen im Carolina Low Country, daß das Charlestoner Stabsbüro des

BSS sich veranlaßt sieht, ihn zum Verräter des Südens zu erklären, sowie ferner zu erklären, daß Seth Hartmans Eliminierung höchste Priorität im Rahmen der Reinheitskampagne des BSS genießt.

In Übereinstimmung mit den Grundsätzen des BSS wird das nähere Verfahren nicht bekanntgegeben. Es sei aber versichert, daß der BSS dem Übel in geeigneter Weise begegnen wird. Seth Hartman wird fallen, bevor das Jahr zu Ende ist. Der Bund des Stolzen Südens muß und – dies sei im Namen der Wahren Schriften geschworen – wird Krieg führen gegen die Kräfte der Dunkelheit, bis er die Heilige Stadt von den fremden Ideen und dem degenerierten Verhalten des Seth Hartman und seinesgleichen befreit hat.

Der Stolz des Südens ist weiße Macht.

Weiße Macht ist christlichen Patriotismus.

BSS – Ende.«

Das Band zischte wie ein bedrohtes Reptil, bis Seth auf eine andere Taste drückte und eine segensreiche Stille herstellte. Mein Herz klopfte, mein Magen brannte – ich hatte ein Gefühl, als sei ich vergiftet worden. »Gottogott«, brachte ich heraus.

Seth mochte mich nicht ansehen. »In der Tat.«

»Die meinen es ernst, nehme ich an.«

»Davon müssen wir wohl ausgehen.«

Ohne es zu wollen, tat ich das, was ich meistens tue, wenn ich mich aufrege: versuchen, die Sache runterzuspielen. »Bist du wirklich ein Hurenjäger?«

Seths Lächeln war schwach, sein Achselzucken kaum wahrnehmbar.

»Vielleicht ist das alles, worum es geht«, fügte ich schnell hinzu. »Ein eifersüchtiger Ehemann, der seine häßliche Fratze zeigt.«

Seth sah mich an. »Du glaubst doch nicht im Ernst, daß es so einfach ist, oder?«

Ich schüttelte einsichtig den Kopf. »Glaubst du, daß es was damit zu tun hat, daß du Jude bist?«

»Ich weiß nicht, aber ich vermute, daß das nicht alles sein kann. Ich gehe ja kaum zum Gottesdienst; ich bin nicht mal sicher, ob allzu viele Leute überhaupt wissen, daß ich Jude bin.« Er brachte ein leises Lächeln zustande. »Zu den Dingen, die ich getan habe, seit das Band kam, gehört auch, daß ich mich bei einem Rabbi nach Unterweisung in der Thora erkundigt habe.«

Ich war jetzt endlich wieder so weit bei Sinnen, daß ich anfangen konnte, meinen Beruf auszuüben. »Wie lange hast du das Ding schon?«

»Das Band? Weniger als einen Monat.«

»Weiß sonst noch irgend jemand davon?«

Er schüttelte den Kopf. »Von mir nicht.«

»War noch irgend etwas anderes in der Sendung?«

»Das erste, was sie geschickt haben, war die Bekanntmachung des Rassenurteils, das ich dir auf dem Klassentreffen gezeigt habe. Dann kam das Band. Und später noch ein Anruf.«

»Von wem?«

»Angeblich vom Ersten Feldmarschall persönlich.«

»Hast du vorherige von dieser BSS-Kiste gehört?«

Er schüttelte den Kopf. »Aber ich achte auch nicht besonders auf diesen Scheiß. Der Klan marschiert alle zwei Jahre oder so durch die Stadt, aber für gewöhnlich wird dabei jeder Kleagle von fünf Cops begleitet, so daß es nicht mehr ist als eine blöde Burleske. Die Klan-Leute sehen so lächerlich aus, daß es schwerfällt, sie ernst zu nehmen.«

»Das Mediengetöse um David Duke scheint die Haßprediger wieder zum Leben erweckt zu haben.«

»Das ist wahrscheinlich auch schon alles: Irgendein Klan-Ableger läßt die Muskeln spielen.« Seths Worte kamen betont beiläufig, als würden wir allgemeine Phänomene diskutieren.

In gewisser Weise taten wir das wohl auch, aber der kalte Schauer, der meine Eingeweide gepackt hielt, seit die Kassette ihr Gift verspritzt hatte, ließ erkennen, daß ich bereits davon überzeugt war, daß der BSS und sein Bannstrahl kein bloß theoretisches Problem darstellten.

»Es wäre gut, wenn wir Gewißheit hätten, daß dieses Urteil gegen dich echt ist.«

Seth lächelte. »Was glaubst du, warum du hier bist?«

Ich wartete darauf, daß er weiteres Material zu dieser Sache, welcher Art auch immer, auf den Tisch legen würde, aber statt dessen beugte er sich vor und öffnete eine Schublade. »Was zu trinken?«

»Doppelten.«

Er nahm zwei Gläser und eine Flasche Ballantine aus dem Fach und goß uns beiden einen gesunden Schluck ein. »Auf bessre Tage«, sagte ich.

»Und erholsame Nächte.«

Ich nahm erstmal zwei schnelle Schlucke. »Irgendeine Ahnung, warum sie das hier tun?«

»Um mich zu zwingen, etwas zu tun, das ich nicht tun will, nehme ich an.«

»Zum Beispiel?«

»Das weiß ich noch nicht. Bisher scheinen sie mich hauptsächlich aus der Stadt raushaben zu wollen.«

»Darum ging es auch bei dem Telefongespräch?«

Er nickte.

Ich überdachte die Sachlage, auf der Suche nach einem Anhaltspunkt, mit dem ich etwas anfangen könnte. Da sich mir keiner aufdrängte, bat ich Seth, noch mal von vorn anzufangen.

Er holte tief Luft, atmete heftig aus, ging dann zur Tür, öffnete sie und blickte rechts und links in den Flur. Nachdem er sich davon überzeugt hatte, daß niemand lauschte, machte er die Tür wieder zu und kehrte zum Schreibtisch zurück.

»Das Band kam vor drei Wochen – mit dem Vermerk ›Persönlich und Privat‹. Poststempel von hier, kein Anschreiben, keine Kennzeichen auf der Kassette. Als ich gesehen hab, worum es sich handelte, habe ich es beiseite gelegt – ich habe in all den Jahren einige Musiker vertreten, daher nahm ich an, es käme von einem von ihnen, ein Demo-Band, das ich Clint Blacks Manager schicken sollte oder so was. Erst ein paar Tage später bin ich dazu gekommen, es mir anzuhören.«

»Was hast du gedacht, als du es gehört hast?«

»Daß es von irgendeinem verrückten Redneck käme, der sich in den Quatsch mit der Jüdischen Verschwörung verbissen hat. Oder vielleicht von einem Mandanten, der wegen Alkohol am Steuer verurteilt worden ist und mir die Schuld dafür gibt, daß er sitzen muß. Aber als ich mir das Ganze zum zweiten Mal angehört hab, da kam es mir dafür zu ... fachmännisch vor.«

»Was geschah dann?«

Seth erledigte seinen Drink und goß sich einen neuen ein. »Zwei Tage bevor ich zu unserem Treffen fuhr, rief ein Mann im Büro an und fragte mich, ob ich das Band bekommen hätte. Ich sagte, ja. Er fragte, ob ich es mir angehört hätte. Ich sagte, ja. Dann fragte er, was ich davon hielte. Ich sagte ihm, daß es nicht meine Art sei, mir große Gedanken über rassistischen Blödsinn zu machen.«

»Was hat er dazu gesagt?«

»Er lachte. Und teilte mir mit, daß ich bald von ihm hören würde in bezug darauf, wie ich die Brigade davon abhalten könne, das Urteil zu vollstrecken. Ich sagte ihm, daß ich eine Woche lang nicht in der Stadt sei. Er sagte mir, daß ich von ihm hören würde, sobald ich wieder da sei. Ich sagte ihm, daß ich, falls er meine Familie oder meine Freunde in irgendeiner Weise schädigen oder versuchen sollte, Kontakt mit meinen Mandanten aufzunehmen, dafür sorgen würde, daß er wegen Erpressung, Körperverletzung und aller Vergehen, die mir gerade einfielen, vor Gericht gestellt würde. Er sagte, ich sei derjenige, der die Verbrechen begehe. Dann gab er mir den Rat, die Bibel zu konsultieren, um meinen Irrweg zu erkennen. Dann legte er auf.«

»Keine Ahnung, wer es war?«

»Nicht die geringste.«

»Gebildet?«

»Ja. Irgendwie schon.«

»Südstaatler?«

»Ja.«

»Weiß?«

»Ich glaube, ja.«

»Dieselbe Stimme wie auf dem Band?«

»Nein. Älter.«

»Der Feldmarschall.«

»Das hat er behauptet.«

»Was kommt dir also am wahrscheinlichsten vor?«

»Was die Hintermänner betrifft?« Seth erhob sich und ging im Zimmer auf und ab, als könnten dessen Ecken und Winkel die Antwort bergen.

»Wie ich schon sagte, ich bin ein Außenseiter in dieser Stadt«, hob er nach einer Weile an. »Der Bund hat ganz recht: Ich bin Jude, und ich bin Yankee, in vieler Hinsicht bin ich also ein Fremder – ist immer so gewesen; wird immer so sein. Der Vorteil davon ist, daß ich mich nicht beim Establishment einschmeicheln muß – ich bin von ihnen nicht abhängig, weder für meinen Lebensunterhalt noch für meine Selbstachtung. Andererseits bin ich schlau. Und verdiene einen Haufen Geld. Also bin ich auch kein Paria. Was ich bin, das nannte man früher Haus-Nigger: besser dran als die meisten meinesgleichen, aber trotzdem ein Nigger.«

»Du bist schon zu lange hier unten gewesen, Hartman«, sagte ich sanft. »Das klingt wie aus einem anderen Jahrhundert.«

Er fing meinen Blick auf. »Charleston lebt den Großteil seines Lebens in einem anderen Jahrhundert.«

Ich ging zum Fenster, um mir die Beine zu vertreten. Die Vögel auf den Bäumen im Park waren die häßlichsten Geschöpfe, die ich je gesehen hatte. Die Leute, die auf den Bänken darunter lagerten, schien es nicht zu stören. Vielleicht war man im Süden ja gegen Vögel toleranter als gegen Menschen.

»Die Sache wird langsam ein bißchen schaurig«, sagte ich, nur um überhaupt etwas zu sagen.

Seth schien mich gar nicht gehört zu haben. »Das bin ich geworden – ein Meister solcher Fälle, die die Söhne der Konföderation nicht anrühren würden«, fuhr er grimmig fort, und der Essay war für ihn selbst genauso wie für mich bestimmt. »Ich habe in all den Jahren so manchen Anlaß zur Anstoßnahme gegeben, indem ich Übel aufgedeckt habe, die die Gentry lieber verborgen gehalten hätte.«

»Mit anderen Worten: du bist Leuten auf die Nerven gegangen.«

»Praktisch der ganzen Stadt, bei dieser oder jener Gelegenheit.«

»Gib mir eine Auswahl. Von den Sachen, mit denen du dich gerade befaßt.«

Seth langte nach der Rolodex-Drehkartei auf dem Schreibtisch und ließ sie um ihre Achse rotieren, schien aber keine der Karten zu lesen. »Ein Digest meiner heißesten Akten.« Er wirbelte das Rad erneut herum. »Wir reden hier nicht von den Routinefällen wie Scheidung oder kriminelle Sachen, schätze ich mal. Die können einem natürlich auch nach hinten losgehen, aber das geht normalerweise direkter ab.«

»Wie zum Beispiel?«

Seth sah mich an. »Du kannst dich in diesem Teil des Landes nicht als effektiver Anwalt betrachten, solange nicht irgendwann mal jemand auf dich geschossen hat. Aber diese Sache mit dem Bund macht meiner Ansicht nach einen etwas anderen Eindruck.«

»Vielleicht was Politisches?«

Er zuckte die Schultern. »Vielleicht.«

Ich blickte auf den Schreibblock, der auf einer Ecke des Schreibtisches lag. »Ich glaube, ich schreib mir das lieber auf.«

Seth schob mir den Block entgegen und fischte einen Kugelschreiber aus der Schublade. »Der kontroverseste Fall, den ich momentan vertrete, betrifft die Palisade«, sagte er, als ich bereit war.

»Die Militärakademie?«

Er nickte. »Traditionsträchtig bis zum Gehtnichtmehr. Hat die ersten Schüsse des Bürgerkriegs abgefeuert; ihre Absolventen besetzen einflußreiche Positionen im ganzen Staat; ihre weniger erquicklichen Aspekte sind angeblich in Pat Conroys Roman *The Lords of Discipline* bloßgelegt worden. Ihre Studenten sind, das ist für meine Zwecke von Bedeutung, ausschließlich männlich. Finanziert wird sie vom Staat South Carolina.«

»War nicht kürzlich was in den Nachrichten über einen Football-Spieler, der die Schule wegen erlittener Schikanen verlassen hat?«

Seth nickte. »Es geht da manchmal ziemlich rüde zu. Das Vierte-Klasse-System wird es genannt – verbales und physisches Schikanieren, das Ergebnis eines ganzen Jahrhunderts des Sadismus, das sich selbst die Bezeichnung ›Tradition‹ gibt. Eine frische Variante bestand letztens darin, verschiedene Körperöffnungen mit Schmelzkäse zu verstopfen – einer ist dabei fast erstickt an dem Zeug.« Seth schüttelte angewidert den Kopf. »Die Ehemaligen sagen natürlich, daß das Schikanieren gute Soldaten hervorbringt – wer Entbehrungen auf sich nimmt und durchhält, der verliert auch nicht die Nerven, wenn er unter Beschuß ist, und so weiter. Es vergeht kaum ein Tag, an dem es nicht einen Leserbrief in diesem Sinne gibt.

Aber um das Sadismus-Problem kümmern sich andere Leute; *ich* vertrete den Fall eines neunzehnjährigen schwarzen Mädchens, das Kadett an der Palisade werden will.«

»Du machst Witze.«

»Nee. Sie meint, es gäbe Frauen in West Point und Annapolis, warum also sollte es hier unten nicht auch welche geben?«

»Klingt so, als hätte sie da ein Argument.«

»Natürlich hat sie das, und es ist von verfassungsrechtlicher Relevanz. Und die meisten Leute, die auch nur die Hälfte ihrer Zwetschgen beisammen haben, wissen das, und es macht sie wahnsinnig – der Stapel von Haßbriefen, die ich allein in dieser Sache gekriegt habe, ist fast einen halben Meter hoch. Aber vom BSS war nichts dabei.«

Seth lehnte sich in seinem Sessel zurück und schloß die Augen, so als hätte die Verwicklung, die er eben beschrieben hatte, wie ein Beruhigungsmittel gewirkt. »Ich vertrete außerdem einen Vietnam-Veteranen, dem die Mitgliedschaft in einer Ortsgruppe der American Legion aus Gründen der Hautfarbe verweigert wurde. Und ein paar schwarze Jungpfadfinder, die aus gleichen Gründen von einem Picknick mit dem Rest ihres Fähnleins an einem Privatsee ausgeschlossen wurden. Und dann ist da noch der Bursche, der behauptet, daß die Leute von der Bundeskatastrophenhilfe bei der Entschädigung von Sturmschäden Weiße bevorzugen und Minderheiten benachteiligen. Und eine Frau, die versucht, die weitere Erschließung auf Hilton Head Island aus Gründen des Umweltschutzes zu verhindern – Feuchtgebiete und Wasserqualität und was weiß ich. Du kennst doch Hilton Head, oder? Gottes Geschenk an die Golfer?«

»Ich hab's mal im Fernsehen gesehen.«

»Abgesehen von der Palisade-Geschichte ist mein umstrittenster Fall wahrscheinlich der eines Mitglieds des Staatsparlaments, der im Rahmen einer getarnten Polizeiaktion unter dem Vorwurf hopsgenommen wurde, seine Stimme zugunsten einer Gesetzesvorlage verkauft zu haben, die das Glücksspiel auf Seabrook Island zuläßt – das FBI behauptet, sie hätten den Typen auf Video, wie er einen Haufen Bargeld auf einer Yacht oben vor Myrtle Beach einsteckt. ›Ein Geschäft, mit Ihnen Vergnügen zu machen‹, so hat der Undercover-Beamte sich ausgedrückt.« Seth lachte trocken. »Über zwanzig Staatsbeamte haben sie drangekriegt – Operation Vertrauensbruch hat man es genannt. Der einzige Typ, außer meinem, der in die Verhandlung geht, statt einen Deal mit dem Staatsanwalt auszuhandeln, will sich auf der Basis verteidigen, daß ein krimineller Vorsatz nicht vorlag, da er zu dumm sei, um erkennen zu können, daß er bestochen wurde.«

Ich lachte. »Kein Wunder, daß so viele Romane über diese Gegend geschrieben werden.«

Seths Nicken kam langsam und lustlos. »Last but not least habe ich noch ein paar Tierschützer, die wegen Belästigung von Jägern unter Anklage stehen, nachdem sie das Wild aus einem Privatrevier in der Nähe von Conway getrieben haben, und einen schwarzen Cop, der der Ansicht ist, daß die hiesige Sitte, einen Saloon zum Privatklub zu erklären, damit man unerwünschte Gäste, soll heißen: Minderheiten, aussortieren kann, eine rechtswidrige Umgehung des Vierzehnten Verfassungszusatzes darstellt. Ganz zu schweigen von einer ausgewählten Mischung von Dieben, Prostituierten, Einbrechern und kleineren Missetätern. Meinst du, das könnte reichen, um dich fürs erste auf Trab zu halten?«

»Ich bin ein bißchen überrascht, daß du noch am Leben bist.«

»Ja, also, wenn diese BSS-Sache ernstgemeint ist, vielleicht nicht mehr lange. Und wenn du längere Zeit hier bist, dann ist das eine Sache, die du lernst: die Spinner ernstzunehmen.«

Seth wurde still. Sein Gesichtsausdruck war starr und bedrohlich, so als würde er sich zur Schlacht wappnen; ich begann, Angst um ihn zu haben.

»Also, was meinst du, was wir tun sollen?« fragte er nach einer Weile.

»Kennst du jemanden, der über den Klan und ähnliche Gruppen in der Gegend Bescheid weiß?«

»Die beste Quelle ist wahrscheinlich Kounter-Klan oben in Greenville. Das ist ein Ableger des Klan-Beobachtungs-Projekts im Südlichen Armutsgesetz-Center in Birmingham. Kounter-Klan behält die ›Haßgruppen‹ in den Carolinas im Auge.«

»Die werde ich mal anrufen.«

»Dann sollte ich dir lieber erst den Weg ebnen. Normalerweise reden sie nicht mit dir, bevor sie deinen Hintergrund gecheckt haben. Jede Menge Paranoia auf beiden Seiten dieser Rassenkiste.«

»Schließ dich mit deinen Mandanten kurz und finde heraus, ob jemand von ihnen eine Botschaft vom BSS bekommen hat. Das gleiche bei deinen jüdischen Freunden.«

»Mach ich.«

»Das könnte uns einen Hinweis verschaffen, ob dies eine Vendetta gegen dich speziell ist, oder ob du nur einer auf einer langen Liste von Feinden bei jemandem bist.«

Er erwiderte meinen Blick mit zusammengekniffenen Augen. »Ich glaube, sie sind hauptsächlich hinter mir her.«

»Warum?«

Seth sah nun wirklich bekümmert aus. »Die Stimme auf dem Band, weißt du«, sagte er.

»Was ist damit?«

»Ich glaube, sie gehört meinem Sohn.«

11

Trotz meines Drängens war Seth unwillig, mir mehr über seinen Sohn zu erzählen – warum er sich mit einer Gruppe wie dem BSS eingelassen haben mochte, wie ich mich mit ihm in Verbindung setzen könnte, warum er sich für eine so bizarre Vendetta gegen seinen Vater hergegeben haben sollte. Alles, was ich herausbekam, war sein Name, Colin, und die Mitteilung, daß er und Seth sich in den drei Jahren seit der Scheidung entfremdet hätten. Ich versuchte, weitere Informationen aus ihm herauszuziehen, aber Seth stand plötzlich auf, winkte mir flüchtig zu und verließ das Zimmer. Als er die Tür hinter sich zuzog, war er so niedergeschlagen, wie ich ihn noch nie erlebt hatte.

Wegen des Bands war ich selbst nicht gerade in bester Stimmung. Nackte Gewalt ist schon schlimm genug, aber die Mischung von Pseudo-Philosophie und hemmungsloser Brutalität ist noch schlimmer – vielleicht weil sie erkennen läßt, wie leicht Intelligenz auf Irrwege zu führen ist, wie zart und gebrechlich die Blüte der Vernunft ist. Ich beschloß, daß es am vernünftigsten sei, erst mal richtig auszuschlafen und die Sorgen auf morgen zu verschieben.

Ich schaltete den Flugzeugträger ein, hörte die Kirchenglocken zehnmal schlagen, schaute auf den verlassenen Hof des Confederate Home hinaus und bestaunte die Ruhe inmitten der lieblichen Stadt. Ich schnappte mir einen der Romane, die Seth neben meinem Bett gestapelt hatte – *Rich in Love* von Josephine Humphreys, selbst aus Charleston kommend, wie der Klappentext mich informierte –, legte mir ein paar Kissen unter den Kopf und fing an zu lesen, in der Hoffnung, daß ich dabei einschlafen würde.

Aber dafür war der Roman viel zu gut – Tonfall und Sprache nahmen mich von der ersten Seite an gefangen. Außerdem reichten selbst die Qualitäten von Miss Humphreys Prosa nicht aus, die von den aufgezeichneten Beschimpfungen aus dem Mund von Seth Hartmans einzigem Sohn freigesetzten Dämonen in die Schranken zu weisen.

Die Schmährede, die für sich schon schrecklich genug war, gewann durch den Ort, an dem sie mich erwischt hatte, noch an Unheimlichkeit. Zugegeben, der Rassismus tobt auch in Kalifornien und hat es schon immer getan. Der Staat Kalifornien weigerte sich, den Vierzehnten Verfassungszusatz zu ratifizieren, und verbot Mischehen. Die Indianer wurden abscheulich behandelt: von ihrem Land vertrieben, in die Sklaverei oder Prostitution verkauft, jahrelang ihrer vertraglichen Rechte beraubt. Weder Schwarzen noch Chinesen war es erlaubt, gegen Weiße auszusagen. Im Jahre 1912 bestimmte ein Ausländer-Bodengesetz, daß japanische Einwanderer kein Eigentum an Grund und Boden erwerben durften; 1929 erklärte eine Studie des Bürgervereins von San Francisco die Filipinos für »untauglich für die amerikanische Gesellschaft«. In den Schulen wurden mexikanisch-amerikanische Kinder abgesondert, »aus Gründen der Körperhygiene«. Und rassendiskriminierende Verträge beherrschten über Generationen das Immobiliengeschäft.

Einer ganzen Reihe von Haßgruppen hat der Goldene Staat im Laufe der Jahre als fruchtbarer Boden gedient: die White Aryan Resistance-Gruppe versprüht nach wie vor ihre Galle von hier aus, genau wie einige ähnliche Stämme. Aber trotz alledem scheinen der Rassismus und seine Ausläufer doch nicht in gleichem Maße ein Teil Kaliforniens zu sein, wie der Klan und seinesgleichen offenbar mit dem Süden verwoben sind: Männer in weißen Laken und spitzen Hüten; Flammenkreuze, die einen gesprenkelten Himmel erleuchten über einem Chor grausamer Beschimpfungen; schwarze Leiber, die von Bäumen herunterhängen. Aber so furchtbar die Vergangenheit gewesen ist, die Gegenwart ist gleichermaßen deprimierend.

Vor drei Jahrzehnten war der Rassenhaß von einer massenhaft verbreiteten Botschaft zu einem randständigen Wahnsinn abgesunken, zurückgedrängt von der Aufdeckung seiner Schandtaten und einem kollektiven Drängen nach Wandel, ja sogar nach Wiedergutmachung. Aber in den letzten Jahren sind ihm wieder die Türen geöffnet worden, von Politikern, die seine Anhänger ohne Rücksicht auf die Flecken im sozialen Gewebe hofieren, und von Demagogen, die aus dem Schacher Nutzen schlagen. Soziologen würden mir sicherlich vorhalten, daß das Problem komplexer sei, als ich dächte, und sehr viel differenzierter zu betrachten. Na, und wennschon, welche Definition der realen Dynamik des Rassismus könnte denn die Worte des Colin Hartman weniger verabscheuenswürdig machen?

Ich befand mich mitten im Kampf mit solch rhetorischen Fragen, als ich ein Klopfen an meiner Tür hörte. Zu der späten Stunde hätte man um einen Grund, es zu ignorieren, nicht verlegen zu sein brauchen, doch da meine Gedanken sich in einer Sackgasse verrannt hatten, kam mir eine Ablenkung äußerst gelegen.

»Ich hab dir ein Stück Key Lime Pie mitgebracht. Falls da noch ein oder drei Schlucke Gin vom letzten Mal übrig sind, können wir –« Bis dahin war sie gekommen, als sie bemerkte, daß ich nicht der war, für den sie mich hielt.

Ihre Worte waren kernig und kokett, spritzig und witzig gewesen, das Vorspiel zu einer Party. Deren Urheberin war blond und blauäugig, klein und keck, übersprudelnd vor Heiterkeit und, den verschmitzten Augen und der hochgezogenen Lippe nach zu urteilen, sogar Übermut. Ihre Levis waren unten abgeschnitten und über die Oberschenkel gekrempelt, und ihre Füße waren so bloß und braungebrannt wie ihre Arme, die aus einem Shirt mit der Aufschrift

Glotz nicht so herausragten. Die eine Hand trug einen abgedeckten Plastikteller, die andere war in einer Art Salut schräg über ihre Augen gehalten, als wolle sie ihre Sicht verbessern.

Sie blinzelte im trüben Licht der Veranda, trat einen Schritt zurück, um die Nummer über der Tür zu kontrollieren und sich zu vergewissern, daß es die richtige sei, und betrachtete mich alsdann mit nicht geringem Argwohn – zum erstenmal traf ich hier auf ein Anzeichen, daß auch Charleston von jenen städtischen Ungewißheiten geplagt sein könnte, mit denen wir anderen fertig werden müssen.

»Wer sind Sie denn?« fragte sie neckisch.

»Mein Name ist Tanner. Ein Freund von Seth. Aus San Francisco.«

Sie versuchte, hinter mich zu gucken. »Ist er da?

Ich schüttelte den Kopf. »Gerade gegangen.«

»Und Sie wollen ...?«

»Hier die Nacht verbringen. Seth hat versprochen, daß es interessanter sei als ein Hotel, er hat aber nicht erwähnt, daß es Zimmerservice einschließt.«

Wie bei Synchronschwimmern wandte sich unser Blick zur gleichen Zeit dem Kuchenteller zu, dann ebenso schnell zurück aufs jeweilige Gegenüber. Innerhalb einer Sekunde traf sie eine Entscheidung.

»Torten und Menschen verderben hier unten sehr schnell, Mr. Tanner; lassen Sie sie also nicht erst schlecht werden.« Sie drückte mir ihre Gabe an die Brust. »Willkommen in Charleston, Freund von Seth. Falls Sie ein Utensil brauchen, ich hab es oben in meiner Wohnung.« Sie blickte zur Decke.

Ich nahm den Teller aus ihrer Hand, die mit einem silbernen Daumenring und einem diamantenen Solitär geschmückt war. »Vielen Dank, Mrs. ...«

»Raveneau. Im Gegensatz zu Ravenel, was Sie ohne Zweifel an jede zweite Tür in der Stadt gekleistert gesehen haben.

Dies ist *eau*, wie in *eau de toilette. Huguenot.* Sehr *antebellum*mäßig. Aber für Sie ist es Scar. Abkürzung für Scarlett, und das verrät Ihnen alles über meine Mutter, was Sie wissen müssen. Der Ring hat übrigens keine symbolische Bedeutung mehr, er ist mehr ein Souvenir.« Sie brach ihren Vortrag ab und lachte. »Ich bin anscheinend ein bißchen ins Schwatzen geraten. Lassen Sie sich die Torte schmecken. Aber lassen Sie sie nicht stehen, sonst kommen die Schaben und holen sie sich für ihre eigene Party.«

»Schaben?«

Ihre Augen nahmen die Größe von Walnüssen an. »Hat Ihnen etwa niemand von unseren Schaben erzählt? Mann, sie sind unser ganzer Stolz. Es heißt, die Yankees oben in New York beklagen sich über sie, aber wir hier unten halten sehr viel von den Viechern. Wenn ich des Abends Hunger habe, dann werfe ich einfach einen Sattel über die nächste beste und reite auf ihr zu Piggly Wiggly. Die haben ein Korral an der Rückseite und alles; auf diese Weise kommen sie auch mal raus.« Sie schaute mir über die Schulter und zeigte nach hinten. »Da ist gerade eine schöne.« Was ich da über den Boden in Richtung Regal krabbeln sah, war groß genug, um die Torte in die Tasche zu stecken. Ich bekam langsam Zweifel, ob die Nacht allzu erholsam werden würde.

Zum zweitenmal in einer Minute legte Scar ihre Hand auf meinen Arm – wie viele freundliche Frauen war auch Scar eine Anfasserin. »Die beißt nicht; kommt wahrscheinlich nicht mal ins Bett gekrochen, solange Sie die Torte nicht mit hineinnehmen. War mir 'n Vergnügen, Mr. Tanner. Angenehme Nachtruhe wünsche ich.«

»Wäre *mir* ein Vergnügen, den Gin aufzustöbern, wenn Sie mir einen Tip geben können, wo ich mit Suchen anfangen soll«, bot ich rasch an.

Als sie aufgefaßt hatte, wovon ich redete, zog sich ihr Gesicht zusammen. Um Zeit zu gewinnen, verschränkte sie die

Arme und klopfte mit einem Fuß auf den Boden. »Woher kennen Sie Seth?«

»College. Wir kommen gerade aus dem Norden von unserem Klassentreffen.«

»Davon hat er mir irgendwas erzählt. Wie war es denn?«

»Weiß noch nicht.«

Sie zog eine Augenbraue hoch. »So schlimm?«

»Kommt drauf an, wie es sich auf mich auswirkt.«

Sie rümpfte die Nase. »Das klingt mir zu psychologisch; ich habe die High School geschmissen und bin mit dem Quarterback durchgebrannt.«

»Was ist daraus geworden?«

»Ungefähr das, was man erwarten würde – es stellte sich heraus, daß das, was er eigentlich wollte, ein Football zum Vögeln war.« Sie wischte sich ein paar Strähnen aus der Stirn und blickte sich auf der Veranda um. »Die Luft ist heute abend ein bißchen durstig. Und mir war so, als müßte noch ein bißchen Tanqueray im Regal stehen und Tonic im Kühlschrank, der unter den Schreibtisch gezwängt ist.«

»Gin Tonic, kommt sofort«, sagte ich, trat ins Zimmer zurück und ließ sie nachkommen. Sie ging direkt auf den Sessel zu und setzte sich – Scar war offensichtlich schon mal hier gewesen. Ich vermutete, daß sie die Rebellin sei, von der Seth gesprochen hatte; die mit der Vorliebe für den degenerierten Teil des Südens.

»Wohnen Sie in diesem Gebäude?« fragte ich, während ich alles Zubehör zusammensammelte.

Sie schüttelte den Kopf. »Hab 'ne Eigentumswohnung von der Größe eines Außenklos drüben bei der medizinischen Fakultät. Kleinste Küche der Welt; größte Stromrechnung der Welt.«

»Was führt Sie dann hierher ins Home?«

»Home?« Sie runzelte die Stirn. »Ach so, die Konföderiertengeschichte. Ich habe hier ein Studio.«

»Studio für was?«

Sie zuckte die Schultern. »Kunst, würde ich sagen.«

»Was für Kunst?«

»Aquarelle.«

»Wovon?«

»Na, von Charleston natürlich. Ein gerahmtes und mattiertes Aquarell von einer unserer prächtigen Sehenswürdigkeiten, das ist doch so ziemlich das wunderbarste Geschenk, das man jemandem machen kann, abgesehen von einer in weißes Leder gebundenen Bibel mit seiner Namensgravur.«

Ich versuchte, nicht zu lächeln, weil ich mir nicht sicher war, ob ich das sollte; ihre nächste Bemerkung gab mir freilich einen Hinweis: »Es ist ein echtes Glück, daß Gott die Touristen geschaffen hat. Er hat ihnen bei weitem mehr Geld als Geschmack mitgegeben.«

»Stellen Sie auch aus?«

»Auf dem Zaun um den St. Philip's Friedhof. Das ist der einzige Ort, den ich mir leisten kann, ich und ein paar hundert andere von meiner Sorte.«

»Haben Sie Erfolg?«

»Ich verdiene mehr, als ich ausgebe, wenn es das ist, was Sie meinen.«

»Das ist die einzige Definition, die ich kenne.«

Ich servierte ihr einen Gin Tonic. Das Eis hatte sein klägliches Leben schon ausgehaucht, bevor sie das Glas an die Lippen hob.

»Erzählen Sie mir von Seth«, sagte ich nach einer Weile.

»Ich dachte, er wäre *Ihr* Freund.«

»Ist er, aber ich habe ihn seit fünfundzwanzig Jahren nicht gesehen. Ich habe ein bißchen Nachholbedarf.«

Sie nahm sich Zeit, ihre Antwort zu basteln. »Seth ist ein ganz Lieber«, lautete schließlich das Ergebnis.

»Wie haben Sie sich kennengelernt?«

»Er hat mir die Kontaktverbot-Anordnung gegen meinen

Mann verschafft. Und meine Scheidung. Und meinen Anteil an den Vermögenswerten, die Luke in einem Schließfach in Charlotte verstaut hatte. Bei Seth fliegen vor Gericht die Fetzen.«

»Er hatte selber Eheprobleme, wie ich gehört habe.«

Scar grinste geheimnisvoll. »Callie. So was von einem Fisch auf dem Trockenen! Sie war der Ansicht, wir Südstaatler seien dumm wie Brot und spitz wie Nachbars Lumpi.« Scar zwinkerte mir zu. »Das Problem war, daß sie nur zur Hälfte recht hatte.«

»Ist sie verbittert? Wegen der Scheidung und allem?«

Sie hob eine Augenbraue. »Warum sollte sie? Keiner von beiden gab sich mit der Treue so viel Mühe, daß er auf diesem Gebiet nennenswerte Erfolge hätte feiern können; und der Typ, mit dem sie jetzt liiert ist, betet den Boden unter ihren Füßen an und ist außerdem reich genug, ihn mit Platin auslegen zu lassen. Worüber sollte sie sich beschweren?«

»Nichts, offensichtlich.«

Scar machte ein böses Gesicht. »Wenn Sie das glauben, dann glauben Sie auch, daß dieser Käfer da drüben pfeifen kann.« Sie deutete auf ein weiteres eindrucksvolles Schabenexemplar, das in diesem Fall drei Zentimeter hinter meinem Kopf die Wand hochkletterte.

»Was ist mit Seths Kindern?« fragte ich, wobei mir ein kalter Schauer über die Brust lief.

»Was soll mit ihnen sein?«

»Wie haben die sich entwickelt?«

»Kann man jetzt noch nicht sagen, besonders bei dem Jungen.«

»Colin.«

»Genau der«, sagte sie ohne besondere Regung.

»Was hat er denn für 'n Problem?«

»Wahrscheinlich die Scheidung. Kinder werden wütend, wenn ihre Eltern einander abschreiben – meine Tochter hat sechs Monate lang nicht mit mir geredet. Ich hab es natürlich erst nach vier Monaten gemerkt, und das hat ihr dann *richtig* gestunken.«

»Was macht Colin?«

»Ist im College, war das letzte, was ich gehört hab.«

»Was für 'n College ist das?«

»Das College von Charleston, in der George Street. Echter Spätstarter, der Colin – hat sich 'ne Weile im Musikgeschäft versucht, konnte aber nicht die Bohne singen; ist dann ziemlich schwer in Drogen reingerutscht, wenn die Gerüchte stimmen, und das tun sie in Charleston immer. Hab ihn eine ganze Weile nicht gesehen; wollen hoffen, daß er sauber geblieben ist.«

»Hat er je Schwierigkeiten gehabt?«

»Gefängnis oder so?«

»Was auch immer.«

»Nicht, daß ich wüßte. Wieso?«

»Nur so. Was ist mit dem Mädchen?«

»Chantrelle? Sie ist 'ne Immobilientussi. Macht einen Haufen Kohle, indem sie Sumpfland an Kanadier verkauft, wie ich gehört habe. Jedenfalls sieht sie so aus – von ihrem Kleiderbudget könnte ich ein ganzes Jahr leben.«

»Verheiratet?«

»Hab nichts dergleichen gehört, und das hätte ich. Scheint eine von den Frauen zu sein, die mehr Spaß an Geld haben als an Sex. Sie hat was Sauertöpfisches an sich, genau wie ihre Mutter.«

»Seth hat mir erzählt, daß er in all den Jahren einigen Anlaß zu Kontroversen gegeben hat.«

Sie zuckte mit den Schultern. »Er ist der Furunkel am Arsch der Rebellen, wenn Sie das meinen.«

»Der Rebellen?«

»So nenne ich die Leute, für die der Krieg immer noch nicht zu Ende ist. Also praktisch alle südlich der Broad und westlich von Goose Creck.«

»Das ist jetzt der Bürgerkrieg, von dem Sie sprechen.«

Ihre Augen funkelten im nächtlichen Licht. »Wir nennen ihn den Aggressionskrieg der Nordstaaten, und was uns betrifft, war das der einzige Krieg, den es je gegeben hat. Alle anderen waren nur Scharmützel.«

»Die Nord-Süd-Sache ist hier also immer noch aktuell.«

»Ein Fünftel der männlichen Bevölkerung von South Carolina ist in diesem Krieg umgekommen; so was können die Leute nicht vergessen, auch nach einem Jahrhundert nicht.«

»Trotzdem ist es schwer zu verstehen, warum es immer noch eine solche Bedeutung hat.«

Sie zuckte die Schultern. »Ein leichtes Kommunikationsproblem. Die Nordstaatler glauben, daß wir inzestuös und zurückgeblieben und nur darauf aus sind, jeden schwarzen Bock zu lynchen, dessen Schwanz länger ist als fünf Zentimeter; wir wissen genau, daß alle Yankees Heuchler und Kommunisten und Perverse sind – alle männlichen Yankees, die ich kenne, interessieren sich mehr dafür, ob ihre Frauen auch ihre Unterwäsche tragen, als dafür, ob sie vielleicht den Verstand verlieren.« Scar sah mich an und wurde milder. »Aber vielleicht sind Sie ja die Ausnahme, die die Regel bestätigt. Oder soll ich schnell gehen und mir ein Höschen anziehen?«

Ohne bewußte Absicht ließ ich meinen Blick auf ihren Schoß sinken. Als ich meine Augen wieder unter Kontrolle hatte, stellte ich fest, daß Scar Raveneau sich über mich amüsierte.

Wir tranken unsere Gläser aus. Der Augenblick war von einer Stille erfüllt, die sehr tröstlich war. »Und wie geht *Ihre* Geschichte, Miss Raveneau?« sagte ich, denn sie machte den Eindruck, als wolle sie gleich gehen. »So turbulent wie die Ihres Namensvetters?«

Sie zuckte die Schultern. »Glück im Spiel, Pech in der Liebe.«

»Kaum zu glauben. Sie sind eine attraktive Frau.«

Aus irgendeinem Grund machte das Klischee sie wütend. »Sie müssen mich falsch verstanden haben. Ich habe nicht gesagt, daß ich Pech im Unzuchttreiben hätte – ich kann an dieses Fenster spazieren und einem Dutzend Juristen auf den Kopf spucken, die mindestens einen Abend mit dem Versuch verbracht haben, mich zu ihrem Hobby zu machen. Sie wissen, was ein Hobby ist, nicht wahr? – etwas, mit dem man sich ablenkt, wenn man nichts Besseres zu tun hat. Diese Scheißehebrecher.«

Der Ausbruch ließ Wunden erkennen, die zu frisch waren, um noch aus den Zeiten des Bürgerkriegs stammen zu können. »Klingt so, als hätten Sie sich schon ein paarmal ziemlich verbrannt«, sagte ich.

»Mein Herz ist so schwarz wie ein Barbecue, Mr. Tanner. Und es liegt immer noch auf dem Grill.«

»Ist Seth Hartman eine der Kohlen?«

Ihr folgender Atemzug zischte. »Das geht Sie verdammt wenig an. Spielt sowieso keine Rolle. Er hat jemanden.«

»Jane Jean.«

Sie nickte. »Hat er Ihnen von ihr erzählt?«

»Nicht viel.«

»Vielleicht haben sie gerade eine kleine Krise. Na, wäre das nicht ein Jammer?«

Ich beschloß, ihre Eifersucht vorerst nicht weiter zu ergründen. »Kennen Sie jemanden in der Stadt, der ein ernsthaftes Hühnchen mit Seth zu rupfen hätte?«

Die Frage schien sie nicht zu alarmieren. »Er hat sich einen Haufen Feinde gemacht, aber das hat der Bürgermeister auch. Ich wüßte nicht, daß irgend jemand Fußangeln für ihn ausgelegt hätte, falls Sie das meinen. Warum glauben Sie, daß es so wäre?«

Ich zuckte mit den Schultern. »Tu ich gar nicht unbedingt. Aber er scheint sich über irgend etwas Sorgen zu machen.«

»Wahrscheinlich darüber, daß bei Poogan die Krabbenküchlein alle sind, bevor er seine Ration abgekriegt hat – der Mann hat eine echte Schwäche fürs Schlemmen. Apropos.« Sie hielt ihr Glas hoch.

»Noch Gin, Miss Raveneau?«

»Wenn Sie mich so fragen. Und nehmen Sie auch noch einen, Mr. Tanner. Als nächstes ziehen wir uns dann die Schuhe aus und treten in ernsthafte Kommunikation ein. Wußten Sie, daß *Porgy und Bess* von Charleston handelt? Catfish Row liegt hier praktisch gleich um die Ecke.«

12

Am nächsten Morgen rief Seth an, bevor ich aus dem Bett war. Ich versuchte, so zu tun, als sei ich schon seit Stunden auf, aber er durchschaute mich sofort, wahrscheinlich weil ich gewisse Schwächen beim Formulieren sinnvoller Sätze zeigte.

»Scheint 'ne anstrengende Nacht gewesen zu sein«, sagte er mit kaum unterdrücktem Kichern. »Hat hoffentlich nicht am Bett gelegen.«

»Mehr an den Nachbarn.«

»Ach?«

»Deine Freundin Miss Raveneau war zu Besuch da.«

»Ah. Die reizende Scar. Laß mich raten – du hast versucht, beim Trinken mit ihr mitzuhalten.«

»So ungefähr.«

»Du mußt wissen, daß Scar gegen Gin immun ist. Sie kann ihn wie Limonade trinken – so manch tapferer Soldat mußte vor ihr schon die Waffen strecken, eingeschlossen meine Wenigkeit, und zwar mehr als einmal. Ich nehme an, daß ich meine Vorräte wieder auffüllen muß?«

»Eine Kiste müßte für die nächste Woche eigentlich reichen.«

»Es sei denn, sie beschließt, mal eben eine Party zu schmeißen; sie bringt nämlich ganz gerne ein paar Freunde mit.«

Ein besonders wirkungsvoller Schlag trommelte mir auf die Schädeldecke. Ich zuckte erst und riß mich dann zusammen. »Scar scheint dich zu mögen.«

»Eine Haltung, die ich begrüße und erwidere.«

»Soll heißen?«

Seth zögerte. »Das, was ich gesagt habe. Als meine Ehe anfing schiefzulaufen, haben Scar und ich uns ungefähr ein Jahr lang recht gut amüsiert.«

»Ich schätze, ich wollte nur wissen, ob es für dich ein Problem wäre, wenn ich mich mit Scar . . . anfreunden würde.«

Seths Lachen war spontan und herzlich und ohne Hintergedanken, soweit ich feststellen konnte. »Das würde mich unendlich freuen. Aber ich warne dich: Sie ist auch dann noch schwer zu schlagen, wenn mit erotischeren Waffen als Wacholderbeeren gekämpft wird.«

»Manchmal macht es mehr Spaß, solche Spiele zu verlieren, als sie zu gewinnen. Sie scheint übrigens zu glauben, daß ich von der großen anderen in deinem Leben entzückt wäre.«

»Das wärst du sicherlich auch. Ich habe schon versucht, einen gemeinsamen Lunch zu arrangieren, aber Jane Jean ist sogar noch beschäftigter als ich.«

»Womit?«

»Sie arbeitet in der Anwaltspraxis ihres Daddy in der Church Street.«

»Ich habe mich schon immer gefragt, wie es wohl wäre, eine Juristin zu lieben.«

»Ein bißchen so, als würde man ein Stachelschwein lieben. Unheimlich anregend, aber man muß sich verdammt in acht nehmen.«

Als ich mir Seth vorstellte, wie er von einem Dickicht spitzer Stacheln aufgespießt würde, mußte ich grinsen. »Vielleicht können wir alle zusammen ausgehen; ich würde gerne zugucken, wie du dich in acht nimmst.«

»Ich weiß nicht, ob das eine so gute Idee ist.«

»Warum nicht?«

»Scar und Jane Jean sind sich ziemlich ähnlich.«

»Soll heißen?«

»Sie hassen sich wie die Pest.« Seth lachte, und ich trauerte all den Jahren nach, in denen wir ohne derartiges Geplänkel hatten auskommen müssen.

Als er weitersprach, klang er weniger beschwingt. »Ich habe heute morgen mit dem Chef von Kounter-Klan gesprochen.«

»Und?«

»Er ist gern bereit, mit dir zu reden.«

»Ich werde ihn gleich anrufen.«

»Ich habe den BSS nicht erwähnt, denn er braucht jetzt noch nicht zu wissen, daß ich persönlich bedroht bin. Laß ihm aber noch eine Stunde Zeit, bevor du anrufst – während ich mit ihm gesprochen habe, hat auf einer anderen Leitung jemand eine Bombendrohung ausgesprochen.«

»Bomben. Rassismus-Müll. Ich komme mir vor wie in den Sechzigern«, sagte ich.

»Eher wie in den Dreißigern, Marsh. Die Zeiten sind schlecht, die Leute haben Angst, und die Schwarzen sind wieder das, was sie immer waren: Sündenböcke für alles, was irgendwie aus dem Ruder gelaufen ist. Ich bin sicher, daß Rick Last in diesem Staat den Rekord im Entgegennehmen von Morddrohungen hält.«

»Last ist der Name deines Freundes?«

»Jau.« Seth gab mir die Nummer. »Er wird bis mittags da sein.«

Seth legte auf, und ich ging frühstücken. Nach einem Kaffee und einem Croissant beim Franzosen um die Ecke kam ich zu der Erkenntnis, daß das, was mir in Charleston am ehesten blühte, ein paar Extra-Kilos auf meinem Bauch wären.

Als ich wieder zu Hause war, rief ich Rick Last an. Während ich auf die Verbindung wartete, wurde die Zimmerdecke von einem dumpfen Holterdiepolter erschüttert: Scar machte jetzt offensichtlich Aerobics. Ich dachte bei mir, daß es nett wäre, ihr beim Schwitzen zuzugucken.

»Last.« Die Stimme klang brüsk, pedantisch und bemerkenswert ungerührt, wenn man die kürzliche Bombenaufregung in seinem Büro bedachte.

»Ich heiße Marsh Tanner. lch bin ein Freund von Seth Hartman. Ich rufe aus –«

»Er hat es mir erzählt. Was für Informationen brauchen Sie?«

Ich vermerkte den vollständigen Verzicht auf Höflichkeit. »Ich möchte wissen, ob Sie in Ihren Akten irgend etwas über eine Organisation namens Bund des Stolzen Südens haben. Kennen Sie die?«

»Ein bißchen.« Er sagte es bedächtig und widerwillig. »Was haben die mit Ihnen zu tun?«

»Sie haben wiederholt jemanden hier in der Stadt belästigt. Einen Freund von Seth. Er hat sich gedacht, daß ich, wenn ich wüßte, wer sie seien, sie vielleicht überreden könnte, damit aufzuhören.«

»Warum sollte er so was denken?«

»Weil so was mitunter zu meinem Beruf gehört.«

»Und das heißt was?«

»Ich bin Privatdetektiv.«

»In Charleston?«

»San Francisco. Ich bin nur zu Besuch hier.«

Last schätzte das Gesagte ab, so wie ein Cop die Geschichte abschätzt, die du ihm erzählst, wenn du in seinem Revier wildern willst. »Lassen Sie mich Ihnen ein wenig südliche Gastlichkeit bieten, Mr. Tanner«, fuhr er fort, auf einmal freundlich und verbindlich. »Eine Bande wie der BSS kann einem den Urlaub ganz schnell verderben. Sie wären gut beraten, sich sehr vorzusehen, wenn Sie nach denen suchen, und, noch besser, sie von jemandem aufspüren zu lassen, der mehr . . . mit unserer Art vertraut ist.«

»Der mehr Südstaatler ist, meinen Sie.«

»Könnte man sagen.«

»Ich werde Ihren Rat beachten. In der Zwischenzeit wäre es mir lieb zu wissen, was Sie wissen.«

Last seufzte. So wie es durchs Telefon an mein Ohr drang,

war es ein trübes und ernüchtertes Seufzen, das Brummen eines wahren Zynikers. »Welche Form hat diese sogenannte Belästigung gehabt? Hat der BSS irgend etwas Strafbares unternommen, das auf seine Spur führen würde?«

»Soviel ich weiß, haben sie sich bisher mit Drohungen begnügt«, sagte ich. »Per Telefon und auf Band.«

»Audio oder Video?«

»Audio.«

»Womit drohen sie?«

»Noch nicht näher spezifiziert.«

»Wie sieht die Gegenleistung aus?«

Ich zögerte. »Das muß zur Zeit noch vertraulich bleiben.«

»Tatsächlich.«

»Fürchte, ja. Meine Befugnisse in dieser Sache sind begrenzt. Es gibt Dinge zu bedenken, von denen ich nicht einmal weiß.«

Lasts Lachen war trocken und spitz. »Das versteht sich von selbst, Mr. Tanner. Selbst wenn Sie *glauben,* daß Sie es wüßten, wissen Sie es nicht.«

Seine Herablassung nervte. »Ihr Südstaatentypen haltet euch gern für reichlich geheimnisvoll, wie?«

Seine Antwort war knapp und teilnahmslos. »Aber mindestens, Mr. Tanner.«

»Tut mir echt leid, Ihnen das sagen zu müssen, aber ich glaube nicht, daß ihr so furchtbar kompliziert seid. Freud hätte euch Burschen in einer Minute durchschaut.«

»Kann sein. Aber unsere Frauen würden ihn wahnsinnig machen.«

Wir lachten; dann suchten wir uns nach Verletzungen ab und beschlossen, unser Scharmützel ausklingen zu lassen. »Also«, fuhr ich schließlich fort, »wissen Sie nun nichts über den BSS, oder wollen Sie mir nur nichts erzählen?«

Last nahm sich Zeit, seine Ansage vorzubereiten. »Wir wissen etwas, aber nicht viel. Der BSS ist neu in der Szene, er wurde vielleicht vor einem Jahr zum erstenmal gesichtet. Bisher ist er nur in Charleston und Umgebung aufgetreten, es gibt aber Hinweise, daß er sich ausbreitet. Es scheint, als hätte man ein bißchen Startkapital aufgetrieben.«

»Woher?«

»Keine Ahnung. Könnte alles mögliche sein, von einem reichen Gönner bis zu einer verwandten Gruppe, die einen Überschuß weitergibt. Durch Banküberfälle im Westen, die vor einigen Jahren von Mitgliedern des Ordens ausgeführt wurden, sind ein Dutzend anderer Haßgruppen über lange Zeit finanziert worden.«

»Es führt überhaupt keine finanzielle Spur zum BSS?«

»Auf den Flugblättern ist ein Postfach angegeben – da soll man Spenden hinschicken. Wir haben das natürlich überprüft – ein reiner Briefkasten. Eine Registereintragung liegt auch nicht vor.«

»Was wollen die denn eigentlich?«

»Ich kann bei ihnen noch kein klares Programm erkennen – ihre Ziele machen sie weitaus weniger deutlich als ihre Prinzipien.«

»Und wie sind die?«

»Rassistisch, nationalistisch und fundamentalistisch. Sie sind ultrapatriotisch, ultrachristlich und ultrakonservativ.«

Ich konnte nicht widerstehen: »Südliche Lebensart.«

»Eine Perversion davon, Mr. Tanner. Ich könnte mir vorstellen, daß Sie das Bandenwesen an Orten wie Compton oder South Chicago als eine ähnliche Perversion Ihrer eigenen Werte betrachten.«

»Touché, Mr. Last.«

»Notiert, Mr. Tanner.« Er unterbrach sich und sagte etwas zu jemand anderem, dann war er wieder am Hörer.

»Ungewöhnlich ist, daß diese Art von Aktivität in Charleston hochkommt«, fuhr Last fort. »Natürlich hat es in all den Jahren eine Vielzahl von rassistischen Aktivitäten in South

Carolina gegeben – dreiundsiebzig Lynchmorde allein zwischen 1882 und 1900, falls Sie sich für Zahlen interessieren –, aber das meiste davon fand auf dem Land statt. Die legendären Rassendemagogen unter unseren Politikern, Pitchfork Ben Tillman und Cotton Ed Smith haben Charleston als Feindesland betrachtet – ›Götzendiener ihrer selbst‹ waren die Charlestonians für sie, was auch heute noch keine schlechte Beschreibung ist.« Lasts Lachen war leise und ätzend.

»Sie meinen, es gäbe keine Haßgruppen-Aktivitäten in Charleston, abgesehen vom BSS?«

»Die einzige bekanntgewordene Klan-Aktion in diesem Staat während des letzten Jahres oder so fand drüben in der Nähe von Pelion und Swansea statt. Allerdings befindet sich der Klan in dieser Region seit dem Greensboro-Massaker im Jahre '79 grundsätzlich auf dem aufsteigenden Ast – der Klan bezeichnet dies als seine Fünfte Ära. Die Mehrzahl der jüngsten Aktivitäten konzentriert sich auf North Carolina – Glenn Millers White Patriot Party und ähnliche Gruppen. Aber Rassismus ist wie Ausschlag – man weiß nie, wo er als nächstes ausbrechen wird –, daher ist es nicht überraschend, daß er schließlich auch seinen Weg nach Charleston gefunden hat.«

Ich brauchte etwas Zeit, das Mitgeteilte zu verdauen. »Was haben Sie sonst noch über den BSS? Irgendwas, das mich an die Führung herankommen läßt?«

»An der Spitze steht ein Typ namens Bedford. Nennt sich Feldmarschall. Ob er der echte Obermacker ist? Kann sein, kann aber auch nicht sein.«

»Erzählen Sie mir was von ihm.«

»Er ist um die dreißig. War Vorsitzender der Jungrepublikaner am College von Charleston; hat dann die White Student Union gegründet, als ihm die Parteipolitik zu lasch wurde. Ist später zur National Association for the Advancement of White People gewechselt, als Duke dort am Ruder war, und wurde dann religiös. Hat einen Monat bei der CSA in Arkansas verbracht, danach –«

»CSA?« unterbrach ich.

»Covenant, Sword and Arm of the Lord – Bund, Schwert und Arm des Herrn – ein kleiner fanatischer Haufen in den Ozarks. Danach ging er nach Idaho und ließ sich eine Weile in Christlicher Identität schulen – das ist Aryan Nation Zeugs. Kam vor ein paar Jahren zurück nach Charleston, wurde aber bis vor kurzem nicht auffällig – hat wahrscheinlich seine Bibel auswendig gelernt. Dann erscheint er urplötzlich mit dieser BSS-Organisation auf der Bildfläche, der Reinheitsbrigade und dem ganzen Kram.«

»Wissen Sie, wo er wohnt?«

»Nein. Da macht er ein Geheimnis draus. Paranoid bis zum Anschlag.«

»Welches ist seine Lieblingstaktik? Flammenkreuze, Aufmärsche, Drohbriefe, oder was?«

»So was Dramatisches bisher nicht. Sie haben Leserbriefe an die Zeitungen geschrieben, in denen sie sich gegen Quotenregelungen und Abtreibung wenden, und Flugblätter unter Scheibenwischer geklemmt, in denen sie sich für Zwangssterilisierungen von Fürsorge-Empfängern und die Wiedereinführung der Rassentrennung an den Schulen aussprechen. Sie haben auch ein paarmal in diesem Büro angerufen und uns aufgefordert, von weiterer Verkrüppelung der Großen Weißen Rasse, wie sie es nennen, fürderhin Abstand zu nehmen; aber das ist für hiesige Verhältnisse nichts Besonderes. Soviel ich weiß, haben sie bisher keine öffentlichen Protestkundgebungen veranstaltet, allerdings gibt es Gerüchte, daß bald eine bevorsteht.«

»Können Sie mir eins von den Flugblättern schicken, das sie veröffentlicht haben?«

»Wir geben dieses Material nicht gern aus den Händen. Aber wenn Sie zu den High Schools oder zu dem College dort unten gehen und sich die Telefonmasten und die schwarzen Bretter vornehmen, dann müßten Sie eigentlich was finden – sie sind vorzugsweise hinter den Wegwerf-Kids her, die keine Unterstützung bekommen und zu wenig Ahnung von der Geschichte haben, um die Haßprediger als das erkennen zu können, was sie sind.«

»Nämlich?«

»Teufel, Mr. Tanner.«

Ich beschloß, mir diesen Punkt nicht weiter ausführen zu lassen. »Also, worum geht es denn grundsätzlich, Mr. Last? Was soll nach Ansicht dieser Rassentypen in diesem Land passieren?«

»Das hängt davon ab, mit wem Sie reden und wann Sie mit ihm reden. In der Öffentlichkeit, und wenn die Medien dabei sind, wettert jemand wie Duke gegen Abtreibung und Fürsorge und Entwicklungshilfe und dergleichen Übel.«

»Das Programm der Republikaner, mit anderen Worten.«

Last sprang darauf nicht an. »Wenn es eine öffentliche Veranstaltung ist, aber ohne Presse, dann fangen sie an, von Verschwörung zu reden: Die Trilaterale Kommission sei eine List der Kommunisten, und die Rothschilds hätten das Bankwesen unter Kontrolle und so weiter. Vielleicht stellen sie auch ihre Pläne für die Zwangsisolierung der Rassen vor – die Juden werden auf Long Island beschränkt, die Schwarzen auf Alabama und Mississippi, die Hispanier auf Texas, die Asiaten auf Hawaii und so weiter. Sie sind ebenfalls dafür, Homosexuelle einzusperren, die Grenzen für Einwanderer zu schließen und die Steuerbehörden und die Zentralbanken abzuschaffen.«

»Was ist denn an den Zentralbanken verkehrt?«

»Sie wissen offenbar nicht, daß die FERNS – die Federal-Reserve-Noten – ein Instrument der internationalen Verschwörung sind, die weiße Rasse dadurch zu zerstören, daß man ihr mit Wucherzinsen die Luft abschnürt. Der Wucher kriegt in der Bibel ganz schön sein Fett weg, wissen Sie.«

»Wenn es das ist, was sie in der Öffentlichkeit sagen, was reden sie dann, wenn sie unter sich sind?«

Last war still; so lange, daß ich schon dachte, er hätte aufgelegt. »Wollen Sie das wirklich wissen?« fragte er endlich.

»Ich glaube, das sollte ich.«

»Dann lesen Sie ein Buch mit dem Titel *The Turner Diaries*. Es wurde 1978 von einem gewissen William Pierce, einem ehemaligen Physikprofessor an der Oregon State Universität, verfaßt. Es beschreibt eine totale Erhebung der Weißen gegen die Nichtweißen in diesem Land, ein rassistisches Pogrom, wenn Sie so wollen, als Teil des göttlichen Plans, eine höhere Menschenrasse auf der Erde zu schaffen. Ein bezauberndes Dokument für jemanden, der sadistische Neigungen hat, ein entsetzliches für alle anderen. Die Tagebücher schildern besonders lebhaft das Schicksal, das denen droht, die mit den niederen Rassen kollaborieren, zum Beispiel Frauen, die mit schwarzen Männern zusammen sind, und Anwälten, die für ihre Bürgerrechte eintreten.«

»Was passiert mit denen?«

»Am Tag des Stricks, wie Pierce es nennt, werden sie an Bäumen aufgehängt und bekommen ein Schild um den Hals, auf dem steht: ›Ich habe meine Rasse verraten.‹ Zur Ermunterung an die anderen, rassische Reinheit zu wahren.«

»Klingt ganz reizend.«

»Es ist mindestens so schrecklich, wie es sich anhört. Aber es wäre sehr unklug, nicht zu erkennen, daß eine Menge Leute ein solches Armageddon als ihre einzige Erlösung, und sogar als Gottes Wille, betrachten. Amerika ist immerhin das religiöseste Land der Welt – vierzig Prozent der Bevölkerung verstehen sich als Wiedergeborene.«

Es brauchte ein wenig Zeit, den Gedanken an die Tagebücher zu verdrängen. »Sie haben keine Ahnung, ob Bedford die eigentliche Kraft hinter den BSS-Aktivitäten ist?«

»Nein, aber wer es auch ist, er ist jedenfalls nicht dumm.

Die Flugblätter sind in gutem Englisch und mit wirkungsvoller Rhetorik abgefaßt – gehören zu den besseren Exemplaren in diesem Genre.«

»Die BSS-Leute scheinen entschlossen, ihre Identität geheimzuhalten. Ich dachte immer, daß diese klanmäßigen Typen mehr auf Öffentlichkeit aus seien.«

»An manchen Orten sind sie das auch, aber der Rassismus ist in Charleston in all den Jahren kein allzugutes Geschäft gewesen. Wir werden sie am Ende ausräuchern, aber das wird noch ein bißchen dauern.« Last hielt inne, dann sprach er in sanfterem Ton weiter. »Tut mir leid, daß ich vorhin ein bißchen gereizt war – Leute, die die Dimension des Problems nicht abschätzen können, würden halt mehr Schaden anrichten als Gutes bewirken.«

»Ich habe nicht vor, die Welt zu verändern, Mr. Last; ich bin nur hier, um einem Freund zu helfen.«

»Dagegen kann ich nichts sagen. Aber einen guten Rat will ich Ihnen doch noch geben: Die Generäle dieser ganzen Haßcliquen mögen gebildet und kultiviert sein, wenn auch mit heftigem soziopathischen Einschlag, aber die Bodentruppen stehen tendenziell auf der Skala so weit unten, wie es nur geht.«

»Ja und?«

»Wie es im Lied so schön heißt, Herr Detektiv aus Kalifornien: sie haben nichts mehr zu verlieren.«

13

Als ich versuchte, Seth anzurufen, um ihm von meiner Unterhaltung mit Rick Last zu berichten und darüber zu reden, warum sein Sohn die Worte gesprochen und die Dinge gedacht haben mochte, die ich ihn auf dem Band hatte äußern hören, da wurde mir von seiner Sekretärin mitgeteilt, daß Seth noch am Gericht sei. Als ich dann die Treppe hochstieg, um mich bei Scar Raveneau für die Torte und ihre Gesellschaft zu bedanken, forderte das Schild an ihrer Tür mich auf, sie bitte nicht zu stören. Derart von allen Kontakten abgeschnitten, studierte ich den Stadtplan, trank meinen Kaffee zum Mitnehmen aus, verließ mein Konföderiertenheim und machte mich zu Fuß auf den Weg zum College.

Die Luft war ganz suppig vor Hitze und Feuchtigkeit. Die Eingeborenen schritten zügig auf ihre Büros zu; die Touristen standen aufmerksam um ihre Fremdenführer herum, die ihnen die Geschichte des jeweiligen Ortes mit den Mitteln der lustigen Anekdote und des harmlosen Witzes nahebrachten. Bevor ich auch nur drei Straßen weitergekommen war, hatte ich schon meine Ärmel aufgerollt, meinen Kragen gelockert und zum erstenmal seit zwanzig Jahren das Tragen von kurzen Hosen in der Öffentlichkeit ins Auge gefaßt.

Die Menschen um mich herum waren anscheinend weniger von der Hitze geschlagen als ich; eine ältere schwarze Frau begrüßte eine andere mit einem Ausruf des Danks dafür, daß der Hitzebann gebrochen sei. Ich wunderte mich darüber nicht schlecht, ebenso wie ich mich einmal mehr über die Stadt wunderte, in die Seth Hartman mich da gelockt hatte. Sie war herausgeputzt, elegant und unnahbar, und damit bildete sie den perfekten Hintergrund für die berühmten Südstaatenschönheiten – die Southern Belles. Soweit ich, der ich ganz anderes vorausgesetzt hatte, feststellen konnte, fehlte es hier völlig an der bedrohlichen Atmosphäre und dem überall herumliegenden Gerümpel der Städte, mit denen ich mehr vertraut war. Seth hatte mir erzählt, daß die Kriminalitätsrate in Charleston sich bis vor kurzem auf dem Stand von 1958 gehalten hatte. In der Welt, in der ich mir mein Brot verdiente, durfte man das als ein Wunder bezeichnen.

Mein Weg führte mich die Church Street hinauf, wo ich am Abend zuvor schon gewesen war, dann hinüber zur Meeting Street, am Omni Hotel und dem Confederate Museum vorbei. Letzteres schien wegen Reparaturarbeiten geschlossen zu sein, was ich als ermutigendes Zeichen auffaßte. Von nahem waren die Boutiquen sogar noch exklusiver als gedacht, achtbare Dienerinnen von Privilegien, Reichtum und Stil. Charleston war zwar nicht New York und nicht mal San Francisco, aber Akron war es auch nicht.

Der Stadtplan riet mir, links in die George Street abzubiegen, und nach zwei Blocks befand ich mich dann auf dem Campus des College of Charleston. Es war eine kleine Lehranstalt, wie Seth mir berichtet hatte, mit einer langen, aber wenig bemerkenswerten Geschichte, und erst seit kurzem mit dem Ehrgeiz, mehr zu sein als ein besseres Pensionat. Lange Zeit war ihr Dasein davon geprägt gewesen, daß die Bürger Charlestons sich dem Vernehmen nach mehr für Exzesse als für Erkenntnisse interessiert hatten.

Obwohl die Gebäude eine geschickte, in erdigen und pastellenen Tönen gehaltene Mischung von regionalen und neoklassizistischen Stilelementen darstellten, dominierte hier nicht die menschengemachte, sondern die von der Natur geschaffene Architektur. Dutzende von kraftvollen, uralten und majestätischen Eichen versahen den Campus mit einem Baldachin, in dessen großräumigen Schatten ich mit viel Genuß hineintrat, obwohl wir uns doch, der Dame auf der Straße zufolge, inmitten eines Kälteausbruchs befanden. Nachdem ich mich orientiert hatte, spazierte ich durch einen Zierbogen und setzte mich auf eine Bank, die unter einem besonders reich belaubten Ast stand.

Über meinen Kopf hinweg dröhnte eine riesige C-141-Transportmaschine; sie hatte einen militärischen Anstrich, wie die, die ich in den niederen Regionen des Flughafens gesehen hatte, und zog derart gemächlich vorüber, daß nur die reine Arroganz sie noch in der Luft zu halten schien. Am Boden defilierten mehrere Studenten an meinem Ruheplatz vorbei, nicht in frenetischen und ungehobelten Haufen wie in Berkeley oder San Francisco State, sondern in hübschen Grüppchen, frivol und en vogue. Die Männer wirkten munter und unbeschwert, die Frauen adrett und anachronistisch mit ihren schneeweißen Kleidern und dekorativen Frisuren. Ihre Worte waren gewitzt und unbekümmert, was zweifellos gut zu ihrem Leben paßte. Falls auch dunklere Persönlichkeiten unterwegs gewesen sein sollten – Punks oder Drogis oder sogar Demokraten –, dann konnte ich sie von meinem Sitzplatz aus jedenfalls nicht sehen. Sobald mein Hemd aufgehört hatte, an meinem Rücken zu kleben, erhob ich mich, um ein wenig umherzuwandern. Mein Bemühen, nicht völlig deplaziert zu wirken, hielt nur bis zum ersten Blick in ein spiegelndes Fenster stand – mit meinen schlampigen braunen Haaren, der dicken dunklen Kleidung und den schweren Lederschuhen hätte ich gerade dem Schiff aus Minsk entstiegen sein können.

Ich suchte nach Spuren des BSS, doch je mehr ich von dem Campus und seinen Bewohnern wahrnahm, desto unwahrscheinlicher erschien es mir, daß etwas derart Unvernünftiges sein Haupt auf diesem Gelände erheben könnte. Nahezu eine halbe Stunde lang ging ich auf angelegten und befestigten Wegen, spähte in die dunklen Flure stiller Gebäude, lächelte

Studenten zu, die durch meine Anwesenheit unbehelligt und sogar geschmeichelt schienen, und lauschte dem Schnattern und Zwitschern des Sommers, doch bemerkte ich nichts Unheimlicheres als Werbeköder für Jahrgangsringe und Reklametafeln der studentischen Vereinigungen.

Irgendwann kam ich an einem Grabstein vorbei, der zwischen die Bibliothek und ein kleineres Holzgebäude gezwängt war und eine schlichte Botschaft trug:

> HIER IN DER NÄHE LIEGT ELIZABETH JACKSON BEGRABEN, DIE MUTTER VON PRÄSIDENT ANDREW JACKSON. SIE GAB IHR LEBEN MIT FREUDEN FÜR DIE UNABHÄNGIGKEIT IHRES LANDES, AN UNBEKANNTEM DATUM IM NOV. 1781, UND IHREM SOHN ANDY DIESEN RAT:
> »ANDY, DU SOLLST NIEMALS LÜGEN NOCH DAS NEHMEN, WAS NICHT DEIN IST, NOCH WEGEN VERLEUMDUNG KLAGEN. REGLE DIESE FÄLLE SELBST.«

Ich lächelte und ging weiter, wobei ich mich fragte, ob die Verleumdungen, die Liz Jacksons Leben getrübt hatten, wohl schmerzlicher gewesen waren als die Schmierereien, die heute unseres beschmutzen.

Als ich am Eingang der Bibliothek vorbeikam, hatte ich eine Idee. Drinnen war die Luft beinahe eisig. Ich genoß sie, solange ich's konnte, ohne Verdacht zu erregen, dann fragte ich am Auskunftsschalter, ob sie eine Sammlung der Schul-Jahrbücher hätten. Die Frau hinter dem Schalter wies mich in den ersten Stock und zur Katalognummer LD 891.

Der Index zu *The Comet* enthielt nur einen Eintrag über Colin Hartman. Auf Seite 68, über dem Diskussions-Team und neben den Jungrepublikanern, saßen Colin und vier seiner Mitschüler nebeneinander in anmaßendem Schwarzweiß, die Bildunterschrift kennzeichnete sie als »Patrioten«. Es gab keine Beschreibung der Klubaktivitäten, keinerlei Hinweis auf ihre Leidenschaften. Heutzutage konnte man sich von Faschismus bis Football alles mögliche dazu denken.

Colin selbst wirkte gekünstelt und gewunden, viel zu ausgezehrt für sein Alter, die elegante Attraktivität und der lässige Charme seines Vaters gingen ihm völlig ab; ich konnte ihn mir beim BSS oder noch schlimmeren Vereinen gut vorstellen. Ich hatte gehofft, daß Seth unrecht hätte, daß was immer der BSS plante, nichts mit seinem Sprößling zu tun haben würde, doch verließ ich die Bibliothek nun deprimierter, als ich sie betreten hatte.

Ich spazierte einen der schattigen Wege entlang, mit meinen Gedanken noch bei Familien und Fanatikern und den Spannungen zwischen Vätern und Söhnen, als ich ein großflächiges Schwarzes Brett bemerkte, das an der Vorderseite des Physician Memorial Auditorium angebracht war. Auf dem Brett hingen alle möglichen Anzeigen und Gesuche, von Arbeitsstudien-Jobs über Rockbands, die einen Drummer suchten, bis zu Mitfahrgelegenheiten nach Columbia und Chapel Hill. Als ich mich näher heranschlich, um die Anschläge besser lesen zu können, bemerkte ich, daß sich zwischen den müßigen Neugierigen ein junger Mann mit gezielterem Anliegen befand, ein junger Mann, dessen Bild ich erst vor ein paar Minuten in dem Jahrbuch gesehen hatte, wo sein Arm um die Schultern von Colin Hartman drapiert gewesen war.

Er war klein und stämmig, muskelbepackt in einem Maße, das einen an Steroide denken ließ, mit rasiertem Kopf und silbernen Ohrsteckern, die die Form von Hakenkreuzen hatten. An den hervorschwellenden Wölbungen beider Schultern prangte die Tätowierung eines eisernen Kreuzes und darunter das Wort ARIER. Statt der aufgerollten Bluejeans und der unvorteilhaften Doc Maartens, die von der Skinhead-Sekte an der Westküste bevorzugt werden, trug das Carolina-Modell ausgebeulte Surf-Shorts, abgetragene Segelschuhe und ein auf Bauchnabelhöhe abgeschnittenes Shirt. Trotz Glatzkopf und Metallica-T-Shirt wirkte er für mein Empfinden immer noch eher auf Baseball als auf Bosheit fixiert, bis ich die Tätowierung auf seinem Abdomen las: GOTT SEI DANK, DASS ICH WEISS BIN.

Als er seine Arbeit am Brett erledigt hatte, trat er zurück, um sie zu bewundern; dann ging ihm mit Verspätung auf, daß seine Mühe womöglich keinen ungeteilten Beifall finden könnte, und er sah sich nach allen Seiten um, um sicherzugehen, daß niemand Einspruch einlegte. In der Überzeugung, daß sein Werk von Dauer sei, machte er sich dann mit dem affenähnlichen Gang eines Athleten in Untergröße davon, restlos zufrieden mit seinem Auftritt.

Nach näherer Betrachtung seiner Hinterlassenschaft, die in der Feststellung resultierte, daß meine Ahnung bezüglich ihres Inhalts mich nicht getrogen hatte, gab ich ihm einen kleinen Vorsprung, um mich sodann auf seine Verfolgung zu machen. Einen Häuserblock später waren wir dem Gedränge des Campus entronnen, und ich war so unauffällig wie Seetang auf weißem Sand.

Als er die Ecke gegenüber einer Reihe von Häusern der Studentenvereinigungen erreichte, deren Architektur viktorianisch und deren Verzierungen vulgär waren, blickte sich mein Zielobjekt um und sah mich. Sein selbstgefälliger Gesichtsausdruck versackte augenblicklich in eine Mischung aus Trotz und Panik, und er rannte davon, leichtfüßig und elektrisiert. Als ich die Ecke erreichte, war er nicht mehr zu sehen.

Ich ging zurück zum Schwarzen Brett und mußte feststellen, daß es in der Zwischenzeit redigiert worden war. Auf dem Boden direkt davor lagen, zu einem Dutzend Schnipseln zerfetzt, die Überreste des Plakats, das auszuhängen mein junger Mann auserkoren worden war. Sobald ich glaubte, es unbeobachtet tun zu können, sammelte ich so viele Fragmente auf, wie ich konnte, und zog mich dann an einen geschützten Ort zurück, wo ich sie wieder zusammenfügte:

Eine Botschaft an die
College-Gemeinschaft
vom Bund des Stolzen Südens:
White Power!

Informiert euch über die weltweite
Zerstörung der Grossen Weissen Rasse

Entdeckt den geheimen Plan, Amerika
auszuliefern
an die Itzigs und Bimbos und
Schlitzaugen

Erfahrt den wahren und einzigen Weg
zur
Wiederherstellung der
südlichen Lebensart

Schliesst euch dem
Bund des Stolzen Südens
an

BSS
=
White Power
=
Christlicher Patriotismus
555–2244

Kommt zu uns!

Ich kritzelte die Nummer in mein Notizbuch, dann stopfte ich die Plakatstücke in meine Tasche und verließ den stillen Campus, trübe, aufgerieben und fern der Heimat.

14

Ich hechtete in die erste Telefonzelle, die ich erblickte, und wählte die auf dem Plakat abgedruckte Nummer. Eine aufgezeichnete Ansage antwortete mir, gesprochen mit tiefer, wohlmodulierter Stimme, eine Botschaft übermittelnd, die mit erschreckender Gelassenheit und beiläufiger Bosheit rüberkam:

»Sie sind mit dem Charlestoner Stabshauptquartier des BSS verbunden – des Bundes des Stolzen Südens. Wenn Sie zusätzliche Informationen über den Krieg zur Rettung des Weißen Amerika und zur Erhaltung der Südlichen Lebensart erhalten wollen sowie Instruktionen dahingehend, wie Sie sich Hunderten von anderen weißen Seelen und Leibern anschließen und ein Krieger der Reinheitsbrigade werden können, dann hinterlassen Sie Ihren Namen und Ihre Telefonnummer im Anschluß an diese Ansage. Der BSS wird dann innerhalb einer Woche mit Ihnen Kontakt aufnehmen.

Zum Beleg Ihres Engagements zugunsten der Südlichen Lebensart bitten wir Sie dringend, sich Hunderten von Reinheits-Kriegern in einer Protestversammlung anzuschließen, die unseren Ekel vor der Verstümmelung des Weißen Amerika durch die Plage der wohlfahrtsstaatlichen Unmoral ausdrücken soll, welche von dem Zionistischen Besatzungsregime in der Absicht gefördert wird, die weiße Rasse zu lähmen und die christlichen Werte zu zerstören. Die öffentliche Kundgebung unseres Südlichen Stolzes wird am kommenden Dienstag um 18 Uhr im Hampton Park stattfinden.

Nur defensive Uniformen erwünscht.

Wir danken Ihnen für Ihr Vertrauen in den Bund des Stolzen Südens, für Ihre Hingabe an die Südliche Lebensart und für Ihre Unterstützung der Reinheitsbrigade.

Erfreuen Sie sich an Ihrer weißen Art – die Reinigung steht bevor.

Mit rassischen Grüßen,

Erster Feldmarschall Bedford.«

Im Anschluß an den Sermon gab ich meinen Namen und die Nummer von Seths Zimmer im Confederate Home durch, dann notierte ich mir Ort und Zeitpunkt der Protestkundgebung.

Ich rief zum zweitenmal in Seths Büro an, aber er war immer noch im Gericht. Erstaunlicherweise enthielt die Zelle, von der aus ich telefonierte, ein benutzbares Verzeichnis, und so suchte ich nach Seths Tochter in der Immobiliensektion. Chantrelle Hartman war unter einer Adresse in der East Bay Street aufgeführt. Ich konsultierte meinen Stadtplan, dann machte ich mich auf den Weg.

Die Firma nannte sich Graves-Grundstücke. Ihre Büros lagen im ersten Stock eines recht neuen Gebäudes einen Block westlich von einem noch neueren Park, der die Ostseite des Charlestoner Uferbezirks begrenzte, an der Stelle, an der früher eine ganze Reihe von geschäftigen Kais und Piers als Terminal für den Umschlag aller denkbaren Waren gedient hatte, von Indigo und Reis bis zu Sklaven und Whiskey. Ich stieg in den ersten Stock hinauf und betrat das Imperium der Immobilien.

Die Dame an der Rezeption lackierte ihre Fingernägel in einem lachsartigen Rosa, während sie gleichzeitig in ein Kopfhörer-Telefon sprach, das ihr die Hände für Maniküren und ähnlich delikate Operationen frei ließ. Das Schild auf ihrem Tisch teilte mir mit, daß ihr Name Orchid Richards und ihre Funktion als Grundstücks-Koordinatorin zu bezeichnen sei. Als sie zu guter Letzt meine Anwesenheit bemerkte, gab mir ihr Lächeln zu verstehen, daß ihre derzeitige Tätigkeit dazu diene, eine farbliche Harmonie zwischen Fingernägeln und Zahnfleisch herzustellen. Und als sie dann noch mit den Fingern wedelte, nahm ich an, daß dies im Sinne einer besonders herzlichen Begrüßung geschehe, bis mir aufging, daß sie lediglich den Nagellack schneller trocknen lassen wollte.

Orchid deutete auf einen leeren Sessel. Ich tat wie geheißen und machte es mir so bequem, wie man es sich im Sommer in South Carolina auf Kunstleder eben bequem machen kann; dann lauschte und spähte ich ein wenig, versuchte aber, den Anschein des Gegenteils zu erwecken.

»Hat er dich zum Tanzen aufgefordert? ... Im Ernst? ... Doch nicht den Shag. Erzähl mir nicht, daß Bubba Snowden vor Gott und aller Welt den Shag getanzt hat ... Nein, ich will gar nicht hören, was war, als er dich nach Haus gebracht hat ... Sei lieber vorsichtig, Mädchen ... Nein, ich spreche *nicht* von seiner Frau, ich spreche von seinen Viren. Hier geht es um Latex, Lula ... Gut. Paß auf, Honey, ich hab jetzt zu tun. Wir sehen uns heute abend ... Du auch. Baa.«

Sobald diese schwerlich zu überbietende Imitation eines verhungernden Lamms sich im Summen der Klimaanlage verflüchtigt hatte, löste Orchid den Kopfhörer vom Pelz ihrer blonden Haare und schenkte mir ein zweites Lächeln. »Der Shag ist eine Art Jitterbug, nur mehr sexy, ja? Bubba Snowden wiegt drei Zentner; Lula kann von Glück reden, daß er sie nicht plattgewalzt hat. Was können wir an so einem reizenden Vormittag für Sie tun, Mr ...?«

»Tanner, Marsh Tanner. Und Sie sind das Reizendste, was ich heute zu Gesicht bekommen habe.«

Ihr Lächeln war so kongenial wie ihre gedehnte Sprechweise – Orchid hatte dergleichen schon tausendmal zu hören bekommen. »Oh, vielen Dank, freundlicher Herr. Solche Galanterie erwartet man ja gar nicht von einem Yankee wie Ihnen; man freut sich aber um so mehr darüber, das kann ich Ihnen versichern. Wo haben Sie denn bloß solche Manieren gelernt?«

»Kalifornien.«

»Und wo da?«

»San Francisco.«

»Nun, ich bin sicher, Sie werden Charleston *sehr* viel angenehmer finden als San Francisco.«

Sie war hinterhältig genug, mich darüber im unklaren zu lassen, ob ihr Kommentar sich auf meteorologische oder moralisch-sittliche Vorzüge bezog.

»Sind Sie interessiert, Grundeigentum im Low Country zu erwerben, Mr. Tanner?« fuhr Orchid mit geeichter Nonchalance fort, als hätte sich das Thema so zufällig ergeben wie ihre Haarfarbe.

»Das ist durchaus möglich. Ich bin im Moment noch dabei, mich umzuschauen.«

»Selbstverständlich. Mr. Graves würde sich sicherlich freuen, einen Termin mit Ihnen zu verabreden, um Ihnen einige unserer besten Angebote zu zei–«

»Ich habe viel Gutes über Ms. Hartman gehört«, unterbrach ich. »Wäre sie vielleicht verfügbar?«

Orchid warf einen Blick auf ihre Telefon-Konsole und dann auf ihre Uhr. »Chantrelle telefoniert gerade. Und sie hat eine Verabredung zum Mittagessen um zwölf und soll sich mit ihrer Mama um zwei in der Omni-Bar treffen, das wird also etwas knapp. Aber falls Sie später am Nachmittag noch zur Verfügung stünden? Ich bin sicher, daß sie sich für Sie Zeit nehmen kann.«

»Quetschen Sie mich doch noch vor dem Lunch hinein. Nur für ein oder zwei Minuten, so daß ich eine Vorstellung von der Struktur des hiesigen Marktes gewinnen kann. Ich mag Charleston sehr, aber ich bin mir noch nicht sicher, ob ich wirklich das ganz große Geld hier draußen anlegen will.«

Mit einem Mal verwandelte sich Orchid von einem hirnlosen Schmuckstück in eine gewiefte Opportunistin und musterte mich von Kopf bis Fuß. »Die meisten Leute, die von außerhalb zu uns kommen, sind an Ferienhäusern interessiert.

Aber Sie kommen mir nicht unbedingt wie ein Golfer oder Angler vor, wenn ich das sagen darf, Mr. Tanner – Sie wirken ein bißchen zu … konzentriert für derlei Vergnügungen. Also, welche Art von Erholung haben Sie im Auge?«

»Die Art, die Geld bringt.« Ich schenkte ihr mein bestes, wenn auch schon reichlich eingerostetes Rechtsanwalts-Lächeln.

»Sie sind also an Anlage-Immobilien interessiert?«

»Genau.«

»Erschlossen oder nicht?«

»Egal. Beides.«

»Wir hätten da ein tolles neues Areal auf der Isle of Palms, das gerade fertiggestellt wurde. In der Nähe von Wild Dunes? – Bestimmt haben Sie von Wild Dunes gehört. Palmetto Pines, so nennen wir es. Hier ist eine Broschüre, in der die Modellhäuser und Anlagen beschrieben sind. Ich bin mir sicher, daß Sie das Potential sofort erkennen werden.« Sie pflückte einen bunten Prospekt von einem Stapel am Rand ihres Schreibtisches und schob ihn so verstohlen in meine Richtung, als ließe sie mir heimlich ihre Telefonnummer zukommen.

Ich ließ ihn liegen und wußte nicht weiter. »Ist Ms. Hartman schon fertig mit Telefonieren?«

Ich machte sie ganz schön nervös – ungehobeltes Benehmen erweckt oft den Eindruck, als stecke wer weiß was dahinter.

Orchid schielte auf ihre Konsole. »Einen Moment noch, bitte.«

Ich rechnete damit, daß sie ihren Kopfhörer wieder aufsetzen würde, statt dessen verließ sie ihren Posten und trabte den Flur hinunter. In ihrer Abwesenheit betrachtete ich die Fotografien von Charleston, die reihum an den Wänden hingen – darauf gab es keine einzige dunkle Wolke und kein einziges schwarzes Gesicht zu sehen.

Die Broschüre auf dem Schreibtisch flehte mich an, an ihrer Pracht doch teilzuhaben, aber ich gab mich weiterhin spröde. Orchid war blitzschnell wieder da. »Miss Hartman kann Ihnen fünf Minuten gewähren«, sagte sie atemlos. »Aber dann muß sie sich wirklich auf ihre Verabredung vorbereiten.«

»Fein«, sagte ich und folgte Orchid auf dem Weg, den sie gekommen war.

Ich würde Chantrelle Hartman nicht unbedingt schön nennen, aber doch weit mehr als hübsch; sie war groß und selbstsicher, entschieden darauf aus, Geschäfte zu machen, und geschickt in der Kundenbetreuung. Sie hatte braune Haare, und ihre Locken erinnerten an aufgeweichte Hobelspäne; ihre Augen hinter der Designer-Brille waren klein, kühl und berechnend. Ihr Kostüm war dunkelblau, mit winzigen gelben Blumen bedruckt und um die Schenkel sehr eng geschnitten; ihre Schuhe weiß und hochhackig. Die Beine waren ihre beste Waffe, wie sie sehr wohl wußte.

Es kostete sie weniger als dreißig Sekunden, mich in einen bequemen Sessel mit Blick auf den Park und die Palmen zu plazieren, mich einen Schluck ausgezeichneten Kaffee schlurfen und im nächsten Moment das Blaue vom Himmel schwindeln zu lassen. Ich fuhr damit fort, bis Orchid das Zimmer verließ und die Tür zumachte.

»Sicherlich ist Ihnen längst klar, daß dies die günstigste Zeit seit zehn Jahren ist, um Eigentum im Low Country zu erwerben.« Chantrelle begann ihr Verkaufsgespräch im selben Moment, da sich die Tür mit einem Rülpsen schloß.

»Warum meinen Sie?«

Sie freute sich, ein bißchen Sachkenntnis ausstreuen zu können. »Die Zinsen sind so niedrig wie seit Jahrzehnten nicht mehr, die Inflation der Achtziger Jahre ist wieder aus den Preisen herausgedrückt worden, und der Markt hat vor zwei Monaten einen Tiefstand erreicht. Es gibt *eindeutige* Anzeichen für einen Wiederaufschwung, sowohl auf dem gewerblichen als auch auf dem Eigenheimsektor.« Ihr Lächeln war schal und beschlagen. »Ich darf Ihnen gratulieren, Mr. Tanner, Sie sind im Begriff, viel Geld zu verdienen, und es wäre mir ein Vergnügen, Ihnen dabei behilflich zu sein.«

Ihr Vortrag war frisch und professionell gewesen, vielleicht sogar mit einem Hauch von erotischem Flair versehen, um den Handel zu versüßen, einem ganz leisen Wink, daß Chantrelles Dankbarkeit, vorausgesetzt, mein Sprung in den hiesigen Immobilienmarkt würde spektakulär genug ausfallen, sich nicht darauf beschränken möchte, ein halbes Prozent ihrer Kommission dranzugeben. Ich bezweifelte, daß das Angebot echt war.

Ich gab ihr ein gleichermaßen routiniertes Lächeln zurück. »Ich fürchte, ich bin in Wirklichkeit an Eigentum nicht interessiert, Ms. Hartman.«

Sie runzelte die Stirn. »Aber Orchid sagte doch –«

»Orchid ist einem Schwindel zum Opfer gefallen.«

Sie verschränkte die Arme und lehnte sich an den Schreibtisch. Infolge dieser Bewegung spreizten sich ihre Schenkel ein wenig und ließen den Rock hochrutschen, aber sie war so wütend auf mich, daß ihr das egal war. »Kenne ich Sie?« fragte sie schroff.

»Nein.«

»Sind Sie sicher? Ihr Name kommt mir irgendwie bekannt vor.«

»Ich kenne Ihren Vater.«

»Woher?«

»Vom College. Wir waren Zimmergenossen. Und Freunde.«

Sie begutachtete mich, bis ich aufgeheizter war als das Zimmer. »Das Jahrbuch – das Bild, auf dem Daddy halbnackt irgendwas vom Dach schleudert. Sie sind der Typ neben ihm.«

Ich nickte. »Wasserballons. Ihr Dad war ein begnadeter Bombenschütze.«

Sie schüttelte abwehrend den Kopf, als sei ich ein Lehrer, der ihr Neuigkeiten von einem ungeratenen Kind erzählen wolle. Dann ging sie um den Schreibtisch herum und setzte sich auf ihren Lederthron. »Was kann ich für Sie tun, Mr. Tanner?« fragte sie müde. »Weiß Daddy, daß Sie in der Stadt sind?«

Ich nickte. »Wir haben uns auf dem Klassentreffen wiedergesehen. Er hat mich überredet, ihn nach Hause zu begleiten.«

»Wohnen Sie im Haus?«

Ich schüttelte den Kopf. »Im Confederate Home.«

Sie rümpfte die Nase. »Dem alten Ding? Warum das denn?«

»Ich bin ein großer Fan von Jubal Early.«

Sie knöpfte sich einen Blusenknopf zu. »Und was führt Sie hierher? Wollen Sie nachprüfen, ob die Erbmasse es ohne Verluste in die nächste Generation geschafft hat?«

»Teilweise schon«, gab ich zu. »Außerdem hatte ich gehofft, daß wir uns ein bißchen über Ihren Vater unterhalten könnten.«

»Über Daddy? Was wollen Sie denn da von mir hören?«

»Na ja, zuerst mal, wie kommt er denn Ihrer Ansicht nach so zurecht?«

Sie gähnte, um ihre Gleichgültigkeit deutlich zu machen. »Beruflich? Er verdient tonnenweise. Persönlich? Er ist endlich mit der Frau zusammen, in die er seit über zwanzig Jahren verliebt ist.«

»Und psychologisch – wie ist es da?«

Sie begegnete meinem Blick. »Ich habe keine Ahnung. Warum fragen Sie ihn nicht selbst?«

»Das werde ich wahrscheinlich tun.«

Sie schien verblüfft. »Ich kapier nicht. Sie klingen so, als glaubten Sie, daß etwas nicht in Ordnung sei.«

»Ich mache mir nur etwas Sorgen um ihn.«

»Warum?«

»Er wirkt beklommen. Vielleicht sogar ängstlich.«

»Weswegen?«

»Ich hatte gehofft, das könnten *Sie* mir sagen.«

Chantrelle sah mich forschend an, dann ging sie zum Fenster und sah aufs Wasser hinaus, das vor dem nächsten Block ans Ufer schwappte. »Hat er Sie hierhergeschickt?« fragte sie, ohne sich umzudrehen. »Soll das ein Trick sein? Eine Bitte um Mitgefühl? Ein Versuch, Daddy und mich zu versöhnen?«

»Nichts von alledem«, sagte ich.

»Sagen Sie bloß, er hat das rausgefunden über mich und ... aber das kann er nicht.«

»Was kann er nicht?«

»Nichts. Aber warum sollte ich Ihnen glauben, wenn Sie mir erzählen, daß Sie nichts im Schilde führen?«

»Warum sollten Sie nicht?«

»Weil Sie sein Freund sind.«

»Inwiefern macht mich das zum Lügner?«

Es dauerte eine Weile, bis sie antwortete. Als sie es tat, überstürzten sich ihre Worte vor Schmerz. »Daddy hat mich von hinten bis vorne belogen: über seine Gefühle für Mama, seine Gefühle für mich, seine Affären mit anderen Frauen – alles. Wenn Sie sein Freund sind, dann lügen Sie wahrscheinlich auch.«

»Warum sollte ich mir die Mühe machen?«

»Ihr Männer lügt uns Frauen doch ständig an. Es scheint euch Spaß zu machen.«

»Mir nicht«, sagte ich. »Da können Sie jeden fragen. Ich bin ehrlich wie ein Indianer. Das sollte ein Witz sein«, sagte ich, nachdem Chantrelle für meine Bemerkung nichts weniger Feindseliges als ein Grunzen aufgebracht hatte.

Als sie sich schließlich umdrehte und mich ansah, konnten sich ihre Augen mit dem Meer draußen messen – sie waren grün, verhangen und aufgewühlt. »Ich habe Daddy in letzter Zeit kaum gesehen.«

»Seit der Scheidung.«

Sie nickte.

»Sie nehmen ihm das offenbar ziemlich übel.«

»Warum auch nicht? Er hat unsere Familie zerstört.«

»Nach meiner Erfahrung schwingt die Abrißbirne immer in beide Richtungen aus.«

»Scheiße.« Chantrelle, die eben noch Kompetenz und Durchsetzungsvermögen ausgestrahlt hatte, ähnelte inzwischen mehr einem obdachlosen Kind. Wie um die Verwandlung zu besiegeln, hob sie die Hand und wischte sich eine Träne ab. »Nur die eine Partei konnte ihren Schwanz nicht in der Hose halten, Mr. Tanner. Das werde ich ihm nie vergessen.«

Der Schmerz in ihrer Stimme und die Tränen in ihren Augen erweckten in mir den Wunsch, Trost zu spenden, doch mußte ich bezweifeln, daß meine Bemühungen auf Gegenliebe stoßen würden. So blieb ich einfach sitzen und sah zu, wie sie sich die Augen wischte, die Nase rieb und anschließend eine Puderdose aus ihrer Handtasche grub, um den Schaden zu beheben.

»Er war mein ein und alles«, sagte sie zwischen hastigen Pflegemaßnahmen, »aber er hat diese Ergebenheit verraten. Er hat mir gesagt, daß alles wieder gut werden würde, daß die Probleme mit Callie behebbar seien, daß es keine andere Frau gebe. Und dabei hat er die ganze Zeit dieses . . . Miststück gevögelt.«

»Jane Jean?«

Sie nickte. »Haben Sie sie kennengelernt?«

»Nein.«

»Ihnen werden die Sinne schwinden.«

»Warum?«

»Sie hat diese Wirkung auf Männer. Ich weiß nicht, woran

das liegt, abgesehen von der Größe ihrer Brüste – gebe der Teufel, daß es Implantate sind und daß sie so dicht sind wie ein Sieb.« Kurz vor dem Siedepunkt begann ihr Ärger wieder etwas abzukühlen.

»Sind Sie mit jemandem zusammen, Chantrelle?«

Sie betrachtete die Frage als Anmache. »Das wäre ein bißchen wie Inzest, finden Sie nicht?« Ihre Lippen traten hervor wie alte Knöchel.

Ich lächelte. »Ich wollte mich nicht mit Ihnen verabreden, ich wollte nur wissen, ob Sie einen Freund haben.«

»Was kümmert Sie das?«

»Nun, ich habe mich gefragt, ob derjenige vielleicht ein richtiger Südstaaten-Gentleman sei, der auf die Idee kommen könnte, daß er Ihnen einen Gefallen täte, wenn er Ihrem Vater Unannehmlichkeiten bereitete – angesichts ihrer Einstellung ihm gegenüber.«

Sie verschränkte die Arme und starrte mich an. »Was dem einen recht ist, ist dem anderen billig.«

»Und was soll das heißen?«

Ihr Lächeln war dünn und süffisant. »Nur daß Daddy mit meinem Freund auch nicht einverstanden wäre.«

»Warum? Wer ist es denn?«

»Das geht Sie nichts an.«

Dazu ließ sich wohl nichts weiter sagen, also wechselte ich das Thema. »Wie hat Ihre Mutter das Ganze verwunden?«

Sie wandte sich erneut von mir weg und dem trostreichen Hafen zu. »Was glauben Sie wohl? Daddy hat sie in diese hinterwäldlerische Puppenstube geschleppt, sie dann vor den Augen der ganzen Stadt erniedrigt und sie schließlich so mittellos sitzenlassen, daß sie sich mit einem . . . Schläger einlassen mußte, um überhaupt irgendwas zwischen die Zähne zu kriegen.«

»Sie scheinen von Ihrem Stiefvater nicht gerade entzückt zu sein.«

»Aldo? Er ist ein Mafioso. Oder war es jedenfalls früher. Er würde Ihnen ohne weiteres die Beine brechen, wenn er der Ansicht wäre, daß Sie eine Bedrohung seiner Reputation darstellten oder es irgendwie auf meine Mutter abgesehen hätten. Tun Sie sich selber einen Gefallen und halten Sie sich von Kiawah fern.«

»Und Ihr Bruder? Was treibt der gerade so?«

»Colin?« Sie zuckte hilflos mit den Schultern. »Colin glaubt, daß Gott ihm befohlen hat, sich überall tätowieren zu lassen und Armeekleidung zu tragen und den Schwarzen die Schuld zu geben, daß ihm niemand einen Plattenvertrag anbieten will.«

»Wissen Sie, wo er wohnt?«

Chantrelle schüttelte den Kopf, schaute auf ihre Uhr, ging zur Tür und öffnete sie. »Ich muß jetzt weg, Maiskuchen essen und Vertragsabschlüsse unterzeichnen.«

Ich hatte alles von ihr bekommen, was ich mir erhofft hatte, daher fügte ich mich ihrer Bitte ohne Protest. Als ich neben sie trat, legte Chantrelle eine Hand auf meinen Arm. »Ich könnte Ihnen wirklich zu viel Geld verhelfen, wissen Sie.«

»Das bezweifle ich«, sagte ich.

»Warum? Halten Sie mich für nicht kompetent?«

»Im Gegenteil. Es ist nur so, daß in letzter Zeit offenbar nur noch *die* Leute richtig Geld verdienen, die sowieso schon jede Menge davon haben.«

Als ich das Büro verließ, hörte ich noch, wie sie zu Orchid sagte, sie solle versuchen, ihre Mutter zu erreichen, und ihr erklären, daß sie, Chantrelle, es nicht einrichten könne, in die Omni-Bar zu kommen, sie müsse zur Snee Farm rausfahren, um einem Chiropraktiker eine Eigentumswohnung zu zeigen.

15

Seths Büro war in der Nähe, in der State Street, einen Block oberhalb der Broad; es lag im Erdgeschoß eines sich neigenden Ziegelbaus, dessen Ursprünge dem Messingschild an seiner Ecke zufolge aufs achtzehnte Jahrhundert zurückgingen. Das Empfangszimmer war mit einer Mischung aus antiken Möbeln und abstrakter Kunst vollgestellt, aber das bezwingendste Objekt war die Frau, die all dem vorsaß – ich gewann langsam die Überzeugung, daß die Damen von Charleston alle direkt aus der ›Vogue‹ rekrutiert worden seien.

Als ich die Eingangstür überwunden hatte und den polierten Kiefernboden sowie den kostbaren Perser überquerte, strahlte sie mir von ihrem Schreibtisch aus entgegen, als brächte ich ihr ein Dutzend Rosen. »Guten Morgen«, jubelte sie. »Wie können wir Ihnen behilflich sein?«

»Mein Name ist Tanner. Ich bin ein Freund von Mr. Hartman. Ist er im Hause?«

»Mr. Tanner? Wunderbar. Seth hatte gehofft, daß Sie um diese Zeit vorbeischauen würden.«

»Warum?« Eine derartige Aufregung hatte ich nicht mehr verursacht, seit mein Buick das letztemal auf einer Kreuzung abgesoffen war.

»Er möchte, daß Sie mit ihm zu Mittag essen. Im Saracen.«

Da ich keine Reaktion zeigte, erläuterte sie: »Das ist ein Restaurant, ja? Eins der besten in der Stadt, wie man hört, aber darüber müssen Sie sich keine Sorgen machen – Seth übernimmt immer die Rechnung. In diesen Dingen ist er wirklich gut.« Sie deutete mit einem unfaßbar langen und eindrucksvoll beringten Finger zum Ausgang. »Wenn Sie aus der Tür kommen, gehen Sie nach rechts, dann wieder rechts bei dem kleinen Durchgang, ja? Und noch mal rechts an der nächsten Ecke. Sie können es nicht verfehlen.«

»Ist Seth jetzt dort?«

»Müßte er. Er ist vor zehn Minuten gegangen.«

»Dann sollte ich mich wohl beeilen.«

»Viel Spaß«, verordnete sie melodiös, indem sie die Silben des letzten Wortes verdoppelte; dann legte sie das Kinn auf die Faust und beobachtete, wie ich mich entfernte. Ihr Lächeln war bei meinem Abgang genauso strahlend wie bei meinem Eintritt, mit anderen Worten: es war gar kein Lächeln.

Ich folgte ihren Richtungsangaben und fand mich vor einer großen Steinarchitektur wieder, die ungefähr so wirkte, als käme sie aus den *Arabischen Nächten,* mit den Augen von Indiana Jones gesehen. Ein Schild an der Tür teilte mit, daß das Gebäude aus dem neunzehnten Jahrhundert stammte, erbaut im Stil maurischer Pittoreske, mit den Augen der Englischen Regentschaft gesehen. Seine Spiralen und Kreise und Bögen und Säulen schufen eine Atmosphäre, die eines Kalifen würdig gewesen wäre; ich war enttäuscht, daß die Empfangsdame keine verschleierte Salome war.

Sie begrüßte mich mit dem vertraulichen Überschwang, der in Charleston offenbar allen angewachsen ist. Als ich ihr meinen Namen und den Namen meines Gastgebers nannte, erwies sich ihre Begeisterung als ebenso grenzenlos wie die bei Seths Rezeptionsdame kurz zuvor.

Sie führte mich zu einem Ecktisch, der hinter einem blattreichen, aus einem großen Tontopf wachsenden Ficus verborgen war. Unter den zierlichen Zweigen schienen Seth und die Dame, die bei ihm saß, in intimem Austausch begriffen. Die Frau saß mit dem Rücken zu mir, und als Seth mich kommen sah, berührte er flüsternd ihre Hand, dann erhob er sich und bat mich an den Tisch.

»Wie ich sehe, hast du meine Nachricht bekommen. Großartig. Marsh, ich möchte dir Jane Jean Hendersen vorstellen.

Jane Jean, das ist Marshall Tanner. Ich glaube, ich habe ihn vielleicht schon ein- oder zweimal oder hundertmal erwähnt.«

Als die überraschend kunstlose Vorstellung sich ihrem Ende näherte, wandte sich die Frau mir zu, korrigierte den Sitz ihres Oberteils, strich sich eine Locke aus dem Gesicht und schenkte mir ein Lächeln Marke Charleston. Aber dieses war echt, so echt, daß mir das Herz schmolz, durch die Lenden schwamm und in die Zehen rann.

»Endlich lerne ich Sie kennen, Mr. Tanner«, sagte sie mitten durch ihr Grinsen hindurch, hob eine Hand aus ihrem Schoß und kredenzte sie mir als Vorspeise. Sie war warm und feucht, unversehrt von Zeit und Mühsal, die Fingernägel in einem Ton lackiert, den mein Buntstiftkasten als gebrannte Siena bezeichnen würde. Ich war versucht, den Lothario zu spielen und zum Handkuß in der Hüfte einzuknicken, begnügte mich aber mit einem Händeschütteln. Die Armreifen an ihrem Handgelenk nahmen meine Schüchternheit nicht weiter krumm.

Über die Hand hinweg, die ich länger als nötig festhielt, blickte ich in ein volles Gesicht mit großzügigen Linien, das eine monochrom weiße Farbtönung zeigte, mit einer Spur von Rötung um die Wangenknochen, passend zu den rotbraunen Haarflechten, die ihre bloßen Schultern streichelten. Die Lippen waren ausgesprochen voll und farblich mit den Fingernägeln abgestimmt; das Augen-Make-up bediente sich der Blau-Schwarz-Palette. Der Gesichtsausdruck, für den sie sich entschieden hatte, war in erster Linie erwartungsvoll, vielleicht auch ein wenig vorsichtig. Falls mir in meinem langen Leben je eine schönere Frau begegnet war, kam ich jedenfalls grad nicht auf ihren Namen.

»Es ist mir ein Vergnügen, Ihre Bekanntschaft zu machen, Ms. Hendersen«, sagte ich mit einer Stimme, die unter diesen Umständen falsch und ungeschliffen klang.

»Das Vergnügen liegt ganz auf meiner Seite. Seth singt wahre Loblieder über Sie.«

»Meiner Erinnerung nach singt Seth immer falsch.«

Sie lachte kurz und kehlig. »Ganz im Gegenteil – in diesem Fall ist es eine richtige Hymne.« Sie zeigte auf einen Stuhl. »Wollen Sie sich nicht zu uns setzen?«

Davon hätte mich selbst eine einstweilige Verfügung nicht abhalten können.

Ich weiß nicht, ob Jane Jeans außergewöhnliche Reize dafür verantwortlich waren, ihr gleichermaßen üppiger Charme oder auch mein eigener endemischer Notstand, jedenfalls steckte ich bereits bis zum Hals und weiter in jener Sinnenverwirrung, vor der sowohl Chantrelle Hartman als auch Scar Raveneau mich gewarnt hatten. Ich wußte nur eins: Wenn Ms. Hendersen mich gebeten hätte, meine Kleider abzuwerfen und auf dem Tisch zu tanzen, dann wäre ich da raufgesprungen und hätte einen nackten Steptanz aufgeführt, bevor sie sich auch nur einmal die Lippen hätte lecken können.

Seth blieb stehen, bis ich Platz genommen hatte, dann setzte er sich auf den Stuhl gegenüber. »Hast du dich heute morgen beim Sightseeing gut unterhalten, Marsh?« fragte er, als ich widerstrebend mein Starren eingestellt hatte.

Zum Glück war ich wenigstens noch so weit beieinander, daß ich seinen versteckten Hinweis verstand. »Absolut«, sagte ich, indem ich eine eigene Version der hiesigen Begeisterungsfähigkeit ausspielte. »Dies ist eine erstaunliche Stadt.«

»Wir bezeichnen sie als Amerikas bestgehütetes Geheimnis«, sagte Jane Jean herzlich. »Und das gefällt uns ganz gut so. Wenn mehr Leute wüßten, daß Charleston etwas Besonderes ist, dann hätten wir es ja nicht mehr für uns.«

Das hatte was für sich, und das sagte ich ihr.

»Sind Sie schon oben in der Market Street gewesen, Mr. Tanner?« fuhr sie freundlich fort. »Die Körbe, die dort von den Frauen aus hiesigen Süßgräsern geflochten werden, sind wirklich denkbar schöne Geschenke. Ich weiß, daß jede einzelne Ihrer Freundinnen sich über einen solchen Gunstbeweis freuen würde.« Ihr Lächeln neckte mich, bis ich errötete. »Das ist historisches Kunsthandwerk, von den afrikanischen Sklaven mit herübergebracht. Einige Beispiele sind in der Smithsonian Institution ausgestellt.« Jane Jean klang ehrlich stolz.

»Bis dahin bin ich noch nicht gekommen«, sagte ich. »Aber ich werde es sicherlich noch.«

»Und vergessen Sie nicht das Kunstmuseum. Und das Customs House. Und –«

»Aber aber, Jane Jean«, unterbrach Seth, indem er ihre Hand voller Zärtlichkeit berührte. »Marsh will schließlich keinen Reiseführer verfassen.« Er schaute grinsend in meine Richtung. »Jedenfalls nicht, soweit mir bekannt ist.«

»Apropos verfassen, wir haben mehrere berühmte Autoren hier in Charleston«, ließ Jane Jean sich nicht beirren. »Josephine Humphries ist natürlich absolut göttlich. Und Alexandra Ripley, die die Fortsetzung von *Vom Winde verweht* geschrieben hat, ist auch eine Charlestonian. Und am College gibt es noch einen jungen Mann namens Lott, der –«

»Jane Jean bekommt eine Provision von der Handelskammer«, unterbrach Seth liebevoll.

»Von den Buchvertretern anscheinend auch.«

Jane Jean verzog das Gesicht. »Wir sind sehr stolz auf unser Volk und unser Erbe, Mr. Tanner. Das werden Sie sicherlich verstehen.«

Da ich aus einer Gegend komme, wo der Bürgerstolz chauvinistische, wenn nicht fremdenfeindliche Ausmaße angenommen hat, versicherte ich ihr, daß dies zutreffe. Beim anschließenden Austausch von verständnisinnigem Lächeln kam ich am besten weg.

»Laßt uns jetzt bestellen«, sagte Jane Jean plötzlich.

»Was würden Sie empfehlen?« fragte ich, als sei ich in der Lage, irgend etwas zu würdigen, das in Sachen Verfeinerung über ein Thunfisch-Sandwich hinausgeht.

»Die Garnelen sind natürlich immer ausgezeichnet«, sagte sie, »aber andererseits ist hier alles göttlich. Ich mag die Piniennußsuppe besonders gern, und das Lamm mit Aprikosenchutney ist hervorragend. Und zum Dessert *müssen* Sie einfach das Schokoladensoufflé kosten. Versprechen Sie mir das«, fügte sie hinzu, also tat ich es.

Wir bestellten Essen und Getränke und machten die ganze Mahlzeit über Smalltalk ohne den geringsten Vorfall von Meinungsverschiedenheit. Meine Erinnerung an die rechte Seite der Speisekarte verriet mir, daß sich die Rechnung auf satt über hundert Dollar belaufen würde. Keinen meiner Tischgenossen schien das zu bekümmern, was man wohl im Zusammenhang mit Familienvermögen und Spesenkonten sehen mußte.

»Wie ich höre, sind Sie Anwältin, Ms. Hendersen«, sagte ich, als wir die letzten Bissen in Angriff nahmen.

»Schuldig im Sinne der Anklage«, gab sie zu. »Und ich bestehe darauf, daß Sie mich Jane Jean nennen.«

»Worauf haben Sie sich spezialisiert?«

Seth lachte. »Rate mal.«

Das verschaffte mir einen Vorwand, seine Verlobte nunmehr offen statt klammheimlich zu inspizieren. Ich nahm an, daß ihr Make-up tausend Dollar gekostet hatte und ihr Körper zur Hälfte mit Silikon gepolstert war, aber mein Gott, sie war reizend; Elizabeth Taylor in *Vater der Braut* – diese Art von reizend.

Ich atmete tief durch, um meine Lust zu bezwingen. »Steuerrecht«, sagte ich, um nur irgendwas zu sagen.

»Strafrecht«, korrigierte Seth.

Ich blinzelte und schaute noch einmal hin. »Sie sind Strafverteidigerin?«

Sie warf den Kopf zurück und schürzte die Lippen. »Warum finden Sie das so amüsant, Mr. Tanner?«

»Das tu ich nicht. Ich finde es bloß . . . abwegig.«

»Jane Jean kommt ganz nach ihrem Vater«, sagte Seth erläuternd. »Der ist eine lebende Legende hierzulande; hat einige der berüchtigsten Strafprozesse des Staates geführt. Ich habe ihn kennengelernt, als ich während der Collegezeit hier runterkam, um für das SNCC zu arbeiten. R. Montgomery Hendersen ist einer der Hauptgründe dafür, daß ich mich entschieden habe, Anwalt zu werden; damals in den Sechzigern war er einer der wenigen weißen Anwälte, die bei der Wählerkampagne geholfen haben.«

Ich sah wieder Jane Jean an. »Ich wette, Sie haben noch nie einen Fall verloren.«

»Aber wie kommen Sie denn auf *so* etwas?« Das Funkeln war in ihr Auge zurückgekehrt – ich hätte einen Marshmallow darauf backen mögen.

»Ich kann mir nicht vorstellen, daß es einen Geschworenen gibt, der das Herz hätte, Sie zu enttäuschen«, lautete die Albernheit, die ich zu bieten hatte. Seth und Jane Jean zwinkerten sich zu und lachten; ich wurde rot und beschloß, die Klappe zu halten. Als sich plötzlich ein Schatten über unseren Tisch legte, war ich über diese Ablenkung sehr erleichtert.

Der Mann, der das Licht des Kronleuchters verdunkelte, war von nahezu titanischer Größe, hatte eine kräftige Gesichtsfarbe, eine Knollennase und trübe Augen und trug einen Anzug, der ihm vor zehn Jahren zuletzt gepaßt hatte. Sein Ausdruck heischte Respekt, und seine Hände glitten auf eine Weise an Jane Jeans bloßem Rücken hinunter, die mich eifersüchtig machte.

»Daddy!« rief Jane Jean, als sie sich umdrehte, um zu sehen, wer sie gestreichelt hatte. »Ich dachte, du hättest eine Sitzung mit Crossley.«

»Das Schwein ist ausgeweidet, Kindchen«, sagte der Mann

selbstgefällig. »Zeit, den Ofen anzuwerfen.« Er blickte nach links. »Seth.«

»Monty.«

»Daddy, das hier ist Mr. Tanner. Aus San Francisco. Er war mit Seth zusammen im College, oben im Norden. Mr. Tanner, dies ist mein Daddy, R. Montgomery Hendersen.« Daddy schlug mir auf die Schulter und streckte mir seine fleischige Hand entgegen. Nachdem ich aufgestanden war, sie zu schütteln, überragte er mich immer noch; seine phlegmatische Haltung und sein mächtiges Fleisch gaben ihm die physische Autorität eines Ochsen.

»Willkommen in South Carolina, Sir. Gefällt es Ihnen in der Heiligen Stadt?«

»Ja, Sir.«

»Gut. Erzählen Sie nur Ihren Nachbarn nichts davon. Wir haben hier schon genug Spinner herumschwirren, nicht wahr, Seth?«

»Wenn du das sagst, Monty.«

»Das tu ich allerdings.« Montys kräftige Stimme sank zu einem verschwörerischen Zischen herab, und seine Augen wurden so dunkel wie die Flecken auf seiner Krawatte, als er sich Seth entgegenbeugte wie eine riesige Kobra. »Könnte dich interessieren zu hören, daß ich zusammen mit unserem Freund Crossley ein leckeres Stückchen Torte für Senator Poulson zurechtgeschnitten habe: sechs Monate im Club Fed; Geldstrafe im unteren fünfstelligen Bereich; gemeinnützige Tätigkeit in den Grundschulen als Buße. An deiner Stelle würde ich mich einreihen, solange Crossleys Nase noch warm ist.«

»Mein Mann will in die Verhandlung gehen, Monty.«

»Kommt nicht drauf an, was er will, es kommt drauf an, was er braucht. Und was er absolut *nicht* braucht, das ist, seine Zukunft in die Hände einer Jury von Leuten fallen zu lassen, die ihn gewählt haben, damit er in der Landeshauptstadt was anderes macht, als sich von Bundesbeamten bestechen zu lassen.«

Seth lächelte gequält. »Ich hab dir doch schon mal gesagt, daß Monroe unschuldig ist, Monty. Das einzige, was er auf diesem Video entgegengenommen hat, waren ein guter Bourbon und ein Händedruck. Meines Wissens stellt beides bisher noch kein Verbrechen dar.« Seth grinste, um seine Heftigkeit abzumildern. »Ansonsten säßen wir jetzt beide hinter Gittern.«

»Wenn du nicht bald einen Deal mit ihm machst, wird Crossley beschließen, ein Exempel an ihm zu statuieren, und Monroe wandert für fünf Jahre nach Lexington. Hör auf meinen Rat, Junge.«

Nachdem er seine Predigt beendet hatte, kontrollierte Monty das Kräftefeld im Raum. Da er niemanden fand, den zur Kenntnis zu nehmen sich gelohnt hätte, wandte er sich wieder seiner Tochter zu. »Haben wir heute morgen einen für die Sache gewonnen, Kindchen?«

»Das haben wir allerdings, Daddy«, sagte sie.

»Wie lange waren sie draußen?«

»Dreiundzwanzig Minuten.«

R. Montgomery Hendersen glühte geradezu vor Stolz. »Gott segne sie, sie könnte mit Jesus Christus aus dem Saal gehen, und Pontius Pilatus würde ihm ein Taxi rufen. Schönen Tag noch alle miteinander, hört ihr?«

Monty walzte davon und trat an einen anderen Tisch. Seth und ich warfen uns einen kurzen Blick zu, dann schauten wir Jane Jean zu, wie sie ihrem Vater nachsah. Ihr Gesichtsausdruck verriet eine seltsame Mischung aus Sorge und Hingerissenheit – ich konnte nicht erkennen, womit sie eher rechnete: daß er tot umfallen oder daß er über den Boden schweben würde. Allerdings hatte ich das Gefühl, daß Seth und ich uns beide wünschten, wenigstens einmal auch auf diese Weise von ihr angesehen zu werden.

16

Jane Jean mußte schnell ins Büro zurück, um die Angelegenheiten aufzuarbeiten, die sie während des Prozesses vernachlässigt hatte. Nachdem sie Seth auf die Wange geküßt und meiner Hand einen Abschiedsdruck gegeben hatte, wurde sie von sämtlichen Augen im Saal hinausbegleitet. Als sie sich unter der Tür mit einem Winken verabschiedete, das jeden von uns beglückte, den Ober und den Kellnerlehrling genauso wie mich, da schien der ganze Saal in Beifallskundgebungen auszubrechen.

Nachdem das Drama ihres Abgangs abgeklungen war, sah Seth mich an und grinste. »Sie ist schon was Besonderes, oder?«

»Allerdings.«

»Du schienst ganz beeindruckt.«

»Meine Augen funktionieren; es fließt Blut durch meine Adern – wie könnte ich da nicht beeindruckt sein?« Ich streckte die Zunge heraus und keuchte ein bißchen, um den Bann zu brechen. »Wirst du sie heiraten, oder habe ich noch eine Chance, dich auszustechen?«

Seth fand mein Scherzchen nicht so lustig wie gedacht. »Ich möchte wohl; sie ist sich noch nicht sicher.«

»Warum nicht?«

»Sie hat keine guten Erfahrungen mit Männern gemacht. Man sollte meinen, daß bei ihrem Aussehen auf diesem Gebiet alles nach ihren Vorstellungen laufen müßte, aber das war nicht der Fall. Ihre Ehe war ziemlich übel. Er war ein Trinker. Und ein Sadist. Sie hat das alles viel länger hingenommen, als sie hätte sollen.«

Die Beschreibung war unheilvoll genug, mich daran zu erinnern, warum ich hier war. »Wo ist ihr Mann jetzt?«

»Leitet einen Autohandel westlich der Stadt. An den Wochenenden ist er zu sehr mit sich selbst beschäftigt und ruft sie an, um sie anzuflehen, daß sie ihn wieder nimmt.«

»Wie heißt er?«

»Bilbow.«

»Bedroht er sie?«

Seth schüttelte den Kopf. »Nicht, daß ich wüßte.«

»Hat er dich schon mal bedroht?«

Seth blinzelte. »Warum sollte er?«

»Er könnte denken, daß du der Grund bist, warum sie nicht wieder zu Papa zurückkommt.«

Obwohl Seth diese Vorstellung schnell zurückwies, ließ sie ihm doch den Schweiß auf die Stirn treten. Kurz darauf wechselte er das Thema. »Hast du mit Rick Last gesprochen?«

Ich nickte. »Leider scheint er nicht viel über deine Freunde vom Bund zu wissen. Offenbar sind sie erst ganz frisch in der Szene. Mit Ausnahme eines Typen, der Bedford heißt. Kennst du den?«

Seth schüttelte den Kopf. »Was für Anhaltspunkte hast du sonst noch?«

»Nur deinen Sohn«, sagte ich.

Seths Reaktion bestand in einem ächzenden Ausdruck väterlichen Schmerzes, aber wenn ich hier was ausrichten wollte, mußte ich in dieser Richtung nachforschen.

»Ich konnte gestern abend nicht mehr danach fragen: Hast du eine Ahnung, wo er wohnt?«

Seth schüttelte den Kopf.

»Nicht mal 'ne Telefonnummer?«

»Fürchte, nein.« Sein Blick war jammervoll. »Ist das nicht eine Schande?«

»Eine Schande nicht unbedingt, aber unglücklich. Meinst du, deine Frau weiß, wie man ihn erreichen kann?«

»Callie? Möglicherweise. Ich glaube, sie läßt ihm Geld zukommen.«

Seth blickte auf seine Uhr, dann nahm er einen Schluck Wasser. »Bevor du dich auf die Suche nach Colin machst, solltest du noch mit ins Büro kommen, um mit jemandem zu reden.«

»Mit wem?«

»Alameda Smallings. Das Mädchen, das versucht, in die Palisade hineinzukommen. Sie hat auch ein Band erhalten.«

Während ich mich gegen eine neue Dosis rassistischer Sprüche wappnete, bezahlte Seth die Rechnung, und ich beschloß, deswegen keinen Streit anzufangen. Als wir ins Büro kamen, hielt die Empfangsdame dort noch immer froh und munter die Stellung – ihr war auch während der Mittagspause keine Laus über die Leber gelaufen.

Seth eilte ins Wartezimmer, um seine Mandantin zu begrüßen; währenddessen machten die Empfangsdame und ich einander schöne Augen. Die dampfende Sinnlichkeit, die in Charleston so allgegenwärtig war wie die Eidechsen und Palmenwedel, hatte auch mich reichlich scharf gemacht. Ich fragte nach ihrem Namen, und sie sagte, er laute Elmira.

»Marsh?« Seth rief vom Sofa des Vorzimmers herüber und beendete meine Narreteien mit seinem Personal. »Ich möchte dir Alameda Smallings vorstellen.«

Die junge Frau auf dem Sofa erhob sich mit der geschmeidigen Anmut einer Sportlerin; ich eilte herbei, ihr die Hand zu schütteln.

Ihr Händedruck war fest und forsch, ihre Gestalt groß und schlank; die Beine, die unter dem kurzen braunen Rock hervorragten, waren mindestens so lang wie meine. Ihr Gesicht war ernst und gebieterisch, die Haut besaß den Ton und die Dichte von Rohöl, und die Augen hatten schon vor langer Zeit beschlossen, alles, was in ihr Blickfeld geriet, als verdächtig zu betrachten. Wenn wir miteinander auskommen wollten, so sprachen diese Augen, dann sei es an mir, dafür die Voraussetzungen zu schaffen.

Ich sagte ihr, daß ich erfreut sei, sie kennenzulernen. Sie neigte den Kopf und fragte mich, warum. Ihre Unverblümtheit schockierte mich – alles, was mir zu sagen einfiel, war, daß sie ein mutiges Anliegen verfolge und ich ihr dafür alles Gute wünsche.

»Vielleicht ist es auch nur dumm«, sagte sie in unverändertem Ton. »Das glauben jedenfalls die meisten Leute.«

»Weiße Leute?« fragte ich.

»Weiße *und* schwarze.«

Seth schlug vor, in sein Büro zu wechseln. Ich hatte sein Allerheiligstes noch nie gesehen, und ich war genauso beeindruckt, wie ich es erwartet hatte.

Wir traten auf einen einwandfreien Parkettfußboden, und die Decke war mit grauem Flanell ausgeschlagen. Es gab nur weiches Licht in indirekter Beleuchtung; der Schreibtisch war groß genug für Skating; die Sessel und Sofas bildeten einladende Berge von Leder und grauem Tweed. In seinem cremefarbenen Sommeranzug und mit seinem dunklen, feschen Äußeren paßte Seth in dieses Zimmer wie Cary Grant in einen Smoking. Die Wirkung war so schlagend, daß sie eine Art Offenbarung auslöste – zu guter Letzt bot sich mir ein Leben dar, das mich in Versuchung führen konnte, es gegen mein eigenes einzutauschen.

Seth bat uns, uns zu setzen, fragte, ob wir Kaffee oder einen Softdrink wollten, und nahm schließlich, als wir alle Erfrischungen abgelehnt hatten, den Sitz hinter seinem Schreibtisch ein. »Wenn Sie nichts dagegen haben, Alameda«, fing er an, »möchte ich Sie bitten, Mr. Tanner zu erklären, was Sie genau erreichen wollen. Mit Ihrer Klage und allem.«

Sie drehte sich in ihrem Sessel herum und sah mich an. Ich hoffte, daß sie mich für würdig befinden würde, ihre Geschichte anzuhören, aber ihre Augen unter den schweren Lidern verkündeten zunächst nichts anderes, als daß es ihr für ein solches Urteil noch zu früh sei. »Wer ist er eigentlich?«

»Ein alter Freund«, antwortete Seth. »Er ist Privatdetektiv, kommt aus Kalifornien. Er ist ein paar Tage in Charleston, um mir bei einigen Problemen behilflich zu sein, die ich in einem meiner anderen Fälle habe. Ich dachte, er könnte auch Ihnen vielleicht helfen.«

»Ich brauche keine Hilfe«, sagte sie schlicht. »Es sei denn, er hätte einen Schlüssel für die Palisade.

»Warum wollen Sie unbedingt dorthin?« fragte ich.

Ihre Augen brandmarkten mich als einfältig. »Weil ich die militärische Laufbahn einschlagen will.«

»Warum?«

»Weil mein Daddy gesagt hat, daß Schwarze in der Armee eine bessere Chance haben, voranzukommen, als überall sonst.«

»Alamedas Vater war Hauptfeldwebel bei der Neunten Division«, warf Seth ein. »1972 in Vietnam gefallen. Alameda wurde sechs Monate später geboren. Sie hat ihn nie gesehen.«

»Mama hat seine Briefe aufgehoben«, erklärte Alameda, und erstmals kam Leben in ihre schwarzen Augen. »Er wußte, daß er vielleicht nicht wieder in diese Welt zurückkehren würde, deshalb wollte er mir seine Worte hinterlassen, damit ich nach ihnen lebe, falls er mich nicht selber großziehen könnte.«

»Was macht Sie so sicher, daß er recht hatte, was die Armee betrifft?« fragte ich.

»Ich bin bisher noch nicht bei der Armee gewesen, aber im Zivilleben habe ich beobachtet, daß die Weißen es nicht gerne haben, wenn Schwarze ihre Fähigkeiten zeigen und aufsteigen. Die Armee dagegen, sagt Daddy, läßt dich so hoch aufsteigen, wie du kannst. Er sagt, die Armee würde ohne die Schwarzen nicht einen Tag lang funktionieren.« Ein Lächeln preßte ihre Lippen flach. »Außerdem will ich zum Militär, weil ich den Leuten gerne sage, was sie tun sollen. Mama sagt, daß ich da ganz nach Daddy komme. Nur daß ich mal General sein werde.«

»Sie können sich glücklich schätzen, die Briefe Ihres Vaters zu besitzen«, sagte ich, immer noch um Anerkennung werbend.

Alameda nickte nüchtern. »Ich hoffe, daß ich sie eines Tages veröffentlichen kann. Die Leute könnten eine Menge lernen, wenn sie sie lesen. Und nicht nur die Schwarzen.«

»Warum haben Sie sich die Palisade ausgesucht, und nicht West Point?« fragte ich weiter. »Dort sind schon vor langer Zeit Frauen an den nationalen Akademien zugelassen worden.«

»Ich bin nicht nominiert worden«, sagte Alameda mißmutig, und ihre Lippen formten jetzt einen Schmollmund. »Ich war in der High School politisch aktiv – Demonstrationen gegen Apartheid und Umweltverschmutzung bei der Papierfabrik und so weiter. Hat mich verdächtig gemacht.«

Wenn auch vielleicht nicht immer objektiv, so war Alameda doch direkt und entschlossen; es war leicht zu erkennen, warum Seth ihren Fall übernommen hatte, und auch, warum er sich Sorgen um sie machte.

»Sie haben also Klage eingereicht«, sagte ich, »um die Palisade zu zwingen, erstmals in ihrer Geschichte eine Frau zuzulassen.«

Sie nickte. »Verhandlungstermin ist der fünfte des nächsten Monats. Schnellverfahren, so nennen die das. Wenn wir dann gewonnen haben, schreibe ich mich im Herbst als Anfängerin ein.«

»Es hat hier unten tonnenweise Presseberichte darüber gegeben«, sagte Seth. »VMI – das Virginia Military Institute –, welches ebenso wie die Palisade eine staatlich finanzierte Akademie ist, wurde vor einigen Jahren per Gerichtsbeschluß gezwungen, Frauen aufzunehmen. Aber dieses Urteil wurde von einem von Reagans Bundesrichtern aufgehoben, daher ist die Rechtslage auf diesem Gebiet unklar.«

»Das Recht ist nicht das Problem«, sagte Alameda. »Diese breitärschigen Richter sind das Problem.«

»Ich muß mich korrigieren«, sagte Seth, dann warf er mir einen Blick zu, in dem sich ein gewisser Neid auf ihren Mumm auszudrücken schien. »Damit du nicht denkst, daß die Sache für sie irgendeine Art Jux werden wird, solltest du wissen, daß die konföderierten Stars and Bars die Schulfarben der Palisade sind, und der Palisade-Song ist ›Dixie‹.«

Ich schüttelte verwundert den Kopf. »Gibt es dort eigentlich schwarze Männer?«

»Ein paar«, sagte Alameda. »Hauptsächlich Sportler. Sie werden nur ausgenutzt – einer von ihnen ist vor einer Weile erschossen worden.«

»Wo?«

»Mitten auf dem Campus. Hatte seine Uniform an und alles.«

»Wer hat ihn erschossen?«

»Weiß keiner«, sagte sie höhnisch. »Angeblich.«

»Und Sie sind bereit, mit diesem Risiko zu leben?«

Sie sah mir in die Augen. »Muß ich, um das zu erreichen, was ich will.«

»Erzählen Sie Mr. Tanner, was letzte Woche passiert ist, während ich weg war.«

Alameda drehte ihren Sessel, so daß sie direkt zu mir sprechen konnte. »Ich bin respektlos behandelt worden, seit ich meine Klage eingereicht hab, meistens von Brüdern, die nicht einsehen wollen, was ich überhaupt in der Armee des weißen Mannes zu suchen hab. Es hat jede Menge Anrufe und Briefe gegeben, von Schwarzen wie von Weißen, die mich aufgefordert haben, aufzugeben und da zu bleiben, wo ich hingehöre. Aber diesmal war es anders.«

»Inwiefern?«

»Erstens war er höflich. Bei ihm klang es wie ein ... geschäftliches Angebot, und nicht einfach 'ne Drohung; er ließ es so aussehen, als sei's nur zu meinem eigenen Besten, wenn ich meinen Traum aufgebe. Außerdem hat er meinen Namen benutzt, und nicht irgendeinen rassistischen Scheiß. Hat mich Ms. Smallings genannt – ganz förmlich und so.«

»Wann war das?«

»Letzten Montag.«

»Bei Ihnen zu Hause?«

Sie nickte. »Nach dem Abendessen.«

»Es war ein Mann?« fragte ich.

»Ja.«

»Schwarz oder weiß?«

»Weiß.«

»Gebildet?«

»Ja.«

»Wie alt?«

»Mittleres Alter vielleicht. Schwer zu sagen.«

»Südstaatler?«

»Ja.«

»Was hat er genau gesagt?«

»Er fragte, ob ich Ms. Smallings wäre. Ich sagte, ich wäre eine von ihnen – es gibt einen ganzen Haufen auf John's Island. Er fragte, ob ich die wäre, die versuchen würde, in die Palisade zu kommen. Ich sagte, ja. Er fragte, ob ich was dagegen hätte, darüber zu reden. Ich fragte, ob er Reporter sei. Er sagte, er wäre einfach ein Patriot. So hat er sich genannt, einen Patrioten. Ich hab ihm gesagt, daß ich auch eine Patriotin wäre. Genau wie mein Daddy vor mir.«

Seth lächelte. »Was hat er dazu gesagt?«

»Er sagte, er hätte gehört, daß das wahr wäre. Er war überhaupt nicht beleidigend oder so; er meinte, er hätte gehört, daß mein Daddy ein braver Mann gewesen sei.«

»Und dann?«

»Dann bat er mich zu überlegen, ob ich dafür verantwortlich sein wollte, daß eine Institution von geschichtlicher Bedeutung für den Bundesstaat zerstört würde. Dann sagte er, es würde nicht darum gehen, daß ich nicht qualifiziert wäre – er meinte, er wüßte, daß ich intelligent wäre und offenbar ein hochmotiviertes Individuum. Aber er sagte, Tatsache wäre, daß die Palisade kein Ort für eine Frau sei, selbst für eine so hervorragende Vertreterin meines Geschlechts wie mich. Er sagte, ich würde bestimmt wissen, daß die Traditionen, die die Palisade zu dem gemacht haben, was sie ist, nicht überleben könnten, wenn sich auch Frauen einschreiben dürften.«

»Was haben Sie darauf gesagt?«

»Ich sagte ihm, daß ich das anders sehen würde, daß es allmählich Zeit wäre, daß die sich nach dem Gesetz richten. Das war der Punkt, wo er fies wurde.«

»Inwiefern?«

»Er meinte, wenn ich meinen Fall weiterverfolge, würde ich von allen patriotischen Amerikanern dafür verabscheut werden. Ich wäre eine Verräterin am Süden und von allen Möglichkeiten des Fortkommens abgeschnitten für das, was ich getan hätte.«

»Wie haben Sie reagiert?«

»Ich sagte, soweit ich sehen könne, wäre ich schon jetzt von den meisten Möglichkeiten in dieser Gegend ausgeschlossen und meine beste Chance, mich zu verbessern, würde darin bestehen, Offizierin im Frauenkorps der Armee zu werden. Und die beste Chance, das zu werden, würde darin bestehen, die Palisade zu besuchen. Und ich wäre ziemlich sicher, daß die auch von meinen Traditionen was lernen könnten,«

Ich unterdrückte ein Grinsen. »Und darauf er?«

»Er sagte, falls es eine Geldfrage sei, wäre er sicher daß man das arrangieren könnte. Und falls es für mich darum gehen sollte, einen Job im Zivilleben zu finden, dann könnte er das auch garantieren. Dreißigtausend im Jahr wären kein Problem, sagte er. Vielleicht nicht in Charleston, aber irgendwo in den Carolinas. Alles, was ich zu tun hätte, wäre aufzugeben.« Sie hielt kurz inne. »Wenn er die Briefe meines Daddys gelesen hätte, wäre ihm klar gewesen, daß alles in den Wind geredet war.«

»Sonst noch etwas bei dem Anruf?«

»Nichts Besonderes.«

»Gab es ein nächstes Mal?«

Sie schloß die Augen; die Hände in ihrem Schoß verwandelten sich in ein Doppelpack von Kohlestücken. »Beim nächsten Mal hab ich das hier gekriegt. Gestern. Aber der Mann, der den Mist erzählt, ist ein anderer.«

Sie griff in ihre Handtasche, holte ein Kassette heraus und gab sie Seth.

»Wir müssen uns das nicht anhören, Alameda«, sagte Seth rasch. »Ich denke, wir haben eine ganz gute Vorstellung davon, was es zu sagen hat.«

Alameda schüttelte den Kopf. »Könnte was drauf sein, das Ihnen hilft, ihn zu finden.«

»Das bezweifle ich. Wirklich. Es ist nicht nötig, daß Sie sich das antun.«

Sie war wild entschlossen. »Ich hab es mitgebracht, damit wir es uns anhören.«

Seth zögerte, dann seufzte er und plazierte die Kassette in den Rekorder hinter seinem Sitz.

»*Dies ist die Stabsdirektive Nummer Neun der Reinheitsbrigade im Bund des Stolzen Südens.*

Wir wissen, was du bist, du Niggerschlampe. Und wir wissen auch, was du willst. Wie bei allen minderwertigen Frauen ist es auch dein höchstes Lebensziel, mit weißen Männern zu kopulieren, von starkem weißem Samen geschwängert zu werden, um dein minderwertiges rassisches Erbgut durch die überragenden Anlagen der Großen Weißen Rasse zu stärken. Das ist dein wahres Anliegen, und nicht die heuchlerischen Beteuerungen deiner Vaterlandsliebe, die du den unwissenden Medien vorkaust.

Hör gut zu, Niggerfrau – du wirst keinen Erfolg haben; wenn nötig, wirst du eliminiert werden.

Der Palisade-Kadett ist das reinste Produkt der südlichen Rasse, der Krieger der Nation, der goldene Retter der Südlichen Lebensart.

Er läßt nicht zu, daß sein Körper korrumpiert wird von deinen degenerierten sexuellen Gelüsten.

Er läßt nicht zu, daß seine Gesundheit von den fremden Krankheiten zerstört wird, die du in dir trägst.

Er *läßt nicht zu, daß sein Gewebe von den Würmern zerfressen wird, welche die Nahrung bewohnen, die du ißt.*

Er läßt nicht zu, daß seine Kraft von den weibischen Vorstellungen angegriffen wird, für die du eintrittst.

Er läßt nicht zu, daß ihm der Verstand geraubt wird von der Dschungelmusik, deren Sklavin du bist.

Er läßt nicht zu, daß sein Körper zerstört wird von den Rauschgiften, nach denen du süchtig bist.

Er läßt nicht zu, daß die Stärke seines mächtigen Intellekts verwässert wird von deinen geistesschwachen Unzulänglichkeiten.

Gott erlaubt nicht, daß die Große Weiße Rasse von den Töchtern Luzifers befleckt wird. Präadamiten wie du haben sich fernzuhalten und werden getrennt werden von den Söhnen des Südens, den wahren und einzigen Erben Adams. Höre auf die Worte aus dem ersten Brief an die Korinther: ›Lasset euch nicht irreführen! Weder die Unzüchtigen noch die Götzendiener noch die Ehebrecher noch die Weichlinge noch die Knabenschänder noch die Diebe noch die Geizigen noch die Trunkenbolde noch die Lästerer noch die Räuber werden das Reich Gottes ererben.‹

Wir hören Dich, o Herr. Der Bund des Stolzen Südens gehorcht Deinem klaren Befehl.

Der Niggerfrau wird Einhalt geboten«

Das Band zischte seinem Ende entgegen. Keiner von uns

konnte die anderen ansehen, keiner seine Sprache gebrauchen. Jenseits der Tür zwitscherte Elmiras Stimme fröhlich auf jemanden am Telefon ein. Das und auch alles andere auf der Welt, mit Ausnahme der Frau, die in tiefster Unerschütterlichkeit neben mir saß, erschien mir lachhaft und ahnungslos im Angesicht dessen, was da gerade ruchbar geworden war.

Als ich zu ihm hinschaute, bestätigte Seths Gesichtsausdruck, was ich vermutet hatte: Die Stimme auf dem Band war dieselbe, die er mir am Abend vorher vorgespielt hatte, die Stimme, die seinem Sohn gehörte.

Als ob wir einem geheimen Befehl gehorchten, trieben wir drei der Tür entgegen. Schließlich wandte sich Alameda zum Gehen, und Seth streckte die Hand aus, um sie zurückzuhalten. »Es tut mir leid«, sagte er einfach, mit vor Schmerz belegter Stimme.

Sie berührte tröstend seinen Arm. »Schon gut, Mr. Hartman. Seit ich ein Kind war, hat man versucht, mich von dem abzuhalten, was ich vorhatte. Das hat nichts mit Ihnen zu tun.«

»Ich wünschte bei Gott, Sie hätten recht«, sagte Seth.

17

Das Omni am Charleston Place – halb gehobenes Einkaufszentrum, halb Luxushotel – war ein neuer Ziegelbau, der den gesamten Block zwischen Meeting und King Street einnahm, an der Stelle, wo die Market Street sie kreuzt. In seiner ganzen Ausstattung gab es den Anspruch kund, das geschäftliche Zentrum der Stadt darzustellen, und dem Fußgängerbetrieb nach zu urteilen, der in der Passage seitlich der Lobby herrschte, nicht ohne Berechtigung.

Nachdem ich einen Spießrutenlauf durch Lauren, Doubleday, The Limited und noch einen anderen Laden auf der Suche nach Jackettknöpfen tapfer überstanden hatte, machte ich die Hotelrezeption ausfindig, die in der Mitte des Gebäudes hinter den erwähnten Sirenen des Yuppie-Kommerzes verborgen lag. Die Hotelsekretärin wies mich unter Zuhilfenahme ihrer Zeigefingerspitze und des strahlenden Standardlächelns in die Richtung der Hotelbar.

Die Bar war, ungekennzeichnet und unzulänglich beleuchtet, in einem schattigen Winkel versteckt, hinter dem Aufgang, der zur Rolltreppe führte. Sie war mehr im Stil eines Wohnzimmers als eines Salons gehalten und bot dem Besucher Sessel und Beistelltische und einen Teppich, der sich an meinen Schuhen festsaugte; es war kein einziger Barhocker zu sehen. Ich pflanzte mich in einen Ohrensessel und schaute mich nach meinem Opfer um.

Angesichts der Tageszeit waren die Möglichkeiten begrenzt. Es gab zwei Frauen im mittleren Alter, die allein saßen, was ihnen so unangenehm war, daß ihre Augen am Eingang klebten, um ihre jeweilige Verabredung bei Erscheinen sofort sichten zu können. Da die Frau, nach der ich suchte, einstmals die Gefährtin von Seth Hartman gewesen war, konzentrierte ich mich auf die attraktivere von beiden.

Gegenwärtig war sie wütend und machte sich nicht die Mühe, es zu verbergen. Wie sie so mit den Fingernägeln auf die Marmortischplatte trommelte, mit dem Zeh des mit hohen Absätzen bewahrten Fußes, der einladend über den anderen gelagert war, wackelte, ständig an ihrem Wein nippte und an ihrem überaus blondierten Haar herumhantierte, bot sie das Sinnbild für Zorn und Gekränktheit – die frühere Callie Hartman war es nicht gewohnt zu warten, ob auf ihren Nachwuchs oder sonst jemanden.

Über einem karierten Rock und einer weißen Bluse war ein blauer Blazer um ihre breiten Schultern drapiert, dessen Aufschläge ihre schweren Brüste diskret verhüllten. Der Rock besaß einen Schlitz, der jedesmal, wenn sie die Beine übereinanderschlug, ein gutes Stück seidigen Schenkel freilegte – das genetische Erbe ihrer Tochter war hier ausgestellt. Meine Augen waren nicht die einzigen in der Bar, die auf ihr ruhten, aber sie waren die einzigen, die es nicht zum Zwecke des reinen Starrens taten.

Sie blickte von Zeit zu Zeit in meine Richtung, allerdings nicht häufiger, als sie die anderen Leute inspizierte, die den Raum mit ihr teilten und somit in das Komplott verwickelt waren, das der Vergeudung ihrer Zeit diente. Ich ließ sie noch ein paar Minuten länger schmoren und bestellte einen Wodka Gimlet, als die Kellnerin endlich herbeigerauscht kam. Nachdem ich meine Bestellung aufgegeben hatte, bat ich sie, der Lady am Ecktisch ein weiteres Glas dessen zu bringen, was sie gerade trank.

Die Kellnerin zögerte, zuckte dann mit den Schultern und wandte sich, den Auftrag zu erfüllen – jede Bedienung in einer Cocktailbar hat einen derartigen Dienst schon einmal vollbracht, selbst in so piekfeinen Etablissements wie dem Omni. Hilfreich war immerhin, daß Callie nicht den Eindruck einer Frau machte, die männlicher Servilität abgeneigt gewesen wäre.

Nachdem die Kellnerin meinen Gimlet gebracht und meine Gabe abgeliefert hatte, schaute die ehemalige Mrs. Hartman in meine Richtung, überdachte die Angelegenheit ein wenig und hob dann ihr Kelchglas zu einem stillen Toast. Ich erwiderte die Geste und tat dann, was sie nach Lage der Dinge von mir erwarten mußte: mit einem Grinsen im Gesicht an ihren Tisch schlendern, den Gimlet als Begleiter in der Faust.

»Ich hoffe, Sie empfinden dies nicht als dreist, aber Sie sehen nicht so aus, als hätten Sie Spaß daran, diesen schönen Nachmittag allein zu verbringen.« Ich sagte mein Sprüchlein ohne Stottern auf, wenn auch nur knapp. »Ich dachte mir, es wäre vielleicht weniger schmerzlich, wenn ich Ihnen Gesellschaft leistete.«

»Ich versichere Ihnen, daß ich keine Schmerzen habe, Mr . . .?«

»Swenson ist der Name, Ms . . .?«

»Benedetti.«

»Wie lustig, Sie sehen gar nicht italienisch aus.«

Ihr Lächeln war so kühl wie der Drink in meiner Faust. »Mein Mann schon.«

»Einer der berühmten Charlestoner Benedettis?«

»Newark.«

»Ah. Die *Newarker* Benedettis.«

Wir trieben unser Grinseduell noch in eine Extrarunde. »Die meisten Männer fangen an diesem Punkt an, sich zurückzuziehen«, bemerkte Callie, als wir fertig waren. »Gratuliere.«

Ich hob eine Augenbraue. »Ich fürchte, das versteh ich nicht – soll ich jetzt glauben, daß Ihr Mann bei der Mafia ist oder so was?«

»›Beziehungen haben‹ wird es normalerweise genannt.«

»Und? Hat er?«

Die Braue, die sie hob, war schwarz wie die Nacht. »Ich habe keine Ahnung.«

»Da sind wir dann schon zu zweit.«

Sie lachte erneut. »Sie haben es nicht sehr bequem dort oben, Mr. Swenson.« Sie zeigte auf den ihr gegenüberstehenden Sessel. »Sie dürfen sich setzen, wenn Sie sich trauen.«

Ich sank in den Sitz nieder und verschärfte mein Lächeln. »Es wäre hilfreich, wenn Sie einen weniger vielsilbigen Namen hätten.«

»Callie.« Sie streckte ihre Hand aus.

Ich lehnte mich nach vorn und ergriff sie. »Marshall.«

»Was führt Sie nach Charleston, Marshall?«

»Woher wissen Sie, daß ich nicht von hier bin?«

»Ihre Kleidung, Ihr Akzent, Ihre Gesichtsfarbe. Was brauchen Sie noch?«

»Auf die Stirn geschrieben, wollen Sie sagen.«

»Nennen wir Sie einfach eine willkommene Abwechslung von der Norm.«

Ich griff den Damenläufer mit meinem Bauern an. »Ich bin hier, um meine Tochter zu besuchen.«

Sie zog die Brauen hoch. »Ich hatte etwas Finstereres erwartet.«

»Warum?«

»Sie machen so einen Eindruck. Sie erinnern mich sogar an die Männer, mit denen mein Mann –« Sie brach den Satz ab wie einen Zweig und schaute umher, um sicherzugehen, daß niemand zugehört hatte. »Was macht Ihre Tochter in Charleston?« fragte sie, geschmeidig das Thema wechselnd.

»Ausbildung.«

»Am College?«

Ich nickte. »Letzten Herbst von Arizona State herübergewechselt. Hatte einen Jungen bei irgendeiner Sprachgeschichte kennengelernt und ist ihm hierher gefolgt.«

»Wie romantisch.«

»Das dachte sie auch, bis er sie abserviert hat, einen Monat nachdem sie sich eingeschrieben hatte.«

»Die Wege wahrer Liebe – «

»Führen meistens in den Abgrund«, improvisierte ich. Sie biß nicht an. »Aber Ihre Tochter hat sich entschieden, trotzdem hierzubleiben?«

Ich nickte. »Es gefällt ihr hervorragend.«

Callie verzog das Gesicht. »Das spricht nicht unbedingt für ihren geistigen Horizont, fürchte ich.« Als ihr aufging, daß sie mich gekränkt hatte, oder wenigstens meinen fiktiven Sprößling, war sie um Wiedergutmachung bemüht. »Ich wollte damit nicht sagen . . . nun, mein Sohn studiert auch hier.« Sie zuckte mit den Achseln. »Das College of Charleston ist nicht Princeton. Das ist alles, was ich sagen wollte.«

Ich leerte meinen Gimlet und gab der Kellnerin ein Zeichen, uns eine neue Runde zu bringen. »Was studiert denn Ihr Junge?« fragte ich.

»Militärgeschichte war das letzte, was ich gehört habe. Er scheint sein Hauptfach jede Woche zu wechseln.«

»Das ist nicht ungewöhnlich.«

»Colin ist leider ziemlich launenhaft; an ihm ist gar nichts gewöhnlich. Er hat einige Entwicklungsprobleme.«

»Sie meinen, er ist behindert?«

Sie schüttelte heftig den Kopf. »So was nicht. Ich wollte nur sagen, daß er unreif ist, psychologisch gesehen. Ihm fehlt es an Erfahrung und Urteilskraft, das heißt, er läßt sich leicht von denen verführen, die mehr Selbstsicherheit haben als er. Ich spreche jetzt nicht von Frauen, sondern von Ideen. Er verbringt den Großteil seiner Zeit mit Leuten, die mit ihrem Leben kaum mehr anfangen als sich zu beklagen.«

»Hört sich nach typischen Teenagern an«, hielt ich großspurig dafür, dann holte ich mein Notizbuch hervor und notierte. »Colin Benedetti. Ich werd Susie fragen, ob sie ihn kennt.«

»Colin Hartman. Nach meinem ersten Mann.«

Ich nahm die Korrektur vor. »Meine Susie ist ein ganz süßes Ding. Vielleicht sollten wir unsere Kinder zusammenführen.«

»Ich glaube nicht –«

»Susie ist von dem Typen, dem sie hierher nachgelaufen ist, richtig übel mitgespielt worden. Ich weiß, daß sie einsam ist, ich höre es doch jedesmal, wenn sie anruft. Wäre schön, wenn ihr Daddy das für sie regeln könnte.«

»Colin ist . . . eigenartig. Ich bezweifle, daß Ihre Susie ihn sehr attraktiv finden würde.«

Wir schwiegen, während die Kellnerin die nächste Runde servierte. »Lassen wir sie selbst entscheiden. Susie steht übrigens auf Ausgeflippte. Ihr voriger Typ machte mit Vorliebe Jeep-Rennen im Gelände. Wie ist die Nummer von Ihrem Jungen?«

»Ich weiß nicht genau. Ich habe mein Buch nicht bei mir.«

»Dann die Adresse. Im Studentenwohnheim oder wo?«

»Colin hat eine Wohnung in der Vanderhorst. Nummer 626, glaube ich.«

»Susie ist im Wohnheim. Wenn ich mit ihr zu Abend esse, bringe ich die Sache ins Rollen.«

Callie wollte erneut widersprechen, zuckte dann aber die Schultern. »Sagen Sie später nicht, daß ich Sie nicht gewarnt hätte.«

»Nennen Sie mir ein paar Typen, mit denen er sich rumtreibt. Susie kennt sie vielleicht.«

Diese Möglichkeit wollte sie nicht einmal erwägen. »Bestimmt nicht. Das sind nur verkorkste kleine –« Sie verkniff sich den Rest der Beschimpfung und seufzte. »Ihre Tochter sollte sich nicht mit Colins Freunden einlassen. Die meisten sind nicht mal Studenten.«

Ich beschloß, nicht weiter zu drängen. »Noch ein Glas Wein, Mrs. Benedetti?«

Sie blickte auf ihre Armbanduhr, dann zum Fenster hinaus, lehnte sich anschließend in ihrem Sessel zurück und schlug erneut ihre wunderbaren Beine übereinander, und ich durfte die ganze Prozedur begutachten. Ihre Augen waren etwas glasiger und ihre Worte etwas verschwommener als bei meiner Ankunft an ihrem Tisch – sie hatte vorher schon ein paar intus gehabt.

»Ich bin anscheinend versetzt worden«, schlußfolgerte sie bedrückt. »Mein anderes Kind – Chantrelle – ist offenbar zu sehr mit Geschäftemachen beschäftigt, als daß sie mal zwei Minuten mit ihrer Mutter plaudern könnte; mein Mann ist in Atlantic City aus Gott weiß was für Gründen; warum also nicht, zum Teufel? Was ist dagegen zu sagen, Mr. Swenson? Was ist gegen noch ein Glas Wein zu sagen?«

»Absolut nichts«, sagte ich und gab der Kellnerin optische Signale. »Ist Chantrelle verheiratet?«

Sie schüttelte den Kopf. »Sie hat sich jahrelang ausschließlich ihrem Geschäft gewidmet. Sie ist kaum einmal ausgegangen, und selbst solche Unternehmungen waren eher geschäftlicher als romantischer Natur. Aber ich habe das Gefühl, daß sich etwas tut an dieser Front. Sie ist ziemlich schwer zu fassen in letzter Zeit.«

»Wie heißt er denn?«

»Ich weiß es nicht. Aber ich werde es herausfinden, darauf können Sie sich verlassen.« Callie beobachtete die Kellnerin, die am nächsten Tisch ihres Amtes waltete; die Ablenkung schien sie zu ernüchtern. »Warum sind Sie so sehr an meiner Familie interessiert, Mr. Swenson?«

Ich legte mein entwaffnendstes Lächeln auf. »Ich mache nur Konversation, Mrs. Benedetti. Das ist mein Beruf – ich bin nämlich auch Kaufmann.«

»Was verkaufen Sie?«

»Mich selbst.«

Unser Wortwechsel brachte sie anscheinend etwas durcheinander. Wir nahmen großzügige Schlucke aus unseren Gläsern, dann prüften wir einander im Lichte dessen, was offensichtlich auf ein gemeinsames Besäufnis hinauslaufen sollte. »Ist Ihr Mann wirklich ein Mafioso?« fragte ich, schon selbst ein bißchen beschwipst.

»Ich bin mir nicht sicher, *was* er eigentlich ist. Er hat mehrere Beteiligungen in dieser Gegend – Autohandel, Boote, Immobilien – aber . . . ich weiß eigentlich nicht viel über ihn. Ich habe ihn aus einer Laune heraus geheiratet.«

»Haben Sie keine Lust, mehr zu erfahren?«

»Hätten Sie?«

Ich grinste. »Wahrscheinlich nicht.«

»Dann lassen Sie uns von etwas anderem sprechen. Etwas, das nichts mit diesem fürchterlichen Ort zu tun hat.«

»Sie mögen Charleston also nicht?« sagte ich. »Ich finde es eigentlich ziemlich schick.«

»Genau das ist es: schick an der Oberfläche, aber darunter wie ein verfaulter Pfirsich. Man hat mich zwanzig Jahre lang wie Abschaum behandelt, weil ich keine Heuchlerin werden wollte wie alle anderen in dieser Stadt.«

»Das kapier ich nicht«, sagte ich und hoffte, sie würde ins Erzählen kommen.

Ihr Gesicht rötete sich vor unterdrücktem Widerwillen. »Was ist ein Heuchler? Jemand, der das eine denkt, aber das andere sagt, stimmt's? Tja, um in Charleston zurechtzukommen, muß man genau das tun – wage es nicht, offen deine Meinung zu sagen, sei es über Gott oder über die Hausangestellten.«

Ich war nicht hierher gekommen, um gesellschaftliche Konventionen zu untersuchen, daher beschloß ich, das Thema zu wechseln. »Was ist mit Ihnen und Ihrem ersten Mann verkehrt gelaufen?«

Sie runzelte die Stirn. »Seth? Wieso?«

»Einfach so. Ich habe selber gerade eine Scheidung hinter

mir, deshalb war ich neugierig. Es macht mir immer noch zu schaffen, wissen Sie. Ich will versuchen, herauszukriegen, was eigentlich passiert ist.«

»Es wird Ihnen lange zu schaffen machen, glauben Sie mir. Man schläft nicht richtig, ißt nicht richtig, tut Dinge, die man nicht tun sollte, mit Leuten, die man niemals hätte . . . aber was soll's. Sie hat Sie sitzenlassen, wenn ich recht sehe.«

»Jau. Und bei Ihnen?«

»Willkommen im Klub.«

»Was war denn, hat er in anderen Betten gewühlt?«

»Ins Bett gegangen ist er mit mir. Das war so ungefähr das einzige was wir zusammen gemacht haben. Sonst ging nichts, aber das Vögeln war etwas, das wir immer –« Sie schlug die Hand vor den Mund. »Da haben Sie's, meine Yankee-Klappe geht wieder mit mir durch. Sagen wir, Seth fand am Süden alles faszinierend außer mir.«

Ich musterte sie eingehend. Als sie es bemerkte, ließ sie ihre Hände in den Schoß sinken, damit ich besser sehen konnte. »Das ist schwer zu glauben«, sagte ich.

»Vertrautheit erzeugt Geringschätzung, und wir waren verdammt vertraut. Aber ich war auch nicht sehr pflegeleicht, muß ich zugeben. Ich haßte diesen Ort so sehr, daß ich nur noch herumgenörgelt hab.« Sie seufzte. »Vermutlich ist es für uns beide besser so«, schloß sie, aber sie sah nicht so aus, als ob sie daran glaubte.

»Wie denkt Ehemann Nummer zwei über Ehemann Nummer eins?«

»Ich bin sicher, daß er gar nichts denkt. Warum?«

»Manchmal entsteht böses Blut in so einer Situation.«

»Nicht in dieser – Seth ist nicht so dumm, Aldo eifersüchtig zu machen, selbst wenn er was von mir wollte, was nicht der Fall ist. Er hat endlich die Frau, die er immer wollte.«

Callie nahm einen ausgiebigen Schluck Wein. Als sie ihren

Kelch wieder abstellte, rutschte ihr Körper ein wenig aus dem Lot. »Sind Sie hier im Omni abgestiegen, Mr. Swenson?«

Ich brauchte eine Weile, um mich für eine Antwort zu entscheiden, mit der ich leben konnte. Schließlich schüttelte ich den Kopf. »Mills House.«

»Es soll da recht hübsch sein inzwischen; sie haben letztes Jahr renoviert. Ich würde mir irgendwann gern mal ansehen, was sie mit den Zimmern gemacht haben; ich bin selber ein bißchen in dieser Richtung tätig.«

Ich schaute auf meine Uhr. »Wir könnten im Prinzip mal eben rüberlaufen, nur bin ich gleich mit meiner Tochter verabredet. Sie will mir den Campus zeigen und mich dann zum Essen ausführen. Aber wenn Sie später noch nichts vorhaben, hinterlassen sie mir doch eine Nachricht im Hotel, dann können wir –«

Bedenken huschten über ihr Gesicht. »Ich wohne nicht in Charleston, Mr. Swenson. Ich wohne auf Kiawah. Ich kann unmöglich den ganzen Weg in die Stadt zurückfahren, um ... nein, wirklich nicht.« Sie atmete durch und versuchte, doch noch etwas Vielversprechendes aus der Angelegenheit herauszuholen. »Falls es Ihre Zeit erlaubt, möchten Sie vielleicht morgen abend vorbeikommen? Es wäre mir ein Vergnügen, mit einem kleinen Imbiß aufzuwarten.«

»Klingt großartig, aber Susie wird mich wahrscheinlich auf Trab halten. Falls ich zwischendurch ein bißchen Zeit freimachen kann, lass ich's Sie wissen.«

»Fein.« Ihre Kapitulation war knapp und unwirsch. Sie erledigte ihr Getränk mit einem einzigen Schluck. »Es hätte Spaß gemacht, Mr. Swenson.« Sie wartete, bis ich ihr in die Augen sah. »Nicht wahr?«

Es störte mich nicht sehr, es zuzugeben.

18

Die Adresse, die Callie erwähnt hatte, befand sich in der Straße nördlich von der Calhoun, ein paar Straßen westlich vom Campus. Die Bewohner dieser Ecke stellten offenbar eine Mischung von Schwarzen und Weißen, Jungen und Alten dar, wozu Farbe und Zustand der Häuser gut paßten. Das gesuchte Haus selbst war ein weißer, dreistöckiger Holzbau, der sich fast über den ganzen Block erstreckte. Er war groß und uninteressant genug, um zu Zeiten einmal als Pension oder Hotel für Durchreisende gedient zu haben, schien inzwischen aber hauptsächlich von Studenten bewohnt zu sein, denn seine Türen und Fenster waren mit anarchistischen Slogans, nihilistischen Postern und den Insignien süßlichen Sentiments geschmückt, den Erkennungszeichen der modernen Jugend also. Als lokale Variation dieses Motivs gab es noch die Konföderiertenfahnen, die in nicht wenigen der Fenster hingen.

Ein Namensverzeichnis, handgeschrieben und mittels Durchstreichungen und Einfügungen heftig überarbeitet, war über den Briefkästen neben dem Eingang angebracht. Ihm war zu entnehmen, daß C. Hartman in Apartment 26 wohnte. Was ihm noch zu entnehmen war, stand unter dem Namen in den zackigen, blutroten Buchstaben eines Manifest: WEISSER CHRISTLICHER PATRIOT.

Ich erklomm die Stufen zum ersten Stock und klopfte an die entsprechende Tür. Knapp unterhalb des Punktes, den meine Faust anvisierte, starrte mir ein handgemaltes Hakenkreuz mit enervierender Unverschämtheit entgegen, darüber die Worte WHITE POWER. Während ich darauf wartete, daß jemand auf mein Begehr reagierte, wurde mir zunehmend bewußt, daß die Hitze absolut mörderisch war.

Da sich nichts regte, trat ich zur Seite und blickte ins Fenster. Die Gardinen waren aus schwerem Segeltuch, und die Wohnung lag im Dunkeln – was einer kleinen Schnüffelei nicht eben förderlich war. Das einzige, was ich glaubte ausmachen zu können, war eine Fahne an der Wand gegenüber, die mehr wie ein Souvenir aus dem Dritten Reich aussah als wie eins aus den Staaten der Konföderation.

Als ich noch dastand und überlegte, ob ich das Schloß knakken sollte, um einen genaueren Blick auf Colins Neofaschismusnest zu werfen, kam ein junger Mann aus dem Apartment zwei Türen weiter. Er war blond und pummelig, hatte ein Buch unter dem Arm und eine blaue Baseballmütze auf dem Kopf. Das Muster auf der Mütze war ein Regenbogen, das Buch war *Under Fire*.

Der Blick, mit dem er mich bedachte, schien mir feindseliger, als die Situation rechtfertigte. »Suchen Sie was Bestimmtes?«

»Ich will zu Colin Hartman.«

Der Name rief Mißmut hervor. »Ist nicht da.«

»'ne Ahnung, wann er zurückkommt?«

Der junge Mann schickte sich an, eine grobe Antwort zu geben, überlegte es sich aber anders. Er rieb seinen Bauch, als sei dieser eine Wunderlampe mitsamt dienstbarem Geist. »Sind Sie sein Daddy?«

»Nein.«

»Polizei?«

Ich schüttelte den Kopf. »Ich gehör zum College. Büro des Dekans.«

»Was wollen Sie von Hartman?«

»Ich möchte mit ihm über einige seiner . . . Aktivitäten reden.«

Der junge Mann nickte weise, als hätte er meine Lüge vorausgeahnt. »Wird langsam Zeit, daß mal jemand diesem elenden Scheißer was erzählt – solche Typen wie Hartman bringen die Schule in Verruf.«

»Studieren Sie am College?«

Er nickte und hielt mir, plötzlich ganz der herzliche Hilfsbereite, die Hand hin. »Furman Hobbins, junior. Aus der Nähe von Spartanburg.«

Es gelang mir, seinem Händedruck etwas Gleichwertiges entgegenzuhalten. »Ich glaube, der Name sagt mir was. Hauptfach Psychologie, oder?«

Er schüttelte den Kopf. »Sport.«

»Ach ja.« Ich warf einen Blick zurück auf das Apartment. »Kennen Sie Colin näher?«

»Nicht näher als nötig – der Heini stellt sich doch meistens tot. Genau wie der Rest von diesem Bund-Gesocks.«

»Der Bund des Stolzen Südens. Ja. Das ist die Sache, die ich im Auge habe. Colins politische Ansichten sind ein wenig . . . extrem, fürchte ich.«

Furman hatte seinen eigenen südlichen Stolz aufzubieten: »Ein Scheißnazi, das ist er, jawohl.«

Ich zeigte aufs Hakenkreuz. »Nutzt er dieses Apartment für politische Veranstaltungen?«

»Früher ja, bis wir uns mit ein paar Mann zusammengetan und ihm erzählt haben, daß wir ihn und seine Fahnen in den Colonial Lake schmeißen würden, wenn er nicht aufhört, diese Skinhead-Spinner hier anzuschleppen und die ganze Nacht seine Scheißmarschmusik zu spielen.«

»Er hat Versammlungen hier abgehalten?«

»Versammlungen, Vorträge, Singabende – die waren da nur am Rummachen. Der miese Scheißer hat sogar versucht, mich und Royal anzuwerben, aber ich und Royal haben ihm klargemacht, daß da nichts läuft.« Furman senkte die Stimme. »Ich mein', es ist ja nicht so, daß ein paar von deren Sprüchen nicht auch stimmen würden, wissen Sie? Sozialmißbrauch, Diskriminierung von Weißen – das ist ja wohl Fakt, oder? Aber der Nazi-Trip ist nicht die richtige Methode, die Situation auf die Reihe zu kriegen. Die Medien haben Duke und Konsorten wie

Blödmänner hingestellt wegen dem ganzen Klan-Mist, und dadurch sehen echte Konservative dann auch alt aus. Tu das, was zu tun ist, aber mach keine Staatsaffäre draus, sag ich immer; kümmere dich um deine Interessen, aber häng es nicht an die große Glocke.«

Furmans De-facto-Anerkennung des Bund-Kredos machte mich vorübergehend sprachlos. »Waren die anderen BSS-Leute hauptsächlich Studenten?« fragte ich schließlich. »Oder waren auch ältere dabei?«

Furman schien diese Art der Fragestellung mißtrauisch zu machen, daher mußte ich ihm eine Begründung anbieten. »Wir versuchen, den BSS an der Wurzel zu packen«, erläuterte ich. »Feststellen, wer die Unkosten trägt, die Literatur präpariert und solche Sachen. Und ob sie Beziehungen zu etablierten Gruppen wie dem Klan haben. Was uns besonders interessiert, ist, wer dafür verantwortlich ist, den BSS in Verbindung mit dem College zu bringen. Wie Sie schon sagten, unser guter Ruf steht hier auf dem Spiel; wir sind ziemlich sicher, daß Colin Hartman nur die Spitze des Eisbergs bildet.«

Furman quittierte diese Strategie mit anerkennendem Nikken. »Meistens hab ich nur Jugendliche gesehen«, sagte er. »Studenten und Möchtegern-Nazis. Außer einmal, da war ein Typ im Anzug da. Schon ziemlich alt; sah nach Geschäftsmann aus. Der kam am Wochenende vorbei, ist für 'n paar Minuten in Colins Bude verschwunden, kam wieder raus und ist in Richtung Stadt weggegangen. Keine Ahnung, ob Hartman gerade da war oder nicht.« Er nickte zum Parkplatz hin. »Ich war grad dabei, meine Ventilkappen zu wechseln, deswegen hab ich's mitgekriegt.«

»Haben Sie den Mann erkannt?«

Er schüttelte den Kopf.

»Je wieder gesehen seitdem?«

Er schüttelte wieder den Kopf.

»Furman, würden Sie sagen, daß Colin Hartman der Anführer der Studentengruppe beim BSS ist?«

Furman verzog das Gesicht. »Colin? Der könnte nicht mal 'nen Besoffenen zum Klo führen. 'n Typ namens Bedford ist der Obermacker. Forrest Bedford.«

»Der Name kommt mir bekannt vor.«

»Sie denken wahrscheinlich an den Rebellen-General – Nathan Bedford Forrest? Nach dem Krieg war er Grand Dragon beim Klan oder so ähnlich, hat ihn vielleicht sogar erfunden. Der BSS-Typ hat sich nach ihm benannt.«

Ich blickte den Flur hinunter. »Forrest Bedford wohnt hier im Haus?«

»Früher mal, jetzt nicht mehr. Er war der Chefagitator; ich und Royal haben ihm so viel Feuer unterm Arsch gemacht, daß er ausgezogen ist.«

»Wohin?«

Furman zuckte die Schultern. »Aber Hauptsache, der ist weg, oder? Die Sache ist ja die: Wenn ich aus dem College komme, will ich einen guten Job kriegen, einen verdammt guten Job, vielleicht bei der Werft oder der Fabrik. Aber wenn Hartman und sein Haufen hier andauernd ihre Nazi-Scheiße veranstalten, dann sehen auch wir anderen aus wie die letzten Dumpfnasen. Ich will sagen, es gibt Möglichkeiten, die Sache der Weißen zu fördern, ohne an Hitlers Geburtstag ein Faß aufzumachen, verstehen Sie? Es gibt 'ne Menge Studenten, die genauso denken. Also, wenn Sie Hilfe brauchen, um ihn loszuwerden, sagen Sie einfach Bescheid.«

»Ich weiß Ihre Hilfsbereitschaft sehr zu schätzen, Furman. Das College wird sich daran erinnern.«

»Klasse. Tja, ich muß ins Seminar. Muß jetzt im Sommer einen Schein in Psychologie nachmachen – bißchen reichlich ins Feiern geraten während des Semesters; wird Zeit, mich am Riemen zu reißen. War nett, Sie kennenzulernen, Sir.«

»Man sieht sich auf dem Campus, Furman.«

Furman trabte davon. Ich wußte nicht, was ich deprimierender finden sollte – ihn oder das Hakenkreuz.

19

Auf dem Rückweg zu meinem Apartment folgte ich Jane Jeans Rat und machte einen Abstecher zur Market Street, die sich als ein echter Basar erwies, ein wahrer Trubel des Handels mit Selbstgemachtem mitten in der Stadt. Überdachte Stände waren in der Mitte der sich gabelnden Straße aufgereiht und boten alles mögliche zum Verkauf, von Muscheln über T-Shirts und Bonsaibäumen bis hin zu Fertiggerichtpackungen von roten Bohnen mit Reis. Einige Schmuckstücke sahen recht interessant aus, aber die faszinierendsten Artikel im Angebot waren die, die Jane Jean empfohlen hatte: die Körbe, die von hier ansässigen schwarzen Frauen aus Süßgras, Kiefernnadeln und getrockneten Blumen geflochten wurden.

Ich kaufte einen für meine Freundin Betty. Die Frau, die ihn mir verkaufte, arbeitete gleichzeitig an einem großen Korb, der halbfertig in ihrem Schoß lag; die noch nicht verknüpften Stützhalme zuckten im Wind wie die Zungen großer Eidechsen. Ich fragte sie, wie lange sie das schon mache, und sie sagte, sie sei jetzt dreiundsechzig und flechte Körbe, seit sie fünf gewesen sei. Ich weiß nicht, warum mich das irritierte; *sie* jedenfalls schien es nicht zu irritieren.

Im Apartment angelangt, rief ich Seth an und fragte, was er für den Abend geplant habe. Er war in Eile und mußte mir bedauernd mitteilen, daß ich auf mich selbst gestellt sei – er sei zu einem Arbeitsessen des Restaurationskomitees der Gesellschaft für Denkmalschutz verabredet, das er nicht absagen könne. Ich erklärte ihm, er solle sich deswegen keine Sorgen machen, ich könne mich sehr wohl auf eigene Faust amüsieren; ich würde das seit dreißig Jahren üben und hätte den Bogen praktisch raus.

Irgendwann überkam mich der Schlaf. Als ich wieder aufwachte, war das Licht im Zimmer um ein paar Grade dunkler geworden, und die Schatten waren drei Meter nach Osten gewandert. Ich brauchte eine Weile, um zur Besinnung zu kommen. Als es soweit war, merkte ich, daß mir heiß war. Daß ich müde war. Und einsam. Ich beschloß, zwei der drei Probleme in Angriff zu nehmen und unter die Dusche zu springen. Ich vergewisserte mich, daß sich niemand auf der Veranda aufhielt, sammelte meine Utensilien nebst frischer Unterwäsche zusammen und huschte die Veranda hinunter zum Bad am Ende des Gangs. Falls mich jemand bemerkte, machte er jedenfalls kein Aufhebens davon.

Zehn Minuten lang ließ ich das kälteste Wasser, das die Leitung aufzubieten hatte, über meinen Körper stürzen, bis eine Gänsehaut den Schweißfilm verdrängt und der Nebel um meinen Kopf sich gelichtet hatte. Ich trocknete mich kurz ab, legte die Unterwäsche an, schlang ein Handtuch um meine Hüften, griff mir meine Sachen mit der freien Hand und machte mich auf den Rückzug zu meinem Zimmer, eine nasse Fußspur hinter mir herziehend. Ich mochte einen anerkennenden Pfiff von einem verdunkelten Fenster her gehört haben, war mir aber nicht sicher.

Als ich an meinem Ziel eintraf, wurde ich schon erwartet. »Hab mir schon gedacht, daß *Sie* das da drinnen waren«, sagte sie mit übereinandergelegten Armen und einem Grinsen so breit wie einer der nennenswerteren Flüsse; sie hatte Spaß an meinem Aufzug und meinem Unbehagen. »Die Einheimischen machen nicht allzuviel Gebrauch von der Dusche.«

»Das sollten sie aber; sie ist sehr gut. Probieren Sie sie ruhig mal aus.«

Sie zog eine Augenbraue hoch. »Jetzt gleich?«

»Warum nicht? Ich kann Ihnen einige praktische Anleitungen zu den Vorzügen des Geräts geben.«

Scar Raveneau boxte mich in die Rippen. »Vielen Dank, ›ich

glaube, darauf verzichte ich lieber. Ich wollte nur wegen des Abendessens fragen.«

»Was wollen Sie denn da wissen?«

»Ob Sie die Absicht haben, diesem schönen Brauch heute abend zu huldigen, zum einen. Und ob Sie mir dabei Gesellschaft leisten möchten, zum anderen. Oder haben Seth und Jane Jean Sie schon mit Beschlag belegt?«

Ich schüttelte den Kopf. »Seth muß zu einer Besprechung. Restaurierung oder so ähnlich.«

»Ah ja. Reiche Leute, die unser kostbares Erbe zum Wohle zukünftiger Generationen bewahren. Jedenfalls solange sie ihre Bemühungen steuerlich absetzen können.«

Ich schüttelte in gespielter Empörung den Kopf. »Sie sind einfach zu zynisch für eine gute Tochter der Konföderation, Ms. Raveneau.«

»Dem Herr sei auch für kleine Gefälligkeiten gedankt, Mr. Tanner.« Sie musterte mich von Kopf bis Fuß. »Es gibt nicht viele Restaurants in der Stadt, die außer sich geraten vor Begeisterung über Besucher, die in Unterwäsche zu Abend essen wollen. Ich weiß, das ist äußerst rückständig und so, aber ... Soll ich aus dem Zimmer gehen, während Sie Ihre Toilette beenden?«

»Ich könnte meine Toilette beenden, wenn Sie für zehn Sekunden aus dem Fenster gucken würden.«

Ich war gerade in meine Hose geschlüpft, als sie sich umdrehte, was sie nach exakt der vorgegebenen Zeit tat, in der sie die Sekunden laut abgezählt hatte.

»Verdammt!« sagte sie, als sie feststellte, daß meine unteren Regionen gebührlich bedeckt waren. »Ich hätte ein bißchen billigen Nervenkitzel gut gebrauchen können.«

»Zu gegebener Zeit, Ms. Raveneau«, sagte ich, indem ich Socken und Schuhe anzog. Während ich mich kämmte, in ein Hemd schlüpfte und meine Brieftasche in die saubere Hose umpackte, streifte Scar auf der Suche nach verborgenen

Schätzen umher. Ihr Interesse an Seth war mit Sicherheit nicht rein platonisch, doch von welcher Natur es denn nun genau war, das ging mich vermutlich nichts an.

»Seth hat eins meiner Gemälde in seiner Bude«, sagte sie nach einer Weile.

»Das ist ein Kompliment. Seth hat einen guten Geschmack.«

»Ich glaube, es ist eher eine Trophäe als ein Kompliment«, sagte sie. »Oder vielleicht auch ein Stück Sozialhilfe.«

Ich sah sie an. »Ist die Geschichte zwischen Ihnen und Seth etwas, worüber Sie reden möchten?«

Sie seufzte, weniger ärgerlich als bedauernd. »Eigentlich nicht. Wir waren für eine Weile zusammen, als er noch verheiratet war, aber schon beschlossen hatte, daß er es nicht mehr sein wollte; dann hat Jane Jean ihn aufs Korn genommen, und er hat sowohl mich als auch Callie abserviert. Was mir von Anfang an klar gewesen ist – Seth war seit Jahren hinter ihr her.« Scar zuckte die Schultern, um Desinteresse anzudeuten. »Haben Sie sie schon kennengelernt?«

Ich nickte. »Mittag.«

»Und?«

»Ich gebe zu, daß ich zwischenzeitlich an Sophia Loren denken mußte.«

»Wahrscheinlich, als sie ihren Löffel fallenließ, um Ihnen einen Blick auf ihren Ausschnitt zu gewähren.«

»Na, na, na!«

»Na gut, bin ich eben eifersüchtig. Erschießen Sie mich doch.«

Scar schmollte noch für einen Moment, bevor sie zurückkehrte, von wo auch immer das Gespräch über Seth sie hinbefördert hatte; dann sah sie mich erneut von oben bis unten an. »Falls Sie noch herausfinden, wie man Ihre Hose zuknöpft, wären Sie dann soweit gerüstet, mich auszuführen und zu füttern.«

Ich wurde rot und machte mich ausgehfertig. »Wohin denn?« fragte ich, als ich die Tür abschloß.

»Carolina's«, sagte sie, und wir schritten die Straße hinunter.

Das Carolina's erwies sich als ein funkelnder Wirbel von Essen und Ausgelassenheit, besetzt von einer Kundschaft, die sich zufällig auf der Jagd nach eben diesen Ingredienzen befand. Die Ausstattung war Art deco; die mit viel Glas und Spiegeln verhängten Wände glitzerten; die Tischdecken hatten schwarz-weiße Schachmuster; die farbliche Zusammensetzung der Gäste war allerdings weniger ausgewogen. Die Menge erwies sich zum größten Teil als jung und glücklich, gut angezogen und mit gutem Benehmen, hatte ihre Antennen ausgefahren und ihre scharf eingestellten Sinne auf Alarmbereitschaft geschaltet, um nur ja keine Anzeichen zu verpassen, die darauf hindeuten könnten, daß der Abend etwas Denkwürdiges für sie bereithalte.

Scar und ich saßen vor einer verspiegelten Wand, Seite an Seite mit einem Paar, das so ineinander versunken war, daß ebensogut ein Zaun zwischen uns hätte stehen können. Wir bestellten unsere Getränke und als Vorspeise Krabbensuppe. Scar empfahl mir, die Flußkrebs-Pasta zu probieren, und so tat ich dies, freilich erst nach einigem Hin und Her. Zum Nachtisch bestellte ich ein Stück Schokoladenfrüchtekuchen, der in einer Himbeersoße serviert wurde, die eine durchaus sirupwürdige Konsistenz aufwies.

Nachdem ich den letzten Krümel des Schokoladenkuchens vom Teller gekratzt und dem Ober zuviel Trinkgeld gegeben hatte, verließen wir das Restaurant, schlenderten zum Wasser und streiften durch den Park, von wo aus wir beobachteten, wie die Wellen durch das Marschgras strudelten, und lauschten, wie sie an den schlammigen Strand schwappten. Es war noch so warm, daß die Kinder in den Brunnen planschen konnten; die Luftfeuchtigkeit war aber so weit gefallen, daß mir das Hemd nicht mehr an der Haut klebte. Scar nahm meinen Arm und schmiegte sich an meine Seite. Sie war locker und lieb; ich hatte das Gefühl, ich könnte bis nach Atlanta laufen. Eine Schar von Einheimischen schien auf denselben Gedanken gekommen zu sein – die Atmosphäre war entspannt und freundlich, die Mischung der Hautfarben gerechter als in dem angeschickten Restaurant, vermutlich, weil die Luft hier umsonst war.

Wir verließen den Park und kehrten auf einen Drink in der Moultrie Tavern ein, die sich einen geschichtlichen Anstrich zu geben suchte, damit aber nicht so recht zu Rande kam. Während wir gemächlich einen B & B schlurften, kamen wir ernsthafter ins Reden, über unser Leben und Lieben, unsere Gewinne und Verluste. Scar wollte wissen, warum ich aufgehört hatte, als Rechtsanwalt zu praktizieren, und warum ich nie geheiratet hatte. Ich erzählte ihr darüber, was ich wußte, und doch waren meine Auskünfte eher zurückhaltend, weil nicht endgültig – zu den Nachwehen des Klassentreffens gehörte die Ahnung, daß die Antworten, die ich so lange Zeit für zureichend gehalten hatte, eher Ausflüchte als Erklärungen darstellten.

Ich drückte mein Interesse an ihrer Arbeit aus und wunderte mich, daß sie sie herabzusetzen schien. Ich konnte ihr schließlich das Versprechen abringen, mir ihr Atelier zu zeigen, aber erst, nachdem ich versprochen hatte, ihr von den spektakuläreren meiner Abenteuer bei der Ausübung meines Berufs zu erzählen. Über weite Strecken mieden wir die heiklen Themen, obwohl es schon hin und wieder Hinweise auf Empfindlichkeiten gab. Als wir nach einer Weile beschlossen, noch ein wenig spazierenzugehen, hatten wir beide eine recht gute Vorstellung davon, an welchen Punkten das Leben des anderen sich festgefahren und an welchen es sich freigemacht hatte.

Wir verließen die Taverne gegen neun Uhr und gingen in

Richtung Battery. Die warme Brise, die über den erhöhten Plattengehweg fegte, bauschte Scars Kleid und zerwühlte mein Haar. Draußen im Hafen waren in der Ferne eben noch die Lichter von Fort Sumter zu erkennen, hinter den Lichtern der Fischkutter. Scar legte mir nahe, am nächsten Morgen eine Tour zum Fort zu unternehmen. Ich sagte ihr, daß ich darauf wohl lieber verzichten würde. Es schien keine große Rolle zu spielen.

Westlich des Gehwegs stand ein Schwarm von hübschen Villen an den Stätten, wo die Reispflanzer und Sklavenhändler residiert hatten, bis die Union die Stadt unter Belagerung stellte und das Bombardement begann, das den ganzen Krieg hindurch andauerte und die Pflanzer zwang, auf der Halbinsel landeinwärts zu ziehen. Ich versuchte erneut, mir vorzustellen, warum jene Zeiten im Gedächtnis der Charlestonians so lebendig geblieben waren und inwiefern eine derart virulente Nostalgie gesund sein mochte. Alles, was ich mit Sicherheit sagen konnte, war, daß dies eine andere Welt war als die, in der ich lebte; eine Welt, die sich von Mythen und Romantik nährte, von List und Zauber; eine Welt, die ob dieser Diät prächtig zu gedeihen schien.

Ich wußte außerdem, daß ich trotz des Schandflecks in Gestalt des BSS und des ihn begleitenden Hauchs des Bösen anfing, Charleston richtig zu mögen – ich fragte mich, ob die Stadt wohl einen guten Detektiv gebrauchen könnte. Da Romantik nur zu oft die Maske ihres Gegenteils ist und Mythos ein Deckmantel für Unmoral, gelangte ich zu einer günstigen Prognose.

20

Gegen zehn waren wir wieder im Confederate Home. Scar verweilte an der Tür und summte eine Cole-Porter-Melodie, die vom Mondschein handelte, dann schaute sie im schütteren Schein der Straßenlaterne auf ihre Uhr. Die Stimmung zwischen uns war schwankend und zerbrechlich, sie bedurfte eines Katalysators. »Dann sollte ich wohl heimgehen«, sagte sie leise.

»Geh nicht.«

Für einen Moment dachte ich, daß sie mich nicht gehört hätte. Ein Auto fuhr vorbei, und sie blickte ihm nach, bis es verschwunden war. Auf der anderen Straßenseite legte ein Mann seinen Hund an die Leine, und sie wartete, bis er fertig war.

»Warum nicht?« fragte sie sanft; die Worte kamen undeutlich und richtungslos, und die Motten kreisten im dämmrigen Licht.

»Du hast versprochen, mir dein Atelier zu zeigen.«

»Das geht auch morgen.«

»Jetzt wär's schöner.«

Sie hielt meinem Blick stand. Als ich keine Anstalten machte, meine Augen abzuwenden, blickte sie zu dem Kirchturm am Ende des Blocks, der wohl das ganze Spektrum zwischen spirituellem und sexuellem Verlangen symbolisierte. »Ich warne dich – das ist nicht der Louvre da oben.«

»Das macht nichts, den Louvre kenne ich schon.« Das war zwar eine Lüge, aber eine gute.

Still und zögernd stiegen wir in den dritten Stock hinauf. Vor und über mir schob Scar ihren Körper leicht und geschmeidig voran, mit ungewollt provozierendem Hüftschwung und klappernden Sandalen an den Füßen. Ich war drauf und dran, sie zu kneifen, hielt mich aber zurück. Was immer wir vorhaben mochten, solche Kapriolen sollten es jedenfalls nicht sein.

Als wir das Zimmer über meinem erreichten, schloß Scar die Tür auf, knipste ein helles Licht an und führte mich hinein. »Geh nicht verschütt«, sagte sie und trat beiseite, um mir den Blick frei zu machen.

Selbst nach Künstlermaßstäben war der Raum ein einziges Chaos. Ein Wald von Staffeleien; ein Labyrinth von Leinwänden; eine Kollektion von Standardobjekten zu Inspirationszwecken. Farbtöpfe hatten sich hier und da wie seltsam mutierte Floribunda zusammengeballt; die in Kaffeedosen gestopften Pinsel bildeten Büschel eines fremdartigen Strauches. Flaschen und Vasen und Obst und Blumen lungerten herum wie Statisten, die auf ihren Einsatz warten.

Um einen genaueren Eindruck zu bekommen, wanderte ich durch das Atelier, so wie ich durch Gefängnisse gehe: extrem aufmerksam, jeden Fehltritt sorgsam vermeidend, peinlich darauf bedacht, nichts und niemanden aufzustören. Ich strebte einem Bestand von fertiggestellten Arbeiten zu, die – mattiert und gerahmt – in der hinteren Ecke lehnten und darauf warteten, in die sorgfältig gefertigten Gestelle gefügt zu werden, die leer auf dem Boden neben ihnen standen.

Als ich den Bilderstapel erreicht hatte, ging ich ihn rasch durch. In erster Linie handelte es sich um eine Serie von flüchtigen und pastellfarbenen Darstellungen verschiedener städtischer Szenerien, von denen ich einige an eben diesem Vormittag besichtigt hatte, wie zum Beispiel das College, das Omni und den Markt. Der Stil war eher impressionistisch als um architektonischen Realismus bemüht, die Farbgebung sonnig und mit allen Anzeichen von Frohsinn; keine Spur von den dunkleren Stimmungen der Künstlerin, die die Farben gewählt hatte.

»Siehst du?« sagte Scar rauh von hinten. »Ich hab dir gesagt, daß es Dreck ist.«

»Ist es nicht, das weißt du genau. Es ist ausgezeichnet für das, was es darstellt.«

»Für das, was es darstellt. Genau. Was es darstellt, ist Dreck.«

»Und dies hier ist in jeder Kategorie gut«, sagte ich.

Was ich da erblickt hatte, war kein Aquarell, sondern ein Ölgemälde, das einzige im ganzen Atelier, soweit ich sehen konnte. Die Leinwand war größer als alle anderen und lehnte in arroganter Isoliertheit an der Wand; das Bild war erst teilweise fertiggestellt, aber dennoch leicht als Porträt zu identifizieren; es zeigte, fast in Lebensgröße, eine nackte, sitzende Frau, das eine Knie gebeugt, das andere nach oben gerichtet, der rechte Arm auf dem erhobenen Gelenk ruhend, der linke beiläufig über den Schoß gebettet. Das Modell blickte geradeaus, ohne Lächeln und ohne Scham, dem Betrachter so etwas wie Kampfeslust entgegenbringend, als wolle sie ihn hindern, sich an ihrer Nacktheit zu erfreuen, ihn zwingen, die Augen abzuwenden. Ich erwiderte diesen Blick so offen, wie ich konnte, ließ sowohl Vergnügen als auch Bewunderung sich austoben, bis ich mich bewiesen und die Schlacht gewonnen hatte.

Neben dem Gemälde stand ein Spiegel von der gleichen Größe wie die Leinwand, aber ich brauchte diesen Hinweis nicht, um in dem Bild ein Selbstporträt der Künstlerin erkennen zu können. In ihrer krassen Strenge und entschiedenen Ungeschöntheit war Scar Raveneau auf dieser Leinwand nackter, als sie es je im Bett hätte sein können.

»Scheiße«, sagte sie von hinten. »Ich hatte vergessen, daß dieses Ding hier offen steht. Das verletzt bestimmt irgendeine Verordnung.« Sie klaubte ein weggeworfenes Stück Tuch vom Boden und hängte es über das Bild. »Da. Schandfleck beseitigt.«

»Es ist sehr gut«, sagte ich. »Und so viel Künstlerin bist du, daß du das weißt.«

»Das ist nur so hingemalt. Eine Fingerübung. Ein Sichgehenlassen.«

»Wahrscheinlich ist es auch Therapie. Aber Kunst ist es ebenso.«

Sie rümpfte die Nase. »Ach je, sicher, dafür und für einen Dollar krieg ich in allen Läden der Stadt glatt eine Tasse Kaffee.«

»Geld hat damit nichts zu tun.«

»Wenn man gerne ißt, schon.« Sie sah zur Uhr. »Ich sollte gehen. Ich mache morgen eine ganze Seite des Colonial Lake. Das ist eine Menge Landschaft für eine Sitzung.«

»Geh nicht«, sagte ich wieder.

Sie legte die Arme übereinander und lehnte sich mit müden und verhangenen Augen an den Türrahmen. »Warum nicht?«

»Ich möchte, daß du die Nacht mit mir verbringst.«

»Warum? Weil die Hitze dich geil gemacht hat?«

»Weil ich dich mag. Weil wir einen schönen Abend zusammen gehabt haben und es schön wäre, wenn wir ihn damit beenden würden, daß wir miteinander schlafen.«

»Wie kommst du darauf, daß ich solche Sachen mache?«

»Was für Sachen? Dich vergnügen?«

»Sex ist nie bloß Spaß. So viel wissen sogar Yankees.«

»Selbst wenn du soweit recht hättest: Du weißt, daß dies heute abend etwas Besonderes war, du weißt, daß wir uns zueinander hingezogen fühlen, und du weißt, daß die Gründe, es nicht zu tun, nicht annähernd so gut sind wie die Gegengründe.«

Sie wandte den Blick von mir ab und ließ ihn aus dem Fenster schweifen, hinaus auf die stillen Straßen der alten Stadt, die schon Millionen solcher Tricks miterlebt hatte. Als sie sich mir wieder zuwandte, war ihr Ausdruck unbestimmt.

»Du würdest einen guten Südstaatler abgeben«, sagte sie einfach.

»Ich werde dich nicht anflehen, Scar. Oder irgendeinen verbalen Voodoozauber anwenden. Ich weiß nur eins.«

»Und das wäre?«

»Einer der Hauptzwecke im Leben besteht darin, Erinnerungen zu sammeln. Dinge zu tun, die man tun möchte, damit man an sie zurückdenken kann, wenn man es braucht, und sich an dem freuen kann, was man getan hat, statt all das zu bedauern, was man sich hat entgehen lassen.«

»Erinnerungen, ja? Ist das alles, was es sein soll?«

»Nein, das ist das mindeste, was es sein würde.«

»Du mußt einen Haufen Kohle verdient haben als Rechtsanwalt«, sagte sie, dann betrachtete sie ihr Atelier, als hätte ich sie gebeten, es aufzugeben. »Die Couch ist nicht sehr bequem«, sann sie abwesend, wobei sich ihre Kritik auf ein durchhängendes Sofa bezog, das sich in einer der Ecken herumdrückte.

»Die Liege unten läßt sich in ein Doppelbett verwandeln.«

»Ich weiß.« Sie sah mich an, bis sie sicher war, daß ich ihre Botschaft verstanden hatte, dann grinste sie mir frech entgegen. »Ich muß zugeben, daß mich die Vorstellung, jemand anderen dort unten zu vögeln, doch ein bißchen heiß macht.« In gespieltem Zorn fügte sie hinzu: »Und das weißt du auch, nicht wahr, du Mistkerl?«

Ich murmelte pro forma ein Dementi, nahm sie dann bei der Hand und führte sie die Treppe hinunter.

Während wir die Präliminarien erledigten – frischmachen, Bett ausziehen, Sachen ablegen, Kondom bereithalten, die jeweilige Betthälfte festlegen –, wurde mir bewußt, daß die vergangene Woche für mich eine Art Wasserscheide darstellte: In der Nacht, bevor ich zum Klassentreffen gefahren war, hatte ich mit Betty Fontaine geschlafen, in der Nacht, bevor ich nach Charleston geflogen war, mit Libby Grissom. Und siehe da: ich war wieder am Zuge – mein Glück vollkommen; bessere Tage hatte meine Libido noch nicht gesehen.

Oder vielleicht doch? Jedes sexuelle Erlebnis mag die schmälern, die ihm vorangingen, jeder neue Partner mag die früheren abwerten. Diese Gleichung ist schließlich die Grundlage eines Hauptzweiges der westlichen Morallehre – der springende Punkt der heiligen Ehe und Monogamie, der Urquell der Verwerfung von Empfängnisverhütung und Scheidung. Obwohl ich meines Wissens nicht daran glaubte und ganz gewiß nicht beabsichtigte, mein Leben nach derartigen Spekulationen auszurichten, rumorten doch noch genügend Reste dieser Doktrin unerlöst in den Tiefen meiner Psyche, daß ein Teil von mir sich verrucht vorkam.

Aber ein anderer Teil von mir tat es wahrhaftig nicht. Ein Hors d'œuvre aus Sex, wer wollte sich beklagen? Es sei denn, daß Sex, wie Scar behauptet hatte, immer mehr als nur Spaß ist.

Gut und böse; richtig und falsch; Treue und Treulosigkeit. Das Bett ist der ungeeignetste Ort, solche Polaritäten zu erwägen, der Orgasmus eine unzulängliche Lösung für jegliches Problem. Aber wenn auch vielleicht nicht edel und unbeschwert, so war ich doch auch nicht einsam. Scar Raveneau übte Rache an meinem Freund Seth Hartman und machte mich, über meine Brust gebeugt, mit ihren Brüsten meinen Bauch streichelnd und an meinem Hals knabbernd, zu ihrem Komplizen.

21

Scar war schon aufgestanden und gegangen, als ich aufwachte; das einzige, was sie zurückgelassen hatte, war eine Nachricht in meinem Schuh: *Einen schönen guten Morgen von der Ballkönigin. Ich hatte eine wunderbare Nacht, habe du also einen wunderbaren Tag, hörst du?* Im Badezimmer fand ich eine zweite Botschaft, diesmal offenbar mit rosa Lippenstift an die Innenwand der Duschkabine gekritzelt: *Wenn ich dir den Rücken schrubben soll, brauchst du nur zu rufen. Love, S.* Lächelnd wusch ich die Schrift wieder ab.

Sobald ich angezogen war, rief ich Seth an, um mir sein Auto zu leihen, wie er es mir angeboten hatte. Er fragte, wo ich hinwolle, und ich sagte, ich ginge einkaufen.

Ich war schon fast aus der Tür raus, da klingelte das Telefon. Ich wollte es erst ignorieren, da ich annahm, es sei jemand, der Seth sprechen wollte, aber dann fiel mir ein, wer es auch sein konnte.

»Mr. Tanner?«

»Am Apparat.«

»Hier ist der Erste Feldmarschall des Bundes des Stolzen Südens. Wie ich höre, haben Sie Interesse, sich unserer Bewegung anzuschließen.«

»Ja, das ist richtig.«

Die Stimme war forsch und gebieterisch; das war nicht der aufsässige Junge auf den Bändern, die Seth und Alameda zugegangen waren, das war wohl eher der Mann, der sie anschließend angerufen hatte. Ich hatte mir eine Tarnung zurechtgelegt und wartete auf die Gelegenheit, sie an den Mann zu bringen.

»Wie haben Sie von uns erfahren?« fuhr er fort.

»Hauptsächlich durch die Plakate im College.«

»Haben Sie Verbindungen zu der Schule? Sie klingen nicht wie ein Student.«

»Ich bin auch keiner. Ist das Bedingung?«

»Überhaupt nicht. Ich habe mich nur gefragt, welche Form Ihre Unterstützung des BSS wohl haben könnte. Einige unserer Aktivitäten können leicht etwas . . . anstrengend werden.«

»Ich habe eher an ein finanzielles als an ein physisches Engagement gedacht. Wäre das möglich?«

»Positiv. Darf ich Ihnen mitteilen, wo Sie Ihren Scheck hinschicken können?«

»Nicht so schnell. Vorher hätte ich gern eine Unterredung. Mit Ihnen und dem Häuptling.«

Er zögerte. »Zu welchem Zweck?«

»Mein Wissen über den BSS ist ziemlich bruchstückhaft; ich möchte nicht die Katze im Sack kaufen. Ich habe in der Vergangenheit gutes Geld an Gruppen vergeudet, die eine große Klappe hatten, aber nichts dahinter, als es darauf ankam. Es ist bereits fünf vor zwölf, die Nation befindet sich in Gefahr. Ich will mich mit niemandem mehr verbünden, der nicht bereit ist, etwas einzusetzen, um etwas zu erreichen. Außerdem möchte ich sichergehen, daß mein Beitrag . . . anonym bleiben wird.«

Der Feldmarschall kehrte wacker den Draufgänger raus. »Sie können auf den BSS zählen, wenn es darum geht, das Nötige zu tun, um gegen die Kräfte der Finsternis zu obsiegen, Mr. Tanner. In welcher Größenordnung soll sich Ihre Unterstützung bewegen?«

»Sagen wir, im Bereich von zehntausend Dollar.«

»Das wäre uns außerordentlich willkommen.«

»Ich bin noch nie abgewiesen worden, Mr . . .. ?«

»Bedford. Forrest Bedford. Erster Feldmarschall des BSS; Kommandant der Reinheitsbrigade. Sie klingen nicht wie ein Südstaatler, Mr. Tanner.«

»Ist das von Bedeutung?«

»Ich frage mich nur, warum eine Organisation, die sich der Wiederherstellung der Südlichen Lebensart verschrieben hat, für einen Yankee von Interesse sein könnte.« Ich zerrte ein paar Informationen aus meinem Gedächtnis. »Ich bin kürzlich aus Denver zugezogen, Mr. Bedford, wo ich eine nicht ganz unbedeutende Unterstützung der wieder auflebenden Klan-Aktivitäten in der Region geleistet habe. Moralische und rassische Fragen sind, wie Sie hoffentlich wissen, nicht auf bestimmte Regionen beschränkt. Kennen Sie die Führung in Denver vielleicht?«

»Nur ihren Ruf.«

»Es gibt dort einen jungen Mann, der seinen Weg auf der nationalen Bühne machen wird – er ist ein David Duke ohne hinderliches Gepäck. Nach dem, was ich höre, mögen Sie ähnliche Fähigkeiten haben. Nun? Wann treffe ich den Stabschef, Mr. Bedford? Oder soll ich meine Gelder lieber nach Denver schicken?«

Bedford zögerte. »Wir machen eine Demo heute abend im Hampton Park. Sofern die Sache nicht außer Kontrolle gerät, was wir natürlich nur begrüßen würden, müßten wir bis acht Uhr durch sein. Da ist ein Baseball-Platz in der Nähe. Wir könnten uns nach unserer Kundgebung dort am Eingang treffen, und dann können wir irgendwohin gehen und Ihre Neugier befriedigen. An einen sicheren Ort«, fügte er mit Nachdruck hinzu.

»Gut.«

»Acht Uhr.« Als er weitersprach, hatte er eine Warnung für mich bereit. »Wir haben geschworen, alle etwaigen Agenten des Zionistischen Besatzungsregimes, die uns zu unterwandern suchen, zu eliminieren, Mr. Tanner. Dies nur für den Fall, daß Sie nicht das sind, was Sie vorgeben zu sein.«

Die Verbindung brach ab. Die Hand, mit der ich den Hörer auf die Gabel legte, war klatschnaß.

Ich holte mir Seths Auto vom Parkplatz hinter seinem Büro

und fuhr auf der Calhoun nach Westen zu der Brücke, die über den Ashley führt. Westlich des Flusses bot sich ein krasser Kontrast zur Altstadt. Entlang der Straße reihte sich die übliche Zusammenstellung des Vorstadt-Kommerzes, die K Marts und Burger Kings und Jiffy Lubes, die uns glauben machen, daß unser Leben durch sie bequemer wird, während es in Wirklichkeit nur eintöniger wird.

Nach ein paar Meilen urbaner Pest wurde das Durcheinander durch Uniformität abgelöst – der Highway wurde zur Autoverkaufsstraße. Jede nur denkbare Automarke war hier ausgestellt, von billig gefertigten koreanischen Schrotthaufen bis zu unglaublich teuren italienischen Luxusschlitten. Einer von den Läden ließ die größte Fahne flattern, die ich je gesehen hatte; sie schwebte wie ein elastisches Raumschiff über den Chevys und Geos und BMWs, die einen metallenen Schmelztiegel auf dem Parkplatz darunter bildeten. Ganz am Ende der Reihe, als letzten Posten der Konsumgesellschaft, bevor die Straße ländlich wurde und sich auf dem Weg nach Savannah ins Marschland stürzte, fand ich den Laden, den ich suchte.

Seths Auto war ein neuer Thunderbird, was vermutlich der Grund dafür war, daß niemand zu meiner Begrüßung herbeigeeilt kam, bevor ich noch den Motor abgestellt hatte – ich sah nicht so aus, als ließe sich aus mir eine Provision herausschlagen. Ich stieg aus dem Wagen, sondierte das Verkaufsangebot gerade so lange, daß mir ein wenig guter Glaube hergestellt schien, und ging dann in den Ausstellraum hinein.

Die einzige Person in Sicht war die Empfangsdame. Sie lächelte wie eine Sonnenblume um zwölf Uhr mittags, suchte vergeblich nach einem Verkäufer, zwinkerte dann und sagte guten Morgen. Das Oberteil ihres Kleids war bauschig und tief ausgeschnitten, die Haut über ihren Brüsten mit Sommersprossen bedeckt. Das Schild auf ihrem Tisch verriet, daß sie LaWanda hieß.

»Hallo«, erwiderte ich fröhlich und sah mich in dem leeren

Ausstellraum um. »Ihre Mitarbeiter machen wohl gerade Kaffeepause.«

»Bubba Martin ist der einzige Vertreter, der sich bisher hat sehen lassen – heutzutage kommen nicht mehr viele Kunden am Vormittag –, aber er ist gerade auf einer Testfahrt. Müßte allerdings jeden Moment zurück sein. Sind Sie an einem neuen oder an einem gebrauchten interessiert?«

Ich sah in den Ausstellraum zurück. »Ich hab ein bißchen ein Auge auf das Kabrio da drüben geworfen.«

Ihre Augen leuchteten auf. »Ist das nicht das erotischste Auto, das Sie je gesehen haben? Ich hätte so gern einen EX-400.«

Ich beugte mich vor und machte mir ihren Enthusiasmus zunutze. »Sagen Sie mir die Wahrheit, LaWanda. Kann man in diesem Laden auch ein bißchen handeln?«

Sie nickte eifrig. »Bubba wird Ihnen ein Angebot zurechtschneidern, mit dem Sie zufrieden sein können – das ist seine Spezialität. Jetzt ist auch die richtige Zeit, um zu kaufen – die Finanzierung ist so günstig wie seit . . . na, seit ewig nicht mehr.«

»Ich hab gehört, derjenige, der die Sachen regelt, sei Bilbow.«

»Beau?«

»Gibt's da mehr als einen?«

»Nein.«

»Dann spreche ich von Beau.«

Unsere kleine Pirandello-Variation brachte LaWanda für einen Moment aus der Fassung, doch ihr kulturelles Erbe sorgte dafür, daß ihr Lächeln nicht lange verschüttet blieb. »Mr. Bilbow ist der Hauptgeschäftsführer; er wäre sicherlich gern bereit, unsere ganze Produktlinie mit Ihnen zu besprechen. Es ist die beste, die wir je hatten; das können Sie überall lesen.« Sie langte hinter sich in ein Regal. »Hier habe ich zum Beispiel den *Motor Trend.* Dezember-Ausgabe, ja? Da steht –«

»Ist er da?« unterbrach ich.

»Mr. Bilbow? Ich erwarte ihn jeden Moment.«

»Wann genau?«

»Ich bin nicht sicher. Er hatte eine Besprechung in der Bank, also . . .« Sie zuckte hilflos die Schultern, was mir illustrieren sollte, wie sich die Banken heutzutage aufführen, dann zupfte sie an ihrer Frisur herum. »Ich kann das nicht besonders gut, nicht wahr? Wahrscheinlich mache ich deshalb noch immer Telefondienst.«

Wie aufs Stichwort fing eins der Telefone an zu klingeln. »Wenn Sie bitte warten wollen«, sagte sie, während sie nach ihrem Instrument griff. »Da hinten im Flur finden Sie Kaffee.«

Sie zeigte nach rechts, dann schaltete sie ihr Lächeln auf sein verbales Äquivalent um und beglückte den Anrufer mit ihrem Gruß. Ich überlegte, was ich tun sollte, und kam zu dem Ergebnis, daß es nichts schaden könnte, mir mal den EX-400 näher anzusehen, nur für den Fall, daß ich im Lotto gewinnen und mein Buick in den Vorruhestand gehen sollte.

Ich schlenderte zu dem Kabrio hinüber. Das Preisschild lautete auf einundzwanzig-fünf, die Verbrauchsschätzungen beliefen sich auf siebzehn m/g in der Stadt und zweiundzwanzig auf der Autobahn. Die Lackierung schimmerte so tiefgründig wie der Ashley. Ich ging ein paarmal rundherum, dann öffnete ich die Tür und setzte mich hinein. Gefühl und Geruch waren so, wie sie sein sollten: superfeudal und superintensiv. Ich prüfte die Knöpfe und Meßinstrumente und kam mir wie ein Pilot vor; ich prüfte das Lenkrad und kam mir wie ein Maat vor; ich prüfte das Preisschild und kam mir wie ein Bettler vor.

Ich war auf dem Weg zurück zu dem Thunderbird, da sauste ein anderes Auto auf das Grundstück und hielt abrupt vor der Tür. Es war ein von dem Kabrio im Ausstellraum geklontes Exemplar: Verdeck offen, Fenster hoch; der Mann am

Steuer gutaussehend, aber angegriffen, spät dran und vielleicht auch ängstlich.

Er war groß und an Brust und Beinen eher dünn, aber in Gürtelhöhe hatte er eine melonenförmige Auswölbung; Lippen und Kinn hingen ziemlich durch, was ihm einen Anstrich von Pikiertheit verlieh. Er trug ein weißes Hemd, eine rote Krawatte und eine Hose, die im Saum zu kurz war. Sein Haar war mittels einer öligen Kompresse zurückgekämmt, die wie Paste an seinem Schädel klebte – er dachte wahrscheinlich, daß das weltmännisch sei, aber in Wirklichkeit sah es eher nach menschlicher Frühgeschichte aus.

Ohne meine Anwesenheit zur Kenntnis zu nehmen, eilte er auf LaWanda zu und fragte, was es an Nachrichten gäbe. Sie gab ihm mehrere Zettel, dann sagte sie etwas, das ich nicht verstehen konnte. Der Mann warf einen Blick in meine Richtung, dann an mir vorbei auf den Parkplatz, dann sagte er etwas zu LaWanda und marschierte auf den Kaffeeautomaten zu.

Als er verschwunden war, ging ich zu LaWandas Tisch zurück. »War das Bilbow?«

Sie nickte. »Ich hab ihm gesagt, daß Sie auf ihn warten. Er meint, er kommt gleich wieder.«

»Sieht ein bißchen abgespannt aus. Die Bank muß ihn hart rangenommen haben.«

»Das Geschäft war zuletzt nicht so doll, wegen der Rezession und so, da mußte er Leute entlassen. Er hatte in letzter Zeit mehr zu tun als früher.«

Das war eine interessante Art, sich auszudrücken – nicht gerade ein Kompliment für Beau Bilbows Fleiß, aber auch nicht unbedingt eine Beleidigung. »Wem gehört dieser Autohandel?« fragte ich.

LaWanda schien verwirrt. »Ich weiß nicht genau. Irgendwelchen Leuten aus dem Norden, glaube ich.«

»Schon mal von einer Gruppe namens Bund des Stolzen Südens gehört, LaWanda?«

Sie schüttelte den Kopf und runzelte die Stirn. »Was soll das sein, so eine Art geschichtlicher Verein oder was?«

»So ungefähr. Ich dachte, ich hätte Bilbow mal bei einem Treffen gesehen. Wollte bloß wissen, ob er mal davon gesprochen hat.«

»Nicht mit mir.« Sie deutete auf das Kabrio. »Sieht toll aus, was?«

»Allerdings ein ziemlich gepfefferter Preis für einen Zweitwagen.«

»Wenn es die Anzahlung ist, die Ihnen Sorgen macht, dann haben wir ein Leasing-Angebot für Sie, das –«

Ich schnitt ihr Blabla ab. »Ich hab's eilig, Süße, sparen Sie sich das lieber für den nächsten auf.« Ich ging den Flur entlang, auf Bilbow und den Kaffee zu.

Er trug gerade einen Styroporbecher in sein Büro, als ich ihn einholte. Es paßte ihm nicht, daß ich ihm in seine private Höhle gefolgt war, und es paßte ihm noch weniger, daß ich mich auf einen Stuhl fallen ließ, ohne darum gebeten worden zu sein.

Er rührte in seinem Kaffee, lockerte seine Krawatte, ordnete die Papiere auf seinem Schreibtisch neu und überlegte dabei, was er mit mir machen sollte. »Sie brauchen wohl ganz dringend ein Auto«, begann er mit freudlosem Kichern. »Wenn ich Ihnen sage, daß ich Sie für runde neunzehntausend in das Kabriolett da vorne setze, schlagen Sie dann ein?«

Ich lächelte. »Nein.«

»Knallhart im Handeln, wie?«

»Ich verhandle nicht. Ich nenne einen Preis; Sie sagen ja oder nein. Bei Ja schreibe ich einen Scheck aus. Bei Nein verabschiede ich mich.«

Ein Schweißtropfen rann an seiner Schläfe herunter. »So machen wir das hier nicht.«

»Da habe ich was anderes gehört.«

Er kratzte sich an der Nase. »Von wem?«

»Sagen wir, ich bin ein enger Freund eines engen Freundes eines früheren Mitglieds Ihrer Familie.«

»Von wem reden Sie, verdammt noch mal?«

»Von Ihrer Ex-Frau.«

Er runzelte die Stirn, wand sich und schwitzte noch ein bißchen mehr. »Hat Seth Sie hier rausgeschickt?«

»Warum sollte er?«

»Er mag mich nicht besonders.«

Von allein wäre ich darauf wohl nicht gekommen. »Warum denn nicht?«

»Er glaubt, ich wäre immer noch auf seine Alte scharf.«

»Hat er da recht?«

»Scheiße. Ich hab was Besseres mit meinem Schwanz vor, als ihn in ein vertrocknetes Loch zu stecken.« Beau wollte seinem Grinsen einen lasziven Anstrich geben, aber das Ergebnis war eher idiotisch als erotisch. Ich versuchte, ihn mir mit Jane Jean zusammen vorzustellen, aber es klappte nicht annähernd.

Bilbow schaute, immer noch unbehaglich, auf ein Bild an der Wand, ein Farbfoto einer großen Jacht, die auf dem Intercoastal Waterway dahinglitt – ich nahm an, daß es ihm als Schmusedecke diente. Neben dem Bild hing ein Diplom von der Palisade, daneben ein gerahmtes Foto von Bilbow im hochgeschlossenen grauen Uniformrock und dem weißen Galahut eines Kadetten, und daneben ein Paar von zeremoniellen Säbeln, die unter einer hellblauen Schärpe gekreuzt waren.

»Was sind Sie also?« spuckte Bilbow nervös heraus. »Einer von ihren Freunden aus der Zeit, als sie der große Niggerfan war? He, das ist mir alles völlig wurscht; die kommen sowieso alle zwei Wochen aus dem Sumpf gekrochen irgendwie.«

Bilbow wollte noch etwas sagen, aber LaWanda blinzelte durch die Tür. »Kann Bubba Sie mal für eine Minute sprechen, Beau? Er muß eine Unterschrift bewilligt haben.«

Bilbow sah mich an. »Sind wir durch?«

»Noch nicht.«

Er wollte widersprechen, zuckte dann aber die Schultern. »Bin gleich wieder da.«

Er ging raus, und ich sah mich in seinem Büro um. Das einzige, was neben den Palisade-Erinnerungen von Interesse war, war sein Rolodex. Ich ließ ihn ein bißchen rotieren, dann untersuchte ich ihn gezielter. Außer Jane Jean, Seth und ihrem Daddy war nur eine Person verzeichnet, von der ich schon mal gehört hatte: drei Telefonnummern lauteten auf Aldo Benedetti, dem Benedetti aus Newark, jede mit einer anderen Vorwahl.

Ich schrieb mir die Nummern in mein Notizbuch und hatte meine Nase bereits wieder in meinen eigenen Angelegenheiten, als Bilbow zurückkehrte, weitaus beherrschter als vorher. »Wissen Sie irgendwas über den Bund des Stolzen Südens?« fragte ich, als er sich setzte.

In seinem Gesicht war keine Reaktion zu erkennen, der Themawechsel ließ ihn kalt. »Was issen das, eine von den Alte-Jungfern-Vereinigungen?«

Ich schüttelte den Kopf. »Patriotische Gruppe.«

Er zuckte glaubwürdig mit den Schultern. »Nie gehört.« Er verschränkte die Hände hinter seinem Kopf und lächelte. »Wie war noch mal gleich Ihr Name?«

»Tanner.«

»Sagten Sie, Sie wollten ein Auto kaufen?«

»Nein.«

»Warum zum Teufel verschwinden Sie dann nicht einfach?«

Mir fiel auch kein überzeugender Grund ein.

22

Auf dem Rückweg zu Seths Büro fuhr ich beim Apartment seines Sohns vorbei und versuchte noch einmal, mit ihm Kontakt aufzunehmen, aber weder reagierte jemand auf mein Klopfen, noch erschien jemand auf der Bildfläche, um mich zur Rede zu stellen, wie es Furman bei meinem ersten Besuch getan hatte. Bei meinem Blick durchs Fenster, mit dem ich mir Gewißheit darüber verschaffen wollte, daß es überhaupt noch Lebenszeichen in der Wohnung gab, fiel mir als einziger Unterschied zum ersten Besuch eine Waffe ins Auge, die an der Wand unterhalb der Nazifahne lehnte, umgeben von einem Satz Munition. Sie sah aus wie eine MAC-10 oder eine andere schnellfeuernde Zerstörungsmaschine dieser Art; mit anderen Worten: sie sah sowohl bedrohlich als auch irgendwie kindisch aus.

Auf dem Weg zum Auto überprüfte ich noch schnell das Namensverzeichnis auf Forrest Bedford, fand aber keine Eintragung. Fünf Minuten später fand ich an einer Tankstelle an der Calhoun immerhin eine Telefonzelle mit Telefonbuch, aber als ich unter Bedford nachschlug, war das Ergebnis dasselbe. Mit gänzlich leeren Händen parkte ich den Thunderbird an der Stelle, von der ich ihn abgeholt hatte, und brachte den Schlüssel ins Büro zurück.

Elmira war haargenauso erfreut über meinen Anblick wie drei Stunden zuvor. »Ist er da?« fragte ich sie.

Sie warf einen schnellen Blick auf ihre Konsole. »Telefoniert.«

»Ich möchte ihn sprechen, wenn er fertig ist.«

Sie konsultierte ihren Kalender. »Er bekommt um zwölf Uhr Besuch von einem Mandanten.«

In Charleston waren alle außer mir voll ausgebucht. »Ich werde mich kurz fassen«, versprach ich.

Ich schickte mich an, ins Wartezimmer zu gehen, gab aber erst noch einen Schuß ins Blaue ab. »Sie kennen nicht zufällig Seths Sohn, oder?«

»Colin?« Zum erstenmal überhaupt fiel ihr das Lächeln aus dem Gesicht. »Sicher. Ich kenne ihn. Von früher jedenfalls. Wir waren im selben Jahrgang an der Bishop England. Er hat mich zum Sommerball ausgeführt.« Es schien mir, als unterdrückte sie ein Schaudern. »Er hat mein Kleid völlig ruiniert. Mama hätte ihn umbringen können.«

»Was ist dieses England-Ding?«

»Eine Schule.«

»Privat?«

»Ja.«

»Für Reiche?«

Sie machte steife Schultern. »Das ist hier nicht so wie im Norden – viele Kinder gehen auf Privatschulen, sogar schwarze. In der Bishop England gibt es Stipendien für alle möglichen Leute.«

»Wann haben Sie Colin das letzte Mal gesehen?«

Sie zuckte mit den Schultern. »Vor Monaten. Ich unterhalte mich ab und zu mit ihm. Am Telefon, meine ich.«

»Worüber?«

»Seinen Daddy. Was seine Fälle machen, solche Sachen. Ich glaube, Colin will auch Rechtsanwalt werden. Kann man aber vergessen«, fügte sie boshaft hinzu.

»Irgendeine Ahnung, wo ich ihn erreichen könnte?«

»Er hat früher in der Nähe vom College gewohnt.«

»Da hab ich's schon versucht, aber er ist wohl nicht oft zu Hause. Rege Geselligkeit, schätze ich.«

Ihr Lachen war von so reiner Grausamkeit, wie es nur attraktive junge Frauen hinbekommen. »Colin? Gesellig? Also wirklich!«

»Kennen Sie einen Freund von ihm, der Bedford heißt?«

Elmira schüttelte den Kopf. »Was Freunde angeht, wüßte

ich eigentlich niemanden, außer Broom. Vielleicht ist er bei ihr.«

»Broom was?«

»Sie wird immer nur Broom genannt, soweit ich gehört hab.« Ihr Lächeln nahm einen süffisanten Zug an. »Vielleicht, weil sie so eine Hexe ist.«

»Wo wohnt Broom?«

»In einem Slum nördlich der Calhoun, zusammen mit einem Haufen von anderen vergammelten Punkern.« Elmira wedelte mäkelig ihre Finger hin und her, als wolle sie die Erinnerung abstreifen.

»Was macht Broom? Ist sie Studentin?«

Sie schüttelte den Kopf. »Steht hinter der Bar in einem Laden namens Pustule – die Pustel; das ist oben bei der Brücke. Die Typen gehen dahin, um ihr unanständiges Gerede zu hören.«

»Erzählen Sie mir noch mehr von Colin.«

Elmira dachte eine Weile nach. Dann sagte sie: »Als ich ihn kennenlernte, das war, als wir ungefähr zwölf waren, da war Colin richtig beliebt. War richtig nett angezogen, hatte richtig gute Manieren; genau wie sein Daddy, wissen Sie? Aber irgendwas ist dann passiert, als wir in der zehnten Klasse waren oder so, und Colin wurde das genaue Gegenteil – kleidete sich wie der letzte Penner, fluchte wie ein Bierkutscher, führte sich wie ein Kannibale auf bei den Mädchen. Es war so, als würde er sich größte Mühe geben, alles das zu sein, was sein Daddy nicht war; und das ist ihm auch gelungen.«

»Woher kam diese Veränderung, was glauben Sie?«

Sie hob die Schultern. »Viele Jugendliche werden in dem Alter komisch. Meine Freundin Sissy hat sechs Monate lang in der Garage gewohnt.«

»Glauben Sie, daß Colins Problem etwas damit zu tun hat, daß er Jude ist?«

Elmira war überrascht. »Ist er das? Wußte ich gar nicht. Auch sonst niemand, glaube ich.«

»Wie war's mit den schwarzen Kindern in der Schule? Hat Colin mit denen Schwierigkeiten gehabt?«

»Meinen Sie irgendwas Spezielles? Nicht, daß ich wüßte. Ab und an gab es ein paar Spannungen, aber es ist nichts passiert. Meistens.«

»War Colin politisch aktiv?«

»Höchstens, wenn Sie die Metalheads als politisch bezeichnen würden.«

»Würden Sie sagen, daß er gewalttätig ist? Hat er jemals Probleme dieser Art gehabt?«

Ihre Augen blitzten kalt und wütend. »Sein Hauptproblem war es, seine Hände dort zu lassen, wo sie hingehörten.«

Ich probierte auf gut Glück. »Sprechen Sie von Vergewaltigung?«

Ihre Nase zuckte. »So schlimm war es nicht. Eher so, daß er ein bißchen reichlich stürmisch war und sich nicht benehmen konnte, wenn man ihn dazu aufgefordert hat. Als sich sein Betragen herumgesprochen hatte, wollte keine mehr etwas mit ihm zu tun haben, jedenfalls die nicht, auf die es ankam. Er ist echt zornig über irgend etwas, das weiß ich. Colin ist eben ein Verlierer, darauf läuft es hinaus. Niemand mag ihn, außer Broom. Warum ich überhaupt mit ihm zu dem Ball gegangen bin, ist mir echt ein Rätsel – die anderen ziehen mich immer noch deswegen auf.«

Ein Licht auf ihrer Konsole leuchtete auf. Elmira wandte sich wieder ihren Pflichten zu, während ich ins Wartezimmer ging und eine Nummer der ›Southern Life‹ durchblätterte. Als Seth aus seinem Büro auftauchte, war er gereizt und zerstreut.

»Komm rein«, sagte er steif. »Ich hab aber nicht mehr als eine Minute.«

Ich folgte ihm in seinen Bau und blieb stehen, während er

die Tür zumachte. »Hast du ihn gefunden?« fragte er auf dem Weg zu seinem Sessel.

»Colin?« Ich schüttelte den Kopf. »Ich weiß, wo er wohnt, aber es war niemand zu Hause, als ich vorbeikam. Aber Fortschritte habe ich doch gemacht.«

»Nämlich?«

»Es ist mir gelungen, mit dem Feldmarschall zu sprechen.«

Seth atmete schneller. »Wer ist es?«

»Der Typ, von dem Last mir erzählt hat: Forrest Bedford. Er ist wahrscheinlich auch der, mit dem du am Telefon gesprochen hast. Ich treff mich heute abend mit ihm.«

»Wo?«

»Hampton Park.«

»Warum gerade da?«

»Der BSS hält dort um sechs irgendeine Protestveranstaltung ab. Hinterher treffe ich mit Bedford zusammen.«

»Dann wird Colin wohl auch da sein.«

»Anzunehmen.«

Seth legte eine Hand über seine Augen, so als könnte er die Tatsachen, die sein Inneres vereisten, dadurch zum Schmelzen bringen. »Kann ich mitkommen?« fragte er.

»Warum?«

»Ich muß das alles begreifen, Marsh. Ich muß wissen, warum Colin diese Sachen macht. Wenn ich weiß, was der BSS predigt, finde ich vielleicht eine Möglichkeit, ihnen zu begegnen, bevor alles außer Kontrolle gerät.«

Für meine Begriffe war längst alles außer Kontrolle, und Seths Anwesenheit mochte eher schädlich sein. »Ich bezweifle, daß Bedford sich um die inneren Beweggründe deines Sohnes kümmert, Seth. Und ich glaube nicht, daß es ratsam für dich ist, noch mehr in die Sache verwickelt zu werden, als du es schon bist – die einzige Chance, etwas aus Bedford herauszubekommen, besteht darin, meine Identität geheimzuhalten.«

»Ich kann mich nicht einfach zurücklehnen und nichts tun.«

Seths Gesichtsausdruck in Verbindung mit meiner Erinnerung an Alameda Smalling, wie sie tags zuvor an meiner Seite alle Beschimpfungen in stoischer Haltung durchgesessen hatte, veranlaßten mich, meine Haltung zu ändern.

»Ich treffe mich mit Bedford am Eingang vom Sportplatz da draußen«, erklärte ich ihm. »Er wird mich wahrscheinlich erst woandershin mitnehmen, bevor wir zur Sache kommen – er ist ziemlich paranoid, was Sicherheit angeht. Vielleicht könntest du ein bißchen im Park lauern und dann heimlich hinter uns herfahren, für den Fall, daß Bedford meine Nummer durchschaut und mich fertigmachen will.«

Seth versuchte es mit einem Scherz. »Du willst doch hoffentlich nicht versuchen, als Redneck durchzugehen, Tanner – dazu fehlt dir der Stallgeruch.«

»Ich bin ein weißer christlicher Patriot, der frisch aus Denver eingeflogen ist. Ich will Bedford glauben machen, daß ich, wenn er den Anforderungen genügt, zehn Riesen springen lasse, um ihn bei der Rettung der Rasse zu unterstützen.«

Seth schüttelte den Kopf. »Langsam wird es gruselig, Kumpel.«

»Es ist seit zweihundert Jahren gruselig«, sagte ich; dann nahm ich Korrekturen an meinem Szenario vor. »Vielleicht sollte ich mir doch jemand anders als Rückendeckung besorgen. Ich hab eine automatische Waffe in Colins Wohnung gesehen. Wenn Bedford Grund findet, sich aufzuregen, könnte es wirklich unangenehm werden.«

Seth knallte seine Hand so heftig auf den Schreibtisch, daß die Fensterscheiben wackelten. »Das hier ist mein Problem, weißt du noch? Du bist nicht irgendein Söldner, den ich aus dem Branchenbuch geangelt habe, Mensch, du bist mein Freund. Wenn diese Sache gefährlich wird, dann will ich dabeisein.«

»Das brauchst du nicht, wirklich.«

Seth erhob sich und begann, auf und ab zu laufen, dann sah er mich so eindringlich an, daß ich mich winden mußte. »Das eine Mal in unserem Junior-Jahr, als wir erwischt wurden, wie wir Essen aus der Küche klauten, und du suspendiert wurdest und ich nicht?«

»Ja und?«

»Der Grund, warum ich an der Schule bleiben konnte, war der, daß ich dich verpfiffen hab. Jemand hat uns gesehen, als wir aus dem Fenster geklettert kamen. Mich kannten sie, aber dich hatten sie nicht erkannt. Sie gingen zum Dekan, und der hat mir die Hölle heiß gemacht, damit ich auspacke. Ich hab dich verraten, damit ich an dem Wochenende gegen St. John's pitchen konnte.«

Seth überprüfte, was er gerade gesagt hatte, dann korrigierte er. »Ich wollte meinen Arsch retten, weil ich Angst hatte, von der Schule zu fliegen und mir die Zukunft zu versauen. Ich hätte nicht Jura studieren können; ich hätte keinen vernünftigen Job gekriegt. Außerdem hatte ich Angst, daß ich in Vietnam landen würde.«

»Das ist doch Kinderkram, Hartman. Das hat damals keine Rolle gespielt und spielt heute erst recht keine. Die Ferien haben mir gutgetan.«

»Natürlich hat es eine Rolle gespielt – du hättest vielleicht zum Probetraining bei den Twins kommen dürfen, wenn du diese Spiele damals nicht verpaßt hättest.«

»Dann hast du mich also vor dem Leben in den unteren Ligen bewahrt. Na toll.«

»Es war einfach mies, Marsh. Das Mieseste, was ich je getan hab, vielleicht mit Ausnahme meiner Scheidung. Wenn ich heute abend mit dir mitkomme, kann ich damit etwas vielleicht ein bißchen wiedergutmachen.« Seth blickte auf all die Rechtsbücher, die sich über seine Bürowände erstreckten und in denen das definiert wird, was wir unter Gerechtigkeit verstehen. »Ich war nie die Person, die du in mir gesehen hast, weißt du.«

»Klar warst du das«, erklärte ich ihm. »Du warst nur zu bescheiden, es zu glauben.«

Wir verfielen in betretenes Schweigen, während wir die Trugbilder in unseren Erinnerungen untersuchten. »Es ist noch etwas passiert«, sagte Seth schließlich, und seine Stimme tönte dumpf in der Stille des Zimmers.

»Was?«

»Noch ein Mandant hat Nachricht vom Feldmarschall bekommen.«

»Tonband?«

Er schüttelte den Kopf. »Anruf.«

»Was hat er gesagt?«

Seth sah in seinen Notizen nach. »Daß ich ein Feind des Südens und ein Vertreter fremder Interessen sei. Wenn er nicht jegliche persönliche und berufliche Beziehungen zu mir abbreche und sich der von ihm begangenen Verbrechen schuldig bekenne, würde er bloßgestellt und vernichtet werden.«

»Wer ist der Mandant?«

»Monroe Morrison. Ein Parlamentsmitglied hier im Bundesstaat, der in der Bestechungsgeschichte angeklagt ist. Er ist derjenige, der für den Congress kandidiert.«

»Wie hat er auf den Anruf reagiert?«

»Ängstlich, vermute ich. Wenn du die Rassenpolizei hier unten ignorierst, tust du es auf eigene Gefahr.«

»Will er jetzt aussteigen?«

»Er steht auf dem Sprung. Hat mich noch nicht sitzenlassen, aber er ist am Schwanken.«

»Ist er Vollzeitpolitiker?«

Seth schüttelte den Kopf. »Er hat ein Beerdigungsinstitut an der Rutledge Avenue.«

»Ist er schwarz?«

»Ja.«

»Ich nehme an, daß es deinem Ruf schaden würde, wenn er die Segel streicht.«

»Sicherlich. Er ist ein angesehener Politiker hier in der Stadt, wird von Schwarzen *und* Weißen respektiert; wenn er mir das Mandat entzieht, dann schlägt das Wellen. Außerdem würde der Grund irgendwann bekannt werden – der BSS und so weiter; Colins Beteiligung wahrscheinlich noch dazu. Ich glaube, ich werde ihn überzeugen können, bei mir zu bleiben. Er ist zwar ein Mandant, aber er ist auch ein Freund. Er ist der erste Schwarze, den ich kennenlernte, als ich in den Sechzigern in den Süden kam.«

»Was hat er da gemacht?«

»Er war Stabssekretär im SNCC. Hat die Registrierungskampagne in South Carolina organisiert.«

»Hat Morrison politische Feinde?«

»Alle Politiker haben Feinde.«

»Sind auch White Christian Patriots darunter?«

»Das versteht sich doch wohl von selbst, oder? Schwarze Kompetenz, auf welcher Ebene auch immer, widerspricht der Behauptung von der weißen Überlegenheit.«

»Was ich meine, ist: Wenn er ins Gefängnis geht oder sich eines Verbrechens schuldig bekennt, dann wird jemand anders nominiert.«

Seth schüttelte den Kopf. »Ich weiß, worauf du hinauswillst, aber der Bezirk, den Monroe in Columbia vertritt, und der, in dem er für den Congress kandidiert, haben beide schwarze Mehrheiten, dank kürzlicher neuer Grenzziehungen. Wenn du dich fragst, wer der Nutznießer wäre, falls Monroe ins Gefängnis müßte, dann wird es fast mit Sicherheit ein anderer Afro-Amerikaner sein. Ich bezweifle, daß der BSS denen irgendeinen Gefallen tun möchte.«

Der politische Zusammenhang war der einzige Anhaltspunkt, den ich hatte, daher ließ ich ihn mir nicht gern aus der

Hand nehmen. »Wer ist Monroes politischer Hauptwidersacher?«

»Ein Mann namens Aldee Blackwell.«

»Wo finde ich ihn?«

»In der Panther Bar an der Upper King Street. Aldee hält dort jeden Abend von zehn bis drei Uhr hof.« Seth hielt inne. »Ich würde dir nicht empfehlen, allein dorthin zu gehen.«

»Hat Blackwell politische Ambitionen?«

»Aldee sieht sich als Königsmacher. Er versucht, jeden schwarzen Politiker im Low Country eigenhändig auszuwählen, so daß sie ihm ihre Posten verdanken und sich entsprechend erkenntlich zeigen, wenn die Zeit dafür gekommen ist. Er ist genauso entschlossen wie der BSS, und genauso skrupellos. Es geht das Gerücht, daß er mal jemanden umgebracht hat – einen Geschäftspartner, den er im Verdacht hatte, ihn zu bestehlen –, er ist aber nie angeklagt worden.«

Ich hatte noch mehr Fragen, aber da summte ein Summer auf dem Tisch vor mir. Seth zuckte bei dem Geräusch zusammen, als handele es sich um einen Gewehrschuß, und gab mir damit Aufschluß über den Zustand seines Nervenkostüms.

»Tut mir leid, Marsh«, sagte er. »Da ist jemand, den ich unbedingt sprechen muß. Gibt es sonst noch etwas, das du brauchst?«

»Nur das Auto, ungefähr um fünf. Kannst du ein anderes für dich selbst besorgen?«

»Ich werde mir Jane Jeans leihen. Um wieviel Uhr triffst du dich mit Bedford?«

»Um acht.«

»Ich werde da sein. Müssen wir irgendein Zeichen verabreden oder so? Damit ich weiß, wann ich eingreifen soll?«

»Das Zeichen ist, wenn sie anfangen zu schießen.«

23

Seth eilte mit seinem Mandanten zum Lunch, nachdem er sich erneut dafür entschuldigt hatte, mich verlassen zu müssen. Ich wußte nicht recht, was ich als nächstes unternehmen sollte, und so wanderte ich zur East Bay Street und stöberte in einigen Buchläden. Während ich an der Kasse anstand, um meine Einkäufe zu bezahlen, lauschte ich einer Unterhaltung zwischen dem Ladeninhaber und einem Kunden über die Schlacht von Sharpsburg. Ihre Schilderung des Gemetzels hätte nicht anschaulicher sein können, wenn die Männer selbst dort verwundet worden wären.

Sobald ich auch mal zu Wort kam, fragte ich den Besitzer, ob er irgendwelche Veröffentlichungen des Bundes des Stolzen Südens führe. Er schüttelte den Kopf, ohne das geringste Anzeichen des Erkennens, was mich auch nicht überraschte.

Nachdem ich ein Salami-Sandwich und eine Limonade zu mir genommen hatte, war ich rechtschaffen erschöpft. Die Hitze, die Luftfeuchtigkeit, die energiegeladene Nacht mit Scar – eine Kombination, die mich völlig entkräftet hatte. Ich trottete zurück nach Hause, zumal meine geistigen Energien genauso hinüber waren wie die körperlichen.

Als ich die kopfsteingepflasterte Straße, die zur Rückseite meiner Unterkunft führte, zur Hälfte hinuntergegangen war, spürte ich, daß ich beobachtet wurde. Ich verlangsamte meinen Gang, bummelte zum Fenster einer Rechtskanzlei, die in einer Art Verließ zu residieren schien, und wandte mich dann blitzschnell um, in der Hoffnung, meine Nemesis damit zu überraschen. Das einzige, was ich entdeckte, war eine Bewegung auf dem Parkplatz auf der anderen Seite der Straße – ein junger Mann duckte sich hinter ein Auto, bevor ich ihn noch richtig zu Gesicht bekommen hatte.

Der Parkplatz gehörte zu einer Bank; die Autos gehörten deren Kunden. Während ich noch über die Straße hinüberstarrte, kam eine Frau aus der Bank und stieg in das Auto, das an der Stelle stand, wo ich den Jungen, der mich zu beschatten schien, zuletzt gesehen hatte.

Der Wagen fuhr davon. Der junge Mann kauerte hinter ihm, solange er konnte, dann rannte er los, auf die Tür an der Rückseite der Bank zu, die einzige Fluchtmöglichkeit, die ihn nicht näher zu meinem Standort führte. Da mein Interesse an einem Verfolgungsrennen nicht gerade als brennend zu bezeichnen war, trabte ich hinter ihm her, so gut es eben ging; jedenfalls nicht schnell genug, um ihn in Besorgnis zu versetzen.

Als er die Tür zur Bank erreichte, riskierte er einen hastigen Blick zurück. Ich konnte ihn nur einen Moment lang sehen, wußte aber sofort, wer er war, trotz seines blankrasierten Schädels und seiner Augen, die die Größe von Bierdeckeln hatten. Wie so oft in meinem Beruf war der Berg zu Mohammed gekommen.

Als ich die Bank durchquert und die Broad Street betreten hatte, war Colin Hartman verschwunden. Ich ging zu meinem Zimmer zurück, wobei ich mich fragte, was wohl seine Mission gewesen sein mochte, legte mich hin, nachdem ich die Schuhe ausgezogen hatte, und schlief ein – irgend etwas in der Luft wirkte wie ein Beruhigungsmittel auf mich.

Nachdem ich wieder aufgewacht war, kramte ich in meiner Aktentasche, um die Materialien zum Klassentreffen herauszusuchen, und schlug die Seite über Gil Hayward auf. Gils Kurz-Biographie verriet, daß er im Import-Export-Geschäft war. Er wohnte in der Musgrave Street in Jersey City und hatte eine Frau namens June sowie Kinder namens Rita, Paul und Gary. Ich wählte seine Nummer.

»Ja?«

»Gil?«

»Ja?«

»Marsh Tanner.«

»Wer? Oh. Tanner. Wie läuft's denn?«

»Ganz gut. Und selber?«

»Bin froh, wieder aus dem Maisgürtel heraus zu sein. Du doch auch, oder? Frisco macht nach einer Woche auf der Farm wahrscheinlich einen ziemlich guten Eindruck.«

»Ich bin nicht in Frisco. Ich bin im Low Country.«

»Niederlande?«

»South Carolina. Mit Seth zusammen.«

»Oh.«

»Ich ruf an, weil ich eine Frage habe.«

»Geht nicht«, sagte er schnell. »Tut mir leid. Flieg morgen nach Taiwan.«

Ich ließ seine Annahme stehen. »Das ist schade. Wir hätten echt einen losmachen können.«

»Yeah. Nächstes Jahr vielleicht.«

»Genau. Aber wo du jetzt nicht runterkommen kannst, hätte ich da noch eine Frage.«

»Worüber?«

»Aldo Benedetti.«

Als er sich wieder meldete, war seine Stimme tonlos und schwer auf der Hut. »Was ist mit ihm?«

»Kennst du ihn?«

»Nicht persönlich.«

»Vom Hörensagen?«

»Sicher.«

»Wie geht es denn?«

»Wie geht was?«

»Das Hörensagen.«

»Harter Bursche.«

»Wie hart?«

»Hart genug, um in Rente zu gehen.« Gils Kichern war rauh und abgehackt. »Es gibt diese Geschichte, wie Aldo seine

Jungens in Newark versammelt – zum Essen in irgendeiner Itaker-Pinte auf dem Wasser. Sie sitzen alle noch am Tisch, nach der Cacciatore oder was, rauchen eine und lügen sich gegenseitig die Hucke voll, da kommen die Kellner mit großen Dessertplatten hereingerauscht, obendrauf diese Silberkuppeldinger, die man benutzt, wenn es besonders exklusiv sein soll. Na, jedenfalls warten sie, bis jeder einen Teller vor sich stehen hat, und dann heben sie die Deckel hoch.«

»Und dann?«

»Auf den Tellern liegen Augen, weiter nichts. Sage und schreibe je ein Paar Augäpfel, die zu all den Typen heraufstarren, die Aldo anscheißen wollten von wegen Aussteigen aus dem Familienunternehmen. Aldo geht zur Tür und sagt: »*Arrivederci, paesani.* Wir sehen uns.« Und geht raus, und verschwindet gleich ganz. Landet schließlich dort, wo du gerade bist, wie ich gehört hab, und lebt wie ein Fürst. Dem kommt keiner dumm.«

»Wo hatte er die Augen her?«

»Er hatte eine Abdeckerei hier im Staat – hat seine Leute einen Monat lang sammeln und sie auf Eis legen lassen. Und das ist auch alles, was ich über Aldo weiß.«

Nach ein paar abschließenden Freundlichkeiten legte ich auf – es war Zeit für die Demo.

Laut Karte lag der Hampton Park im Norden der Stadt. Mir war, bevor ich in diese Richtung fuhr, nicht klargewesen, daß der Park sich ganz in der Nähe der Palisade befand. Als ich feststellte, daß das Tor auch Besuchern offenstand, entschloß ich mich zu einem kurzen Abstecher.

Im Innern der befestigten Enklave war eine Reihe von Alabastergebäuden mit mittelalterlichen Schießständen auf den Dächern um einen Truppenübungsplatz angeordnet, dessen Ausstattung eine Tribüne, eine Kanone aus dem Bürgerkrieg und sogar einen Vorkriegs-Jet umfaßte. Die Innenhöfe der Kasernen waren mit roten und weißen Quadraten gepflastert, auf denen eine Handvoll Studenten Disziplinmärsche im Kreis veranstalteten. Die Kadetten, die in ihren weißen Hemden und Dienstmützen zielstrebig über den Campus schritten, waren zackig und kurzgeschoren, steif und ernsthaft – preußisch bis ins Mark. Bei aller nach außen gekehrten Feierlichkeit schienen sie doch gerade damit äußerst zufrieden zu sein.

Für einen Außenstehenden wie mich wirkte das Ganze zwar übertrieben reglementiert, drückend und restriktiv, aber nicht unbedingt sadistisch. Allerdings steckten hinter der Fassade der Rechtschaffenheit wohl weit weniger bewundernswerte Beweggründe, wenn man jüngst erhobenen Kritiken glauben wollte. Und doch war leicht zu erkennen, warum die soldatische Atmosphäre für Alameda Smallings verlockend war, und ebenso, warum die Männer fanden, daß Frauen hier nicht hergehörten.

Nach zwei Runden über den Campus verließ ich das Gelände wieder und fuhr in den anliegenden, sich weit ausdehnenden Park hinein, dessen Namensgeber Wade Hampton das Verdienst zukam, sowohl ein Kriegsheld der Konföderation als auch ein aufgeklärter Vermittler in den Rassenkonflikten der Nachkriegszeit gewesen zu sein, so jedenfalls der Reiseführer. Falls Mr. Hamptons Geschichte zutreffend ist, gibt es keine Stadt in diesem Land, die von seiner Reinkarnation nicht profitieren könnte.

Der Park war riesig und bestand aus einer Reihe von Wiesen, die von ausladenden Eichenbäumen umstanden waren, welche sich wie eine Bande von Schlägern neben den zarteren Umrissen der Magnolien und Azaleen aufzubauen schienen. Zu den Attraktionen gehörten Brunnen, schimmernde Teiche, Fußgängerbrücken und sogar ein Aussichtspunkt; die Fauna schien sich auf Enten und Tauben zu beschränken. Auf dem ganzen Gelände waren Gruppen von Menschen verstreut, die sich mit allem möglichen beschäftigten, vom Sonnenbaden bis zum Fußballspielen. Trotzdem fiel es nicht schwer zu erkennen, wo die Action war – ich brauchte nur den Cops zu folgen.

Es muß da eine ganze Hundertschaft in den Park abkommandiert gewesen sein – zu Fuß, auf Pferden, auf Motorrädern, in Polizeiautos. Ein Polizeihubschrauber kreiste über den Köpfen; ein Bus mit Reservekräften lauerte hinter einer Hecke, für den Fall, daß es Ärger geben würde. Die Fußpatrouillen trugen Helme mit Visier und Krawallausrüstung, sie verhielten sich wachsam, aber nicht provozierend. Im großen und ganzen schienen sie auf Chaos vorbereitet zu sein, aber auf Ruhe zu hoffen; der schwarze, jüdische Polizeichef ließ es jedenfalls nicht auf Gewaltausbrüche von seiten des BSS ankommen.

Die Polizeikräfte dienten als flexibler Puffer zwischen den beiden Gruppen, die sich in der Mitte der größten Wiese des Parks versammelt hatten. Die kleinere der beiden bestand aus Fußsoldaten und Sympathisanten des Bundes des Stolzen Südens, insgesamt vielleicht dreißig Gestalten, die sich um den Aussichtspunkt scharten. Eine handbeschriebene, zwischen zwei Bäume gespannte Fahne bekundete, daß diese Veranstaltung von der Reinheitsbrigade des BSS gesponsert sei. Eine gleichermaßen improvisierte Lautsprecheranlage summte und brummte im Hintergrund und gab jaulend Kunde von ihrer Unzulänglichkeit. Das Hakenkreuz, das ich an Colins Tür gesehen und in der Stimme auf den Bändern gehört hatte, trat hier nicht in Erscheinung, woraus man ersehen konnte, daß der BSS bei aller faschistischen Ausrichtung nicht ganz auf seinen Grips verzichtete.

Die BSS-Anhänger waren ihren Gegnern freilich zahlenmäßig nicht gewachsen. Die Mehrzahl der Teilnehmer setzte sich aus Neugierigen und Gegendemonstranten zusammen, in der Hauptsache junge Weiße und Schwarze mittleren Alters, hier und da verstärkt von einigen bärtigen und BH-abstinenten Linken, die die Kleidung und die Sprüche vergangener

Zeiten vorführten und dem Ganzen etwas zusätzliche Farbe verliehen. Die jungen Leute wirkten eher amüsiert als empört über die Vorgänge, die Schwarzen eher traurig als wütend; die Linken waren schon zufrieden, überhaupt wahrgenommen zu werden. Die Opposition hatte sowohl den Aussichtspunkt als auch die Rassenfanatiker umzingelt; die Polizei bildete die Traubenmarmelade zwischen den Schichten dieser schwankenden Torte.

Einige Minuten, nachdem ich eingetroffen war, machte sich jemand daran, die Lautsprecheranlage zu testen, woraufhin die Protestler »We shall overcome« zu singen anfingen, zum Teil allerdings ohne nähere Textkenntnis. Sorgfältig darauf bedacht, als neutraler Beobachter wahrgenommen zu werden, schlenderte ich durch die Menge.

Die BSS-Anhänger schienen hauptsächlich das zu sein, was man als »poor white trash« – armes weißes Gelump – bezeichnet: ungeliebt, ungebildet, ungesund und sichtbar unerwünscht von allen außer dem BSS. Die Frauen waren entweder unvorstellbar dick oder bestanden nur aus Haut und Knochen; die Männer waren meistens gebräunt und struppig, hatten schmale Augen und mißmutige Münder, die sich krampfhaft um Zigaretten preßten oder das dunkelbraune Blut des Kautabaks hervortropfen ließen. Die Kinder mit ihren Tarnkostümen und den winzigen Fahnen in den Händen bildeten den traurigsten Anblick – ihren Nachwuchs indoktrinieren, das können die Fanatiker noch am besten.

Sie wirkten wie Menschen vom Rande der Welt, denen die Mittel fehlen, ihre Situation zu verändern oder auch nur zu verstehen. Entfremdet und isoliert von allem, mit Ausnahme ihrer Hunde, ihrer Trucks und ihrer Waffen, müssen sie jene notorisch fröhlichen Familien, die man immer im Fernsehen sieht, sowie die Politiker, die diese alle vier Jahre umwerben, als Wesen von einem anderen Stern ansehen, wenn nicht sogar als ihre Todfeinde. Um so ironischer ist es, daß sich ihr

Zorn auf die einzige Gruppe der Nation richtet, die noch schlechter dran ist als sie selbst. Was da unterschwellig mitspielt, liegt deprimierend offen auf der Hand: So trübe ihr Leben auch sein mag, so sind sie doch wenigstens nicht schwarz.

Ich hielt mich am Rande der Menge und machte mich auf Angriffe von allen Seiten, einschließlich der Polizei, gefaßt. Nach einer Weile entdeckte ich Colin Hartman. Er wanderte durch die Reihen seiner Verbündeten und sammelte bei diesen unglückseligen Gestalten, damit auch die Rechnung bezahlt werden konnte. Als Klingelbeutel diente ein Nazihelm; der Button auf seinem Hemd forderte: DANKET GOTT FÜR AIDS; auf seiner schwarzen Armbinde stand in roten Buchstaben: N.G.O.K. Sein Kopf war kahlgeschoren, und seine Augen leuchteten wie eine Bierreklame – bestenfalls.

Als ich mich bei meiner zweiten Runde wieder dem Aussichtspunkt näherte, stand ich plötzlich neben der Person, der bei einer rassistischen Kundgebung zu begegnen ich am allerwenigsten erwartet hätte. Sie trug jetzt Hosen, eine Bluse und solide Schuhe, aber ihr Make-up und ihre Frisur ließen immer noch reinste Haute Couture erkennen.

»Ms. Hendersen«, sagte ich.

»Mr. Tanner. Was führt denn *Sie* auf eine solche Veranstaltung?«

»Ich wollte nur mal sehen, was seit *Birth of a Nation* aus dem Klan geworden ist. Und Sie?«

Sie runzelte die Stirn ob meiner frivolen Rede. »Meine Anwesenheit hängt nicht mit irgendwelchen Sympathien für die Sache zusammen, das kann ich Ihnen versichern.«

»Womit hängt sie denn dann zusammen?«

Ihr Instinkt wollte sich meiner Nachfrage widersetzen, doch die Vernunft sagte ihr, daß eine Erklärung wohl angebracht sei. Als diese erfolgte, gebrach es ihr vollständig an jenem fröhlichen Charme, den ich beim Lunch kennengelernt hatte. »Ich bin Strafverteidigerin, wie Sie ja wissen.« Sie betrachtete die Menge um uns mit Blicken, die Widerwillen auszudrücken schienen. »Es wird Sie kaum überraschen, wenn ich Ihnen sage, daß mehrere meiner Mandanten heute abend hier anwesend sind. Ich bin hier, falls sie mich brauchen.«

»Präventive Rechtshilfe. Das gefällt mir.«

»Sagen wir einfach, daß ich mich mit solchen Sachen wie polizeilicher Brutalität, Aufwiegelung oder Aufruhr sehr gut auskenne, und ich bin gewillt, meine Hilfe anzubieten, wenn sie benötigt wird.«

»Schmeckt ein bißchen nach Händelstiften, finden Sie nicht?«

Zum erstenmal ließ sie die Arroganz des fähigen Advokaten erkennen. »Ganz und gar nicht.«

Es sah schon ganz nach einem kleinen Zank aus, da ertönte ein schrilles Pfeifen aus den Lautsprechern, und ein junger Mann erklomm die Aussichtspunktbühne, griff zum Mikrophon, hantierte damit im Stile eines echten Schnulzensängers und setzte zu seinem Vortrag an.

Er war nach meiner Schätzung Mitte dreißig, ein ausgezehrter Asket in Armeeklamotten und Kampfstiefeln, sein Haar so kurzgeschoren wie bei den Kadetten, die ich erst vor ein paar Minuten gesehen hatte. Selbst auf die Entfernung sah ich in seinen Augen das Eis der echten Überzeugung blitzen. Er sah aus wie einer von den Typen, die lange nach dem College-Abschluß ihrer Jahrgangsgenossen immer noch auf dem Campus herumhängen, weil sie sich in ein intellektuelles Projekt verbissen haben, das Jenseits aller Vernunft liegt. Er war nicht mehr so jung, wie ich angenommen hatte, als ich seine Drohungen am Telefon hörte, aber nachdem er eine Weile gesprochen hatte, kam ich zu dem Schluß, daß er vielleicht schlauer war.

»White Power!« schrie er plötzlich, um sich und seine Botschaft vorzustellen, und er brachte damit beide Gruppen zum Schweigen.

Nach einem Moment der Erholung jubelte die eine Hälfte der Menge, und die andere Hälfte johlte; die Cops standen mit der Gelassenheit da, die eine gute Führung und ein gutes Training bewirken. Als ich mich umdrehte, um Jane Jeans Reaktion zu prüfen, war sie verschwunden.

»Diese Kundgebung ist eine Demonstration der Stärke und der Solidarität des Bundes des Stolzen Südens«, fuhr er fort; seine Stimme war angestrengt und eindringlich, sein Gesicht verzerrt von der Anstrengung, sich Gehör zu verschaffen trotz der widerspenstigen Elektronik und der Mißgunst seiner Gegner.

»Unsere Bewegung ist *nur für Weiße* – wir wollen keine Farbigen. Woher aber weiß man, ob man farbig ist oder nicht?« Bedford kostete seine rhetorischen Manöver aus. »Das ist ganz einfach. Wenn du nicht erröten kannst, dann hast du kein Gewissen. Wenn du kein Gewissen hast wenn sich *in deinem Gesicht kein Blut* zeigen kann – dann *bist du nicht weiß.*

Damit wir uns verstehen: Wenn du nicht weiß bist, dann ist diese Kundgebung nicht *für* dich, sondern sie ist *gegen* dich. Alles nichtweiße Pack sollte also lieber verschwinden und sich nicht um unsere Angelegenheiten kümmern, die darin bestehen, die Südliche Lebensart vor den Rassenverrätern zu retten, die sie zerstören wollen.«

In der Zuhörerschaft beugten sich zustimmende und ablehnende Zurufe den Regeln der Quantenphysik. Wellen aus Menschenleibern strömten in stummer Zielstrebigkeit aufeinander zu, um aber augenblicklich von den Polizisten zurückgestoßen zu werden, die ihre Helme geschlossen, ihre Knüppel erhoben und ihre Reihen gegen diesen Andrang geschlossen hatten.

Nachdem ihr Angriff verhindert worden war, begannen die Protestler, »America« zu singen. Die BSS-Leute parierten mit einem donnernden »White Power!« Beide Gruppen waren gleichermaßen auf den strahlenden Showmaster auf der Bühne ausgerichtet.

»Ich bin Forrest Bedford«, rief er, als der Gesang und die Sprechchöre langsam abebbten. »Ich bin Kommandant der Reinheitsbrigade und Erster Feldmarschall des Bundes des Stolzen Südens.

Ich bin *weiß.*

Ich bin *Christ.*

Ich bin *Patrtiot.*

Und ich bin *wütend.*

Warum bin ich wütend? Weil die Große Weiße Rasse von fremden, gottlosen Kräften angegriffen wird, die sich verschworen haben, sie zu zerstören. Ihr fragt: Wer ist dieser Feind? Der BSS wird es euch sagen.

Euer Feind ist der verräterische Politiker, der einen Ausverkauf der weißen Rasse betreibt, im Tausch gegen Bestechungen und Schmiergelder von den Investmentbankern in New York City.

Euer Feind ist der träge Nigger, dem die Intelligenz und die Disziplin fehlen, um irgend etwas anderes zu tun, als uneheliche Kinder zu zeugen und Fürsorgegelder aus den Taschen der hart arbeitenden Weißen zu ziehen, damit er seine Drogen und seine Entartung damit bezahlen kann.

Euer Feind ist der Zitronen-Nigger aus Asien, der das Genie des weißen Mannes stiehlt, um Autos und Videorekorder in Schlitzaugen-Sklavenarbeit zu bauen, damit er sich dann hinter seinen, aus dem Blut der Weißen errichteten Geldbergen verschanzen und uns beleidigen kann – vielleicht sollten wir mal wieder was Größeres über ihnen abwerfen, Leute, und zwar diesmal auf die Innenstadt von Tokio.

Euer Feind ist der Banker, der gottesfürchtige Weiße unter wucherischen Schuldenlasten begräbt, damit er euer Eigentum stehlen und damit die Zionistische Verschwörung zur Zerstörung unserer Rasse finanzieren kann.

Euer Feind ist der liberale Tölpel, der Militärbasen schließt, so daß Amerika hilflos den gottlosen ausländischen Teufeln gegenübersteht, während weißen christlichen Patrioten ihre Arbeit weggenommen wird. In diesem Augenblick, da wir hier stehen, trifft sich Gorbatschow mit den Rothschilds, Leute; und Jelzin kungelt mit der Trilateralen Kommission, während Tausende von russischen Juden in dieses Land strömen, die sich als Wissenschaftler und Kaufleute verkleiden, in Wirklichkeit aber zionistische Agenten sind, die unsere christliche Nation unterwerfen wollen.

Euer Feind ist der Rassenvermischer, der Babymörder, der Liberale, der Perverse, der Steuereintreiber, der Schuldenhändler, der Humanist, der Umweltschützer, die Feministin, der Pazifist. Euer Feind lauert überall, Leute: die Nigger wollen eure *Frauen*, die Juden wollen euren *Besitz*, die Schlitzaugen wollen eure *Jobs*, die Feministinnen wollen eure *Eier*, und die Kommunisten wollen euren *Gott*.

Wie können wir zurückschlagen? Wir kämpfen mit dem Schwert der Wahrheit. Wo finden wir die Wahrheit? Wir finden sie in der Heiligen Schrift. Die Bibel sagt uns, daß White Power Gottes Wille ist. Gott *will* keine Rassenvermischung, meine Damen und Herren; Gott ist *kein* Freund des Wuchers; Gott unterstützt die kommunistisch-zionistische Verschwörung *nicht*.

Wir wissen, daß Gott die Rassentrennung will, denn wir lesen es in der Apostelgeschichte: ›Und er hat gemacht, daß von *einem* Blut aller Menschen Geschlechter stammen, die auf dem ganzen Erdboden wohnen, und hat bestimmt, wie lange und wie weit sie wohnen sollen.‹

Wir wissen, daß Gott den Geldverleiher aus New York haßt, denn wir lesen es im fünften Buch Moses: ›Du sollst von deinem Bruder nicht Zinsen nehmen.‹

Wir wissen, daß der Homosexuelle Ihn anwidert, denn wir lesen es im dritten Buch Moses: ›Wenn jemand bei einem

Manne liegt wie bei einer Frau, so haben sie getan, was ein Greuel ist, und sollen beide des Todes sterben; Blutschuld lastet auf ihnen.‹

Wir wissen, daß der Feminismus von Übel ist, denn Paulus sagt es uns in dem Brief an die Epheser: ›Die Frauen seien untertan ihren Männern als dem Herrn. Denn der Mann ist des Weibes Haupt, gleichwie auch Christus das Haupt ist der Gemeinde.‹

Achtet das Wort des Herrn, unseres Allmächtigen Gottes.

»Was könnt ihr tun, um Gottes Gebote in Ehren zu halten? Wie könnt ihr die Südliche Lebensart retten? Nun, ihr könnt euch uns anschließen. Tragt unsere Farben. Rasiert euch den Kopf aus Trauer um eure Rasse. Beachtet die Weisung des Herrn in Psalm 149: ›Ihr Mund soll Gott erheben; sie sollen scharfe Schwerter in ihren Händen halten.‹

Die Reinheitsbrigade des Bundes des Stolzen Südens ist das Schwert des herrlichen Gottes. Mit Gottes Hilfe haben wir die Feinde des Südens entlarvt, und wir haben sie gewarnt. Wenn sie sich nicht ergeben, wenn sie fortfahren in ihrem bösen Tun, *werden wir sie vernichten.* Dann werden sie fallen, einer nach dem anderen. Schritt für Schritt wird sich der Süden erheben, und er wird seinen Platz wieder einnehmen an der Spitze der strahlenden weißen Reihen der Krieger des Sächsischen Israels, der legitimen Söhne Adams, der erwählten Diener des Herrn.

Erhebt euch mit dem BSS!

White Power!

Erhebt euch mit dem BSS!

White Power!

Erhebt euch mit dem BSS!

White Power!«

Bedfords Sprechchor wurde von den BSS-Anhängern rasch aufgenommen, freilich nur, um gleich darauf vom hymnischen Gesang der Gegendemonstranten übertönt zu werden.

Die Cops blieben mit sorgenvoll gefurchter Stirn in der Mitte stehen und hielten mit dem Wall ihrer Leiber die Antagonisten voneinander fern. Wenn in diesem Moment ein Marsbewohner auf die Erde gefallen wäre, hätte er annehmen müssen, daß das prachtvollste Exemplar der menschlichen Superrasse ein schwarzer Charlestoner Polizist mit einem Helm auf dem Kopf sei.

Ein paar Minuten später ließ Bedfords Stimme ebenso nach wie der Zorn der Menge. Die Gegendemonstranten begannen abzuwandern, befriedigt darüber, daß der BSS nicht gewalttätig werden würde, und zugleich enttäuscht darüber, daß die Kundgebung friedlich abgelaufen war, statt zu unbesonnenen Ausbrüchen zu führen, daß sie also, mit anderen Worten, in den Abendnachrichten nicht vorkommen würde. Der äußere Ring der Opposition verabschiedete sich mit verächtlichen Gesten; man gratulierte sich gegenseitig dazu, seine moralische Festigkeit öffentlich dargestellt zu haben, qualifizierte Bedfords Haufen als Gesindel, kehrte zu den Autos zurück und fuhr davon.

Auch die BSS-Anhänger hatten ihren Höhepunkt überschritten. Bedford schien es zu spüren, und er ging in die letzte Runde mit einem Spendenappell. Es war dies ein etwas lächerliches Begehren, denn was immer seine Herde ins Feld zu führen haben mochte – Geld war es bestimmt nicht. Als Colin Hartman eine erneute Runde in meiner Nähe machte, bekam er den Helm nicht mal zur Hälfte gefüllt.

Bedford schleuderte einen abschließenden Fluch wider die Feinde des Südens und bedachte seine Rasse mit einem abschließenden Lob, dann ließ er das Ganze mit dem Absingen von »Dixie« ausklingen. Als das Lied zu Ende war und der Jubel sich gelegt hatte, trat er unter dem Beifall seiner Brüder im Geiste von der Bühne. Anscheinend nahm er ihn als ihm gebührend hin, war aber doch irgendwie enttäuscht.

Während Bedford und seine Mannen sich an den Abbau der

Lautsprecheranlage machten, sah ich mich in der sich lichtenden Menge nach Jane Jean Hendersen um. Da ich sie nicht ausmachen konnte, schlenderte ich, immer noch erstaunt über ihre Anwesenheit, auf den mit Bedford vereinbarten Treffpunkt zu. Sie hatte behauptet, sie wäre dagewesen, um ihren rechtlichen Beistand bereitzuhalten. Aber wenn irgendwas Ungehöriges passiert wäre, dann wäre sie sicherlich dessen Zeugin geworden, was sie wiederum nach den mir wohlvertrauten Maßgaben der Rechtsethik für die juristische Vertretung eines Teilnehmers disqualifiziert hätte.

24

Die Stadionränge waren frisch gestrichen, der Rasen des Spielfelds saftig und akkurat gemäht, allerlei Fahnen hielten die Erinnerung an große sportliche Triumphe wach, und der Kampfname der Charleston Rainbows sprang einen geradezu an. Ich hörte den stillen Jubel der unsichtbaren Zuschauer und sah die nadelgestreiften Geister, die an mir vorbei zu ihrem Unterstand schritten, und meine Gedanken schweiften fort von meinem Dasein als Detektiv hin zu jenen Tagen, da ich First Baseman war.

Seth hatte recht – meine Verbannung von der Schule wegen des Diebstahls hatte mich wohl um eine Profi-Karriere gebracht. Bevor ich gehen mußte, hatte ich einen Trefferdurchschnitt von 0,412 gehabt, dazu ein Dutzend Homeruns, eine ganze Menge vollendete Runs, und auch beim Fangen brauchte ich mir von niemandem was vormachen zu lassen. Die Talentspäher standen auf der Matte, nicht nur meinetwegen, zugegeben, aber sie hatten mich auf ihrer Liste. Und dann war ich zehn Tage lang aus dem Verkehr gezogen, verlor meinen Schwung und mein Timing, mein Durchschnitt fiel zum Ende der Spielzeit hin auf 0,276, und ich war nur noch einer von vielen College-Spielern, die ihre sportliche Zukunft schon hinter sich haben. Aber wie bei allen Enttäuschungen dieser Art mußte ich mich letztlich fragen, ob es denn wirklich so schlimm war.

Ich wurde durch knirschende Schritte im Kies aus meinen Erinnerungen gerissen. Ich drehte mich um und erblickte die in Tarnkleidung gehüllte Gestalt Forrest Bedfords, die auf mich zustürmte wie ein Ausbilder auf seine nachlässige Truppe. Bedford platzte fast vor Selbstgefälligkeit; die Verehrung seiner Anhänger und der von ihm provozierte Zwischenfall hatten ihn dermaßen aufgeladen, daß er mit seinen Augen das nächste Flutlichtspiel der Rainbows hätte beleuchten und mit seinem schwungvollen Schritt eine Befestigungsmauer hätte niederrennen können.

Auf der Kinnspitze hatte er eine Narbe, was vermuten ließ, daß mindestens eines der Objekte seines Zorns Anstoß genommen hatte. Seine Hautfarbe ließ vermuten, daß er unter der Erde lebte. Sein Gang war steif und staksig, wenn auch die rollenden Schultern und die seitlich gewinkelten Ellbogen einen deutlichen Stolzierversuch zu erkennen gaben. Im Vergleich zu den Kadetten in der Palisade konnte Bedford nicht als kongenialer Preuße durchgehen.

Er schien weniger erfreut, mich zu sehen, als angesichts meiner in Aussicht gestellten Freigebigkeit zu erwarten gewesen wäre, daher versuchte ich mich ein wenig einzuschmeicheln. »Selbst auch mal gespielt, Mr. Bedford?« fragte ich mit Blick auf das hinter mir liegende Stadion.

Bedford ließ sich darauf nicht ein. »Ich habe das Spielen aufgegeben, seit ich mit fünfzehn *Keiner mag es Verschwörung nennen* las. Waren Sie auf der Kundgebung?«

Ich tauchte in meine Rolle ein, bevor ich nickte. »Leider war Ihre Rhetorik eindrucksvoller als Ihre Zuhörerschaft.«

»Nicht so groß wie in Denver?«

»Nicht annähernd.«

»Das kommt noch.«

»Da bin ich sicher; Sie haben ein Talent zum Reden, Mr. Bedford.«

»Ich bin nichts anderes als ein Werkzeug Gottes, Mr. Tanner.«

Wie wir einander so im Lichte der untergehenden Sonne musterten, faßten wir beide den Entschluß, zur Sache zu kommen. »Sie haben sich weniger über die Schwarzen hergemacht, als ich erwartet hatte«, sagte ich.

»Es wird Zeit, daß wir im Süden uns den Tatsachen stellen:

Die Nigger sind nicht das Problem. Das waren sie noch nie. Wohl ist es wahr, daß sie von Mutanten des Teufels abstammen – das ist im Buch Enoch ausgeführt, wie Sie vermutlich wissen –, und sie können ihre niederen Instinkte genauso wenig beherrschen, wie sie Raketen bauen können. Können Sie sich Nigeria mit einem Weltraum-Programm vorstellen? Ach, du lieber Himmel! Es sind die Kanaaniten, die das weiße Amerika zerstören. Die Prä-Adamiten müssen aufgehalten werden, alle miteinander.«

Bedfords Sophistik faszinierte mich. »Wer ist denn Enoch?« fragte ich ihn.

Sein Blick war geeignet, mich ins Fegefeuer für Agnostiker zu befördern. »Ich habe schon befürchtet, daß Sie es nicht wissen; Sie machen auf mich nicht den Eindruck eines religiösen Menschen.«

»Sagen wir's so: Ich beziehe meine Inspiration aus handfesteren Quellen.«

Bedford zog es vor, mein Bezugssystem nicht näher zu untersuchen, wahrscheinlich aus Angst, daß es ihn vor ein moralisches Dilemma stellen würde: Allen Anzeichen der vergangenen paar Jahre zum Trotz mochte Gott ja vielleicht doch nicht auf der Seite der Habgier stehen.

»Das Buch Enoch ist eine der Schriften, die von den Juden auf dem Konzil von Nikäa unterdrückt worden sind«, verkündete er, »damals, als der Text der Bibel festgelegt wurde. Die Bücher der sogenannten Apokryphen – vor allem Enoch, Esra und Abraham – bilden die Grundlage für die Mission des Bundes des Stolzen Südens. Das sind die Stellen, in denen Gottes Plan der Rassentrennung am deutlichsten zum Ausdruck kommt, die Seinen Segen für das weiße Amerika am deutlichsten enthüllen.«

Hocherfreut, im Besitz einer Wahrheit zu sein, in die ich nicht eingeweiht war, redete Bedford sich in Hitze: »Aber Sie brauchen gar nicht die Apokryphen zu bemühen, um Gottes

Absichten kennenzulernen. Lesen Sie das Fünfte Buch Moses. Lesen Sie den Propheten Daniel. Lesen Sie das Evangelium des Johannes, Kapitel acht, wo Jesus bestätigt, daß die Kanaaniten vom Teufel abstammen: ›Ihr habt den Teufel zum Vater, und nach eures Vaters Gelüste wollt ihr tun‹, sagt er zu ihnen. Das sind Seine Worte, Mr. Tanner. Es ist sinnlos, sie zu verleugnen.«

Ich hielt dieser seiner Botschaft eine von mir selbstgemachte entgegen: »Ich bin weniger an Worten interessiert als an Taten, Mr. Bedford.«

Bedford setzte einen cleveren Gesichtsausdruck auf. »Sie sollten den Bund nicht mit anspruchsloseren Bewegungen in einen Topf werfen, Mr. Tanner. Wir sind keine Haßgruppe. Wir sind nicht wie die Skinheads oder der alte Klan, die die Leute aus Angst und Neid terrorisieren, denn wir besitzen keine anderen Ressourcen, die uns aufrechterhalten, als nur unsere Rasse. Der BSS gründet sich auf Wissen, nicht auf Angst.«

»Was für Wissen?«

»Das Wissen der Heiligen Schriften natürlich. Es ist Gottes Wille, daß Amerika die Burg des weißen Mannes bleibe. Aber der Teufel hat zuviel Einfluß bei uns bekommen, daher ist Gottes Plan gefährdet. Der BSS bildet die letzte Verteidigungslinie gegen die Protokolle.«

»Die was?«

»*Die Protokolle der Weisen von Zion.* Jeder weiße Amerikaner sollte davon wissen.«

»Worum geht es denn da?«

Bedford warf sich in die Brust, als wolle er irgendwelche imaginären Angriffe an sich abprallen lassen. »Der Entwurf für die kanaanitische Beherrschung der Welt, die Verschwörung, die der Großen Weißen Rasse seit hundert Jahren zusetzt.«

Seine Worte waren so melodramatisch wie das Blitzen seiner Augen und das energische Vorwölben seines Kinns. »Erzählen Sie«, sagte ich, wenn auch nicht ohne Widerwillen.

Bedford war mindestens so gut präpariert wie die Avon-Frau. »Die Protokolle wurden im Jahre 1897 von den vereinten kanaanitischen Kräften des jüdischen Hohen Rats, des Sanhedrin, und des Freimaurerordens niedergelegt. Jedes einzelne Protokoll bildet ein eigenes Element in dem Komplott, die Welt und ihre Reichtümer fremden Händen auszuliefern.«

»Wie denn zum Beispiel?«

Bedford konnte die Liste so flüssig aufsagen wie ich früher meinen Pfadfindereid. »Agitation für Minderheitenrechte, um die Macht der weißen Mehrheit zu unterminieren; Schaffung von Monopolgesellschaften, um die wirtschaftliche Macht in die Hände des Teufels zu legen; kanaanitische Beherrschung der Medien; Ablenkung und Ruhigstellung der weißen Bevölkerung durch Sport und andere Vergnügungen, damit sie ihren Niedergang nicht bemerkt; Verbot von Schöpfungswissenschaft und Christlicher Rassengeschichte als Lehrstoff an den Schulen; Raub des weißen Reichtums durch illegale Einkommenssteuern und wucherische Leitzinssätze.«

Er hielt inne, um Atem zu schöpfen und sicherzustellen, daß ich ihm noch folgen konnte. »Sie treiben es seit einem Jahrhundert – selbst Hitler konnte sie nicht aufhalten. Sicherlich wissen auch Sie genug über weiße amerikanische Geschichte, um zu erkennen, daß sie im Begriff sind, ihr Ziel zu erreichen.« Bedfords Stimme war jetzt ein manisches Keuchen. »Einige sagen, daß es bereits zu spät sei; daß die Protokolle schon zu lange existierten; daß Satan ohne Zweifel triumphieren werde. Aber Gott wird sich den Schlächtern seines Sohnes niemals ergeben. Wir vom BSS geben unser Leben, um sie zu besiegen.«

»Was hat es mit dieser präadamitischen Geschichte auf sich?«

Er quittierte meine Ignoranz mit Naserümpfen. »Lesen Sie die Schöpfungsgeschichte, Mr. Tanner; lesen Sie sie sorgfältig. Im ersten Kapitel schafft Gott einen Mann und eine Frau nach seinem Bilde. Im zweiten Kapitel schafft Er Adam und Eva. Gott hat zwei Rassen geschaffen, nicht nur eine.«

»Angenommen, Sie hätten recht; was würde das beweisen?«

»Es ist eine Sache der Genetik. Die Bibel sagt, daß Satan Eva vergewaltigte und sie daraufhin Kain gebar. Kain paarte sich sodann mit den Kindern des präadamitischen Paares und begründete das Geschlecht der Kanaaniten-Juden und Nigger und Schlitzaugen. Die Söhne und Töchter Luzifers, Mr. Tanner – *Homo bestialis.*«

»Was war mit Adam?«

»Nachdem sie von Satan vergewaltigt worden war, weihte Eva Adam in den Sex ein. Adam und Eva zeugten Abel, und Abel wurde der Ahnherr der Israeliten, des Urquells der Großen Weißen Rasse.«

»Ich dachte, die Israeliten seien Semiten.«

Bedford schüttelte den Kopf. »Das ist natürlich ein entscheidender Bestandteil der Verschwörung: der Welt weiszumachen, daß die Juden das auserwählte Volk Gottes seien. Aber der wahre Verlauf der Rassengeschichte ist im Buch Esra, Kapitel II, festgehalten; dort wird die Wanderung der verlorenen Stämme Israels über den Kaukasus nach Nordeuropa beschrieben. Aus den Israeliten wurden Kaukasier, Mr. Tanner, das ist historisch bewiesen. Aus dem Stamm des Ephraim wurde Großbritannien, aus dem Stamm des Judah wurde Deutschland, und so weiter. Sie und ich, wir sind ihre Nachkommen; die angelsächsisch-nordischen und verwandte Stämme sind das wahre von Gott erwählte Volk, die Krieger des Sächsischen Israel.«

»Das ist gut zu wissen«, sagte ich und hoffte, daß es nicht ironisch klang.

Aber Bedford war nicht mehr zu halten: »›Adam‹ bedeutet Blut im Gesicht zeigen; rot werden‹. Die weiße Rasse ist die einzige, die errötet, Mr. Tanner. Adam ist unser Vater, und Amerika ist die einzig wahre Heimat der dreizehn Stämme Israels. Sehen Sie sich um, Mr. Tanner. *Dies ist das Heilige Land.*«

»Woher wissen Sie, daß es nicht Japan ist? Oder Deutschland? Oder warum nicht Pago Pago?«

»Japan oder Pago Pago sind es nicht, weil sie keine Kaukasier sind und nicht von den Israeliten abstammen. Und Deutschland ist es wegen der Zeichen nicht.«

»Was für Zeichen?«

Bedford spulte seinen Jargon mit monotoner Unablässigkeit ab: »Sie wissen vielleicht noch aus dem Alten Testament, daß Gott den Israeliten eine Reihe von Versprechen gegeben hat, Gaben, die Er ihnen übertragen wollte, solange sie den Bund aufrechterhielten. Wenn wir uns die jüngere Geschichte genauer anschauen, dann sehen wir, daß jedes einzelne dieser Versprechen erfüllt worden ist; nicht für Israel oder Deutschland oder Japan oder Pago Pago, sondern für die Vereinigten Staaten von Amerika.«

»Nennen Sie mir ein Beispiel.«

Bedford schüttelte den Kopf. »Es gibt mindestens hundert Verheißungen; wir haben keine Zeit, das alles aufzurollen.«

»Nur ein paar.«

Er zuckte die Schultern. »Es wurde verheißen, daß Israel seine wahre Identität aus den Augen verlieren würde; daß es seinen Namen ändern würde; daß es Kolonien in der ganzen Welt haben würde; daß es die größte Militärmacht auf Erden werden würde. Es ist klar, daß die anderen Nationen zwar ein paar der Verheißungen verwirklicht haben, aber allein diese Nation hat sie alle erfüllt.«

Ich wurde dieser ganzen Pseudo-Theologie überdrüssig, und so versuchte ich, Bedford auf ein Gebiet zu locken, das vielleicht ergiebiger sein würde. »Das kommt mir alles reichlich abstrakt vor. Ich stütze meine Politik doch lieber auf produktivere Dinge als Rhetorik.«

Die Herablassung in seinem Lächeln war eines Olympiers würdig. »Die Beweise sind da, man muß sie nur zur Kenntnis nehmen. Sie wissen selbstverständlich, daß es ursprünglich dreizehn Stämme in Israel gegeben hat und ursprünglich dreizehn Kolonien in Amerika.«

»Das ist ein bißchen weit hergeholt, oder?«

»Dann denken Sie mal über das Design des Großsiegels nach.«

»Ja, und?«

»Die Worte ›American Eagle‹ haben dreizehn Buchstaben. Genauso wie ›*E Pluribus Unum*‹. Der Olivenzweig, den der Adler trägt, hat dreizehn Blätter; mit der anderen Klaue hat er dreizehn Pfeile gepackt. Die Nationalflagge auf seiner Brust hat dreizehn Streifen, und die Haube über seinem Kopf trägt dreizehn Sterne. Die Pyramide auf der Rückseite des Siegels besteht aus dreizehn Steinschichten.«

Meine Ungläubigkeit brachte Bedford auf die Palme. »Wollen Sie das als Zufall bezeichnen? Als glückliches Zusammentreffen? Aberglauben? Dann können Sie mir vielleicht erklären, warum ›July the Fourth‹ ebenfalls dreizehn Buchstaben hat. Oder warum die Flagge der Konföderierten dreizehn Sterne trägt, obwohl nur elf Staaten zur Konföderation gehörten. Fort Sumter wurde am dreizehnten Tag beschossen, Mr. Tanner. Sie können doch solche Beweise nicht ignorieren.«

Während Bedford zwischenzeitlich Atem schöpfte, suchte ich nach einer Möglichkeit, ihn in eine andere Richtung zu steuern, nämlich dorthin, wo ich seinen Führer finden könnte. Aber ehe ich mir etwas Gescheites ausdenken konnte, legte er schon wieder los.

»Ich sehe schon, es reicht Ihnen immer noch nicht. Dann denken Sie doch mal an den Großen Krieg, *das* Ereignis, das mehr als alle anderen die amerikanische Vorherrschaft über die Welt ein für allemal besiegelt hat.«

»Das ist jetzt der Erste Weltkrieg, von dem Sie sprechen, ja?«

»Natürlich.«

»Und was ist damit?«

»Das Expeditionskorps, das ausgeschickt wurde, um der Demokratie zum Sieg zu verhelfen, segelte auf dreizehn Schiffen, brauchte dreizehn Tage für die Überfahrt und führte seinen ersten größeren Einsatz an einem Freitag den dreizehnten. Der Name des Kommandeurs, General John J. Pershing, bestand aus dreizehn Buchstaben. Auch Sie werden erkennen, daß hier kein chaotischer Zufall waltet, Mr. Tanner, sondern Gottes Wille, der sich in Seinem Volk ausdrückt.«

Ich wartete, bis er sich aus dem Bann seiner Doktrin gelöst hatte und seine Aufmerksamkeit mir zuwandte, dann versuchte ich, ihn durch Provokation zu einer Indiskretion zu verleiten. »Das klingt ja, als würden Sie diesen ganzen Scheiß wirklich glauben«, sagte ich milde.

Bedford blinzelte. »Das tu ich.«

»Dann haben wir ein Problem, würde ich sagen.«

»Warum?«

»Nach meiner Erfahrung mögen Fanatiker lieber reden als kämpfen. Sie legen zuviel Wert auf Indoktrination und zuwenig auf Agitation. Wenn es darum geht, durchschlagende Aktionen zu organisieren, kommen sie nicht in die Gänge, weil sie zu sehr mit ihrem Geschwätz beschäftigt sind. Ich kann weder mein Geld noch meine Zeit für eine hoffnungslose Sache verschwenden, Mr. Bedford. Selbst wenn sie Gottes Willen entspricht.«

Bedford hatte zu kämpfen, um seine Ruhe zu bewahren. »Ich versichere Ihnen, daß unsere Sache nicht aussichtslos ist. Ganz im Gegenteil. Nun denn. Darf ich um die Gelder bitten, die wir vereinbart hatten?«

Ich steckte meine Hände in die Hosentaschen. »Noch nicht.«

»Warum nicht?«

»Diese Religionskiste stört mich. Daraus spricht eine gewisse Naivität, die politischem Handeln nicht gerade förderlich ist.«

»Ich versichere Ihnen, daß Sie sich täuschen.«

»Mag sein. Aber bevor ich einen Scheck ausschreibe, muß ich mehr über Ihre Gruppe wissen und darüber, wie sie arbeitet. Ich muß mich davon überzeugen, daß hier jemand das Kommando hat, der etwas von Einsatzeffektivität versteht.«

Bedford, bei dem die Vernunft jetzt die Oberhand über das Phrasengedresche gewonnen hatte, verschränkte die Arme und blickte zur Seite. »Außerhalb der Brigade werden taktische Fragen nicht erörtert.«

»Wenn ich eine Operation finanziell unterstütze, dann habe ich auch das Recht zu wissen, worauf ich mich einlasse. Werden Sie weiterhin in der Öffentlichkeit agieren oder eher undercover? Wie viele Soldaten gehören zu Ihrer Brigade? Wer hat Sie bisher finanziert und in welcher Größenordnung? Sind Sie auch auf Drecksarbeit eingestellt – werden bestimmte Personen dran glauben müssen? Wenn ja, wer?«

Bedford schüttelte den Kopf. »Die Namen von Spendern werden nicht bekanntgegeben. Das ist sicher auch in Ihrem Sinne, da Ihnen ja ebenfalls an Anonymität gelegen ist.«

»Trotzdem würde ich gerne wissen, mit was für Leuten ich mich zusammentue.«

»Mit weißen christlichen Patrioten wie Ihnen.«

»Das ist genauso verschwommen wie Ihre gesamte Weltanschauung.«

»Wenn der BSS zur Tat schreitet, ist das alles andere als verschwommen«, erklärte Bedford störrisch; seine glühende Rede hatte sich in ein düsteres Raunen verwandelt.

»Nennen Sie mir ein Beispiel für erfolgreiches taktisches Vorgehen.«

Bedford schüttelte den Kopf. »Ich darf die Sicherheit nicht aufs Spiel setzen.«

»Sie haben doch vermutlich eine *neue* Operation in Planung. Erzählen Sie mir *davon.*«

»Wie ich schon sagte: Außerhalb der Brigade sprechen wir nicht über taktische Fragen.«

»Von Ihrer Rede war ich recht beeindruckt, Mr. Bedford – mit der Rassenkunde kennen Sie sich wirklich gut aus. Aber ich will nicht die Katze im Sack kaufen. Außerdem bezweifle ich doch, daß Sie die treibende Kraft des Ganzen sind. Nichts für ungut, aber Sie sind nur der Feldmarschall. Ich brauche den General.«

»Den gibt es nicht.«

Ich schüttelte den Kopf. »Das kaufe ich Ihnen nicht ab. Da ist jemand, der die Fäden zieht und das Drehbuch schreibt. Wer ist es, Bedford? Ich will ihn kennenlernen, bevor ich zehntausend von meinen schwerverdienten Dollars herausrücke.«

Bedford verschränkte die Arme. »Und wenn nicht?«

»Dann schicke ich die zehn Riesen nach Denver.«

Etwas veranlaßte Bedford, sich umzudrehen und Richtung Park zu schauen. Ich folgte seinem Blick, in der Hoffnung, daß ich nicht etwa Seth Hartman hinter einem Busch lauern sähe, bereit, im Notfall rettend einzugreifen. Aber was ich zu sehen kriegte, war nur der Lieferwagen, in den die Hilfstruppen nach dem Ende der Kundgebung die Lautsprecheranlage gepackt hatten. Der Wagen, der in denselben Tarnfarben bemalt war, die Bedford am Leibe trug, und an dessen Seite in roten Buchstaben die BSS-Aufschrift prangte, bewegte sich mit der Geschwindigkeit und Anmut eines Sherman-Panzers auf uns zu.

»Wir müssen einen kleinen Ausflug machen«, sagte Bedford steif.

Ich schüttelte den Kopf. »Richten Sie Ihrem Boss aus, daß er sich morgen mit mir in Verbindung setzen soll. Nach Einbruch der Dunkelheit mache ich keine Geschäfte mehr.«

Bedford langte in seine Jacke und zog eine Walther P-38 hervor, die er auf meine Brust richtete. »Wie schade«, sagte er. »Ich frage mich nämlich langsam, was für Geschäfte Sie eigentlich betreiben.«

25

Der Lieferwagen wendete auf dem Parkplatz und kam, die Hintertüren uns zugewandt, zum Stehen. Bedford fuchtelte mit seiner Walther und wies mich an, hinten einzusteigen. Ich fragte ihn, wo es hingehen solle.

»Wo wir ungestört sind«, sagte er.

Ich schaute auf den inzwischen menschenleeren Park. »Mir kommt es hier ziemlich ungestört vor.«

»Jemand mit einem Richtmikrophon könnte hier aus einem Kilometer Distanz jedes Wort von mir aufzeichnen.«

»Warum denn so paranoid, Mr. Bedford?«

Bedfords Augen verschanzten sich hinter zugekniffenen, durchsichtigen Lidern. »Wer die Wahrheit über die Rassenverräter des Zionistischen Besatzungsregimes sagt, der macht sich Feinde in den höchsten Kreisen. Der BSS wird nicht so enden wie der Klan, unterwandert von ganzen Legionen von ZBR-Agenten, nur weil er seine Mitglieder nicht genau genug überprüft hat.«

»Sie glauben also, ich sei ein FBI-Mann.«

»Sind Sie's denn nicht?« Bedford lächelte verschlagen.

»Nein.«

»Kann schon sein, aber ein christlicher Patriot sind Sie auch nicht. Ich weiß nicht, was Sie sind. Aber ich werde es bald herausfinden.«

»Das hört sich fast so an, als wollten Sie mein Geld gar nicht, Mr. Bedford.«

»Wir haben bisher kein Geld zu sehen gekriegt, oder? Alles was wir gekriegt haben, war Gerede. Und Reden hat hier im Süden noch nie was gekostet.«

Bedford zeigte mit seiner Pistole auf den Lieferwagen, ich kletterte wortlos hinein, und er schlug die Tür hinter mir zu.

Ich konnte eher spüren als hören, wie er vorne auf der Beifahrerseite einstieg – die Wand zwischen mir und der Fahrerkabine sowie das Rumpeln des Auspuffs von unten verhinderten, daß ich hören konnte, was er zu dem Fahrer sagte. Mit knallender Kupplung und durchdrehenden Rädern schossen wir dem Ort entgegen, an dem wir ungestört sein würden.

Ich prüfte den Innenriegel der Hintertür, aber er war verschlossen. Ich verschaffte mir etwas Platz zwischen den Autowerkzeugen und der Lautsprecheranlage und versuchte, nicht daran zu denken, was mir bevorstehen mochte. Ich entdeckte ein Buch, das in einer Kiste auf dem Boden lag, und hob es auf. Der Titel lautete *Das Rassenproblem aus biologischer Sicht.* Es war mit Unterstreichungen und Anmerkungen versehen, und Bedfords Name war auf die Titelseite gekritzelt. Ich steckte es ein.

Ich hatte das Gefühl, als würde die Fahrt ungefähr eine Stunde dauern, obwohl sie vermutlich kaum halb so lang war. Es drangen genügend Abgasdämpfe zu mir ins Innere, daß ich mich fragen mußte, ob ich dieses Erlebnis wohl überleben würde. An einem bestimmten Punkt der Fahrt registrierte ich ein regelmäßiges Anschlagen der Räder, woraus ich schloß, daß wir eine Brücke überquerten; ein anderes Mal ließ der Gestank in der Luft mich glauben, daß wir auf einem Krabbenkutter verabredet seien; bei einer dritten Gelegenheit kamen wir zum Stehen, und Bedford stieg aus, kehrte aber nach ein paar Minuten zurück, woraufhin wir die Fahrt fortsetzten; wahrscheinlich eine Pinkelpause.

Als ich gerade zu der Ansicht gelangt war, daß wir uns auf halbem Wege nach Atlanta befänden, nahm unsere Ausfahrt ein Ende. Vorne gab es eine undeutliche Unterhaltung, dann wurden die Türen der Fahrerkabine geöffnet und zugeschlagen. Gleich darauf öffnete sich die hintere Tür, und Bedford kam zu mir hereingestiegen. Ich versuchte, an ihm vorbei nach draußen zu spähen, um mir eine Vorstellung davon zu machen, wo wir waren, aber ich sah nichts als Dunkelheit.

»Drehen Sie sich um«, befahl Bedford, der wieder die Walther in der Hand hielt. Ich tat wie geheißen. Im nächsten Moment legte er ein Tuch um meine Augen und zog es so fest an, wie er konnte – ich war blind wie eine Fledermaus. Bedford packte meinen Arm und zog mich vorwärts. Ich trat stolpernd ein paar Schritte vor, und dann war plötzlich nichts mehr da, auf das ich treten konnte – ich stürzte aus dem Wagen und landete, von Bedfords Gelächter begleitet, auf der Erde.

Mit pochender Schulter und schmerzendem Knie rappelte ich mich wieder auf und wartete auf weitere Anweisungen. Zerrend und stoßend dirigierte Bedford mich erst über eine asphaltierte Straße, dann auf eine Rasenfläche und schließlich über einen Betonstreifen. So jedenfalls fühlte es sich unter meinen Schuhen an – sehen konnte ich nicht die Bohne.

Als wir das Betonstück überquert hatten, wurde ich angehalten und aufgefordert, meine Hände auszustrecken, eine Leiter zu ergreifen und sie hochzuklettern. Ich tastete mich an den Sprossen entlang, die sich metallen, rostig und instabil anfühlten. Von Zeit zu Zeit stieß Bedford mich in den Rücken, um mich anzutreiben. Alles, was ich ausmachen konnte, war, daß ich mich im Freien und in der Nähe des Meeres befand. Vielleicht auf einer Baustelle. Oder einem Boot. Oder vielleicht war ich auch wieder auf dem Sportplatz und stieg zu einem Sitz auf der Pressetribüne empor, in Erwartung eines Doubleheaders unter Flutlicht.

Als ich das Ende der Leiter erreichte, trat ich meinem Gefühl nach erneut auf Beton. Ich schickte mich an, loszumarschieren, aber Bedford packte mich an der Schulter, drehte mich herum und stieß mich in eine andere Richtung. Nach ein paar weiteren Schritten hörte ich das nervtötende Knirschen von Walzblech, das über Zement geschleift wird: die Tür zu einer Gruft oder der Deckel eines Zinnsargs. Bedford stieß mich wieder vorwärts, diesmal mit dem Pistolenlauf, um mich dann aber nach nur zwei Schritten anzuhalten.

»Hier, das wird reichen.« Er drehte mich um, dann gab er mir erneut einen Stoß. Ich taumelte rückwärts, bis ich an etwas anstieß, das hart genug war, mir wehzutun. Ich rieb mir den Kopf und beschimpfte ihn. Sein Lachen schwebte in der unbewegten Luft, so als seien wir in einem Verlies gelandet.

Jemand parkte ein Auto in der Nähe, stellte den Motor ab und wartete. Anderen, noch näheren Geräuschen entnahm ich, daß sich neben Bedford und mir noch eine dritte Person auf dem Grundstück befand. Dem Geruch nach zu urteilen, handelte es sich eher um eine Fabrik- als um eine Wohngegend, aber sicher war ich mir in keiner Weise.

»Was ist los, Bedford?« fragte ich, als ich alles wußte, was man durch Stillsein erfahren kann. »Wozu die harte Tour?«

»Einer meiner Leutnants hat Zweifel an Ihrer Glaubwürdigkeit angemeldet«, erwiderte Bedford leutselig.

»Wer?«

»Namen tun nichts zur Sache. Es soll Ihnen genügen zu wissen, daß er ein vertrauenswürdiger Soldat der Brigade ist.« Im Gegensatz zu seiner vorherigen Prahlerei im Park war Bedfords Stimme jetzt selbstbewußt und moduliert. Irgend etwas oder jemand hatte das Drehbuch verändert und wahrscheinlich meine Tarnung aufgedeckt.

Ich fing an zu schwitzen; es schien in diesem Raum nicht genügend Luft für meine Lungen zu geben. »Also was ist jetzt?« fragte ich. »Braucht ihr ganz plötzlich kein Geld mehr?«

»Mein Leutnant wird das mit Ihnen besprechen. Und damit Sie sehen, daß ich in keiner Richtung voreingenommen bin, werde ich euch beide alleine lassen. Wenn er die Befragung abgeschlossen hat, werden Sie entweder getötet, oder Ihr Beitrag wird als großzügige Spende an den BSS angenommen.«

Eine geflüsterte Unterredung irgendwo vor mir wurde gefolgt von dem Knirschen von Stiefeln auf Beton und Schritten, die sich eine Treppe hinunter entfernten – Bedfords Abgang.

Wie in vielen Gefahrensituationen, in denen ich mich befunden hatte, war auch hier das einzige, was ich tun konnte, abzuwarten und zu hoffen. In erster Linie hoffte ich, daß das Auto, das ich in der Nähe halten gehört hatte, Seth Hartman gehörte und daß er sich als mein Retter erweisen würde, falls ich einen brauchen sollte. Aber schon im nächsten Moment wurde diese Hoffnung zerschlagen. Eine Autotür wurde zugeschlagen, ein Motor sprang an, und ein Fahrzeug brauste davon – Bedford und ein Gehilfe machten sich auf die Socken.

Ich hob die Hand, um mich an der Nase zu kratzen.

»Keine Bewegung«, befahl eine zittrige Stimme, deren gezwungene Verwegenheit ich von den Bändern wiedererkannte.

»Ich hab Nasenjucken.«

»Mir egal, was Sie haben. Stehen Sie still, sonst lege ich Sie um.«

»Wo liegt dein Problem, Kollege?«

»Sie sind mein Problem. Erstens, wer sind Sie?«

»Tanner lautet der Name.«

»Beweisen Sie's.«

»Das kann ich nicht, ohne mich zu bewegen.«

Er dachte darüber nach. »Okay. Aber keine Tricks.«

Ich kramte meine Brieftasche hervor und hielt sie ihm hin, aber ohne die Extramappe, die meinen Detektivausweis enthielt. Etwas verspätet kam mir der Gedanke, daß der Zweck der ganzen Übung ja schlicht darin bestehen mochte, mich auszurauben.

Ich ließ meine Hand weiter in der Luft schweben, nachdem der Leutnant mir die Brieftasche abgenommen hatte, und einen Moment später gab er sie auch zurück. Sie erschien mir noch genauso schwer wie vorher, aber Geld wiegt ja nicht viel.

»Sie sollten doch aus Denver kommen«, beschwerte sich die Stimme quengelnd.

»Stimmt.«

»Hier steht San Francisco.«

»Nach meiner Erfahrung ist es nicht unbedingt ratsam, korrekte Papiere mit sich zu führen.«

»Was machen Sie?«

»Beruflich?«

»Ja.«

»Ich investiere.«

»In was?«

»In ein weißes Amerika.«

Er zögerte. »Bedford glaubt, daß Sie ein Bulle sind.«

»Wo liegt sein Problem? Hab ich nicht den richtigen Akzent oder was?«

Mein Gegenüber wurde etwas ungehalten. »Wir haben keine Probleme. *Sie* haben ein Problem.«

»Abgesehen davon, daß ich nichts sehen kann und mich mit einem Schwachkopf unterhalten muß, wüßte ich nicht, wieso.«

»Ich werd Ihnen zeigen, wer der Schwachkopf ist.« Er schlug mir, vermutlich mit der Faust, in den Magen.

Ich krümmte mich, schnappte nach Luft und kämpfte gegen die Übelkeit an. Als ich soweit war, mich wieder aufzurichten, wurde ich mit einem von Herzen kommenden Vorwurf konfrontiert.

»Ich weiß sowieso, daß Sie ein Spion sind«, verkündete die Stimme mit frischer Zuversicht. »Sie arbeiten für den Rassenverräter Seth Hartman.«

Da ich in der Richtung, die wir eingeschlagen hatten, keinen Ausweg aus meiner Zwangslage erblicken konnte, entschloß ich mich, ein bißchen Wahrheit ins Spiel zu bringen. »Zugegeben, Seth ist mein Freund. Aber er ist auch dein Freund.«

Seine Stimme erhob sich in einem Schwall von Panik. »Ich weiß nicht, wovon Sie sprechen.«

»Ich spreche von dir und deinem Daddy. Das hier ist doch lächerlich, Colin. Wir wissen beide, daß du kein Killer bist. Ich werde jetzt diese Augenbinde abnehmen, damit wir uns wie Gentlemen unterhalten können.«

Er antwortete mit dem Klappern einer Waffe. »Ich erledige Sie, wenn Sie das tun.«

»Nein, noch kannst du es dir nicht erlauben, mich umzubringen.«

»Warum nicht?«

Es war, als würde man jemandem Unterricht im Grabschaufeln geben. »Du könntest zehntausend Eier in den Wind schreiben, und das würde dem Feldmarschall gar nicht gefallen.«

Bevor er eine Gegenrede formulieren konnte, griff ich nach meiner Augenbinde, streifte sie ab und sah blinzelnd in die unsteten Augen von Colin Hartman. Daß dieser kahlgeschorene Soldat im ausgebeulten Drillinganzug und mit Stiefeln in Clownsgröße der Sprößling des liebenswürdigen Seth Hartman sein sollte, das schien mir ein bemerkenswert schriller Widerspruch zu sein. Sicherlich war es noch schriller für Colin, damit leben zu müssen.

Durch das Entfernen der Augenbinde hatte ich die Initiative übernommen, und Colin wußte nicht recht, was er jetzt tun sollte. Ich machte mir seine Unsicherheit zunutze und versuchte inzwischen herauszufinden, wo wir eigentlich waren.

Es schien so eine Art aufgegebene Lagerhalle zu sein: Die Wände waren von Graffiti übersät; der Fußboden und die niedrige Decke waren aus rohem, mit Müll und Spinnweben bedecktem Zement. Eine schmale Tür befand sich an einem Ende des Raums, aber es gab, von einem Schlitz in meinem Rücken abgesehen, keine Fensteröffnungen in den Wänden.

Ich hatte irgendwie das Gefühl, schon mal hier gewesen zu sein, aber das konnte nun wirklich nicht sein.

Plötzlich wußte ich, was es war. Ich war in einem Bunker, aus Eisenbeton gebaut, in Schanzwerk eingebettet, zum Meer ausgerichtet; er diente dazu, Invasionen abzuwehren, genauso wie die anderen, die ich an Orten gesehen hatte, wo man sich überseeischen Feinden ausgesetzt fühlte, wie zum Beispiel das Presidio in San Francisco oder Fort Worden in der Nähe von Seattle, welche Anlagen aufwiesen, die Duplikate der hiesigen hätten sein können. Ich mußte dem Feldmarschall meinen Respekt zollen – es war ein Ort, der sich gut zum Unterhalten eignete, und noch besser zum Mord.

Während ich mir das alles zusammenreimte, scharrte Colin Hartman nervös in dem Schatten herum, der vom Lichtfetzen einer fernen Straßenlampe geworfen wurde und dem es irgendwie gelang, durch die schmale Tür zu uns vorzudringen. Seine Hände fummelten unsachgemäß an der halbautomatischen Pistole herum, die ich an der Wand seines Apartments hatte lehnen sehen; wahrscheinlich war ich, so dämmerte mir, dazu verdammt, von Colin Hartman aus Versehen erschossen zu werden.

Als ich mich dorthin bewegte, von wo aus ich sein Gesicht sehen konnte, richtete er die Waffe auf meine Brust. Im Restlicht des Bunkers sah Colin sogar noch jünger aus, als er war: ein glatzköpfiger Kindmann mit schlechter Haut, Schmollmund und der Armesünderhaltung eines Ausgestoßenen. Während der Vater ein Mann war, der sich niemals fehl am Platze fühlen mußte, war der Sohn ein Kind, das sich niemals in sein Leben eingefunden und sein Schicksal in die Hände anderer gelegt hatte.

Ich zeigte auf seine Armbinde. »Was heißt denn N.G.O.K.?«

»New Generation of Klan. Warum belügen Sie uns?« fuhr er schnell fort. »Warum waren Sie in Seths Büro? Hat er Sie geschickt, damit Sie mich entführen oder so was?«

»Ich habe eher den Eindruck, daß du und Bedford hier die Entführer sind, Colin.«

»Wir verteidigen uns nur«, widersprach er schwach. »Gegen Verräter wie meinen Dad.«

»Dein Vater ist kein Verräter; er macht sich Sorgen, daß du in Schwierigkeiten kommst.«

Colin machte eine Schnute. »Wir leben in einem freien Land; ich kann sagen, was ich will.«

»Sicher. Aber es gibt da ein paar Sachen, die mich irritieren. Vielleicht kannst du mir weiterhelfen.«

Ich lehnte mich gegen die Wand, vor der ich stand, und beobachtete eine Spinne, die mir Platz machte. »Was ich mich zum Beispiel gefragt habe, ist, warum eine Organisation wie der BSS erst einen Mann ganz oben auf die Liste seiner Feinde setzt und dann dessen Sohn in eine Machtposition stellt. Und dann hab ich mich noch gefragt, warum eine Gruppe, die glaubt, daß die Juden die Welt zerstören, ausgerechnet einen jüdischen Jungen ihre Farben tragen läßt.«

Colins Augen weiteten sich zu der Größe von Pokerchips, Empörung verzerrte sein Gesicht. »Wollen Sie damit sagen, daß ich Jude bin? Das bin ich nämlich nicht. Das geht nach der Mutter. Mein Dad ist Jude, weil seine Mutter es war, aber *meine* Mutter ist es nicht, und das heißt, *ich* auch nicht. So ist das bei denen. Das können Sie nachlesen.«

Ich entschärfte seine Beweisführung, indem ich sie ignorierte. »Außerdem habe ich mich gefragt, ob der BSS den jungen Mann vielleicht nicht nur als Fußsoldat, sondern auch noch für was anderes gebrauchen könnte.«

»Was denn?«

»Als Prügelknabe.«

»Was soll denn das bedeuten?«

»Der BSS sagt, daß dein Dad ein Feind des Südens ist.«

»Ja. Das ist er auch.«

»Sie haben Seth zum Feind erklärt, und sie haben gedroht,

ihn hinzurichten, wenn er nicht die Stadt verläßt.« Colin streckte trotzig-angeberisch die Brust raus. »Das werden wir auch tun.«

»Nehmen wir an, dein Vater wird tot aufgefunden. Nach dem, was in der Vergangenheit vorgefallen ist – die Kassetten und die Urteilsbekanntmachung –, wird die Polizei sofort auf den BSS tippen. Könnte Ärger geben für die Patrioten, es sei denn natürlich, daß die Cops einen Grund hätten, jemand anderen zu verdächtigen, zum Beispiel Seths Sohn. Darauf könnten sie leicht kommen, denn Vater und Sohn haben sich nicht gut verstanden, wie jeder weiß; und außerdem hat der BSS mit Sicherheit ein paar hübsche Beweisstücke gesammelt, mit denen er die Polizei in die richtige Richtung lenken kann, unter anderem den Hinweis, daß du mich heute abend umgelegt hast. Wenn der BSS dich einer Mordanklage ausliefert, springt er dadurch selber vom Haken.«

Die Selbstsicherheit, mit der Colin sich gepanzert hatte, löste sich in einem Säurebad von Furcht auf. »Das würden sie nie tun.«

»Woher willst du das wissen?«

Er befeuchtete die Lippen. »Außerdem wird Dad nichts passieren, wenn er das tut, was sie wollen.«

»Und das wäre?«

»Er muß aufhören, den Rassenverrätern zu helfen. Er hat ihnen sein ganzes Leben lang geholfen, das muß jetzt ein Ende haben.« Colins Stimme schwoll zu einem öligen Kreischen an. »Leute wie ich kriegen überhaupt keine Chance mehr; wir sind gar nichts, wir sind nur ein Witz. Die Nigger werden dafür bezahlt, daß sie Drogen nehmen und Kinder kriegen, aber Leute wie ich bekommen nicht mal einen anständigen Job. Die Weißen haben dieses Land aufgebaut, und dann ist es von dem ganzen Gesocks gestohlen worden. Die Banken, die Medien, die Bundesverwaltung – alles wird von

Juden und Schlitzaugen beherrscht; die sind total gegen uns Weiße eingestellt.«

»Du wirst benutzt, Colin. Der BSS ist kein Haufen von christlichen Patrioten; der BSS ist ein Einsatzkommando, das gezielt auf deinen Vater angesetzt wurde. Die Frage ist nur: Warum sind sie hinter ihm her?«

Colin war ganz kleinlaut geworden. »Weil er ein Rassenverräter ist; das hab ich Ihnen doch gesagt.«

»Ich glaube nicht, daß es irgendwas mit Rassengeschichten zu tun hat. Ich glaube, du und Bedford, ihr seid beide nur kleine Schachfiguren in dieser Sache.«

Colin reckte sein Kinn und seine Waffe hervor. »Einen Scheiß sind wir. Wir sind weiße christliche Amerikaner, die sich die zionistische Scheiße nicht länger gefallen lassen.«

»Ihr seid zwei unglückliche Jungen, die man dazu benutzt, das Leben eines hervorragenden Mannes zu zerstören. Was ich nicht verstehe, ist: Warum? Wer steckt dahinter, Colin? Nenn mir einen Namen. Laß mich herausfinden, ob der BSS sauber ist oder ob du reingelegt werden sollst.«

Colins Gesicht, das kurzfristig einen feierlichen Ausdruck gezeigt hatte, verzerrte sich zu einer schmerzlichen Grimasse.

»Was ist los?« fragte ich ihn.

»Nichts.«

»Sag schon, Colin. Was ist es?«

»Ich soll etwas mit Ihnen anstellen. Ich soll entscheiden, ob Sie in Ordnung sind, und dann Geld von Ihnen nehmen. Entweder das oder Sie töten.«

»Wonach sollst du das denn entscheiden?«

»Sie sollen etwas tun, um zu beweisen, daß Sie ein Patriot sind.«

»Und was?«

Er zögerte, aber dann spuckte er es aus wie ein verdorbenes Stück Essen. »Sie sollen ein Hakenkreuz auf die Tür zum Büro meines Vaters malen.«

»Wann?«

»Heute abend. Farbe und alles ist im Wagen. Wenn Sie sich weigern, soll ich Sie töten. Ich soll Ihnen die Haut bei lebendigem Leibe abziehen. Die haben mich mit in den Wald genommen und es mir beigebracht. Ich mußte es an einem Hund üben.« Ein Tremolo der Qual tönte aus seinen Worten.

Ich schüttelte den Kopf. »Zieh dich da raus, Colin.«

Colin reagierte auf meinen Appell, indem er seine MAC-10 schwang. Ihr Klappern hörte sich in diesem Betonkäfig an wie das Knacken von brechenden Knochen. »Das kann ich nicht«, sagte er kläglich. »Der BSS ist das einzige, was ich habe. Der BSS ist alles, was ich bin.«

In das Echo von Colins gequältem Bekenntnis warf ich einen letzten Köder. »Was ist mit Broom? Was würde sie wohl sagen, wenn sie hörte, daß du mich umgelegt hast?«

»Sie wäre tierisch sauer, weil ich sie nicht hab zugucken lassen.«

26

Colin spielte abwesend mit seiner Waffe und starrte in die Tiefen des Bunkers, als hoffe er, Erlösung durch das Entziffern der obszönen Graffiti an den Wänden zu erlangen, die unter anderem eine pornografische Würdigung von Zeitgenossen namens Stephanie und Bryan sowie einen eher respektvollen Gruß an Mötley Crüe darboten. Die Atmosphäre hätte kaum angespannter sein können, wenn gerade unbekannte U-Boote vor der Küste gesichtet worden wären.

»Ich werde es tun«, sagte ich plötzlich.

»Was?«

»Ich werde das Hakenkreuz auf Seths Bürotür malen. Um Bedford zu beweisen, daß ich der bin, für den ich mich ausgebe. Das ist die einzige Chance für uns, herauszufinden, ob der BSS echt ist oder nur ein Instrument in irgendeinem Komplott zur Vernichtung deines Vaters.«

Colin schüttelte den Kopf. »Sie wollen mich nur ablenken. Sobald ich die Pistole sinken lasse, werden Sie auf mich losgehen.« Er sah mich blinzelnd an. »Außerdem weiß ich schon, was der BSS ist, genauso, wie ich schon weiß, wer Sie sind.«

»Wer denn?«

»Der aus den Jahrbüchern. Meine Schwester und ich haben sie früher andauernd angeguckt. Jedes einzelne Bild von Dad – was er gemacht hat, was er anhatte, mit wem er zusammen war. In dem Buch aus dem ersten Jahr gab es zwei Bilder von ihm, in dem aus dem letzten siebzehn. Das ist eine Menge, oder?«

Ich nickte. »Dein Dad war ziemlich populär.«

»Ich nicht.«

»Ich auch nicht. Das ist auch nicht so wichtig, es sei denn, man ist Politiker.«

Colin hatte keinen Sinn für geistreiche Späße. »Ich bin kein Politiker. Ich bin gar nichts.«

Es war höchste Zeit für ein bißchen Populärpsychologie, also machte ich einen auf *Mr. Roger's Neighborhood.* »Natürlich bist du was. Außerdem bist du jung. Du kannst noch alles werden, was du willst.«

»Ich will gar nichts sein.«

»Dann bist du besser dran als die meisten von uns – du hast dein Ziel schon erreicht.«

Ich lächelte, um klarzumachen, daß das ein Scherz war. Colin machte nicht den Eindruck, als hätte er viel Erfahrung mit Scherzen. Mit Hänseleien schon, und zwar gnadenlos. Aber nicht mit Scherzen.

»Ich werde es tun«, sagte er plötzlich.

»Was?«

»Sie töten.«

»Warum?«

»Weil Bedford es gesagt hat.«

»Du wirst ins Gefängnis kommen, Colin. Für lange Zeit. Es wissen einfach zu viele Leute, daß du hier bist.«

»Wer denn?«

»Erstens Bedford. Zweitens sein Boss.«

»Er hat keinen Boss.«

»Aber natürlich. Und Freunde hat er auch. Eine davon ist Jane Jean Hendersen. Ich habe sie auf der Kundgebung gesehen; was für eine Beziehung besteht denn zwischen Bedford und ihr?«

»Weiß ich nicht.«

Ich riskierte einen Schuß ins Blaue. »Sie ist nicht zufällig seine Mutter, oder?«

Colin dachte darüber nach. »Ich glaube nicht, aber ich weiß, daß sie ihm Geld gibt, also ist sie's vielleicht doch.«

Ich hoffte, daß Colin sich über Jane Jean täuschte, und vor allem hoffte ich, daß er mich nicht umbringen würde, aber verlassen konnte ich mich weder auf das eine noch auf das andere. »Du *kannst* es nicht tun«, sagte ich nach einer Weile.

»Warum nicht?«

»Ich weiß ja nicht, was diese ganzen Bibelstellen, die Bedford zitiert hat, wirklich bedeuten, aber von *einer* Stelle weiß ich genau, was sie bedeutet.«

»Welche Stelle?«

»Die Stelle im Fünften Buch Moses, wo es heißt: Du sollst nicht töten,.«

Colin wand sich verlegen. »Dazu gibt es eine Million Ausnahmen.«

»Kaltblütiger Mord gehört aber nicht dazu.«

Colin rieb sich den kahlen Schädel mit der freien Hand, so schnell und heftig, als hätte er dort drinnen etwas Lebendiges, das dringend zerdrückt werden mußte. »Weißt du, was witzig ist bei deiner Waffe da?« sagte ich beiläufig.

»Was?«

»Das ist eine MAC-10. Die hat so einen kleinen Hebel neben dem Ladestreifen. Siehst du den? Das ist eine Extra-Sicherung. Die braucht man, wenn man auf Automatikbetrieb umschaltet; das heißt, wenn er nicht nach links gedreht ist, werden die Patronen nicht ausgestoßen, und die Waffe ist nicht feuerbereit. Sie kann sogar explodieren.«

Colin ließ seinen Zeigefinger am Magazin entlanggleiten und tastete nach dem nichtexistenten Hebel.

»Bißchen weiter rüber.«

Als er den Kopf senkte, um nachzusehen, packte ich die Waffe und riß den Lauf nach oben, während ich versuchte, meinen Daumen zwischen die Abzugssicherung und den Abzug zu klemmen, damit Colin nicht abdrücken konnte. Doch anstatt die Pistole funktionsunfähig zu machen, gelang es mir, sie losgehen zu lassen.

Das Krachen der Schüsse in dieser Beton-Schallkammer war ohrenbetäubend. Colin war so erschrocken, daß er die

Waffe fahren ließ und sich die Ohren zuhielt. Ein Querschläger zupfte an meinem Hemdärmel, während er auf seinem Rückweg von der Wand gegenüber an mir vorbeizischte; ein weiterer prallte dröhnend von der Metalltür ab.

Als der Tanz der Kugeln vorbei war, hob ich die Pistole auf und entfernte den Ladestreifen. Das um den Griff gewickelte Band war so warm und klebrig wie Blätterteig. »Diese Dinger sind fürchterlich«, sagte ich, indem ich die Waffe hinter mich auf den Boden legte. »Nicht zu fassen, daß sich die Waffenlobby gegen ein Verbot auflehnt, findest du nicht?«

Colin sah mich nicht an und sagte auch nichts; er rannte einfach los, aus dem Raum heraus und direkt auf den Rand des Bunkers zu, von wo er sich, ohne auch nur einen Blick zurückzuwerfen, auf die vier Meter tiefer liegende Betonrampe stürzte. Ich dachte erst, daß er versuchen wollte zu fliehen, bis mir klar wurde, daß er versuchte, sich umzubringen.

Ich lief zu ihm, so schnell ich konnte. Colin lag auf dem Bauch, bewußtlos und mit verrenkten Gliedern; Blut rann ihm aus den Ohren, aus der Nase und aus einer Wunde über dem Auge. Mein erster Impuls war, ihn zum Lieferwagen zu tragen und schnellstens ins Krankenhaus zu fahren, aber angesichts der Stellung seines Halses und der Art seiner Verletzungen nahm ich doch davon Abstand.

Die einzige Möglichkeit, Hilfe zu erlangen, war offenbar ein Haus fünfzig Meter weiter unten an der Straße, dessen Fenster hell in die Nacht leuchteten. Ich sah mir Colin noch einmal an. Er lag nach wie vor da wie ein Bündel von Gummiknochen, blutend und bewegungslos. Ich brach auf, das nächste Telefon zu suchen.

Ich hatte meinen Jogging-Gang schon eingelegt, da trat eine Gestalt hinter einem Busch hervor. »Was ist passiert?« fragte sie mich.

Sobald mein Herz sich wieder in meiner Brust eingerichtet hatte und meine Lungen soweit geschrumpft waren, daß ich sprechen konnte, identifizierte ich den Geist als Seth Hartman. »Colin ist verletzt«, sagte ich zu ihm.

»Wieso?«

»Er ist gestürzt. Gehirnerschütterung. Vielleicht auch schlimmer.«

»Wo willst du hin?«

Ich zeigte nach vorn. »Telefon. Bin so schnell wie möglich wieder zurück.«

Ich schickte mich an, loszulaufen, aber Seth streckte seine Hand aus, um mich aufzuhalten. »Ich hab Telefon im Auto. Was brauchen wir?«

»Ein Krankenwagen wäre nicht schlecht.«

»Ein Hubschrauber wäre noch besser. Also, welche Art von Verletzung?«

»Kopf und Nackenwirbel wahrscheinlich. Gebrochenes Handgelenk. Eventuell innere Verletzungen.«

Seth lief auf einen weißen Lincoln zu, der einige Meter von der Stelle entfernt parkte, an der wir uns befanden. Ich beobachtete ihn, wie er im Schein der Innenbeleuchtung den Anruf machte.

»Die Uni-Klinik hat einen Hubschrauber für Noteinsätze – der wird in fünfzehn Minuten hier sein«, sagte er, als er zurückkam. »Und es werden die richtigen Leute auf ihn warten, wenn er kommt.«

»Gute Verbindungen zahlen sich aus«, sagte ich, nicht ohne einen Anflug von Neid.

»Und die Polizei?« fragte Seth, als wir uns auf den Weg zurück zum Bunker machten.

»Was ist damit?«

»Muß sie von der Sache erfahren?«

»Von mir aus nicht«, sagte ich.

»Ich bin hier unten fast verrückt geworden«, fuhr Seth heftig atmend fort. »Ich hab Bedford mit dem Gewehr gesehen, und ich wollte herbeistürmen und dich retten, aber ich hatte Angst, daß ich alles nur noch schlimmer machen könnte. Was war denn da oben los? Ich habe doch Schüsse gehört, oder? Colin hat doch nicht auf dich geschossen, oder?«

Seit er aus dem Mondlicht aufgetaucht war, hatte ich versucht, mir etwas zurechtzulegen, das ich ihm erzählen konnte, aber mir war immer noch nichts eingefallen, was Sinn und Verstand gehabt hätte. Daher berichtete ich ihm erst mal das Wesentliche, das er, da er mich beobachtet hatte, größtenteils sowieso schon kannte, und schloß mit der Auskunft ab, daß Colin vom Bunker gefallen sei, als ich versucht hätte, ihm die Waffe aus der Hand zu winden. Ich sprach weder von Mord noch von Selbstmord; und ich hoffte, daß ich es niemals würde tun müssen.

Als wir vor dem Bunker ankamen, beugte sich Seth über seinen Sohn; er murmelte tröstend und aufmunternd auf ihn ein, wollte ihn berühren und in seinen Armen halten, hielt sich aber zurück, als ich ihm empfahl, es lieber nicht zu tun.

»Er ist so . . . jämmerlich«, sagte Seth, als ich mich neben ihm hinkniete. »Dieser Kampfanzug, dieser Haarschnitt – er sieht aus wie dieser Typ aus *Taxi Driver.* Er sieht aus wie ein Irrer.«

»Wenn er ein Irrer wäre, dann wäre ich jetzt tot.«

Seths bekümmertes Gesicht bekam einen schaurigen Anstrich im sterilen Licht der Straßenlaterne. »Was ist los mit ihm, Marsh? Warum ist er so wütend auf mich?«

»Er ist nicht wütend auf dich; er ist wütend auf sich selbst.«

»Aber warum?«

»Weil er nicht so ist wie sein Dad.«

»Aber das soll er doch gar nicht. Er soll besser sein als ich.«

»Colin muß das als eine ziemlich verzweifelte Aufgabe empfunden haben. Ich muß es wissen – ich wollte eine Zeitlang ja selber besser sein als du.«

Seth stieß einen langen, schmerzlichen Seufzer aus. »Aber

das habe ich nie von ihm verlangt. Vielleicht habe ich's mir ja gewünscht, aber ich habe es nicht verlangt. Er kann sein und machen, was er möchte; von mir aus darf er Hilfskellner sein. Ich will nur, daß er glücklich ist.«

»Wahrscheinlich dachte er, als er sich nicht so entwickelte wie erwartet, daß du dich von ihm abgewandt hättest. Das ist keine ungewöhnliche Reaktion, meistens kommen sie aber wieder aus dieser Phase raus. Meistens tauschen sie natürlich auch nicht ihre Familien gegen solche Typen wie Bedford.«

Seth rieb sich das Gesicht, als wolle er sich so unansehnlich machen wie sein Sohn. »Was kann ich jetzt noch tun?«

»Er hat vielleicht tieferliegende Probleme als nur einen Minderwertigkeitskomplex, aber es könnte nicht schaden, ein bißchen mehr Zeit mit ihm zu verbringen, damit er merkt, daß du nicht perfekt bist und daß er es auch nicht sein muß. Verdammt, erzähl ihm doch, daß du Kekse aus der Collegeküche geklaut und deinen Freund verpfiffen hast, als du dabei erwischt wurdest. Das wird ihm gefallen.«

Seth lachte gequält und sah noch einmal seinen Sohn an. »Hat er versucht, dich zu töten, Marsh?«

»Nein.«

»Hast du versucht, ihn zu töten?«

»Nein.«

»Hast du herausgefunden, wer hinter dieser BSS-Sache steckt?«

»Noch nicht.«

Das Geräusch des Rettungshubschraubers zerriß die Nacht. Seth zog eine Taschenlampe aus seiner Tasche und schwenkte sie hin und her. Kurz darauf fiel ein Lichtstrahl vom Hubschrauber auf uns herab wie die Manifestation einer höheren Macht.

Wir standen wartend im Wind, während der Hubschrauber auf der Straße aufsetzte. Als die Sanitäter auf uns zuliefen, warf mir Seth seine Schlüssel zu. »Ich fliege mit ihnen. Ich werde wohl die Nacht im Krankenhaus verbringen – bring den Lincoln doch morgen früh zum Büro.«

»Dir ist klar, daß deiner noch im Park steht, ja?«

»Ich schicke morgen jemanden, der ihn abholt.« Die Sanitäter schnallten Colin auf eine Trage; Seth beobachtete den Vorgang fasziniert und gleichzeitig besorgt. Während sie sich auf den Weg zum Hubschrauber machten, ging ich zum Auto. Auf halbem Wege fiel mir ein, daß Colins Waffe noch im Bunker lag. Nachdem der Hubschrauber abgehoben hatte, ging ich sie holen. Zum Wagen zurückgekehrt, verstaute ich sie unter dem Sitz, und dann fand ich glücklich zurück nach Charleston, durch Straßen so düster wie Abflußrohre.

Als das Telefon aufschrie wie ein Baby im Dunkeln, fand ich kaum die Kraft, darauf zu reagieren.

27

Als es zum zweitenmal schrie, und dann noch ein Dutzend weitere Male, stolperte ich schließlich aus dem Bett und nahm den Hörer ab.

»Marsh?«

»Seth?«

»Zieh dich an.«

»Was ist los? Wie geht's Colin?«

»Colin geht's gut. Na ja, nicht gut, aber okay. Schwere Gehirnerschütterung; gebrochener Halswirbel; Wangenknochenfraktur; gebrochenes Handgelenk; Kieferfraktur. Aber er kommt durch.«

»Ist er bei Bewußtsein?«

»Ja, aber er konnte nicht sprechen – sein Kiefer ist verdrahtet worden, und er kann ihn nicht bewegen. Er wirkte nicht mehr so feindselig wie vorher. Ich glaube, da ist irgendwas, was du gesagt hast, das ihm Angst eingejagt hat.«

»Gut.«

»Was war es denn?«

»Wahrscheinlich, daß der BSS ihn als Prügelknaben benutzt.«

»Wie meinst du das?«

Ich gähnte. »Können wir das nicht morgen durchgehen? Warum soll ich mich denn anziehen?«

»Das hat nichts mit Colin zu tun. Hol mich beim Krankenhaus ab, so schnell du kannst.«

»Warum? Wo wollen wir hin?«

»Zu Alameda.«

»Was ist passiert?«

»Der BSS hat heute nacht ein Kreuz in ihrem Garten brennen lassen. Ich warte an der Notaufnahme auf dich – medizinische Fakultät an der Jonathan Lucas Street, gleich nördlich von der Calhoun.«

Ich war in zwanzig Minuten dort, fast teilnahmslos vor Müdigkeit, fröstelnd in der klammen Nacht und gleichzeitig schweißgebadet wegen der Eile. Seth kam durch die Schiebetür, noch bevor ich in der Auffahrt zur Notaufnahme gehalten hatte, und stieg in den Lincoln, ohne ein Wort zu sagen.

»Wohin?« fragte ich ihn.

Er zeigte die Richtung. »Über die Brücke, dann die erste links. Sie wohnt auf Johns Island.«

»Jemand verletzt?«

»Das weiß ich noch nicht.«

Seth dirigierte mich nach links vom Savannah Highway hinunter, dann nach rechts, nachdem wir den Intercoastal Waterway überquert hatten. Den Schildern zufolge waren wir auf der Straße nach Kiawah Island. Nach meiner Kenntnis gilt Kiawah als eine Enklave der Reichen, und so fragte ich Seth, ob Alameda dort wohne.

»Nein, so weit draußen nicht; Johns Island liegt zwischen hier und Kiawah, in dieser Richtung leben eine ganze Menge Schwarze. Nach dem Bürgerkrieg hat die Regierung einige der alten Plantagen in Sechzig-Morgen-Parzellen aufgeteilt und sie an die ehemaligen Sklaven ausgegeben. Das ging im großen und ganzen ziemlich planlos vonstatten – es herrscht bis heute ein völliger Wirrwarr um die Besitzrechte –, aber jedenfalls hat sich ein beträchtlicher Anteil schwarzer Bevölkerung aus dieser Zeit gehalten. Es gibt zudem auch praktische Gründe, hier zu leben: Wenn die Leute arbeitslos sind, können sie als Selbstversorger einigermaßen über die Runden kommen – durch Fischen und Feldwirtschaft. Ein weiterer Vorteil ist, daß sie nicht jeden Tag mit Weißen zu tun haben.«

Ich ließ den Lehrstoff sacken und schaltete die Heizung ein. Die zu warme Luft roch nach Staub und Dioxyden. Ich fuhr durch die Nacht, ließ die Lichter der Stadt hinter mir und versank in einem von riesigen Eichen entlang der Straße gebildeten Korridor, einem Tunnel, der mich zu den Wurzeln der Südstaaten-Vergangenheit führte.

»Du weißt, wo wir sind?« fragte ich nach einer Weile; wir schienen so weit abseits jeglicher Zivilisation wie ein Stamm Apachen.

»Auf der linken Seite muß gleich eine Kirche kommen. Wenn du daran vorbei bist, nimm die erste rechts.«

Auf dem Schild vor der Kirche stand A.M.E. Ich fragte Seth, was das hieß.

»African Methodist Episcopal. Sie wurde gegründet, als die schwarzen Methodisten sich im frühen neunzehnten Jahrhundert von der weißen Gemeinde abspalteten, weil sie den Friedhof nicht mit den Weißen gemeinsam benutzen durften. Sie spielt immer noch eine große Rolle im Leben der Schwarzen, sowohl in politischer und sozialer als auch in spiritueller Hinsicht, und durchaus nicht nur im Süden. Nach den Unruhen in Los Angeles hat die A.M.E.-Kirche auch dort drüben segensreich gewirkt.«

Seth wurde still. Die Scheinwerfer ließen die Bäume erscheinen, als seien sie aus Stein gehauen, und die Nacht wirkte undurchdringlich und unantastbar, wie ein Schutzschild gegen die Depression und die Verderbtheit, die dahinter lauerten.

»Manchmal komme ich sonntags morgens hier raus«, sagte Seth mit gedämpfter Stimme. »Ich sehe den Schwarzen gern zu, wenn sie ihren Sonntagsstaat anhaben, in ihren Autos zusammenströmen, um zur Kirche zu gehen, und auf dem Parkplatz miteinander scherzen, während sie auf den Beginn des Gottesdienstes warten. Die Kinder sind so hübsch und niedlich, und die Eltern sehen so glücklich und gesetzt aus, obwohl es tausend Gründe dagegen gäbe. Das ist manchmal das einzige, was mir noch ein bißchen Zuversicht gibt«, schloß er leise.

Ich bog an der nächsten Kreuzung rechts ab und dachte über Seths theistische Anwandlung nach. Halb fand ich sie angemessen, halb kam sie mir vereinfachend und sogar herablassend vor. Da war der Süden wieder: keine Antworten, nur ein Haufen von zeitlosen Fragen.

Sobald wir den Highway verlassen hatten, verwandelte sich die Straße in eine Staubpiste. Die nächsten hundert Meter schlingerten wir um Schlaglöcher herum, während große Pinien und hohes Gras unsere Sicht auf den ovalen Ausschnitt beschränkten, den die Scheinwerfer erleuchteten.

Plötzlich deutete Seth nach rechts. »Da!«

Vielleicht zwanzig Meter von der Straße zurückgesetzt stand ein Haus, klein und quadratisch, mit spitzem Dach, das Gerippe durch Betonblöcke an allen Ecken einen halben Meter erhöht, der Garten weder durch Gras noch durch Büsche, noch durch Bürgersteig eingegrenzt. Der Vollmond war, mit Unterstützung eines erleuchteten Fensters, hell genug, die Umrisse, nicht aber die Gesichter der Menschen erkennen zu lassen, die sich in dem kahlen Garten versammelt hatten.

Es waren hauptsächlich Frauen, vielleicht ein Dutzend, die, in einfache Hemdkleider oder Hausmäntel gekleidet, eine der ihren umringten, von der ich annahm, daß es Mrs. Smallings sei. Die Männer waren nicht halb so zahlreich; sie standen, getrennt von den Frauen, etwas abseits neben einer Ansammlung von Autos, die Hände in die Hosentaschen geschoben, die Gesichter angespannt vor unterdrückter Wut, die Rücken gebeugt unter der Last einer weiteren Beleidigung.

Ich hielt an, und wir stiegen aus dem Auto. Als die Leute sahen, daß wir Weiße waren, brach das Summen der Unterhaltung ab. Kurz darauf löste sich eine Frau aus der Gruppe und kam auf uns zu.

Sie war stattlich und hübsch, hatte gutgepolsterte Gesichtszüge, feste Arme und graugesprenkelte Haare, die zu einem

Knoten zurückgelegt waren. »Mr. Hartman«, sagte sie und bot ihm die Hand.

»Hallo, Malavina.«

»Der Teufel war heut abend hier, Mr. Hartman.« Sie sagte es in einem traurigen und seltsam entschuldigenden Ton.

Seth neigte den Kopf. »Ich weiß. Es tut mir leid.«

»Als nächstes werden sie sie umbringen, denk ich.«

»Nein, das werden sie nicht.«

»Wenn sie so weitermacht, doch.«

»Wir werden dafür sorgen, daß sie sicher ist, Malavina.«

»Könn'n weiße Leute nicht abhalten von was sie sich innen Kopf gesetzt hab'n.« Sie blickte am Haus vorbei in Richtung der Bäume, die im Wind schwankten wie eine Parade von stieseligen Tänzern. »Ist nichts da, was ihnen im Weg steht.«

»Ich werde in der Stadt etwas finden, wo Alameda bleiben kann. Wo wir auf sie aufpassen können. Wo ist sie? Geht's ihr gut?«

Ihre Mutter blickte zum Haus. »Ist drinnen. Hat sich 'n bißchen verbrannt, wie sie versucht hat, es zu löschen. Harold von gegenüber hatte noch Salbe für sie von damals, wo sein Herd explodiert ist. Sie soll liegen und sich ausruhen.« Ein Lächeln legte sich auf ihre Lippen, eine Mischung aus Stolz und Resignation. »Wollt' nicht, daß ich Sie belästige.«

»Ich bin froh, daß Sie es getan haben. Hat sie Schmerzen?«

»Zeigen tut sie's nicht.«

Seth blickte über den Garten, als erwartete er, daß dieser zu ihm sprechen würde. »Was ist heut nacht passiert, Malavina?«

Sie schüttelte den Kopf, um vorab klarzustellen, wie verrückt es war. »Ich geh bei Sonnenuntergang ins Bett, wie immer. Alameda ist noch mit 'nem Buch zugange, typisch. Das nächste, was ich mitkriege, ist plötzlich dieser Lärm.«

»Was für ein Lärm?« fragte ich.

»Alameda schimpft mit jemandem. Männer pfeifen und

kümmern sich nicht drum. Dann geht ein Schuß los. Ich geh ins Wohnzimmer, aber Alameda ist nicht da. Ich geh auf die Veranda, und da isses.«

»Was?«

»Kreuz des Herrn Jesus, brennt wie der Busch. Alameda gießt Wasser aus der Regentonne drauf, aber das bringt nichts, also kippt sie's um und stößt Sand drauf mit den Füßen. Als das nichts hilft, tritt sie drauf wie auf 'ne Schlange. Ich sag ihr, sie soll's doch lassen, das brennt von alleine aus, aber sie will nicht hör'n. Hat sich verletzt beim Umstoßen.«

»Haben Sie außer Alameda noch irgend jemanden gesehen, als Sie nach draußen kamen?« fragte ich.

Sie schüttelte den Kopf. »Bis Harold rübergekommen ist nicht.«

»Hat Alameda jemanden gesehen?«

»Sie sagt, sie wollt' grade ins Bett, da hört sie ein Auto vorne halten. Danach gibt's Scharren und Klopfen. Und dann plötzlich das Feuer.« Malavina schüttelte den Kopf. »Ich dachte, dieser Klan-Unsinn wär vorbei, Mr. Hartman.«

»Leider noch nicht«, sagte Seth. »Ich schätze, das hat was mit dem Ärger bei der Armee-Schule zu tun, mein'n Sie nicht?«

»Wahrscheinlich.«

Malavina schlug die wohlgepolsterten Arme übereinander. »Ich wünschte, sie würde von diesem Traum ablassen, Mr. Hartman. Manche Dinge soll'n eben nicht sein.«

Seth klopfte ihr auf die Schulter. »Alameda ist zäh, Malavina. Genau wie ihr Daddy.«

Ihre Augen richteten sich zu der Silberkugel hoch oben am Nachthimmel empor. »Ihr Daddy will nicht, daß sie stirbt.«

»Ich auch nicht«, sagte Seth. »Wenn sie Schluß machen will, dann machen wir Schluß.«

»Haben Sie schon einmal ähnlichen Ärger gehabt, Mrs. Smallings?« fragte ich.

»Ein-, zweimal sind irgendwelche Männer die Straße runtergekommen. Hab'n gegrölt wie die Bekloppten.«

»Was gegrölt?«

Ihr Blick stempelte mich zum Tölpel. »Könnse sich wohl denken.«

»Ist es schlimmer geworden, nachdem Alameda ihre Klage gegen die Schule erhoben hat?«

Mrs. Smallings nickte.

»Wie oft ist das passiert?«

»Meistens war's samstags nachts. Besoffenes Gerede.«

»Irgendeine Vorstellung, wer es war?«

Sie schüttelte den Kopf. »Ich guck gar nicht mehr hin. Meistens wach ich nich mal auf.«

»Machen sie noch irgendwas anderes, außer schreien? Lassen sie Zeichen zurück, Flugblätter oder sonst was?«

»Hab nichts gesehn.«

»Kreuze vorher schon mal?«

Sie schüttelte den Kopf.

»Dürfen wir zu Alameda?« fragte Seth.

Mrs. Smallings warf einen Blick aufs Haus. »Liegt im Schlafzimmer. Schläft wahrscheinlich.«

»Falls ja, werden wir sie nicht aufwecken«, versprach Seth.

Mrs. Smallings trat zur Seite, um uns vorbeizulassen, und wir schritten in Richtung Haus. Zu unserer Rechten teilte sich die Männerversammlung, so daß einer von ihnen uns entgegentreten konnte. »Sie sind der Anwalt?« fragte er Seth.

»Richtig.«

»Ich heiß Hitchens und wohn gegenüber. Was woll'n Sie jetzt unternehm'n?«

»Den Sheriff rufen.«

»Hab ich schon gemacht«, sagte Hitchens freiheraus.

»Gut«, sagte Seth. »Ich werde dafür sorgen, daß Alameda für eine Weile an einen sicheren Ort kommt.«

»Der Sheriff macht gar nix. Traut sich nich ran an die Soldatenjungs.«

»Was kann ich sonst noch tun?«

»Die Staatspolizei ruf'n. Nationalgarde, wenn's sein muß. Einzige Möglichkeit, diese Verrückten zu pack'n.«

»Ich will sehen, was sich machen läßt, aber da niemand verletzt worden ist, werden sie wohl kaum ...« Seth zuckte die Schultern, um seine Hilflosigkeit zu demonstrieren. »Fällt Ihnen sonst noch irgend etwas ein?«

»Sag'n Sie Alameda, daß sie sich diese Sache aussem Kopf schlag'n soll. Schwarze Frau hat in der Armee nix zu such'n.«

»Wenn sie mir sagt, daß sie aufhören will, dann hören wir auf.«

»Sie müssen's ihr sag'n.«

Seth schüttelte den Kopf. »Nein, das tu ich nicht.«

»Wenn sie so weitermacht, is sie bald tot, Mr. Anwalt.«

»Ich werd mein möglichstes tun, um das zu verhindern.«

»Tun Se das. Wenn die Scheißer inzwischen wiederkomm'n, nehm ich eben ihre Militärärsche *noch mal* aufs Korn.«

»Noch mal?« sagte ich.

Er zeigte zu seinem Haus. »Ich sitz auf der Veranda und schlürf noch 'nen klein'n Whisky, da hör ich, wie sie hier wer weiß was für'n Aufstand veranstalt'n. Dann, wie ich das Feuer seh, hol ich meine Vogelflinte und drück ab, wie sie losfahr'n. Meine Frau greift mir innen Arm und ich treff nich richtig, aber ich hör, wie der Schrot in ihr'n Kotflügel reinknallt. Nächstes Mal könn'n sie ihr'n Arsch gepfeffert krieg'n.«

»Was für ein Auto war das?«

»Kein besonderes. Vielleicht 'n Chevy. Blau.«

»Wieviele Männer waren dabei?«

»Zwei. Höchstens drei.«

»Wie waren sie angezogen?«

»Ganz normal.«

»Haben sie gerufen? Haben sie irgendwas über White Power oder Stolz des Südens von sich gegeben?«

Er schüttelte den Kopf. »Still wie Schlangen, bis sie weggefahr'n sind, dann habense »Dixie« gesung'n. Ich hätt's gar nich gemerkt, aber ich schlaf nich so gut, wenn ich Kutteln gegess'n hab.«

»Haben Sie irgend etwas anderes gesehen, das uns helfen könnte, sie zu identifizieren?« fragte ich. »Entweder vorhin oder die anderen Male?«

Er schüttelte den Kopf. »War'n nicht die üblich'n Typen. Die hier meinten's ernst. Todernst. Schaff'n Sie Alameda hier weg, Mr. Anwalt. Eh sie sie lynch'n.«

Wir dankten dem Mann für seine Hilfe und gingen ins Haus. Das Wohnzimmer war klein, sauber und überraschend aufwendig möbliert, mit mehreren Polsterstücken, neueren Stereo- und Fernsehgeräten und einigen Läufern, die die Kargheit des grob behauenen Fußbodens milderten. Die Bilder an der Wand zeigten Christus, King und Kennedy sowie Sergeant Smallings, dessen Lebensversicherung vermutlich das Mobiliar finanziert hatte. Huldigungen für Männer, die schon lange tot waren und die offenbar nicht durch neue Helden ersetzt werden konnten.

Wir gingen so leise wie möglich zum Schlafzimmer, aber wir hätten genauso gut mit Pauken und Trompeten einmarschieren können. Alameda Smallings lag auf einem schmalen Bett, flach auf dem Rücken; sie trug abgeschnittene Hosen und ein rotes Oberteil; ihre Arme und Beine waren gespreizt, so daß sie wie ein schwarzer Engel auf dem weißen Bettuch aussah. Ihre Augen, die starr zur Decke blickten, waren feucht vor Schmerz oder Angst oder beidem; sie bemerkte uns gar nicht, bis Seth sie anredete.

Sie blinzelte und wandte sich uns zu. »'n Abend, Mr. Hartman. Mr. . . .?«

»Tanner. Wir haben uns in Seths Büro kennengelernt.«

Sie nickte. »Ich weiß.«

»Wie geht's Ihnen, Alameda?« fragte Seth.

»Gut.«

»Tut es weh?«

»Bißchen.«

»Brauchen Sie einen Arzt?«

Sie schüttelte den Kopf.

»Haben Sie schlafen können?«

»Will ich gar nicht.«

»Brauchen Sie irgendwas? Essen, Medikamente, was auch immer?«

Sie schüttelte den Kopf. »Hab alles.«

Seth zog einen Stuhl neben das Bett und setzte sich. »Wir sollten uns kurz unterhalten.«

»Ich geh nicht weg«, sagte sie. Das dünne Lächeln schien ihr weh zu tun.

»Vielleicht sollten wir die Palisade-Sache abblasen«, sagte Seth freiheraus. »Sie haben erreicht, daß das Thema an die Öffentlichkeit gekommen ist, und die Gerichte in Virginia befassen sich damit im VMI-Fall. Früher oder später wird der Supreme Court darüber entscheiden. Vielleicht sollten wir es dabei belassen.«

Ihre Augen widersprachen heftiger als ihre Worte. »Wenn ich mich jetzt von denen verjagen lasse, dann werden schwarze Frauen dort niemals etwas anderes machen können, als den Boden zu feudeln.«

»Das können Sie nicht wissen. Jemand anders wird kommen.«

»Und ich soll *sie* die Sache ausfechten lassen, ja?«

»Der Zeitpunkt ist ungünstig, Alameda. Vielleicht haben sich die Gemüter in einem Jahr oder so etwas beruhigt. Vielleicht hat es die nächste Frau schon viel leichter.«

»Die haben ein Kreuz angezündet, Mr. Hartman. Die Gemüter haben sich in hundert Jahren nicht verändert. Sie werden es nie tun.«

»Aber sie haben es doch schon, Alameda. Es gibt Fortschritte. Längst nicht genug, zugegeben. Aber immerhin.«

Ihre Lippen waren schmal wie Draht. »Ich kann jetzt nicht aufgeben, Mr. Hartman. Ich könnte sonst meine Briefe nicht mehr lesen.«

Seth schloß die Augen vor dem Geist des vergötterten Vaters. »Denken Sie einfach mal darüber nach. Okay?«

»Was glauben Sie, was ich die ganze letzte Stunde getan habe? Ich mache weiter. Wenn Sie mir nicht helfen wollen, dann suche ich mir einen anderen Anwalt.«

Seth ergriff ihre Hand. »Wenn Sie sich sicher sind, daß Sie weitermachen wollen, dann würde ich Sie gerne vertreten. Wenn Sie mich haben wollen.«

Sie wandte ihren Kopf, um ihm in die Augen zu sehen. »Das will ich.«

»Gut. Aber erlauben Sie wenigstens, daß ich Sie an einen sichereren Ort bringe. Falls die wiederkommen.«

Alameda schüttelte den Kopf. »Wenn die was von mir wollen, wissen sie, wo sie es kriegen können.«

»Das ist tollkühn, Alameda.«

»Kann sein, aber ich bleibe jetzt hier, bis sie mich in diese Schule lassen. Wenn Sie mir helfen wollen, bringen Sie Mama an diesen sicheren Ort.«

Seth gab ihr einen Kuß auf die Wange. »Wir wissen doch, was sie dazu sagen wird, oder?«

»Ich fürchte auch«, gab Alameda Smallings zu und lachte wie ein Kind, das seinen Schmerzen trotzen möchte.

28

In den Vorgarten zurückgekehrt, beschlossen wir, auf den Sheriff zu warten. Dieser traf dann auch in Gestalt des unwahrscheinlichen Deputy Gurton Cawl ein, der satte drei Zentner auf die Waage brachte und einen ähnlich schweren Südstaatlerakzent absonderte. Sein Fleisch hatte die Form von Kumuluswolken; seine Uniform saß so, wie die Schale auf der Melone sitzt. Er rumpelte durch den Garten, als hoffe er zwar, die Anwesenden würden in die Knie gehen, rechne aber eigentlich damit, daß sie ihn auslachten.

Da sie weder das eine noch das andere taten, geschweige denn seine Anwesenheit überhaupt zur Kenntnis nahmen, hustete er und keuchte und scharrte und grölte. »Alle mal herhören. Wir haben 'ne Meldung über irgendein Gerangel hier draußen gekriegt. Also, was ich jetzt brauch, das wäre ein . . .« Er konsultierte sein Notizbuch. »Mr. Hitchens oder eine Mrs. Smallings.«

Niemand rührte sich. »Nun, was ist? Was zum Teufel ist heut abend hier vorgefallen? Will keiner mit der Sprache rausrücken?«

Seth trat auf ihn zu und stellte sich vor. »Es hat hier heute abend ein Flammenkreuz gegeben, Sheriff.«

»Ein was?«

»Ein Flammenkreuz.«

»Wer war's?«

»Das wissen wir nicht.«

»Bei diesem Kreuz hier, da war aber nicht irgendwie ein Mensch dran, oder?«

»Es war keine Hinrichtung, Sheriff.«

»Was war's dann?«

»Ich glaube, es ist Ihre Sache, das festzustellen.«

»Sie meinen, es hatte was mit dem Klan oder so ähnlich zu tun?«

»Gut möglich.«

Der Hilfssheriff musterte die Umgebung. »Was wollen die hier so verdammt weit draußen von den Leuten?«

Seth erzählte ihm von Alameda, ihrem Rechtsstreit und den Reaktionen, die dieser hervorgerufen hatte.

»Sie meinen, daß es deswegen ist?«

»Ja.«

»Jemand verletzt?«

»Das Mädchen, das es ausgemacht hat.«

»Schlimm?«

»Nein.«

»Irgend 'ne Ahnung, wer's war?«

»Nein.«

»Aber Sie glauben, der Klan?«

»Möglich. Oder vielleicht der BSS.«

»Wer?«

»Der Bund des Stolzen Südens.«

»Was ist das denn?«

»Eine Haßvereinigung.«

»Und wen hassen die?«

»Alle, die nicht weiß und arm und christlich sind.«

Der Hilfssheriff warf einen nervösen Blick auf die versammelten Menschen und konnte sich bestätigen, daß sie alle, außer ihm und Seth und mir, unter mindestens eine der gehaßten Kategorien fielen. »Politische Sache, hm?«

»Gewissermaßen.«

»Schätze, ich sollte ein paar Aussagen aufnehmen.«

»Vielleicht sollten Sie Sheriff Leadwell verständigen.«

Cawl zog den Bauch ein. »Der Sheriff mag um diese Zeit nicht gestört werden. Er is sowieso grad bei einer Bewährungsanhörung in Aiken; kommt vor Freitag nicht zurück.«

»Dann sollten Sie wohl ein paar Aussagen aufnehmen.«

»Wo is das Mädchen? Das verletzt worden ist?«

»Drinnen.«

Cawl nickte, dann hievte er seine Hose ein Stück höher auf seiner Bauchwölbung und walzte aufs Haus zu. Als er an der Gruppe der Männer vorbeikam, murmelte jemand etwas, das nur der Deputy verstehen konnte. Cawl blieb abrupt stehen, packte den Griff seines Revolvers und wirbelte herum, so daß er der mürrischen Menge gegenüberstand. Seth wollte intervenieren, aber ich hielt ihn zurück. Nach einem Moment stummer Konfrontation zuckte Cawl mit den hängenden Schultern und wandte sich wieder seiner Aufgabe zu.

»Vielleicht solltest du ihn begleiten«, sagte ich zu Seth.

Er runzelte die Stirn. »Warum?«

»Sie ist schwarz, und er ist weiß. Das könnte unter Umständen heikel werden. Wer weiß, was er behauptet, was sie gesagt hätte, wenn es hart auf hart geht.«

Seth nickte. »Dann will ich ihn mal abfangen.« Er wandte sich um, hielt aber noch einmal inne. »Danke, Marsh. Die Sache mit Colin hat mich ganz konfus gemacht.«

Seth eilte zum Haus, und ich schlenderte durch den Garten, bis ich zu dem Kreuz kam, das noch vor ein paar Stunden in Flammen gestanden hatte und jetzt flach auf dem Rücken lag, unter einem Haufen von Asche und Erde begraben, allenfalls noch als kohlehaltiges Bukett geeignet. Es war ungefähr ein Meter achtzig hoch und aus »Zwei-mal-vier- Zoll«-Holzstükken zusammengebaut, die in Lumpen eingewickelt und dann mit Benzin übergossen worden waren. Unter normalen Umständen kein besonders schreckenerregender Gegenstand, doch für die schwarzen Menschen in South Carolina waren die Umstände niemals normal gewesen. Ich wollte gerade wieder ein bißchen selbstgefällig werden, als mir einfiel, daß das letzte Flammenkreuz, von dem ich gelesen hatte, in Iowa aufgestellt worden war, und das davor in Seattle. Ich ging weiter ums Haus herum, vorbei an der Wäscheleine, dem Gemüsegarten und dem leeren Hühnerstall, bis ich zu einer Sprungfedermatratze kam, die vom Ast einer Trauerweide herabhing. Sie sah so gemütlich aus, daß ich mich beinahe daraufgelegt hätte, doch in dem Moment hörte ich ein Auto heranfahren, und so ging ich zurück zur Vorderseite.

Es handelte sich um einen großen Chrysler, und der Mann, der ausstieg, war so schwarz wie sein Fahrzeug. Obwohl der Morgen noch nicht ganz graute, trug er Schlips und Anzug und kein Anzeichen von Müdigkeit. Ungeachtet seines Gehstocks bewegte er sich tänzelnd und großspurig. Auf einem Auge trug er eine Klappe, das andere verströmte das heiße Glühen des Fanatismus.

Er ging an mir vorbei, als sei ich gar nicht da, und steuerte die Gruppe der schwarzen Männer an, die ihn sämtlich mit Namen begrüßten. Und so erwies er sich als Aldee Blackwell, politischer Handlanger der schwarzen Bevölkerung Charlestons und Rivale von Monroe Morrison, dem unter Bestechungsanklage stehenden Mandanten Seths.

Ich lauschte ihrem Gespräch, so gut ich konnte, und was ich zu hören bekam, waren unterschiedliche Versionen dessen, was geschehen sei und wer was deswegen unternommen habe. Nachdem Blackwell sich die melodramatisch ausgeschmückten Schilderungen angehört hatte, gab er stilistisch gleichwertige Bekundungen seiner Empörung zum besten, was seine Zuhörerschaft nur noch mehr anheizte. Als er schließlich auf das Haus zumarschierte, bekam ich Bedenken, ob seine Jünger nicht mich als passendes Objekt der Vergeltung erachten könnten, doch zum Glück geschah nichts dergleichen.

Dafür gelang es mir, die Aufmerksamkeit des Nachbarn zu erregen und ihn heranzuwinken. »Sie haben erwähnt, daß die Männer Militärs gewesen seien«, sagte ich, als er sich zu mir hinbewegt hatte.

»Das ist richtig.«

»Sie meinen, sie trugen Drillichanzüge? Kampfstiefel? So was in der Art?«

Er schüttelte den Kopf. »Ich mein die Schwerter, wie sie sie an der Schule da hab'n.«

»Sind Sie sicher?«

»Wie ich aufs Auto geschoss'n hab, da ham se eins aus dem Fenster gehalt'n und gejohlt und gegrölt wie die Radaubrüder. Wer hat'n sonst so glänzende Schwerter wie die Jungs da von der Armee?«

Ich dankte Hitchens für die Information und machte einen neuerlichen Rundgang ums Haus. Diesmal warf ich einen Blick in den Hühnerstall, entzündete zwecks Beleuchtung ein Streichholz, hielt ob des Gestanks den Atem an, entzündete ein zweites Streichholz zur näheren Bestandsaufnahme, räumte einiges Zeugs beiseite, spähte in anderes Zeugs hinein und verzog mich dann wieder an die frische Luft. Auf dem Rückweg zur Vorderseite machte ich ein zweites Mal bei dem Kreuz halt, holte *Das Rassenproblem aus biologischer Sicht* aus der Tasche und plazierte es unter einem Stein, weit genug vom Kreuz entfernt, um übersehen zu werden, sofern nicht jemand gezielt dort suchte, und nah genug, um gegebenenfalls als Beweisstück gelten zu können.

Als ich zur Vorderseite zurückkam, saß Hilfssheriff Cawl wieder im Auto, und Seth und Aldee Blackwell waren am Diskutieren. »Sie wird tun, was sie tun muß«, sagte Blackwell. »Sie ist schon zu weit gegangen, um jetzt noch umzukehren.«

»Sie kann umkehren, wann immer sie will, Aldee.«

»Hast du von ihr gehört, daß sie das will?«

»Nein.«

»Dann mach, was ich gesagt hab – kämpf weiter.«

»Ich habe die Absicht, weiterzumachen, solange sie nichts anderes sagt.«

»Das wär dann also klar.« Blackwell achtete darauf, daß sein Triumph auch von seinem gesamten Wahlvolk zur Kenntnis genommen wurde. »Sag mal, Seth«, fuhr Blackwell mit ausgesuchter Lässigkeit fort, »wie schlägt sich *dein* Mann Morrison denn so?«

»Ziemlich gut, Aldee. Und er ist dein Abgeordneter, nicht meiner.«

»Will er sein Mandat bald abgeben?«

»Er wird vor Gericht seine Unschuld beweisen, dann den Rest der Legislaturperiode in Columbia ableisten und im Herbst für den Kongreß kandidieren.«

»Der Bezirk hat sich 'n bißchen verändert, weißt du.«

»Ich weiß.«

»Manche Leute finden, daß ein anderer Bruder unsere Interessen vielleicht besser vertreten könnte.«

»Wär ein Jammer, wenn man zwei gute Männer gegeneinander hetzen würde, Aldee. Vor allem zwei gute schwarze Männer.«

»Wär ein Jammer, wenn der eine schwarze Mann mit 'ner Korruptionsklage am Hals nicht zur Seite treten würde, um einem anderen schwarzen Mann eine Chance zu geben.«

»Wär ein Jammer, wenn man sechs Jahre Erfahrung und Effektivität ganz ohne Grund in den Wind schießen würde.«

Aldees Lächeln brachte einen goldenen Zahn zum Vorschein. »Könnte mir vorstellen, daß wir darüber nicht zum letztenmal diskutiert haben.«

»Könnte ich auch.«

Aldee fuhr davon, und Seth winkte mir, ihm zum Auto zu folgen. Wir legten mehrere Meilen zurück, bevor er anfing zu reden. »Kaum zu glauben, daß in unseren Tagen noch so etwas passieren kann.«

»Unsere Tage sind die Tage von Howard Beach und Bensonhurst. Du kannst von Glück sagen, daß niemand gelyncht worden ist.«

»Was glaubst du, wer dahintersteckt? Der BSS?«

»Möglich. Allerdings kommt es mir komisch vor, daß er

dann nicht seine Visitenkarte hinterlassen hat. Wollen diese Haßjungs für ihre Schandtaten nicht auch immer gewürdigt werden? Um damit neue Mitglieder zu werben?«

»Weiß ich nicht. Ich werde Rick Last fragen.«

»Außerdem bezweifle ich, daß Bedford für heute abend noch weitere Aktionen geplant hatte. Ich würde tippen, daß er sich eher zurückhalten wollte, um erst mal zu sehen, ob die Sause mit mir und Colin irgendwelche Schwierigkeiten für ihn nach sich ziehen würde.«

Seth sah mich von der Seite an. »Wenn nicht der BSS, wer war's denn dann?«

Ich zögerte. »Vielleicht Alameda.«

»Wie meinst du das?«

»Vielleicht hat sie es selbst getan.«

Seth wandte sich so heftig mir zu, daß er uns beinahe in den Graben gefahren hätte. »Warum sollte sie so etwas tun?«

»Wenn man sie so mit dir zusammen sieht, sie über ihren Vater reden hört, sich vorstellt, was zwischen ihr und Leuten wie Blackwell abgegangen ist, dann muß man zu dem Schluß kommen, daß Alameda ganz schwer unter Druck steht, ihre Zulassung zur Palisade zu verfolgen. Vielleicht ist das der Grund für so was – die Erwartungen anderer Leute, vor allem die Träume des toten Papas. Vielleicht hat sie den Druck nicht mehr ausgehalten, und dies war die einzige Möglichkeit, die ihr eingefallen ist, ihm zu entkommen: einen Klan-Angriff vorzutäuschen. Niemand könnte ihr Vorwürfe machen, wenn sie es mit denen nicht aufnehmen will.«

Seth schüttelte immerzu den Kopf. »Zu weit hergeholt, Marsh. Alameda hat von Anfang an voll hinter der Sache gestanden.«

»Seit die ersten Sklavenschiffe gelandet sind, glauben die Weißen zu wissen, was die Schwarzen denken, und seit dreihundert Jahren täuschen sie sich. Im Hühnerstall hinter dem Haus hab ich Kerosin gefunden, und Holzreste auch. Falls das

Labor eingeschaltet würde, könnte es den Beweis erbringen, in welcher Richtung auch immer.«

»Was ist mit dem Auto, das Hitchens gesehen hat?«

»Vielleicht hat sie es sich zunutze gemacht – das Kreuz angezündet, als sie weg waren.«

Seth schüttelte den Kopf. »Das glaub ich einfach nicht, Marsh. Nicht eine Sekunde lang. Aber nur mal theoretisch angenommen, du hättest recht – was sollten wir deiner Ansicht nach dann tun?«

»Nichts.«

»Aber –«

»Die Polizei wird diese Kreuzgeschichte nicht allzu hartnäckig verfolgen, daher kann man die Sache einfach auf sich beruhen lassen, und Alameda kann ihre Klage weiterverfolgen oder zurückziehen, ganz wie sie will.«

»Du läßt dich von diesem Südstaatenzeugs zu sehr fertigmachen, Marsh«, sagte Seth mit unbehaglichem Lachen.

»Kann schon sein, aber es gibt noch eine Person, über die wir reden müssen.«

»Wen denn?«

»Dich. Alles, was den BSS betrifft, scheint mindestens genauso viel damit zu tun zu haben, dir weh zu tun, wie mit Rassenreinheit oder christlichem Patriotismus. Wer will dir ans Leder, Seth?«

»Als Rechtsanwalt hat man eben Feinde; ich habe dir bereits einige von meinen genannt. Außerdem bin ich in meinem Privatleben nicht gerade ein Heiliger gewesen.«

Ich holte tief Luft und ließ es raus: »Viele Pfeile zeigen in dieser Angelegenheit auf Jane Jean.«

Die Hitze seines Zorns wärmte den ganzen Wagen. »Was soll das heißen? Was für Pfeile? Sie *liebt* mich, um Gotteswillen. Also ehrlich, Mann!«

Ich glaubte ihm, daß er's glaubte, aber ich war trotzdem skeptisch. Oder vielleicht wollte ich auch gern meine Zweifel nähren – Scar Raveneau hätte gesagt, daß Jane Jean mir den Kopf verdreht hatte.

»Erzähl mir von ihrem Ex«, sagte ich.

»Bilbow? Was ist mit ihm?«

»Er war auf der Palisade, hab ich gehört.«

»Jeder, der sich jemals im Umkreis von zehn Metern von ihm aufgehalten hat, hat davon gehört – der redet doch von nichts anderem.«

Wir hielten an einer Ampel, und ich zeigte nach links. »Liegt nicht sein Autohandel in dieser Richtung?«

Seth nickte. »Ja, und?«

»Ich hab Sehnsucht nach einem Gebrauchtwagen.«

»Du spinnst.«

»Nö. Bieg mal nach links ab.«

Seth wollte Einwände erheben, zuckte dann aber die Schultern und bog ab.

Der Highway war um diese Stunde, nämlich kurz nach fünf Uhr morgens, verdammt dunkel und auf unheimliche Weise verlassen. Als Seth in die Auffahrt des Autohandels einbog, hatte sein Unwillen über die Verunglimpfung seiner Geliebten ihn ganz zum Verstummen gebracht.

Eine Kette versperrte den Weg zum Standplatz der Autos, daher mußten wir zu Fuß auf Kundschaft gehen. Ich schenkte mir die Neuwagen und ging direkt auf die gebrauchten zu, einen mürrischen Schatten in Gestalt von Seth, der fröstelnd die Arme um seinen Körper schlang, hinter mir her ziehend.

Die meisten der Autos auf dem Platz waren blitzsauber, nur von Tau bedeckt, aber einige waren noch verschmutzt, Neueingänge vermutlich und Beweis dafür, daß Bilbow neue Geschäfte getätigt hatte. Ich interessierte mich für die schmutzigen.

Was ich zu finden hoffte an einem jener halben Dutzend Wagen, die so dreckig waren, daß sie am vergangenen Abend nach Johns Island gefahren worden sein konnten, das war ein zerdeppertes Rücklicht oder etwas abgesplitterte Farbe oder sonst irgendeine Spur der Ladung Vogeldunst aus dem Gewehr von Harold Hitchens. Aber nichts von dem, was ich fand, wäre als Beweis durchgegangen.

Als ich mich auf den Rückweg machen wollte, packte mich Seth am Arm. »Was machen wir hier eigentlich?«

»Ich dachte, daß Bilbow vielleicht eins von diesen benutzt hat, um zu Alameda rauszufahren und das Kreuz anzustekken.«

»So bescheuert ist er nicht.«

»Bist du sicher?«

Seth fluchte. »Nein.«

Ich wollte eben wieder über die Kette steigen, da hatte ich noch eine Idee. Ich eilte denselben Weg zurück und nahm mir die schmutzigen Fahrzeuge noch einmal vor, wobei ich diesmal mit den Fingern am Heck der Autos entlangfuhr, und zwar an dem Punkt, wo der Metallkörper auf die Plastikstoßstange trifft. Beim vierten Auto, einem blauen Celebrity, der vor Schmutz und Sand starrte, fand ich, was ich suchte.

Ich wies Seth auf die Entdeckung hin.

»Was ist das?«

»Vogeldunst.« Ich schnupperte. »Und was du da riechst, das ist Kerosin.«

Seth schüttelte den Kopf. »Mensch, ich hätte nicht gedacht, daß er den Schneid hat.«

»Es sind immer die Typen ohne Schneid, die den Harten markieren wollen. Ich möchte wetten, daß Bilbow zu seiner Zeit einer der übelsten Schikanierer an der Palisade war; und alles nur, damit die Neuen genauso viel Schiß kriegen, wie er selber hatte.«

Seth nickte. »Ich hab tatsächlich so was in der Richtung gehört über ihn. Also, er nimmt es auf sich, die Männlichkeit der Schule zu bewahren und den Ansturm der weiblichen

Horden zurückzuschlagen. Soweit kann ich folgen. Aber das mit dem Kreuz muß ihm jemand in den Kopf gesetzt haben.«

»Gibt es irgendwelche Verbindungen zwischen Bilbow und sonst jemandem in deinem Leben? Abgesehen von Jane Jean?«

»Nicht, daß ich wüßte. Und laß Jane Jean da raus. Sie hat nichts damit zu tun. Das ist unmöglich.«

»Wem gehört der Autohandel?«

»Das ist offiziell nicht bekannt, aber ein Typ namens Benedetti hat wohl die meisten Anteile.«

»Aldo? Von den Benedettis aus Newark?«

Seth runzelte die Stirn. »Woher weißt du das denn?«

Ich erzählte ihm, ich hätte übersinnliche Kräfte.

29

Auf unserer Fahrt zum Hampton Park herrschte das große Schweigen. Die Müdigkeit machte jedes Wort zur Last; der Vorfall um Alameda machte die Wirklichkeit zur Qual. Zunächst einmal war ich froh, daß ich, indem ich Bilbows Beteiligung an dem Fall festgestellt hatte, Alamedas Komplizenschaft ausschließen konnte. In den tieferen Abgründen meiner Gedanken aber war ich verwirrt und zerrissen, was die Rolle von Jane Jean Hendersen im BSS und dessen Feindschaft gegen Seth betraf. Mir schien es möglich, daß sie, anders als Seth glaubte, eine tiefsitzende Wut gegen ihn hegen könnte. Aber mein Hirn hatte an diesem Tag schon zu lange gebrütet, als daß ich diese ganzen rätselhaften Teile jetzt noch hätte zusammenfügen, geschweige denn den Sinn eines kompletten Puzzles enträtseln können, daher verschob ich die Deduktionsarbeit auf einen Zeitpunkt, wo mir das Tageslicht hilfreiche Dienste leisten würde, ließ meinen Kopf auf das Sitzpolster sinken und versuchte, meine alkalischen Augen zu entspannen.

Als wir den Platz erreichten, an dem ich seinen Thunderbird vor etwa einem Dutzend Stunden geparkt hatte, setzte sich Seth daneben und hielt an. Ich gähnte, streckte mich und stieg aus dem Lincoln. »Geh nach Hause und schlaf dich ein bißchen aus«, riet mir Seth, nachdem er das Fenster heruntergelassen hatte.

Ich fragte ihn, wo er tagsüber zu erreichen sein würde.

»Ich mach noch einen Abstecher zum Krankenhaus, um nach Colin zu sehen, danach fahr ich gleich ins Büro. Wahrscheinlich werde ich den ganzen Morgen da sein – Monroe kommt vorbei, um zu beratschlagen, ob er seine Aussage in der Bestechungsanklage ändern soll.«

»Sag den Krankenhausleuten, daß ich berechtigt bin, Colin zu sprechen.«

»Klar. Warum?«

»Er ist immer noch die einzige Verbindung zum BSS, die ich habe. Vielleicht hat das Abenteuer gestern abend ihm so viel Angst gemacht, daß er mit mir redet. Und übrigens, du solltest vielleicht erwägen, private Sicherheitsmaßnahmen zu ergreifen, bis er entlassen wird.«

»Warum?«

»Bedford und Kompagnons könnten befürchten, daß Colin ein bißchen aus dem Nähkästchen plaudert.«

Seth sah mir in die Augen. »Was genau das ist, was du von ihm willst.«

Ich nickte. »Mehr oder weniger.«

Seth seufzte und rieb sich die Augen, als ob Erschöpfung genauso leicht zu entfernen wäre wie Make-up. »Er ist mein einziger Sohn, Marsh.«

»Das weiß ich, Seth. Aber es sind unschuldige Menschen durch diese BSS-Sache zu Schaden gekommen, und weitere werden folgen, wenn wir den Laden nicht hochgehen lassen. Im Moment ist Colin der einzige Hebel, den ich habe.«

»Nutze ihn mit Bedacht«, sagte Seth bemüht sachlich, dann fuhr er aufgewühlt davon. Ich stieg in den Thunderbird und drehte den Zündschlüssel. Er sprang so an, wie ich mich fühlte: irritiert, genervt und unwillig, das zu tun, was seine Aufgabe war.

Obwohl ich natürlich aus Mangel an Schlaf und Nahrung erschöpft war, hatte mein Durchhänger noch einen tieferen Grund. Das Flammenkreuz war mal wieder einer dieser Anlässe, ähnlich den Krawallen bei Sportveranstaltungen oder den Plünderungen nach Erdbeben, die uns daran erinnern, daß wir nicht das sind, wofür wir uns halten und was wir sein sollten, nämlich ganz anders als die Westgoten und die Hunnen: Aller Evolution ungeachtet, mehren sich die Beweise, daß wir letzten Endes und vor allem immer nur nach einem guten Vorwand suchen, einander umzubringen. So jedenfalls schien es mir, als die Sonne mir über das fügsame Meer entgegenglitt an diesem dunstigen Südstaatenmorgen, der dem Qualm der vorangegangenen Nacht viel zu ähnlich war, um ihm etwas entgegensetzen zu können.

Ich steuerte den Thunderbird aus dem Park heraus und fuhr ins Herz der Stadt. Als ich in der Nähe der medizinischen Fakultät an einer kleinen Imbißbude vorbeikam, legte ich eine Pause ein, die ich dazu nutzte, vier Scheiben French Toast zu verputzen und jede Menge Kaffee in mich hineinzuschütten, während ich mir einen Schlachtplan zurechtlegte. Nach der vierten Tasse Kaffee und dem zweiten Klobesuch machte ich mich auf den Weg zum Krankenhaus.

Da das Gesundheitswesen das letzte blühende Gewerbe in diesem Land ist, brauchte ich ungefähr eine Stunde, um an mein Ziel zu gelangen – das richtige Gebäude zu finden, den richtigen Flügel, das richtige Stockwerk und die richtige Schwester, der ich mein Anliegen vortragen konnte. Nachdem ich Seths Namen sowie Belege für unsere Freundschaft zitiert hatte, wurde ich als sein Abgesandter akzeptiert und bekam Erlaubnis, seinen Sohn zu besuchen.

Colin war unter Beobachtung in der neurologischen Abteilung, vermutlich, weil seine Kopfverletzungen bedrohlicher erschienen als seine orthopädischen Probleme. Unter Befolgung einiger träger Instruktionen fand ich sein Zimmer und spähte vorsichtig hinein.

Das vordere Bett war leer; Colin lag aufgebettet in dem hinteren. Neben ihm saß eine Frau, die sanft tröstend auf ihn einsprach und seinen Handrücken streichelte. Ihre sepiafarbene Haut bildete einen scharfen Kontrast zu ihrer Kleidung, welche die übliche antiseptische Aufmachung einer Krankenschwester war. Im Unterschied zum nachdrücklichen Auftreten seiner Pflegerin offenbarte der Patient die glänzenden

Wangen und die schnodderige Nase desjenigen, der soeben geweint hat.

Sein rechtes Auge war verbunden, sein linkes schwarz verfärbt; der Kiefer darunter geschwollen und ebenfalls verfärbt. Das rechte Handgelenk war eingegipst. Sein kahlgeschorener Kopf war in eine Art Heiligenschein gezwängt – einer dieser Metallkäfige, die sie einem in den Schädel schrauben, damit man seinem verrutschten Gehirn keinen Schaden zufügen kann. Wie er da so lag – aus Bedfords Gefolge und dessen rituellen Beifallsbekundungen entfernt, seines Drillichanzugs und seiner Springerstiefel beraubt –, wirkte Colin Hartman einfach wie ein Kind, das von der Schaukel gefallen und schwerlädiert vom Schulhof geschafft worden ist.

Während ich mich vorerst noch hinter der Tür verbarg, murmelte die Schwester etwas Besänftigendes, worauf Colin mit undeutlichem Genuschel antwortete, was dafür sprach, daß er seinen Kiefer nicht richtig bewegen konnte: Mir fiel auch gleich ein, daß dieser ja zur Ruhigstellung verdrahtet worden war. Dann mußte ich mich um der Bequemlichkeit willen bewegen und verursachte dabei ein Geräusch; sofort blickten Colin und die Schwester, beide verärgert über die Störung, in meine Richtung.

Als Colin erkannte, wer es war, wandte er sich mit einem Ausdruck der Frau zu, der nicht flehentlicher hätte sein können, wäre sie sein persönlicher Schutzengel gewesen. Ich mußte über die Ironie dieses Bündnisses grinsen – so wie es im Schützengraben keine Atheisten gibt, gibt es wohl auch keine Rassisten auf der Intensivstation.

Sie streichelte noch einmal Colins Hand und erklärte ihm, daß sie jetzt gehen müsse. Colin machte eine Bewegung, um ihr zu bedeuten, daß er das nicht wolle. Ich wartete, bis sie die Sache geklärt hatten. Auf ihrem Weg hinaus bat sie mich, mich kurz zu fassen und ihn möglichst nicht aufzuregen. Ich erklärte, das sei kein Problem. Der Name auf ihrem Schild lautete Bunting.

Sie wandte sich zum Gehen, hielt aber, mich distanziert und mißtrauisch anblickend, noch einmal inne. »Er kann Sie verstehen, aber aufgrund seiner Gesichtsverletzungen ist er noch nicht in der Lage, selber zu sprechen. Versuchen Sie nicht, ihn dazu zu bringen.«

Ich warf einen Blick auf den Heiligenschein und den kahlen Kopf, der darin wie ein Opossum gefangen war, dann senkte ich meine Stimme und fragte sie flüsternd. »Irgendwelche Hirnschäden?«

»Das glauben wir nicht, aber wir müssen noch weitere Untersuchungen durchführen, um sicherzugehen.« Sie hielt zwei Finger hoch. »Zwei Minuten. Dann komme ich wieder und schmeiße Sie raus.«

Ich setzte mich auf den Stuhl, den Schwester Bunting freigemacht hatte, und lächelte, um meine Absichten in möglichst günstigem Licht erscheinen zu lassen. Trotz meiner äußerlichen Jovialität verschloß Colin sein nicht verbundenes Auge und preßte Kopf und Heiligenschein in seine Kissen, als hoffe er, diese würden ihn verbergen.

Als ich ihn anredete, zuckte er zusammen. Als ich ihn fragte, wie es ihm ginge, grunzte er durch seine breiige Lippe und die zerbrochenen Zähne hindurch. Als ich erklärte, daß ich einige Informationen von ihm bräuchte, schloß er sein gesundes Auge, aus dessen verhangenem Winkel sich eine Träne drückte, nur noch fester. Er hatte Schmerzen, wie ich wohl wußte; ich hoffte, daraus Nutzen ziehen zu können.

»Du mußt mit mir reden, Colin«, begann ich leichthin. »Du mußt mir noch ein bißchen was über den BSS erzählen.«

Nichts, nicht mal ein Grunzen. Da die Zeit kostbar war, wählte ich die härtere Gangart.

»Du sitzt echt in der Patsche, mein Sohn. Du hast mich

nicht getötet, wie es von dir erwartet wurde; da wird doch der BSS denken, daß du umgefallen bist und sie verraten hast. Wenn ich auf der anderen Seite zur Polizei gehe, kann ich dir eine Anklage wegen Teilnahme an einer kriminellen Verschwörung verpassen. Du bist also in jedem Falle dran. Was für ein Glück für dich, daß die eine Seite immer noch bereit ist, dich zu retten.«

Sein Grunzen sollte vermutlich ein Fluch sein, ich zog es jedoch vor, es nicht weiter zu dechiffrieren. Um ihm Zeit zum Nachdenken zu geben, schlenderte ich zum Fenster und blickte hinaus. Mindestens sechs Kirchtürme stachen in den Morgenhimmel wie Karotten, die sich durch den innerstädtischen Boden getrieben haben. Ich hätte gern gewußt, zu welcher Kirche Beau Bilbow gehörte, und außerdem, ob irgendeine von ihnen ihn wohl abweisen würde, wenn sie wüßten, was er letzte Nacht getan hatte. Ohne mich erst umzudrehen, setzte ich zu meiner Predigt an.

»Du und Bedford, ihr habt mich entführt. Und mich in rechtswidriger Weise festgehalten. Und mich mit einer tödlichen Waffe bedroht. Das sind ganz schwerwiegende Sachen, Colin; Kidnapping ist in den meisten Staaten ein Kapitalverbrechen. Selbst wenn sie dich nur ins Gefängnis stecken, wirst du dir bald wünschen, daß sie dich hingerichtet hätten; die Gefängnisse sind nämlich voll mit Leuten, die du und deine Kumpels als *Homo bestialis* bezeichnen. Wenn sich deine Einstellung zum Thema Minderwertigkeit aller Nichtweißen herumspricht, dann hast du innerhalb einer Woche irgendeinen spitzen Gegenstand im Hals. Und soweit ich sehe, ist dein Dad der einzige, dem das nicht scheißegal sein wird.«

Jetzt drehte ich mich um und sah ihn an. Was er mir zeigen wollte, war Stolzismus. Was ich jedoch zu sehen bekam, war ein schreckensbleiches Elend. Während sein ruhiggestellter Kiefer sich blähte von der Anstrengung, ein Geräusch zu produzieren, das die explosiven Dämpfe seiner Angst ausstoßwürde, rannen ihm die Tränen über die Wangen, als sei er ein Eisblock unter südlicher Sonne.

»Die gute Nachricht ist, daß du immer noch Zeit hast, dich aus der Sache herauszuziehen«, fuhr ich fort. »Ich habe der Polizei noch nichts von der Bunkergeschichte erzählt. Dein Dad weiß zwar, daß wir Zoff hatten, aber er weiß nicht, daß du versucht hast, dich umzubringen; und er weiß auch nicht, daß du versucht hast, mich umzubringen. Wenn ich das von dir bekomme, was ich haben will, wird er es auch nie erfahren.«

Ich blickte ihm ins Auge, das immer noch versuchte, Aufsässigkeit auszustrahlen, trotz des Schwächeanfalls von eben und trotz der Horrorvisionen, die ich ihm einflüsterte.

Er konnte nicht mit mir reden, also versuchte ich zu überbrücken. »Du hast hoch gepokert, Colin, also mußt du auch entsprechend bezahlen. Wenn du Manns genug warst, Kampfanzüge und automatische Waffen zu tragen, dann bist du auch Manns genug, die Konsequenzen zu tragen, wenn du Scheiß gebaut hast. Die Konsequenz für dich ist folgende: wenn du mir nicht sagst, was ich wissen will, wanderst du in den Bau und sitzt deine Jährchen ab. Lange Jährchen; schreckliche Jährchen. Also, was darf es sein?«

Seine Antwort bestand in einem kehligen Fluch, dem ein schmerzliches Stöhnen folgte.

»Wie ich sehe, tut das Reden dir weh, deshalb mache ich dir einen Vorschlag. Ich werde dir ein paar Fragen stellen, die mit ja oder nein beantwortet werden können. Wenn du den Daumen bewegst, heißt das ›ja‹; Zeigefinger heißt ›nein‹. Okay?«

Er blinzelte mit seinem einzelnen Auge.

»Wenn du mich anlügst, werde ich es herausfinden. Und dann werde ich zur Polizei gehen und ihnen erzählen, was da im Bunker los war, und ich werde euch beide, dich und Bedford, anzeigen. Du kannst dich ruhig damit abfinden, daß der

BSS für dich gegessen ist, Colin; du mußt dich für eine Partei entscheiden, aber nur eine von ihnen will dich noch haben.«

Ich gab ihm ein bißchen Zeit, um die Tragweite meiner Andeutungen nachzuvollziehen. »Dein Dad ist ein netter Mensch«, fuhr ich fort, als ich seine Lippe zittern sah. »Aber ich bin es nicht. Soweit es mich angeht, bist du entweder mein Freund oder mein Feind. Wenn du auf meiner Seite bist, werde ich durch die Hölle marschieren, um dir zu helfen. Wenn du dich gegen mich stellst, fliegst du solo, und niemand wird dich auffangen, wenn du abstürzt. Wenn du nicht auspackst, rufe ich Bedford an und gebe ihm deine Zimmernummer durch, damit er auf jeden Fall weiß, wo er suchen muß. Haben wir uns soweit verstanden, Colin?«

Zögern. Dann Daumen.

»Gut. Hier ist die erste Frage. Weißt du, wer Alameda Smallings ist?«

Zögern. Daumen.

»Du hast ihr ein Band geschickt, nicht wahr?«

Daumen.

»Wessen Idee war das? Bedfords?«

Daumen.

»Ist das der Grund, warum du ab und zu mit Elmira sprichst? Um bei den Fällen deines Vaters auf dem laufenden zu bleiben, damit du es Bedford weitersagen kannst, welche Leute ihr aufs Korn nehmen müßt?«

Daumen.

»Hatte Bedford weitere Aktionen in Sachen Alameda geplant? Weißt du, ob er sie auf noch andere Weise daran zu hindern versuchen wollte, ihre Sache mit der Palisade zu verfolgen? Außer mit dem Band?«

Zeigefinger.

»Hat Bedford mal über Flammenkreuze gesprochen?«

Daumen.

»Bei Alameda zu Hause?«

Zeigefinger.

»Nur so im allgemeinen?«

Daumen.

»Hatten sie etwas Derartiges für gestern abend geplant?«

Zeigefinger.

»Okay. Nur noch ein paar. Kennst du Beau Bilbow?«

Zeigefinger.

»Hast du jemals davon reden hören, daß der BSS einen Teil seines Geldes von einem Autohändler bekäme?«

Zeigefinger.

»Was ist mit Ms. Hendersen? Du hast gesagt, sie hätte Bedford Geld gegeben. Hat sie deines Wissens in irgendeiner anderen Weise mit dem BSS zu tun?«

Zeigefinger.

»Aber du hast sie mit Bedford zusammen gesehen?«

Daumen.

»Hast du gehört, was sie gesprochen haben?«

Zeigefinger.

»War es ein freundschaftliches Gespräch?«

Zeigefinger.

»Gab's Streit?«

Daumen.

»Worüber?«

Achselzucken, und peinvolles Zusammenzucken.

»Wie steht's mit Aldee Blackwell? Hat der irgendwas mit dem BSS zu tun?«

Zeigefinger. Zweimal.

»Wie ist es mit Monroe Morrison?«

Zeigefinger. Zweimal.

»Und Montgomery Hendersen?«

Zeigefinger.

»Deine Schwester? Deine Mutter? Dein Stiefvater?«

Zeigefinger. Dreimal.

»Hat Bedford mal erwähnt, wer den BSS finanziert?«

Zeigefinger.

»Plant der BSS irgendwelche Gewalttaten in naher Zukunft?«

Daumen.

»Was für welche?«

Nichts.

»Komm schon, Colin. Haben sie davon geredet, jemanden umzubringen?«

Zögern. Dann Daumen.

»Wen?

Nichts.

»Will der BSS wirklich deinen Vater umbringen? Läuft es jetzt darauf hinaus?«

Lange Zeit antwortete er nicht. Ein frischer Tränenstrom näßte seine Augenbinde und tropfte auf die Wange herab. Sein Körper bäumte sich in Qualen auf. Der Laut, der durch seine Zähne drang, war ein Urschrei.

»Ich muß an Bedford rankommen, bevor er ans Werk geht«, sagte ich so eindringlich, wie es mir möglich war. »Wo ist er?«

Colin bewegte seinen Kopf um einen Millimeter.

»Komm schon, Colin. Es hat sich nichts verändert, außer, daß man zu deinen anderen Verbrechen jetzt auch noch Verschwörung zum Mord dazuzählen kann. Du mußt mir helfen, das zu verhindern.«

Ich ging zum Bett und packte ihn am Arm. Während er sich mir protestierend zu entwinden versuchte, kam hinter mir Schwester Bunting durch die Tür gestürmt, als sei auch sie zum Äußersten entschlossen.

»Was fällt Ihnen ein? Ich lasse nicht zu, daß Sie diesem Mann wehtun. Wenn Sie nicht augenblicklich das Gebäude verlassen, werde ich Sie von den Sicherheitsleuten entfernen lassen. Der Zustand dieses Jungen ist kritisch; ich dachte, Sie wären ein Freund.«

»Ich bin der beste Freund, den er hat«, sagte ich und machte die Tür hinter mir zu.

Und so war es ja wohl – traurig, aber wahr.

30

Nachdem ich von Schwester Bunting mattgesetzt worden war, mußte ich mich nun auf Bedford konzentrieren; der einzige Weg, der mich zu ihm führen konnte, verlief über Colins ehemalige Freundin Broom. Ihr Name stand zwar nicht im Telefonbuch, aber die verschlafene Person, die den Hörer in der Pustel abnahm, raunte mir zu, daß sie irgendwo im Ansonborough District wohne, in der Nähe der Ecke South und Broad.

Ich konsultierte meinen Stadtplan und fuhr dann auf der Calhoun nach Osten, bog links ab auf die East Bay, und noch mal links auf die South Street; dann fuhr ich die Gegend ab, bis ich das Haus fand, das auf Elmiras pikierte Beschreibung der forcierten Trägheit paßte, in der Broom und ihre Kumpels offenbar herumlungerten. Ich war ja auf einiges gefaßt, aber was ich da sah, das mußte ich doch erst einmal verarbeiten.

Es war, als hätten sie eine der großen Villen südlich der Broad geklaut, sie durch die Luft nach Norden über die Calhoun transportiert und dort auf ein freies Grundstück plumpsen lassen und sie anschließend einer Reihe von Härtetests unterzogen, um zu sehen, ob sie den Anforderungen des zwanzigsten Jahrhunderts gewachsen sei. An allen Ecken und Enden pellte die Farbe ab oder warf Blasen. Jede Schindel war verzogen, jede Säule stand schief, jede Dachrinne zappelte lose in der Luft, jedes Stück Holzverkleidung war unter den Belastungen der postmodernen Existenz entweder verbogen, verbeult, verrottet oder aus der Verankerung gerissen. Man hätte den Gesamteffekt als komisch bezeichnen können, wenn das Haus irgendwo abseits und für eine weitere Fortsetzung von *Psycho* bereitgestanden hätte, aber die Vorstellung, daß dort tatsächlich echte Menschen wohnen sollten, konnte nicht zur Erheiterung dienen.

Neben der Tür hing ein in grober Kalligraphie beschriftetes Schild: ABANDON HOPE ALL YE WHO ENTER HERE – Ihr die ihr hier eintretet, lasset alle Hoffnung fahren. Das H in HOPE war durchgestrichen und durch ein handgekritzeltes D ersetzt worden. Neben dem Schild zeigte ein Pfeil nach unten auf einen Eimer. Im Eimer lagen mehrere zerquetschte Schaben und ein paar Pergaminumschläge, deren Inhalt wie Crack aussah, sicherlich aber ein zuckriges Imitat darstellte.

Obwohl die allgemeine Erschöpfung mir ebenso zu schaffen machte wie der Anflug einer Grippe, brachte ich genügend Wachsamkeit auf, um nicht auf der Vorderstufe zu stolpern, durch das Loch in der Veranda zu fallen und mich an den Glasscherben zu schneiden, die wie Schnee von irgendwo herabgefallen waren. Als ich mit der Faust gegen die Tür hämmerte, begann das Dach über der Veranda zu quietschen und zu stöhnen; ein Vogel tauchte aus seinen Untiefen hervor und beschimpfte mich. Langsam fragte ich mich, ob Broom eigentlich das Risiko wert sei.

Das jugendliche Geschöpf, das die Tür öffnete, war männlichen Geschlechts. Dessen konnte ich sicher sein, da er von der Taille abwärts nackt war. Sein T-Shirt war ein Werbeartikel zugunsten von Nirvana, sein Haarschnitt eine Huldigung an General Custer. Die Leere in seinen Augen war ein Nebenprodukt verbotenen Medikamentengebrauchs.

»Yeah?« war alles, was er herausbrachte, und auch das nur, nachdem er sich die Schläfen mit den Ballen seiner Hände gerieben hatte, bis alle Farbe aus den Handgelenken gewichen war.

»Ist Broom da?« fragte ich ihn.

»Wer will'n das wissen?«

»Ein Freund.«

»Broom hat keine Freunde.«

»Was sind dann Sie?«

»Ihr Sklave.«

»Wie ist *das* denn passiert?«

Er gähnte. »Ich brauchte was zu beißen, wissen Se? Also hat Broom mir irgendwie was gegeben oder so, und jetzt muß ich's abarbeiten. Ist gar nicht mal so übel – meistens merk ich's überhaupt nicht, außer, wenn ich ihr die Zehen ablutschen muß. Wer sind Sie?«

»Ein Geschäftspartner.«

»Von der Bar oder so?«

»Genau so.«

»Sie sehen wie'n Bulle aus.«

»Würde einem Bullen ein Laden wie die Pustel gehören? Wo ist sie?«

Zum Glück fiel ihm der Mangel in der Logik nicht weiter auf. »Schläft wahrscheinlich.«

»Um wieviel Uhr steht sie auf?«

»Wie spät ist es jetzt?«

Ich sah auf meine Uhr. »Viertel nach sieben.«

Er runzelte die Stirn und blickte dann an mir vorbei in die verblaßte Dämmerung. »Wie jetzt, morgens, oder was?«

»Bingo.«

»Dann ist sie wahrscheinlich noch nicht zu Bett. Ist heute Mittwoch, oder war das gestern? Ich muß meine Stütze abholen, wenn Mittwoch ist.«

»Heute ist Mittwoch. Sie haben noch ungefähr sechzehn Stunden Zeit, dran zu arbeiten.«

»Geil.«

Brooms Sklave trat zur Seite, um mich in das Reich seiner Herrin einzulassen, dann zeigte er auf den Flur, der nach rechts vom Foyer abging. »Probieren Sie's mal in der Küche«, murmelte er. »Das letzte, was ich gesehen hab, war, wie sie irgendwie irgendwas mit Eis gemacht hat.«

»Gegessen oder so?«

Er strengte sein Gedächtnis an, dann schüttelte er den Kopf. »Irgendwas anderes.«

Und tatsächlich, genau das tat Colins alte Freundin Broom. In einem Bodysuit, der sie vom Hals bis zu den Knöcheln in Schwarz hüllte – abgesehen davon, daß sie darüber weiße Seidenschlüpfer und einen weißen Spitzen-BH trug, um ihre erogenen Zonen zu signalisieren –, stand sie über eine altmodische Eismaschine gebeugt und kurbelte, was das Zeug hielt.

Ihre Zähne lagen wie Schraubpressen aufeinander; ovale Schweißflecken verdunkelten das Tal zwischen ihren Brüsten und die Höhlen unter ihren Armen. Die Melodie, die sie summte, war eigentlich »Happy Birthday«, aber bei ihr klang es wie »Die Wolgaschiffer«.

Nach einigen weiteren Drehungen der Kurbel griff sie nach einer Papiertüte und fügte dem Eisring Salz hinzu. Auf dem Kopf hatte sie eine borstige Haarkugel, die in der Färbung zu ihrer Kleidung paßte; ein schwarzer Ring umgab auch ihr linkes Auge, was wie eine Parodie auf den Hund der Kleinen Strolche wirkte. Nasenflügel, Ohren und Lippen waren von Unmengen von Silberringen durchbohrt. Ihre Haut war so scheckig wie ein schlechter Zahn.

Sie hatte keine Ahnung von meiner Anwesenheit, bis ich ihren Namen aussprach. Daraufhin stellte sie die Salztüte ab und sah mich desinteressiert an. »Ich weiß, daß Sie nicht der Vermieter sind, also glaub ich nicht mal im entferntesten, daß Sie das Recht haben, hier zu sein.«

»Mein Name ist Tanner. Ihr Sklave hat mich hereingebeten.«

»Das erleichtert mich jetzt aber; als ich ihn zuletzt gesehen habe, lag er pennend in der Badewanne. Was schätzen Sie: Kann man so ertrinken, oder würde man eher aufwachen?«

»Ich schätze, man würde aufwachen.«

»Hab ich mir auch gedacht.« Sie war so blasiert wie eine Politesse.

Ich versuchte, ein paar Punkte zu machen. »Offenbar hab ich ihn noch so rechtzeitig aufgeweckt, daß er seine Stütze kassieren kann. Ich schätze, dafür hab ich einen Gefallen gut.«

Sie sah mich mißtrauisch an. »Was für einen Gefallen?«

»Ich suche Forrest Bedford.«

Broom hörte auf zu kurbeln. »Den Bibeljunkie? Den hab ich seit Wochen nicht gesehen.«

»Wo haben Sie ihn denn zuletzt gesehen?«

»Eine Weile lang ist er immer in der Bar aufgekreuzt, um noch ein paar Klotzköpfe für die gute Sache anzuwerben. Sollte ich ihn in diesem Jahrhundert wiedersehen, wär das echt zu früh.«

»Ich hatte gehofft, Sie wüßten vielleicht, wo ich ihn finden kann.«

Sie zuckte die Schultern. »Das einzige, was ich über Bedford weiß, ist, daß bei ihm die Bibel ein bißchen reichlich nach *Mein Kampf* klingt.« Sie fing wieder an zu kurbeln, diesmal so schnell sie konnte.

Schweiß trat ihr auf die Stirn, tropfte die Wange herunter und fiel auf den Eisring. Nach einer Minute Schnaufen und Keuchen ließ sie von der Kurbel ab, entfernte den Deckel des Behälters und begutachtete ihr Gemisch. »Scheiße. Dieses Zeugs taugt nichts. Wird einfach nicht hart, egal, was ich anstelle.« Sie schüttelte den Kopf und sah mich an. »Und Ihre Masche, Mister? Was verscheuern Sie? Dope? Pornos? Oder was?«

»Erlösung vielleicht.«

Sie schüttelte den Kopf und lachte. »Hätt ich nicht gedacht, daß Sie 'n Seelenfänger sind. Tut mir leid, Ihnen das verklikkern zu müssen, aber hier sind Sie verkehrt. Der einzige Gott, den ich anbete, ist der Schlaf.« Sie legte den Deckel wieder auf den Behälter und kurbelte mit frischer Heftigkeit. »Ich muß das hier endlich hinkriegen«, murmelte sie durch die zusammengebissenen Zähne hindurch.

»Meine Art von Erlösung ist ziemlich gezielt; Verkündigung-de-Luxe, könnte man sagen.«

»Scheiße, was soll das denn heißen?«

»Ich will nur eine einzige Seele retten. Ihr Name ist Colin Hartman.«

Ihr Blick wandte sich blitzartig von der Eismaschine weg und mir zu.

»Was hat er denn mit was auch immer zu tun?«

»Er ist in Schwierigkeiten. Und er hat Angst.«

»Er müßte jede Menge Angst haben.«

»Wovor?«

»Wovor wir alle Angst haben.«

»Nämlich?«

»Daß man sich nirgends mehr verstecken kann.« Sie wischte sich eine schmierige Haarlocke aus der glänzenden Stirn. »Was ich nicht verstehe, ist, wieso sich so ein Hemd-und-Kragen-Typ wie Sie dafür interessiert.«

»Sie wissen über Colin und Bedford und den Bund des Stolzen Südens Bescheid?«

Sie zuckte mit den Schultern. »Ich weiß über Bedford soviel Bescheid wie über Durchfall.«

»Er hat gestern abend versucht, Colin hopsgehen zu lassen.«

»Wie hopsgehen?«

»Bedford wollte Colin dazu bringen, ein schweres Verbrechen zu begehen, um das dann als Druckmittel gegen ihn zu benutzen.«

»Was für ein Verbrechen?«

»Mord.«

Sie hustete. »Wen sollte er denn ermorden?«

»Mich.«

Ich trat neben sie, schubste sie aus dem Weg, nahm ihr die Kurbel aus der Hand und fing an zu drehen. Das Eis knatterte gegen die Wände des hölzernen Topfs wie ein Skelett, das durch einen Pulverisierer geschickt wird. Als ich wieder zu Broom hinsah, weinte sie.

»Was ist los?« fragte ich.

»Nichts.«

»Sie können's mir ruhig sagen; ich verschwinde sowieso nicht, ehe ich was von dem hier gekriegt habe.«

»Es geht Sie nichts an.«

Ich zuckte die Schultern. »Wer hat denn Geburtstag?«

Sie zögerte. »Meine Mutter, würd ich sagen.«

»Wie alt wird sie?«

»Woher zum Teufel soll ich das wissen? Fünfundvierzig vielleicht.«

»Wo wohnt sie?«

»Battery Street.«

»Und wann kommt sie vorbei?«

»Nie.« Sie biß sich auf die Lippen und fluchte.

»Wann haben Sie sie das letztemal gesehen?«

»Gestern vor zwei Jahren.«

»Wußte gar nicht, daß Charleston so groß ist.«

»Wenn man will, dann ist es das.« Broom warf den Kopf zurück und sah mir beim Arbeiten zu. »Ich weiß immer noch nicht, was Sie hier wollen«, sagte sie, während ich Geschmack an meiner Aufgabe fand.

»Ich versuche, Colin Hartman aus der Patsche zu helfen.«

»Und wie?«

»Indem ich Bedford aus dem Verkehr ziehe. Dazu muß ich aber wissen, wer ihm die Scheine zuschiebt. Irgendwelche Infos zu diesem Thema?«

Sie schüttelte den Kopf.

»Ist das auch wahr? Oder sind Sie selber eine von den Israeliten?«

»Soweit ich informiert bin, sind die Israeliten alle in Israel. Oder vielleicht auch in Scarsdale. Ich seh immer noch nicht, was mich das angehen soll.«

»Waren Sie und Colin nicht befreundet?«

»Betonung liegt auf waren. Okay, ab und an kann er sich an meiner Schulter ausweinen.«

»Warum?«

Sie ließ sich Zeit und sah mir beim Kurbeln zu. »Weil ich's ihm schulde.«

»Wofür?«

»Dafür, daß er für mich da war, als ich's brauchen konnte.«

»Wann war das?«

»In der Schule noch.«

»Bishop England?«

Sie nickte. »Bei mir zu Hause sind ein paar herbe Sachen abgegangen. Colin war der einzige, der verstanden hat, was ich da durchmachen mußte. Eins der wenigen Dinge, die ich in meinem Leben hingekriegt hab, ist, daß ich das nicht vergessen hab.«

»Das klingt gar nicht nach dem Colin, den ich kenne. Daß er so einfühlsam ist.«

»Ja nun, Colin ist ein bißchen von der Rolle.«

»Wie kommt's? Warum ist er so unglücklich?«

»Weil ihm wichtig ist, was sein Daddy denkt, und sein Daddy denkt, daß er richtigrum ist.«

Sie sagte das gedankenlos dahin und bereute es sofort. »Scheiße«, stieß sie hervor. »Ich bin so müde, ich weiß gar nicht mehr, was ich rede.«

»Colin ist schwul? Sollte es das heißen?«

Sie versuchte, die Sache abzutun. »Ich glaube nicht, daß Colin in der Sache übermäßig engagiert ist. Ich weiß nicht mal, ob er überhaupt schon mal flachgelegt worden ist.«

»Er hat das Mädchen bedrängt, mit dem er zur Schulabschlußfeier gegangen ist. Hat ihr Kleid ruiniert und alles.«

»Vielleicht tut er so was aus einem bestimmten Grund.«

»Und der wäre?«

»Damit sie ihn in die Schranken weisen und er eine gute

Entschuldigung hat, abzuspringen. Damit er sich nicht klarwerden muß, ob er's ist oder nicht?«

»Was ist oder nicht?«

»Andersrum.«

»Kein Coming-out?«

»Würd ich ihm auch nicht raten.«

»Wegen Bedford, meinen Sie?«

»Bedford, sein alter Herr – bei dem Thema sind sich die beiden einig.«

Ich kurbelte immer weiter, während wir uns gegenseitig abschätzten. Als sie zu welchem Urteil auch immer gekommen war, löste mich Broom an der Kurbel ab. »He, das wird ja was. Alle Achtung!« Sie machte sich glatt die Mühe, mir ihre Hand zum Abklatschen hinzuhalten.

»Erzählen Sie mir was über Jane Jean Hendersen«, sagte ich, während sie wie wild kurbelte. »Was für eine Verbindung zu Bedford hat sie?«

»Ich weiß nur, daß sie seine Anwältin ist.«

»Wozu braucht er eine Anwältin?«

»Beratung.«

»Worüber?«

»Wieviel Scheiße er erzählen kann, bevor sie ihn abgreifen, nehme ich an.«

»Ist Jane Jean eine Rassistin?«

»Sie ist Anwältin. Sie ist immer das, wofür sie bezahlt wird.«

Broom öffnete den Eiskrembehälter, tauchte einen Finger in die Masse, nickte befriedigt, fand einen Löffel in einer Schublade und bot mir an zu probieren. Der Eisklumpen lag glatt und pfirsichweich auf der Zunge.

Nachdem ich meine Komplimente an die Köchin ausgesprochen hatte, tauschten wir ein müdes Lächeln. »Ich muß ins Bett, bevor ich im Stehen sterbe«, sagte Broom.

»Wo wohnt Bedford? Sagen Sie mir das wenigstens. Damit

ich an ihn rankomme, bevor er noch mehr Schaden anrichtet.«

»Warum sollte mich das kümmern, was er macht?«

»Weil wir beide wissen, daß Colin nicht in die Gesellschaft dieser Leute gehört. Und weil ich im Moment der einzige bin, der ihren Laden zumachen kann.«

Ihre Entscheidung ließ auf sich warten. »Folly Beach«, sagte sie endlich. »Hat da ein Betonhaus besetzt, das der Wirbelsturm plattgemacht hat und das von den Eigentümern einfach aufgegeben worden ist. Da wohnt er mit seinen kleinen Lieblingen.«

»Hunde?«

»Gewehre«, korrigierte sie. »Er hat ungefähr fünfzig Stück. Nur falls Sie gedacht haben, daß es ein Spaziergang wird.«

31

Es fühlte sich an wie Mitternacht, aber es war erst 7:45 Uhr am Morgen. Es war ein weiter Weg nach Folly Beach. Da ich bezweifelte, daß Bedford so früh schon auf und in seinem Wahnsinn zugange sein würde, beschloß ich, noch einen Halt einzulegen, bevor ich ihm auf die Pelle rückte. Einem Telefonbuch entnahm ich, daß das Bestattungsinstitut Morrison an der Rutledge Avenue lag, und mein Stadtplan belehrte mich, daß diese sich nördlich der Sumter Street befand. Ich war in zehn Minuten da, nicht schlecht für den morgendlichen Betrieb.

Als ich an meinem Ziel anhielt, hatte sich meine eiskremselige Hochstimmung wieder verflüchtigt, und ich fühlte mich selbst reichlich morbide. Die Welt schien krank und deformiert; Colin Hartman war ein physisches und psychisches Wrack; Broom trieb die Sehnsucht nach ihrer Mutter in tiefe Verzweiflung und quälenden Symbolismus; Seth hatte die religiösen und sexuellen Verwirrungen seines Sohns über Jahre hinweg einfach nicht wahrgenommen; und die Widerlichkeit des BSS schwebte in der Morgenluft wie ein Pesthauch, der einem in die Poren dringt und einen durch das Gewebe hindurch vergiftet.

Das Bestattungsinstitut samt Umgebung ließ meine Stimmung vollends erstarren. Der strenge Ziegelbau war von der Zeit und den Winden des Hugo aufs äußerste mitgenommen und verdeckte seine Narben unter einem wirren Pflanzengeflecht. Der Rinnstein an der Straße war mit Müll und Plunder übersät, die allzu lange nicht mehr eingesammelt worden waren. Die Leute, die auf dem Bürgersteig gingen, schienen es nicht eilig zu haben, an ihr Ziel zu gelangen. Falls Morrison noch einen Sarg übrig haben sollte, würde ich erwägen, ihn zu mieten. Hinter einem konkaven Drahtgitter stand die Eingangstür offen; ich ging zögernd hinein, wobei meine Vorsicht nicht den Toten galt, sondern denen, die für sie die Aufsicht führten.

Das Foyer war ein großer und hoher Raum; an den Wänden standen Klappstühle in dichter Reihe, nur unterbrochen von einem Kleiderständer und einer Bodenvase voller Blumen. Dahinter befand sich ein Salon, der wie ein viktorianisches Diorama hinter einem Paar von Schiebetüren prangte. Das Mobiliar bestand aus einer eklektischen Sammlung schwerfälliger Antiquitäten, die in unregelmäßigen Kreisen angeordnet waren, um den Akt der Trostsprechung zu erleichtern. Die Musik, die durch den Raum drang, war eine vom Band gespielte Orgelfuge; das Buch, das aufgeschlagen auf einem Tischchen lag, bot mir die Möglichkeit, meine Anwesenheit zu dokumentieren. Zu dieser Stunde, da es für Besuche noch zu früh war, war der Raum lediglich von bedeutungsvollem Schweigen erfüllt.

Ich ging ins Foyer zurück und folgte dem Flur, der zur Rückseite des Hauses führte; dort klopfte ich an die erste Tür, die ich fand. Nichts regte sich, und ich drehte den Türgriff.

In der Mitte des Zimmers stand ein Sarg mit aufgeschlagenem Deckel, in dem die irdischen Überreste eines Mannes ausgestellt waren, der einen blauen Anzug und ein breites Lächeln trug. Um die Eichenkiste herum waren, als seien sie der Einsatz eines fremdartigen Wettstreits, Unmengen von Blumengaben angeordnet, Farne und Blüten in einem solchen Übermaß, daß sie die Frau zu verschlingen drohten, die auf einem Stuhl mit gerader Lehne inmitten dieser ausgelagerten Pflanzschule saß. Sie trug ein schwarzes Satinkleid, einen schwarzen Schleier, schwarze Lederhandschuhe, und sie warf immerzu etwas auf den Mann, der feierlich aufgebahrt auf der weißen Auskleidung seines handgeschnitzten Bettes lag. Ich schätzte, daß sie die ganze Nacht hindurch dort gesessen hatte; und was sie da warf, das waren Pennies.

Trotz aller Bedenken wiederholte ich das Vorgehen an der nächsten Tür. Diesmal wurde ich hereingebeten, von einer Stimme, die eher pikiert als trauererfüllt war.

Dies war offenbar kein öffentlicher Raum, sondern ein privates Wohnzimmer, mit mehr Durcheinander und weniger vornehmem Mobiliar als in den Geschäftsräumen vorne. Ein Mann im weißen Seidenpyjama und schwarzen Seidenmorgenmantel saß vor einem großen Erkerfenster, nippte an einem Kaffee und las die Morgenzeitung in dem karburierten Licht, das sich durch die weißen Gazevorhänge in seinem Rücken mogelte.

Im Einklang mit der Ausstattung des Etablissements trugen auch eine Reihe von Blumenbuketts zum Ausfüllen des Zimmers bei – prächtige Arrangements von allem, was zwischen Orchideen, Stiefmütterchen und Iris denkbar war; in Gefäße verstaut, die von geschliffenen Glaskaraffen bis zu galvanisierten Milchkannen reichten. Ich rechnete damit, jeden Augenblick niesen zu müssen, doch als ich genauer hinsah, bemerkte ich, daß die Pflanzen alle aus Plastik waren.

Der Mann auf dem S-förmigen Sofa ließ die Zeitung sinken und sah mich mißbilligend an. Seine Gesichtszüge waren fein und vornehm, seine Augen dunkel und direkt, sein Haar war kurzgeschnitten und von Grauspuren durchzogen. Er kam mir wie eine dunklere Ausgabe Belafontes vor, wenn auch seine abgehärmte Stirn und sein Silberblick auf einen etwas weniger transzendenten Status hindeuteten.

Er hatte dringend eine Rasur sowie etwas Ruhe und Frieden nötig, aber sowohl das eine wie das andere würde noch eine Weile auf sich warten lassen. »Dies sind Privaträume«, grummelte er in näselndem Ton. »Wenn Sie zu den Prideaux gehören, warten Sie bitte vorne, bis die Andacht beginnt. Falls Sie

Trauerberatung wünschen, kann ich Ihnen nicht vor neun Uhr zur Verfügung stehen.«

»Mein Name ist Tanner«, sagte ich. »Ich suche Monroe Morrison.«

»Zu welchem Zweck?«

»Informationen.«

»Was betreffend?«

»Seth Hartman.«

»Warum kommen Sie dann hierher und gehen nicht zu Seth?«

»Ich war schon bei Seth. Ich arbeite sogar für ihn.«

Er hob die Augenbrauen. »In welchem Zusammenhang? Mit meinem Prozeß?«

»Indirekt wenigstens.«

»Was heißt das?«

»Das heißt, daß mein direktes Anliegen der Bund des Stolzen Südens ist. Wenn mich nicht alles täuscht, teilen Sie dieses Anliegen mit mir.«

Morrison faltete die Zeitung zusammen und legte sie zur Seite. »Mir scheint, Sie wissen mehr über meine Angelegenheiten, als Sie sollten.«

»Ich arbeite als Ermittler im Auftrag Ihres Anwalts; meine Standespflichten sowie die anwaltliche Fürsorgepflicht legen fest, daß ich ohne Ihre Erlaubnis keine Information, die ich eventuell erlange, an irgend jemanden außer Seth weitergeben darf.«

Er unterzog mich einem langen prüfenden Blick. Die durchs Fenster dringende Brise war kühl und beißend, das Licht im Zimmer wäßrig und trübe, der Mann, der sich mir gegenüber auf dem Sofa rekelte, einschüchternd und unnahbar: Ich kam mir vor, als sei ich in ein Kloster geraten.

»Vielleicht sollte ich Seth anrufen, um mir das bestätigen zu lassen«, drohte er plötzlich.

Ich deutete auf das Telefon auf dem Tisch neben ihm. »Bitte sehr.«

Nach einem weiteren Austausch abschätzender Blicke gab er mir zu verstehen, daß ich Platz nehmen möge. Während ich mich mühte, es mir in einem Ohrensessel bequem zu machen, schlurfte Morrison seinen Kaffee. »Hat dies mit dem zu tun, was letzte Nacht auf Johns Island passiert ist?«

»Nicht direkt. Es sei denn, Sie wüßten etwas, das ich nicht weiß.«

»Ich weiß nur, was ich gehört habe«, sagte er.

»Und das wäre?«

»Daß Bedford und seine Bande diesmal zu weit gegangen sind.«

»Kann sein. Aber schließen Sie darauf keine Wetten ab.«

»Warum nicht?«

»Weil ich nicht glaube, daß der BSS beteiligt war.«

Er schnaubte unwillig. »Was Sie glauben, spielt keine Rolle.«

»Wenn jemand an Gerechtigkeit interessiert ist, dann schon.«

»Ich brauch mir von keinem Weißen was über Gerechtigkeit erzählen lassen.«

Sein Blick verdammte sowohl mein Urteil als auch meine Abstammung. Ich suchte nach passenden Widerworten, war aber zu müde, etwas zu formulieren, das nicht auf gegenseitige Beschimpfungen hinauslaufen würde.

»Was wollen Sie von mir?« fuhr Morrison grob fort, im Ton eines Mannes, der sich allzu lange unterdrückt gefühlt und sich geschworen hatte, den Spieß umzudrehen.

»Was will der BSS von Ihnen?«

»Dasselbe wie das FBI.«

»Nämlich?«

»Mich aus der Politik raus- und ins Gefängnis reinzutreiben.«

»Mit FBI meinen Sie die Bestechungsoperation.«

Er nickte. »Ein Teil des Handels, den Reagan und Bush mit den Evangelisten abgeschlossen hatten, bestand darin, daß sie sich nach ihrer Wahl daran machen würden, die schwarzen Richter und Politiker hinter Gitter zu bringen, so wie die Priester es haben wollten. Hastings haben sie erwischt; Barry haben sie erwischt; jetzt sind sie hinter mir her. Aber diesmal gucken sie in die Röhre.«

»In den Zeitungen hört es sich so an, als gäbe es ein paar handfeste Beweise gegen Sie. Videobänder und alles.«

»Die haben kein Band von mir. Ich habe ihren Wein getrunken und ihr Fleisch gegessen, aber als sie versucht haben, mir ein paar Spesengelder zuzuschieben, bin ich aus der Tür rausspaziert.«

Ich versuchte es andersherum. »Haben Sie irgendeine Ahnung, wer hinter dem BSS steckt?«

»Bedford.«

»Glauben Sie, daß der das Geld aufbringt?«

Morrison zuckte die Schultern. »Geld für Rassismus findet sich immer. 'n Typ wie Duke braucht nur die Hand aufzuhalten, und sie ist in kurzer Zeit voll.«

»Warum ist der BSS Ihrer Meinung nach gerade hinter Ihnen her, und nicht hinter irgendeinem anderen schwarzen Politiker hier im Staat?«

Morrison fing nun selbst an zu predigen. »Ich halte jetzt seit dreißig Jahren meine Knochen für die schwarzen Menschen hin – Selma, SNCC, Freedom School, Parlament, Black Caucus. Ich verdiene in einem Monat mehr Geld als die meisten Weißen in einem Jahr – ich bin für sie das Furchterregendste, was je einen Anzug getragen hat, und sie müssen jetzt auf mich losgehen, denn ab November werden sie mir nichts mehr anhaben können.«

»Weil Sie dann im Kongreß sitzen.«

»Genau.«

»Aber ist es nicht Tatsache, daß, selbst *wenn* Sie Ihr Mandat abgeben und sich aus dem Rennen zurückziehen, mit ziemlicher Sicherheit ein anderer Schwarzer Ihren Platz einnehmen wird?«

»Nur weil er außenrum schwarz ist, heißt das noch nicht, daß er auch hier oben schwarz ist.« Morrison zeigte auf seinen Kopf. »Oder hier.« Er deutete auf sein Herz. »Der da den Strohmann für Blackwell macht, der hat nur Gaunereien im Sinn.«

»Auf welche Weise wird Druck auf Sie ausgeübt?«

»Steuerbehörde wühlt in meinen Geschäftsbüchern, Wahlkommission wühlt in meinen Wahlkampfunterlagen, Oberstaatsanwalt will mich wegen Stimmenverkauf hinter Gitter schicken. Machen Druck auf mich und Druck auf meinen Anwalt.«

»Der BSS will, daß Sie Seth fallenlassen, stimmt's?«

Er nickte. »Nennen ihn einen Verräter am Süden.«

»Werden Sie's tun? Einen anderen Anwalt nehmen, meine ich?«

»Kommt drauf an.«

»Worauf?«

»Was sie gegen ihn in der Hand haben. Seth ist ein guter Mann, aber wenn es mit ihm bergab geht, kann ich mich nicht mit runterziehen lassen.«

»Was könnte ihn denn ins Rutschen bringen?«

Morrison zuckte die Schultern. »Jemand mit so viel Geld muß sich irgendwann mal einen Fehltritt geleistet haben.«

»Wie ist diese Polizei-Operation zustandegekommen?«

»FBI hatte einen Informanten.«

»Wen?«

»Mann namens Keystone.«

»Und wer ist das?«

»War früher als Anwalt in der Stadt tätig. Zuletzt als Lobbyist für die Glücksspielleute.«

»Die Gesetzesvorlage für den Bau eines Kasinos auf der Insel?«

Er nickte. »Die Vorlage kommt aus dem Ausschuß, Keystone fängt an, Geld auszugeben, um Stimmen zusammenzubringen. Passiert nicht zum erstenmal, aber ist noch nie jemand bei auf die Schnauze gefallen, also stürmen sie auch diesmal zum Futtertrog. Nur, daß sie diesmal erwischt werden.« Morrison lächelte matt. »Sie behaupten, es war Anstiftung.«

»War's das?«

»Steht mir nicht zu, das zu beurteilen.«

»Seth glaubt, daß die BSS-Sache möglicherweise auf irgendwelche Dinge zurückgeht, die damals in dem Sommer passiert sind, als er für das SNCC gearbeitet hat.«

»Wüßte nicht, wieso.«

»Ich auch nicht, aber hätten Sie was dagegen, darüber zu sprechen?«

Morrison seufzte ungeduldig. »Sie sind wie dieser Mann mit seinem Buch – immer wieder in den alten Zeiten rumwühlen. Ich für mein Teil war noch nie der Ansicht, daß es sich für einen Schwarzen lohnt, zurückzublicken. Da gibt's nichts als Elend zu sehen.«

»Was hat Sie dazu gebracht, im SNCC aktiv zu werden?«

»Was mich dazu gebracht hat? South Carolina hat mich dazu gebracht!«

»Auf welche Weise?«

»Indem sie sich nicht nach *Brown* versus *Board of Education* gerichtet haben, obwohl sie seit zehn Jahren dazu verpflichtet waren; indem sie die Schwarzen am Wählen gehindert haben, durch Kopfsteuern, durch Meldegesetze, durch Gewaltanwendung; indem sie Verfassungsklage gegen das Wahlrechtsgesetz von 1965 eingereicht haben. *So* haben sie mich dazu gebracht.«

»Wann sind Sie politisch aktiv geworden?«

»Als damals 1961 die Freedom Riders in Rock Hill zusammengeschlagen wurden. Hat mir die Augen geöffnet: Durch Gebete und Geduld erreicht man nichts. Die Schwarzen müssen ihre Rechte *einfordern* und nicht darauf warten, daß die Weißen sie ihnen *schenken.* Bin nach Mississippi gegangen, um in Bob Moses' Sommerprojekt zu arbeiten; war mit Forman und Lewis und all den Leuten zusammen, hat fast ein Jahr gedauert. Bin gerade rechtzeitig zum Blutigen Sonntag nach Selma gekommen.« Er lächelte säuerlich. »Einer von Sheriff Clarkes Polizeihunden hat dann mein Engagement so richtig angestachelt. Bin zurückgekommen und hab Septima bei der Freedom School geholfen. Hab mich im Herbst '65 im Benedict College eingeschrieben und hab ein SNCC-Büro in Columbia eröffnet, um das Projekt zur Wahleinschreibung zu koordinieren. Als mein Daddy im Jahr darauf starb, ging es darum, ob sein Geschäft mit ihm begraben wird oder ob ich es übernehme. Also bin ich wieder zurück nach Hause. Hab im Hollings-Wahlkampf mitgearbeitet. Hab das Geschäft auf Vordermann gebracht und Geld verdient. Hab beschlossen, selbst politisch tätig zu werden, wenn die Zeit kommen würde.«

»Dies ist also ein Familienunternehmen.«

Er nickte. »Zu Daddys Zeiten waren das für einen Schwarzen die einzigen Möglichkeiten, Geld zu verdienen: als Prediger, als Lehrer oder als Leichenbestatter. Da er nicht lesen konnte und in Charleston auch nicht allzuviel Heiliges zu sehen war, ist er nach Atlanta gegangen und hat dort das Einbalsamieren bei einem schwarzen Bestattungsunternehmer gelernt. Danach hat er sein eigenes Institut in einem Hühnerstall oben am Fluß aufgemacht. Hat sich jedes Jahr seines Lebens ein neues Auto gekauft, nachdem er die Pforten geöffnet hatte.«

»Erzählen Sie mir etwas über die SNCC-Arbeit.«

Sein Lächeln enthielt sowohl Ironie als auch verflossene

Leidenschaft. »Ich war Stabssekretär. Hat mir zehn Dollar die Woche eingebracht.«

»Was haben Sie da hauptsächlich gemacht?«

»Schwarze Menschen davon überzeugt, daß es sich für's Wählen lohnt, beschossen zu werden oder seinen Job zu verlieren oder sich das Dach überm Kopf anzünden zu lassen. Anwälte aufgetrieben, die die nötigen Eingaben gemacht haben, um die weiße Bande im Gerichtsgebäude zu zwingen, sie auch auf die Liste zu setzen, sobald sie da waren. Versucht, meine Leute davor zu bewahren, wie die Stinktiere gejagt zu werden, wenn sie in den Gemeinden Wahlwerbung von Tür zu Tür gemacht haben.«

»Auf welche Weise war Seth beteiligt?«

»Kam in den Sommerferien aus dem Norden hierher.«

»Was hat er gemacht, als er hier war?«

»Das gleiche wie die anderen: in jeden Laden, jede Kneipe, jede Kirche des Hinterlandes gehen, um die Leute zu überzeugen, daß es sich lohne, alles aufs Spiel zu setzen, was sie hatten, um die Rechte in Anspruch zu nehmen, für die wir gekämpft hatten.«

»War Seth der einzige Weiße in Ihrem Mitarbeiterstab?«

Morrison schüttelte den Kopf. »Seth gehörte nicht zum Stab, er war Freiwilliger. Hatten ein Dutzend von denen. Haben jede Drecksarbeit gemacht – waren jung und voller Saft und Kraft und hatten Mitleid mit den Schwarzen.« Seine Stimme verriet einen Anflug von Verletztheit. »Haben nicht gekniffen, das muß man ihnen lassen.«

»Wie sind Schwarze und Weiße miteinander ausgekommen? Ich meine die, die für das SNCC gearbeitet haben.«

Er machte die Lippen steif. »Klappte gut, nachdem sie erst mal kapiert hatten, wer der Häuptling war und wer die Indianer.«

»Inwiefern war Jane Jean Hendersen an all dem beteiligt?«

Er zuckte die Schultern. »Genauso wie Seth: hat mit ihrem

Mustang jede Straße in Clarendon County abgefahren und die Leute zum Registrieren gebracht. Hat auch ihrem Daddy ein bißchen geholfen.«

»Monty hat bei den Klagen geholfen? Einstweilige Verfügungen erwirkt und so weiter?«

»Richtig.«

Ich schlug einen schnellen Haken. »Gab es eine romantische Beziehung zwischen Jane Jean und Seth in jenem Sommer?«

Sein Gesicht war undurchdringlich. »Ob ja oder nein, das ging mich nichts an.«

Ich wartete, bis er mich ansah. »Hatten *Sie* ein Verhältnis mit ihr?«

Er biß die Zähne aufeinander und setzte sich aufrecht – einen Moment lang dachte ich, er würde mich schlagen. »Woher nehmen Sie das Recht, in mein Haus zu kommen und mir solche Dinge ins Gesicht zu sagen?«

»Ich versuche herauszufinden, ob in jenen Tagen irgendwas geschehen ist, das Jane Jean bis heute übelnimmt.«

»Sie hat sich freiwillig gemeldet. Mehr weiß ich nicht.«

»Wie steht es heutzutage? Haben Sie viel Kontakt mit ihr?«

»Nur wenn ich Spenden für den Wahlkampf brauche«, sagte er schroff.

»Was ist mit Seth? Hatte er irgendwelche anderen Beziehungen, während er hier unten war? Zu einer schwarzen Frau vielleicht?«

»Da fragen Sie wieder den Falschen.«

Ich war zu weit gegangen; Morrison stand auf, ging zur Tür und wartete darauf, daß ich ihm folgte.

»Letzte Frage«, sagte ich. »Ist noch jemand aus jenen Tagen hier tätig? Irgendein prominenter Charlestonian, der früher für das SNCC gearbeitet hat?«

»Der einzige, von dem ich weiß, ist Aldee.«

»Blackwell und Sie waren Kollegen?«

»Bis er anfing, sich mehr für Weiber als für Bürgerrechte zu interessieren.« Die Verachtung in seiner Stimme war mit Händen zu greifen.

»Sie haben ihn gefeuert?«

Er nickte. »Nachdem ich ihm den Arsch aufgerissen hab.«

»Der Gehstock und die Augenklappe?«

»Genau.«

»Dann *war* also Sex ein Problem in der Gruppe.«

»Für manche schon, für die meisten aber nicht. Sie müssen mich jetzt entschuldigen.« Er strich seinen Morgenmantel zurecht. »Ich muß mich anziehen und Menschen trösten.«

32

Folly Beach ist eine reizlose Küstengemeinde unmittelbar südlich von James Island, die Sparausgabe eines Seebads für diejenigen, die sich den Zugang zu Kiawah oder Hilton Head nicht leisten können. Die Fahrt dorthin dauerte eine halbe Stunde, aber in meinem Zustand sinnesbetäubender Erschöpfung kam es mir vor, als würde ich den ganzen Tag fahren.

Der Ort war vom Wirbelsturm arg zerzaust worden, und einigen der Bewohner fehlte es offensichtlich an den nötigen Mitteln, um die Hinterlassenschaften des Sturms zu überwinden und ihr Eigentum wieder in Besitz zu nehmen. Ich bog links ab, als der Highway 171 in die Arctic Avenue mündete, und noch einmal links an der Fifth Street. Im zweiten Block nach der Abbiegung kam ich an einem verlassenen Gebäude vorbei, auf das Brooms Beschreibung von Bedfords illegalem Versteck paßte.

Den militärischen Neigungen des Feldmarschalls entgegenkommend, war das Haus aus Betonblöcken errichtet und wurde von einem Schutzzaun umgeben, den der Sturm in ein Drahtgestrüpp verwandelt hatte. Ursprünglich hatte das Haus auf sechs Betonpfeilern geruht und auf diese Weise gut einen Meter über dem Boden geschwebt, vermutlich zum Schutz gegen Sturmfluten; Hugo hatte allerdings derart mächtig gewütet – Seth zufolge mit bis zu 280 Stundenkilometer über einen Zeitraum von vierzehn Stunden –, daß es von seinen Stelzen gerissen worden war. Es lag da, wo es vor drei Jahren gelandet war, an der einen Ecke eingeknickt, an der anderen in die Luft ragend, schief, kaputt und elend, als sei es in einem Akt der Selbstzerstörung von der Stange gesprungen – wie Colin Hartman.

Der Vorgarten stand dem Haus auf dem Gebiet der Vernachlässigung in nichts nach und bekräftigte damit die Botschaft, die auf praktisch jede freie Fläche und die vernagelten Fenster gemalt war: ZUTRITT VERBOTEN. Was freilich die drei Vorderpfeiler betraf, so wachten sie unverdrossen über das verkrüppelte Gebäude, ein Trio unerschütterlicher Posten, das hoffen mochte, für die Kalamitäten seines Schutzbefohlenen nicht zur Verantwortung gezogen zu werden.

Von Bedford war nichts zu sehen, weder auf dem Gelände, noch außerhalb. Ich umkreiste den Block und näherte mich dem Haus ein zweites Mal, wobei ich es diesmal etwas genauer inspizierte. Was ich an den holzverkleideten Fenstern zu erkennen meinte, das waren wohl in das Sperrholz gekerbte Belüftungsschlitze, und was da allem Anschein nach durch den verwahrlosten Garten führte, das waren irgendwelche Drähte, bei denen es sich um herabgefallene Telefonleitungen handeln mochte, oder aber um an eine Bombe angeschlossene Stolperdrähte. Ich fuhr zwei Blocks nach Norden weiter und parkte den Wagen, dann verbrachte ich einige Minuten damit, meinen Angriff auf Bedfords Pseudo-Festung zu planen. Schließlich verfiel ich auf eine atemberaubend brillante Taktik: Ich ging zur Eingangstür und klopfte.

Nichts regte sich, und so bearbeitete ich die Tür erneut, diesmal mit der Faust. Obwohl im und ums Haus Stille herrschte, sagte mir mein sechster Sinn, daß sich jemand drinnen befand und daß ich beobachtet und begutachtet wurde, wenn ich auch ums Verrecken nicht erkennen konnte, wie das gehen sollte. Da auch mein drittes Klopfen kein anderes Ergebnis zeitigte, wandte ich dem Haus meinen Rücken zu, setzte mich auf die Schwelle, lehnte mich an die Tür und beauftragte die Sonne, meine Gesichtsfarbe zu korrigieren.

Ab und an fuhren Autos vorbei, wurden langsamer, wenn sie mich sahen, versuchten abzuschätzen, ob meine Absichten ehrbar seien, und eilten dann weiter, da ich einen durchaus gutartigen Eindruck zu machen schien. Ich holte mein

Notizbuch hervor und überprüfte meine Aufzeichnungen seit dem Zeitpunkt, da Seth mir erstmals von seinem Ärger mit dem BSS berichtet hatte. Aber da war nichts, das annähernd deutliche Konturen angenommen hätte, alle Vorfälle und Informationen blieben nackt und unverbunden, obwohl die Unterhaltung mit Monroe Morrison mir immerhin eine dunkle Ahnung von dem Ursprung des Problems vermittelt hatte.

Ich war gerade dabei, das Notizbuch wieder in meiner Tasche zu verstauen, als hinter meinem Rücken etwas summte. Ich stand auf und klopfte an die Tür. Wieder keine Antwort. Aber als ich am Türknopf zog, da schwang mir die Tür entgegen, wenn auch erst nach ausgiebigem Protestgestöhne, so als sei ich seit Jahren der erste Besucher.

Ich rechnete damit, ein Foyer oder gar ein Wohnzimmer zu betreten, doch sah ich mich nunmehr mit einer zweiten Tür konfrontiert, die aus Stahlblech gefertigt war, wie auch die Wände des mich umgebenden Würfels. Es war dies ein Kabuff der finstersten Sorte, eine Sicherheitseinrichtung ähnlich den befestigten Eingängen von Crackhäusern, die ich in San Francisco gesehen hatte. Hinter der kalten Stahltür hielt Bedford zweifellos sein böses Auge auf mich gerichtet. Ich winkte und wartete und fragte mich, was wohl als nächstes käme.

Gleich darauf glitt die Stahltür zur Seite, und Forrest Bedford erschien im inneren Eingang. Er trug Tarnkleidung vom selben Typ, dem er auch auf der Kundgebung den Vorzug gegeben hatte; seine Pistole steckte in einem Schulterhalfter, und schräg darüber zeigte sich ein Ausdruck amüsierter Verachtung, der sich sichtlich an dem schmierigen Grinsen eines Goebbels orientierte. »Guten Morgen, Mr. Tanner«, sagte er ausgesprochen scheißfreundlich. »Willkommen im Feldhauptquartier der Reinheitsbrigade.«

Ich schaute in die klaustrophobische Höhle hinter ihm. »Da hatte der Vietkong ja bessere Tagesräume als Sie hier.«

»Die Brigade stützt sich nicht auf materielle Anreize, wie Sie wohl wissen; die Reichtümer, die ich biete, sind spiritueller Natur.«

»Stimmt. Ich war besonders beeindruckt von dem ›WIR DANKEN GOTT FÜR AIDS‹ Schild auf der Kundgebung.«

»Gott schlägt diejenigen, die seine Gesetze mißachten. Das Schicksal von Sodom und Gomorrha wirft ein Licht auf die Folgen des Analverkehrs.«

Ich blickte auf die Fahne an der Wand hinter ihm. »Was ist mit Hitlers Schicksal? Worauf wirft das ein Licht?«

Er schürzte verächtlich die Lippen. »Sie werden Ihre losen Reden noch mal bereuen, Mr. Tanner. Die Fronten sind klar. Toleranz und Kompromißlertum haben uns an den Rand spiritueller Auslöschung geführt. Von nun an stehen Gottes weiße Krieger gegen die Kräfte der Finsternis und Degeneration. Weiß sein, im Recht sein – so einfach ist das.«

»Ich glaube, ich verzichte, vielen Dank. Der Gott, von dem Sie sprechen, ist mir absolut unbekannt.«

»Das liegt daran, daß Sie unwissend sind. Dem Studierenden der Heiligen Schrift bleibt gar keine Wahl – wir tun, was das göttliche Wort befiehlt.« Sein Gesicht spiegelte eine berauschende Mischung aus moralischer Rechtschaffenheit und heidnischem Vergnügen. »Wer hat Ihnen eigentlich gesagt, wo Sie mich finden? Colin vermutlich.«

»Colin spricht im Moment nicht. Weder über Sie noch sonstwas.«

»Wie klug von ihm.« Bedford verschränkte die Arme. »Also denn. Warum vergeuden Sie meine Zeit?«

»Ich finde, wir sollten ein bißchen plaudern. Über Angelegenheiten von gegenseitigem Interesse.«

Er dachte darüber nach. »Normalerweise sind Zivilisten im Hauptquartier nicht zugelassen, aber in Ihrem Fall will ich eine Ausnahme machen. Was macht Colin übrigens?«

»Er lebt.«

»Wie schade. Ich hatte gehofft, Sie würden ihn vielleicht erledigt haben.«

»Um Ihnen die Mühe zu ersparen?«

Bedford rümpfte nur die Nase. »Kommen Sie doch rein. Tut mir leid, daß ich Ihnen keine Erfrischungen anbieten kann, aber meine Speisekammer ist recht spartanisch ausgestattet. Ohne Elektrizität sind die Möglichkeiten doch eher begrenzt.« Er trat zur Seite und ließ mich seine Carolina-Ausgabe von Berchtesgaden betreten. »Suchen Sie sich einen Stuhl aus.«

Die Alternativen bestanden aus einem gepolsterten Barhocker und einem ausgeblichenen Regiestuhl. Ich wählte den letzteren. Nachdem er die Tür zu seinem Bau zugeschoben hatte, kehrte Bedford sich mir mit demonstrativer Gelassenheit zu, kühl und gebieterisch. Allerdings zuckte einer seiner Augenwinkel vor Anspannung, und sein Holster war unverschlossen.

Der Raum wurde lediglich durch eine Coleman-Laterne erhellt, die an eine Propangasflasche geschraubt war und auf einem Munitionskasten stand. Was da erhellt wurde, das war ein Bunker, der beinahe ebenso uneinnehmbar war wie der, in den Bedford mich einen halben Tag zuvor geführt hatte, nur daß in diesem Fall die Wände nicht aus Beton, sondern aus Stahlblech bestanden.

Der Raum war von einer Unmenge von Stahlplatten eingefaßt, einen Zentimeter dick, mit der Breite von Sperrholzplatten, aber länger. Als Befestigung der Hauswände schienen sie geeignet, jedem Ansturm, ob mittels Steinen oder Sting-Raketen, standzuhalten. Plötzlich erkannte ich, was es war: Bedford hatte die Abdeckungen, die die Straßen- und Kanalisationsarbeiter verwenden, um die von ihnen ausgehobenen Löcher abzudecken, zur Auskleidung seines Nests zweckentfremdet.

Vor den Stahlwänden standen, in einer Reihe sorgfältig geordneter Stapel, numerierte Kisten sowie jede Menge Plastikbehälter, manche so groß wie Regentonnen, andere mehr im Milchkannenformat, die mit Wasser und in einem Fall vielleicht mit Cola gefüllt waren – ein feuchter Traum für Eichhörnchen und Survivalists. Ich vermutete, daß die Tonnen auch jede Menge Trockennahrung enthielten und daß die Vorräte für sechs Monate reichen würden. Außerdem hegte ich die Vermutung, daß die Katastrophe, der zu trotzen Bedford wild entschlossen war, keine natürlichen Ursachen haben würde.

Ansonsten war die Möblierung minimalistisch gehalten: zwei Stühle, Schlafsack und Schaumstoffmatte, zerbeultes Aktenregal, Coleman-Herd, Plastikteller und -löffel. Die einzige Konzession an die Jetztzeit stellten ein Transistorradio und ein schnurloses Telefon dar.

»Sie könnten eine ganze Weile hier durchhalten«, sagte ich anerkennend. »Lassen Sie mich raten. Sie haben Sensoren draußen, die Ihnen melden, wenn jemand kommt. Und Claymores im Garten – ich hab die Drähte gesehen. Ich möchte wetten, daß Sie auch einen Tunnel haben, der hier rausführt. Falls man Sie ausräuchern will, wie man es mit dem SDS gemacht hat.«

Sein Lächeln war schelmisch und träge. »Sie werden wohl nicht erwarten, daß ich Ihnen alle meine Geheimnisse verrate.«

»Außerdem haben Sie das da.« Ich deutete auf die der Behelfsspeisekammer gegenüberliegende Wand, wo Bedford sein Arsenal aufgebaut hatte. Dort sammelte sich alles, was man sich nur vorstellen konnte: Glock-Revolver und Remington-Stellungsgewehre, MP-5-Sturmgewehre und behördlich ausgestellte RPGs, und selbst ein langes grünes Ding, das nur eine Rakete sein konnte. An der Seite waren Kisten mit passender Munition aufgestapelt, von denen zwei Bedford als Schreibtisch dienten.

Mich schauderte, und ich wandte den Blick ab. »Wann erwarten Sie denn, daß sie Sie holen kommen?«

Das Licht in seinen Augen war von dem aus der Laterne geklont. »Wenn wir bereit sind, die Kontrolle zu übernehmen.«

»Worüber?«

»Den politischen Prozeß.«

»Wann wird das Ihrer Ansicht nach sein?«

»Nach dem Aufstand.«

»Wer macht den?«

»Die Große Weiße Rasse, die ihr Geburtsrecht von den Untermenschen zurückfordern wird.«

»Wie in den *Turner-Tagebüchern*, meinen Sie.«

»Noch viel schlimmer, hoffe ich. Die Vorstellungskraft von Herrn Pierce war doch recht beschränkt.« Bedford schlenderte zum Waffenlager und begutachtete das Angebot. Als er sich wieder zu mir umdrehte, schien er vor angespannter Erwartung buchstäblich zu zittern. »Was führt Sie her, Mr. Tanner? Mal wieder ein falsches Angebot zur Unterstützung? Oder bilden Sie die Vorhut für die Kräfte der Finsternis?«

»Da muß ich Sie enttäuschen, Bedford; ich stehe ganz für mich allein. Ich bin nur vorbeigekommen, um Ihnen die Flügel zu stutzen.«

Seine Augenbrauen schossen in die Höhe. »Tatsächlich?«

»Fürchte, ja.«

»Wie wollen Sie das anstellen? Sie sind ja nicht mal bewaffnet.«

Ich lächelte und schlug die Beine übereinander. »Was wissen Sie über Johns Island?«

Er zuckte mit den Schultern. »Es ist ungefähr zwanzig Zentimeter von Borneo entfernt. Ansonsten, keine Ahnung.«

»Mit Borneo meinen Sie vermutlich, daß da draußen viele Schwarze wohnen.«

»Fahren Sie ruhig mal hin – Sie werden glauben, Sie hätten die falsche Abbiegung erwischt und wären in Kenia gelandet.«

»Ich bin vor ungefähr fünf Stunden hingefahren.«

Er blinzelte und runzelte die Stirn. »Warum das denn?«

»Dazu kommen wir gleich. Fürs erste müssen Sie sich nur merken, daß Sie von diesem Augenblick an die Hartmans in Ruhe lassen werden. Beide, Colin und Seth, und auch Seths Mandanten. Keine Bänder mehr, keine Anrufe mehr, keine Verkündung von rassischen Urteilen mehr, keine Aktionen wie die im Bunker mehr. Die Hartmans sind tabu, für Sie und alle anderen im BSS.«

Bedford amüsierte sich über meinen Sermon. »Sie scheinen sich etwas falsche Vorstellungen über die Kräfteverhältnisse zu machen, Mr. Tanner. Vielleicht könnte ein Blick auf die Waffen an der Wand Sie eines Besseren belehren. Die Feuerkraft, die ich aufbieten kann, ist enorm.«

Ich hielt seinem Blick eisern stand. »Sie leben hinterm Mond, Bedford. Macht kommt nicht aus den Gewehrläufen, Macht bekommt man durch Information. Ich habe sie, Sie nicht. Deshalb werden Sie tun, was ich sage.«

»Was für Information?« Zum erstenmal schien seine Großtuerei ins Wanken zu geraten.

Um seinen Nerven Gelegenheit zum Brutzeln zu geben, erhob ich mich und schlenderte durch den Raum. Der Stapel der numerierten Kästen in der Nähe der Tür enthielt etwas, das sich »Gourmet Survival Pack« nannte und dem der Versandschein einer Firma für »Gesundheit und Überleben« beigegeben war. In einer Extra-Kiste war eine Vielzahl weiterer Produkte gesammelt, zu denen diverse Armee-Notrationspakkungen gehörten, »Mountain House«-Pakete mit Gefriergetrocknetem, Flaschen mit einem Getränk namens »Colloidal Super Concentrate« sowie mehrere Gefäße mit Nahrungstabletten.

Die Kiste neben der Überlebenspackung diente als Bibliothek. Die Autorenliste der Bücher und Pamphlete reichte von Henry Ford bis zu Ezra Taft Benson; die behandelten Themen reichten vom effektiven Gebrauch von Plastiksprengstoff bis zu den Ursprüngen des Freimaurerordens, die Titel reichten von *Das biblische Gesetz in Geldfragen* bis zu *Die Fesseln der Freien.*

Ich drehte mich um und lehnte mich gegen die kalte Stahltür. »Ich habe die letzten beiden Tage mit dem Versuch verbracht, etwas Näheres über den BSS herauszufinden«, legte ich los. »Wer dahintersteckt; wie er funktioniert; was er wirklich vorhat. Und wissen Sie, was ich entdeckt habe?«

»Na was?«

»Sie agieren dermaßen unauffällig, daß keiner was davon mitkriegt. Sie bekämpfen nicht das System, jedenfalls nicht auf eine Weise, die die Herrschenden beunruhigen müßte; Sie klopfen eigentlich nur Sprüche. Soweit ich sehen kann, ist das einzige, was Sie tun, abgesehen von dem Remmidemmi im Park gestern abend, daß Sie Seth Hartman und seinen Mandanten das Leben schwer machen.«

»Sie haben ja keine Ahnung von unseren operativen Einsätzen. Wenn die Zeit gekommen ist, wird allen, die der Neuen Konföderation im Wege stehen, die Durchschlagskraft des BSS schon deutlich werden.« Seine Worte waren inbrünstig, aber sein Ausdruck war so blutleer wie das graue Metall, das ihn umgab.

»Außer dem großen Gejammer ist doch von euch gar nichts gekommen«, sagte ich fies. »Sie und die Person, die Sie finanziert, achten peinlich darauf, nichts zu tun, was eine polizeiliche Untersuchung rechtfertigen würde. Schlau, schätze ich. Sicher ist sicher, klar. Feige, könnte man auch sagen. Aber sicher ist es. Bombensicher.« Ich machte zwei Schritte auf ihn zu und blieb wieder stehen. »Aber ich werde Sie in die Pfanne hauen, Herr Feldmarschall. Ich bin in der Lage, dafür zu sorgen, daß das Gesetz auf Sie niederfährt wie eine Dampframme.«

»Ich weiß nicht, wovon Sie reden.«

Bedford wischte sich die Stirn mit einem Tarntaschentuch ab und rieb zur Beruhigung an seiner Pistole.

Ich schlenderte ganz beiläufig zur Wand, dann griff ich mir eine Maschinenpistole vom Ende der Waffenreihe und hantierte am Magazin. Als Bedford seine Walther zog und auf mich richtete, hob ich die Hand zum Zeichen meiner Friedfertigkeit.

»Keine Angst«, sagte ich. »Ich will Sie nicht erschießen.« Ich ließ die Waffe sinken. »Auf Johns Island hat es letzte Nacht ein Flammenkreuz gegeben.«

Bedford war sehr zufrieden mit dieser Wendung. »Gut.«

»Wissen Sie was darüber?«

»Ich weiß, daß es den Weißen besser ginge, wenn es jede Nacht Flammenkreuze gäbe.«

»Haben Sie nicht gesagt, daß die Schwarzen gar nicht das eigentliche Problem seien?«

»Es kommt auch nicht so sehr darauf an, die Schwarzen ein bißchen zu terrorisieren, sondern darauf, die Wut der Weißen anzustacheln. Wenn wir sie erst mal mobilisiert haben, können wir sie auf sinnvollere Ziele lenken.«

»Zum Beispiel?«

»Die Kanaaniten.«

»Und das ist wer?«

Er zuckte die Schultern. »Juden, Schlitzaugen, Araber. Wer auch immer der weißen Vorherrschaft im Wege steht, wird untergehen.«

»Da werden die Juden und Araber aber erleichtert sein, wenn sie erfahren, daß sie zur Abwechslung mal auf derselben Seite stehen.«

Bedfords Wangen glühten vor beleidigtem Zorn. »Hoffentlich können Sie auch noch lachen, wenn wir beschließen, Ihnen die Gurgel durchzuschneiden. Ich werde Ihnen persönlich einen Leichensack reservieren.«

Ich schüttelte den Kopf. »Sie werden mir kein Härchen

krümmen; dem Oberboß würde das nämlich gar nicht gefallen. Statt dessen werden Sie die Hartmans in Ruhe lassen.«

»Sie haben hier keine Bedingungen zu diktieren, Mr. Tanner. Ich glaube, es ist Zeit, daß Sie gehen.«

Ich schüttelte den Kopf. »Adressat des Kreuzes war eine junge Dame namens Alameda Smallings. Das ist die schwarze Frau, die dagegen klagt, daß sie nicht an der Palisade aufgenommen werden soll. Und es ist die Frau, an die Sie Colin eine Kassette haben schicken lassen.«

»Was spielt das jetzt für eine Rolle?«

»Alameda ist jung, sie ist klug, sie erregt Aufsehen, und sie läßt sich nicht einschüchtern. Das heißt, die Gesetzeshüter von Charleston stehen ganz schön unter Druck, diejenigen kaltzustellen, die sie belästigt haben, vor allem, wenn ich ihnen Ihre Kassette gebe. Dies ist eine Stadt, die vom Tourismus lebt. Man mag hier keine Leute, die mit ihren Umtrieben dafür sorgen, daß die Menschen aus Cleveland oder Chicago im Urlaub lieber nach Disney World fahren. Der schwarze jüdische Polizeichef wird Sie und Ihre Brigade so blitzartig aus dem Verkehr ziehen, daß die Streifen auf Ihrem Tigeranzug dabei ausbleichen.«

Bedford runzelte die Stirn. »Ich versteh nicht. Was hat das alles mit mir zu tun? Ich war letzte Nacht nicht auf Johns Island.«

Ich wartete, bis er richtig neugierig auf meine Antwort war. »Ich kann beweisen, daß Sie da waren.«

Seine Stirn flammte auf, als der Schimmer des Laternenlichts über sein Gesicht flackerte. »Unmöglich. Als ich den Bunker verlassen hatte, bin ich direkt hierher.«

»Ich kann beweisen, daß Sie auf Johns Island waren und ein selbstgebasteltes Kreuz angezündet haben.«

»Und wie?«

»Das Rassenproblem aus biologischer Sicht.«

Er runzelte die Stirn. »Das habe ich gelesen, und ich fand es überzeugend. Aber was hat das mit dieser Sache hier zu tun?«

Ich hielt den Mund und ließ ihn zappeln.

Nach einer Weile ging sein besorgtes Stirnrunzeln in ein siegesgewisses Grinsen über. »Spielt eh keine Rolle. Der Supreme Court hat gerade erst entschieden, daß es kein Verbrechen ist, Kreuze anzuzünden. Selbst wenn sie wirklich glauben sollten, daß ich es war, haben sie nichts gegen mich in der Hand.«

Ich bemühte mich, meine Besorgnis darüber, daß seine Einschätzung der Rechtslage zutreffend sein mochte, nicht zu zeigen. »Sie haben da was mißverstanden, Herr Feldmarschall. Reden Sie mal mit Ihrer Anwältin. Fragen Sie sie, was das Gericht *wirklich* zu jenem Fall gesagt hat. Fragen Sie sie, ob es etwas war, das Ihnen das Gefängnis erspart für das, was letzte Nacht auf Johns Island passiert ist.«

Seine Großkotzigkeit schrumpfte auf Erbsengröße. »Sie lügen«, war alles, was ihm einfiel.

»Es ist ein ganz einfacher Handel. Sie lassen die Hartmans in Ruhe, und ich behalte den Beweis für mich. Ich verlange ja nicht mal, daß Sie Ihren Laden ganz zumachen – die Kanaaniten und Präadamiten müssen sich schon ihren eigenen Detektiv anheuern. Ich arbeite für die Hartmans, und die sind ab sofort von Ihrer Liste gestrichen.«

»Ich weiß nicht. Ich muß erst mit ...« Er brach ab, bevor er den Namen verraten konnte, den ich gar nicht mehr brauchte.

»Sie haben Bedenken, was der Mann mit dem Geld dazu sagt. Nun, keine Angst, den werde ich auch kaltstellen.«

Ich wedelte mit der Waffe, die ich in der Hand hielt; es war die mit dem um den Griff gewickelten Klebeband, in das die Spuren meiner Finger eingegraben waren. »Wenn Sie das nächstemal jemanden mit diesem Ding losschicken, dann zeigen Sie ihm vorher, wie man damit umgeht.«

33

Ich hatte eigentlich nur die Absicht, kurz bei meinem Zimmer haltzumachen, zu duschen und ein paar Anrufe zu tätigen. Den ersten Teil des Programms brachte ich auch tadellos über die Bühne, doch irgendwo zwischen dem Abtrocknen und dem Anziehen fielen mir dann die Augen zu. Als ich wieder aufwachte, war es später Nachmittag, und jemand war in der Zwischenzeit dagewesen und hatte mich mit einer Baumwolldecke zugedeckt. Die gute Südstaatenfee hatte sogar eine Nachricht hinterlassen: *Komm vorbei, wenn du wieder wach bist, Dornröschen.* Ich beendete meine Toilette so schnell ich konnte, erledigte die Anrufe, die ich machen mußte, um sicherzustellen, daß die Leute, die ich erreichen mußte, dort sein würden, wo ich sie erreichen konnte, wenn ich sie brauchte, und tat dann wie geheißen.

Scar Raveneaus ganze Aufmachung bestand aus einem OP-Hemd, einer Schlachterschürze und einem Bikinihöschen. Jedes der Kleidungsstücke war zu gleichen Anteilen mit Farbe bekleckert – hauptsächlich gelb, grün und rot –, deren Mischung zumal auf der Rückseite des Höschens zu einem bemerkenswerten Muster geführt hatte, ein Phänomen, dessen ich freilich erst gewahr wurde, nachdem Scar mir die Wange geküßt, den Arm gedrückt und mich ins Zentrum des künstlerischen Geschehens geleitet hatte.

»He, Fremder«, sagte sie, während sie mir Kaffee aus einer Thermoskanne anbot. »Du scheinst dir diese Südstaatenkiste zur Vollzeitbeschäftigung gemacht zu haben. Ich bin zu einer ziemlich unchristlichen Stunde unten gewesen, um dich zu besuchen, aber es war niemand zu Hause. Wenn ich's nicht besser wüßte, würde ich sagen, daß du die ganze Nacht auf der Pirsch warst.«

»Nicht die ganze Nacht«, sagte ich. »Vielen Dank für die Decke.«

»Freut mich zu hören, daß es in dieser Gegend etwas gibt, das so interessant ist, daß man deswegen auf Schlaf verzichtet. Ich selber stoße ja nie auf diese Art von Action.« Sie legte ihre Gute-Fee-Pose ab, ging zum Fenster und öffnete es, um über die Veranda hinweg in den Park zu starren. Die Farbe auf dem Höschen wirkte plötzlich lächerlich.

Als sie weiterredete, lag in ihrer Stimme ein zitterndes Bedauern. »Ich habe mich gefragt, wie lange du wohl noch hierbleiben wirst.«

»Ich fliege morgen.«

»Morgen?«

»Fürchte ja. Möchtest du heute mit mir zu Abend essen?«

Sie stieß einen einzelnen tiefen Seufzer aus, dann drehte sie sich um und bot mir ein tapferes Lächeln. »Werden Seth und Jane Jean dir keine südstaatenmäßige Abschiedsparty geben?«

»Dazu werden sie wohl nicht in der Stimmung sein.«

»Das klingt, als würde etwas Schlimmes passieren.«

»Es ist schon etwas Schlimmes passiert.«

»Mit Seth?«

»Mit vielen Menschen.«

»Du hörst dich an wie ein guter Cop in einem schlechten Roman. Du hast wohl nicht die Absicht, mir Näheres zu erzählen, oder?«

Ohne eine Antwort abzuwarten, ging sie zur Couch und ließ sich darauffallen, wobei sie eine beträchtliche Staubwolke produzierte. »Ich weiß nicht, was ich sagen soll. Wegen heute abend, meine ich. Du weißt ja, daß ich dich mag. Vielleicht sogar mehr als das. Aber ein langes Aufwiedersehen wäre vielleicht doch zu . . . masochistisch, findest du nicht?«

»Machen wir's doch so, daß ich dich anrufe, wenn ich meine Geschäfte abgewickelt habe, und wir sehen dann, wie du dich entscheidest. Wenn alles so läuft, wie ich es mir wünsche, dann wird der ganze Schaden, den ich anrichten werde, um sieben Uhr komplett sein.«

»Du wirst nicht wiederkommen, nicht wahr?«

»Nach Charleston? Wahrscheinlich nicht.«

»Das heißt, es wäre sinnlos, aus dem hier noch etwas machen zu wollen.«

»Wenn *etwas* besser ist als *nichts*, dann wäre es das nicht.« Ich ging zur Tür und winkte ihr mit mehr Nonchalance zu, als ich empfand. »Ich mach mich jetzt auf die Jagd nach einem Historiker.«

»Einem was?«

»Einem Typen, der hier für ein Buch über die Bürgerrechtszeiten recherchiert.«

»Du meinst Stan.«

»Stan?«

»Professor Mickelson. Der Typ, der das Buch schreibt.«

»Du kennst ihn?«

»Ich hab ihn einmal abends in einer Bar kennengelernt.«

»Wann?«

»Vor ein paar Wochen.«

»Und?«

»Wir haben uns unterhalten.«

»Und?«

»Wir haben uns amüsiert. Na, ich habe mich jedenfalls amüsiert. Stan ist ein bißchen zu verklemmt, um richtig gut rumalbern zu können.«

»Und?«

»Wir sind unserer Wege gegangen – getrennt.«

»Du weißt nicht zufällig, wo sein Weg hinführte, oder?«

»Quality Inn.«

»Zimmernummer?«

Ihr Blick war so spitz wie ein Elefantenstoßzahn. »Woher soll ich das wissen?«

Ich hob die Hände zum Zeichen, daß ich die Unterstellung

zurücknahm. »Worüber hast du dich mit dem Professor unterhalten?«

»Eigentlich wollte er über Seth und Jane Jean reden. Aber als er merkte, daß das nicht unbedingt mein Lieblingsthema ist, haben wir uns über den Krieg unterhalten.«

»Den Aggressionskrieg der Nordstaaten, nehme ich an.« Sie freute sich, daß ich mir diesen Euphemismus gemerkt hatte. »Wir waren uns darüber einig, daß er, entgegen zweihundertjähriger Yankee-Propaganda, mit Sklaverei gar nichts zu tun hatte.«

»Womit denn dann?«

»Den Rechten der Einzelstaaten.«

»Dem Recht, Sklaven zu halten, meinst du.«

»Dem Recht, vor Eingriffen des Bundesstaats geschützt zu sein.«

»Davor geschützt zu sein, keine Sklaven halten zu können, meinst du wohl.«

Sie machte mir eine lange Nase. »Ihr Yankees habt immer nur eins im Kopf«, sagte sie und kam zu mir an die Tür.

»Da hast du recht«, sagte ich, griff unter ihre Schürze und tätschelte ihren Hintern. »Aber der Krieg, von dem wir nicht lassen können, endete nicht bei Appomattox. Und die Uniformen sind viel hübscher.«

Ich küßte Scar auf die Stirn, bevor sie zu lachen oder zu weinen anfangen konnte, dann ging ich auf mein Zimmer und rief im Quality Inn an. Man stellte den Anruf zum Professor durch, aber er meldete sich nicht. Die Telefonistin fragte mich, ob ich eine Nachricht hinterlassen wolle. Ich war noch mitten im Überlegen, da sagte sie: »Sie sind nicht zufällig Professor Lawton?«

Die Lüge ging locker von der Zunge. »Ja, das bin ich.«

»Dann habe ich eine Nachricht von Professor Mickelson für Sie. Er sagt, Sie könnten ihn nach sechs Uhr jederzeit im Panther antreffen.«

»Wo?«

»Im Panther. Das ist eine Bar. An der Upper King. Sie sollten vielleicht nicht allein hingehen.«

Da es noch etwas Zeit totzuschlagen galt, fuhr ich wieder ins Krankenhaus. Als ich in Colins Zimmer spähte, schien er zu schlafen, daher machte ich mich auf die Suche nach seiner Krankenschwester.

Ich fand sie in einem anderen Flur, wie sie neben einer Frau herschlenderte, deren Körper so verkrümmt und verbogen war, daß sie einen Laufstuhl benötigte, um nicht vornüberzufallen. »Ich würde gern mit Ihnen sprechen, wenn Sie Zeit haben«, sagte ich. »Es geht um Colin Hartman. Ich warte dahinten im Schwesternzimmer.«

Schwester Bunting kam fünf Minuten später. Ihr Gesicht glühte noch vor fürsorglichem Eifer, in ihren Augen stand feindselig die Erinnerung an meinen letzten Besuch.

»Ich habe ein bißchen die Kontrolle verloren, als ich letztens hier war«, sagte ich, während sie sich neben mir auf der Couch niederließ. »Wird nicht wieder vorkommen.«

»Ihr Name ist Tanner, stimmt's?«

»Stimmt.«

»Und Sie sind ein Freund von Mr. Hartman?«

»Stimmt.«

»Colin behauptet, er hätte letzte Nacht versucht, Sie zu töten. Ist das wahr?«

»Ist das wichtig?«

»Vielleicht.«

»Für wen?«

»Für seinen Therapeuten zum Beispiel. Es könnte Dr. Gilman helfen zu verstehen, wie . . . extrem Colins Gefühle waren, als er hier ankam.«

»›Extrem‹ ist das richtige Wort. Colin ist also in psychiatrischer Behandlung?«

»Ja.«

»Auf wessen Wunsch hin?«

»Seinen. Und meinen. Sie sind offenbar nicht einverstanden.«

»Im Gegenteil, das ist einer der Gründe, warum ich hier bin. Ich wollte einen entsprechenden Vorschlag machen.«

Ihr Kopfnicken zeigte Zustimmung an, ihre Augen aber blieben distanziert und vorsichtig. »Da steht jemand Wache vor Colins Tür. Wie nötig ist das?«

»Weniger als noch heute morgen.«

»Aber nicht gänzlich überflüssig?«

»Nein.«

Sie schüttelte skeptisch den Kopf. »Ich vermute, es wäre zuviel verlangt, mir zu erzählen, was eigentlich genau passiert ist?«

»Ich arbeite für seinen Vater. Mein Bericht dürfte heute abend fertig sein. Wieviel er Sie davon wissen läßt, ist seine Sache.«

Sie war gar nicht glücklich über diese Abfuhr. »Auf diese Weise wird Colin ziemlich hängengelassen, oder?«

»Das will ich nicht hoffen, aber ich habe in dieser Sache nichts zu bestimmen. Seth und der Therapeut sollten sicherlich miteinander reden, und ich bin sicher, daß Seth sich kooperativ zeigen wird. In der Zwischenzeit hätte ich einen Vorschlag zu machen, der hilfreich sein könnte.«

»Was für ein Vorschlag?«

Ich zögerte und fragte mich zum hunderttausendsten Mal, ob es gerechtfertigt sei, die Regeln meines Berufes zu verletzen, um meine persönlichen Bedürfnisse zu befriedigen. »Ich möchte nicht, daß dies an die Öffentlichkeit dringt«, sagte ich. »Und ganz schlecht wäre es, wenn es bis zu mir zurückverfolgt werden könnte.«

»Machen Sie sich darüber keine Sorgen.«

Von ihr konnte ich diese Versicherung leichteren Herzens akzeptieren als von den meisten anderen Leuten, mit denen ich bis dahin zu tun gehabt hatte. »Ich glaube, daß Colins Grundproblem etwas mit Sex zu tun hat.«

Ihr Blick war ausgesprochen süffisant. »Ist das nicht immer so?«

Ich konterte mit einem Scherzversuch. »Sie müssen's ja wissen, Ms. Bunting.«

Ihr Ausflug ins Unsachliche war aber schon beendet; sie wies meine Anspielung auf ihr Privatleben zurück, indem sie die Arme vor ihren Brüsten verschränkte. »Sie sprechen von seiner sexuellen Ausrichtung, wenn ich recht verstehe«, sagte sie steif.

»Sie wissen darüber Bescheid?«

»Wir haben darüber gesprochen.«

»Wie denn? Ich dachte, sein Kiefer sei gebrochen.«

»Die Schwellung ist so weit zurückgegangen, daß er in der Lage ist, einige Worte zu bilden, ohne seinen Unterkiefer zu bewegen. Das ist im Grunde kein Problem; viele meiner Patienten sind Mißbrauchsopfer. Ich habe Erfahrung darin, mit Menschen zu kommunizieren, die diese Schwierigkeiten haben.«

»Colin hat Ihnen also erzählt, daß er schwul ist.«

»Er hat angedeutet, daß seine Gefühle verwirrend genug sind, um eine Belastung für ihn darzustellen. Ja.«

»Sein Vater weiß nichts davon.«

»Ich weiß.«

»Und auch sonst niemand, soviel ich weiß, mit Ausnahme seiner alten Freundin Broom. Hat er die erwähnt?«

»Nein.«

»Sie sind seit High-School-Zeiten befreundet. Sie weiß schon seit langem, daß er ... verwirrt ist. Sie könnte von Nutzen sein, falls es Schwierigkeiten mit der Therapie gibt.«

»Danke für die Information.«

»Keine Ursache. Tja, dann will ich mal wieder los. Ich dachte, ich könnte Ihnen gute Ratschläge geben, aber wie ich sehe, brauchen Sie gar keine.«

Ich schickte mich an zu gehen, aber Schwester Bunting war noch nicht soweit. »Warum sind Sie damit zu mir gekommen? Statt sich an seinen Vater zu wenden?«

Ich zuckte mit den Schultern. »Colin hat sich in der letzten Zeit mit einer Haßgruppe herumgetrieben. Ich dachte mir, wenn er jetzt an einem Punkt ist, wo er sich von einer schwarzen Frau die Hand halten läßt, dann wird er sie vielleicht auch an andere Bereiche seines Lebens heranlassen. Die Gruppe ist übrigens sowohl rassistisch als auch schwulenfeindlich. Schon merkwürdig, daß er sich mit denen eingelassen hat, nach dem, was er von sich selbst weiß.«

Sie schüttelte den Kopf. »Ich habe im Laufe der Jahre die Erfahrung gemacht, daß manche Menschen in Colins Lage, vor allem Männer, eine Periode ziemlich starken Selbsthasses durchlaufen, bevor sie dahin gelangen, ihren sexuellen Status zu verstehen und zu akzeptieren. Dem Button nach zu urteilen, den er getragen hat, würde ich sagen, daß Colin sein Verlangen in dieser Beziehung gut ausleben konnte, indem er sich die Sprüche dieser Organisation zu eigen gemacht hat.«

Ich zückte meine Brieftasche und reichte ihr meine Karte. »Ich fliege morgen nach San Francisco zurück. Falls Sie der Ansicht sein sollten, daß ich von dort aus irgendwie von Nutzen sein könnte, zögern Sie nicht, anzurufen.«

»Vielen Dank für Ihr Engagement.«

»Danke gleichfalls«, sagte ich. »Grüßen Sie Colin von mir. Sagen Sie ihm, daß die Brigade aufgelöst wird und daß Bedford seines Kommandos enthoben worden ist.«

34

Auf meiner Fahrt zur Upper King Street war ich allein mit der sich langsam und noch undeutlich formenden Vorstellung davon, was hinter den Plagen des Seth Hartman steckte, sowie mit dem schon überaus deutlichen Drang der offenbar zur vollen Reife gelangt war, während ich von seiner Existenz noch gar nichts ahnte –, die Dünste des sumpfigen Südens gegen einen Sommernebel à la San Francisco zu tauschen.

Die Gegend wurde immer schwärzer, immer heruntergekommener und immer lebhafter. Vor den Minimarts und Spirituosengeschäften standen Gruppen von Einwohnern beisammen, ließen Flaschen in braunen Papiertüten kreisen und ehrten den Abend mit Geschrei und gestenreichen Albereien. Verwegene Fahrzeuge kreuzten meinen Weg in unbestimmten Geschäften; jedenfalls ließen die Rauchglasfenster, hinter denen die Absichten und Zwecke der Fahrer verborgen lagen, nichts Gutes ahnen. Kinder tobten auf graslosen Höfen; kaputte Autos waren wie Klafterholz um die Ruinen verlassener Häuser gestapelt; Polizeiwagen lauerten an eigenartigen Stellen.

Eine halbe Meile nördlich der Autobahnüberführung traf ich auf die Panther Bar, die das Erdgeschoß eines verwitterten Schindelgebäudes in der Mitte eines leeren Blocks einnahm. Der schwarze Emaillelack war schon so oft abgeblättert, daß die Haut des Panthers eher an einen Ozelot denken ließ. Das Dach war aus Blech; Fenster und Türen waren mit Eisengittern verkleidet. Auf dem angrenzenden Gelände reichte die Bandbreite der geparkten Fahrzeuge von Cadillacs mit Weichverdeck bis zu pockennarbigen Pick-ups, die frisch aus irgendeinem Kriegsgebiet gekommen zu sein schienen. Ich parkte neben einem tiefgelegten Honda und betrat die Bar.

Der Raum platzte aus allen Nähten und war erfüllt vom ausgelassenen Lärm der Pistengänger. Die Neonlichter an der Decke waren von Rauch und Fett so eingetrübt, daß Geschlecht und Alter der Anwesenden kaum zu bestimmen waren, mit Ausnahme der Kellnerinnen, die kurze schwarze Röcke, offenherzige weiße Blusen und Strümpfe mit Nähten trugen. Der Ventilator an der Decke hatte die Aufgabe, den Zigarettenqualm und den Essensgeruch durch den Abzug im Dach zu scheuchen, aber er war zu schwächlich, um es zu bewerkstelligen. Die Musik aus der Jukebox war laut und wild, die Tänzer ihr mit Leib und Seele hingegeben.

Mit einer Ausnahme waren alle Gesichter im Raum schwarz – auf diese eine steuerte ich zu wie ein Frachter auf seine Fahrrinnenmarkierung: langsam und stetig und immer auf der Hut vor treibenden Hindernissen. Auf meinem Weg kam ich an vielen Leuten vorbei, denen meine Anwesenheit keine Freude bereitete, und an keinem einzigen, der mich willkommen geheißen hätte.

Das Objekt meiner Begierde saß ganz allein an einem Tisch in der Nähe der Rückwand – es war dies mit einem Radius von gut einem Meter die einzige Lichtung in der Bar. Er war mit intensivem Falten der Hände und Übereinanderschlagen der Beine beschäftigt sowie mit dem Versuch, gelassen und sorglos zu wirken, welch letzteres ihm freilich nicht im entferntesten gelang. Seine Augen schossen wie Bienen durch den Raum, unablässig jegliche Lärmquelle daraufhin prüfend, ob von ihr Gefahr drohe. Als ich auf dem Stuhl gegenüber Platz nahm, war er ob dieses Übergriffs eher erleichtert als überrascht.

»Professor Mickelson, nehme ich an« sagte ich.

Er quittierte die Anrede mit einer Verbeugung. »Zu Diensten.«

»Mein Name ist Tanner. Ich hätte Sie gern für einen Moment gesprochen.«

»Worum geht's?«

»Um das Stabsbüro des Student Nonviolent Coordinating Committee in Columbia im Sommer des Jahres 1966.«

Er wartete, bis seine Überraschung sich gelegt hatte, dann warf er einen Blick in Richtung Eingang. »Ich bin hier jeden Augenblick mit jemandem verabredet, aber ich denke, bis er kommt, können wir uns unterhalten.«

»Aldee«, sagte ich.

Er lüpfte eine Augenbraue. »Kennen Sie Mr. Blackwell?«

»Ich bin ihm begegnet.«

»Bei welcher Gelegenheit?«

»Bei Gelegenheit eines Verbrechens.«

Er leckte sich die Lippen. »Er ist ein Verbrecher?«

»Nicht, daß ich wüßte.«

»Ich versteh nicht.«

»Das brauchen Sie auch nicht.« Er runzelte die Stirn und rutschte auf seinem Stuhl herum. »Was wollen Sie dann von mir?«

Es war Zeit, die Tändelei zu beenden. »Ich muß wissen, was für ein Ereignis von 1966 noch heute jemandem ein Motiv liefern könnte, Seth Hartman zerstören zu wollen.«

»Verstehe.« Um Zeit zur Prüfung meines Anliegens zu gewinnen, fuhr der Professor mit der Zunge über die Lippen und schaute zur Bar, doch kein Blick einer Kellnerin begegnete dem seinen. Wenn Blackwell nicht bald auftauchte, würde sich daran auch in einer Stunde noch nichts geändert haben.

»Ich bin nicht sicher, ob es in meinem Interesse liegt, derartige Fragen mit Ihnen zu erörtern«, sagte Mickelson, als sein Unterfangen, eine Bestellung aufzugeben, kläglich gescheitert war.

»Wieso?«

»Wie Sie vielleicht wissen, schreibe ich ein Buch zu diesem Thema. Es ist eine Menge über das SNCC in Mississippi und

Alabama während jener Zeit geschrieben worden, aber nicht viel über das Projekt in South Carolina – ich möchte diese Lücke füllen. Ich habe ein Stipendium von einer Stiftung und die Aussicht auf einen Lehrstuhl an der Duke University, wenn ich bis Ende des Jahres fertig bin.«

»Was hat das damit zu tun, daß Sie mit mir sprechen?«

Sein Lächeln war höchst geziert. »Ich glaube, daß die Aufnahme meines Buches . . . *dramatischer* ausfallen wird, wenn meine Ergebnisse bis zum Erscheinungstermin vertraulich bleiben. Wenn ich das ganz offen sagen darf: Es wäre zu meinem persönlichen und beruflichen Vorteil, wenn es ein bißchen wie eine Bombe einschlägt.«

»Soll mir recht sein«, sagte ich. »Aber ich habe keine Zeit zu warten, bis es fertig ist.«

»Warum nicht?«

»Es hat Drohungen und Mordversuche wegen der Ereignisse von damals gegeben, Herr Professor, und ich bin engagiert worden, dem ein Ende zu setzen. Das, was Sie herausgefunden haben, könnte mir dabei helfen.«

»Ich . . . Sie wollen damit nicht andeuten, daß mich irgendwelche *rechtlichen* Gründe bewegen müßten, mit Ihnen zu kooperieren, oder?« sprach er mit der Selbstgefälligkeit des gereiften Sokratikers.

Ich beugte mich breit lächelnd vor und sprach, ohne die Lippen zu bewegen: »Ich will nur andeuten, daß ich, wenn Sie es *nicht* tun, Sie nach draußen auf den Parkplatz führen und Ihnen Ihre Zähne zu fressen geben werde. Und danach werde ich Sie zur Polizei schleppen und Sie wegen Behinderung der Ermittlungen in einem Fall von Kapitalverbrechen anzeigen.«

Er versuchte zu schlucken, hatte aber Probleme mit der Mechanik. »Ich glaube, Sie meinen es ernst.«

»Sie beweisen gute Menschenkenntnis. Ich werde das, was Sie mir erzählen, vertraulich behandeln, soweit es möglich ist, aber da andere Leute betroffen sind und wunde Punkte berührt werden, kann ich dafür nicht garantieren.«

»Ich weiß nicht. Ich muß –«

»Mit Ihrem Dilemma kann ich mich nicht aufhalten, Herr Professor. Wenn Sie mit Gips im Gesicht nach Durham zurückschleichen wollen, dann halten Sie mich nur weiter hin.«

Er leckte sich einmal mehr die Lippen und schaute, ob sich nicht an der Bar ein Verbündeter für ihn auftun ließe. Da aber dort nichts zu holen war außer leeren Blicken und kalten Schultern, sah er wieder mich an. »Was wollen Sie wissen?«

»Was ist in jenem Sommer zwischen Seth Hartman und Aldee Blackwell vorgefallen?«

»Blackwell wurde auf Hartmans Betreiben gefeuert.«

»Von Monroe Morrison.«

»Richtig.«

»Wegen sexueller Beziehungen mit weißen Frauen.«

Mickelson kratzte sich an der Nase. »Sie wissen ja offenbar schon alles.«

»Was ich zum Beispiel nicht weiß, ist, warum Sie sich mit diesen Bettgeschichten überhaupt befassen. Das klingt nicht sehr wissenschaftlich.«

»Im Gegenteil, das ist ein Schlüssel zum Verständnis jener Zeit. Es hat damals eine Menge Affären zwischen der männlichen Führung und den weiblichen Freiwilligen in Bürgerrechtsbewegungen wie dem SNCC gegeben; ich bin nur einfach der erste, der deren Soziostruktur aus einer rassenübergreifenden Perspektive rekonstruiert. Waren die Beziehungen offen oder geheim? Was haben die schwarzen Frauen davon gehalten? Was haben die weißen Männer davon gehalten? Es muß Spannungen gegeben haben; wie haben die sich manifestiert? Welche Auswirkungen hatte dies auf die gemeinsame Mission? Ferner interessiere ich mich dafür, was aus diesen Beziehungen geworden ist – waren es nur Liebeleien für einen Sommer, oder wurden sie fortgesetzt? Welche Nachwirkungen lassen sich feststellen? Sind irgendwelche Beteiligten noch heute zusammen? Wenn nicht, weiß der derzeitige Partner von dem früheren Liebhaber? Diese Art von Thema fasziniert mich. Meinen Verleger auch.«

Ich enthielt mich eines Urteils über das akademische Gewicht seiner Forschungen. »Ihr Konzept haben Sie dargestellt, aber was haben Sie herausgefunden? Was ist damals passiert, das noch heute in Charleston für Krawall sorgt?«

Er wischte sich mit dem Handrücken den Schweiß aus der Stirn. »Weiß ich nicht. Ehrlich. Alle gemischtrassigen Beziehungen, von denen ich weiß, gingen mit dem Ende des Projekts ebenfalls zu Ende. Einige der gleichrassigen Paare blieben zusammen, aber die Nachwirkungen muß ich erst noch untersuchen. Tut mir leid, falls dies nicht das ist, was Sie erhofft haben, aber ...«

»Mit wem hat Aldee Blackwell sexuell verkehrt, daß er dafür gefeuert wurde?«

»Das ist Teil dessen, was ich hier zu erfahren hoffe.«

»Gibt es irgendeinen Hinweis darauf, daß es Jane Jean Hendersen war?«

Meine Frage überraschte ihn nicht. »Im Moment kann ich lediglich Vermutungen äußern. Sie hat sich geweigert, mit mir zu sprechen, ebenso wie Mr. Hartman, jedenfalls, was dieses Thema betrifft.«

»Waren Seth und Jane Jean 1966 ein Paar?«

»Ich kann es nicht mit Sicherheit sagen, aber ich glaube nicht. Nicht, daß er nicht interessiert gewesen wäre; jeder Mann, der sie kannte, war offenbar interessiert. Aber meine Vermutung ist, daß sie Hartman ihre Gunst vorenthalten hat.«

»Wer war dann der Glückliche?«

»Sie gehen davon aus, daß es einen gab.«

»Sie nicht?«

Während der Professor sich in seinem, wenn auch angeschlagenen, Dünkel aalte, setzte in der Bar Stille ein, und ein Windzug frischte die faulige Luft auf. Ich wandte mich gerade rechtzeitig zur Tür, um zu erleben, wie Aldee Blackwell, mit denselben Utensilien – Augenklappe, Gehstock, schimmernder schwarzer Anzug – ausgestattet wie am Morgen auf Johns Island, in seinen Saloon einmarschierte: Es war, als beträten die Windsors die Albert Hall. Die Stammgäste wirkten überrascht, ihn zu sehen, vermutlich der frühen Stunde wegen. Er hielt sie sich mit grüßendem Winken und Kopfnicken vom Leibe, während er sich in Richtung Bar bewegte wie ein Preiskämpfer in Richtung Ring. In seinem Gefolge war eine dreiköpfige Entourage bereit, im Zweifelsfalle dafür zu sorgen, daß niemand auf die Idee käme, Beschwerden gegen die Geschäftsleitung vorzubringen.

Nach einer kurzen Verständigung mit dem Barkeeper tauschte Blackwell ein paar derbe Frozzeleien mit zwei an einem nahen Tisch sitzenden Frauen aus, dann blickte er beiläufig in unsere Richtung – wir waren anscheinend so auffällig wie eine Schneewehe. Als er sah, daß wir ihn bemerkt hatten, sagte er etwas, das den Barkeeper zum Lachen brachte, und schlenderte dann lässig auf unseren Tisch zu, wobei ihn sämtliche Augen im Raum begleiteten.

»'n Abend, Gentlemen«, sagte er mit einer monotonen Stentorstimme, die seine Arroganz zum Nimbus erhob. »Willkommen in meinem Trinklokal. Kann ich Ihnen eine Erfrischung anbieten?«

»Ich möchte ein Bier«, sagte ich. Der Professor schloß sich dem nach reiflicher Überlegung an. Blackwell schnipste mit zwei Fingern, worauf die Kellnerin, die uns so sorgsam ignoriert hatte, auf die Bar zustürmte, als stünde diese in Flammen und sie wäre diejenige mit dem Wasserschlauch.

Der Professor stellte sich vor und streckte die Hand aus. Blackwell ignorierte das und wandte sich statt dessen mir zu. »Sie waren heute morgen auf Johns Island.«

»Das stimmt.«

»Seths Helfer.«

»Seths Freund.«

Er nickte einmal und zeigte auf den Professor. »Der da hat angerufen, um einen Termin zu bekommen. Sie marschieren hier einfach so mir nichts, dir nichts rein. Dieser Mangel an Respekt ist empörend für die Brüder und Schwestern.«

»Ich hatte den Eindruck, daß dies eine öffentlich zugängliche Gaststätte sei.«

Seine Klappe zuckte, und sein Auge blitzte. »So öffentlich zugänglich wie die Gaststätten an der East Bay Street.«

Das Gemurmel ringsum bekräftigte seine Einschätzung der Vergleichbarkeit der erwähnten Schenken. »Ich muß ein paar Fragen von Ihnen beantwortet haben«, sagte ich ruhig. »Danach werde ich Ihnen nicht mehr im Weg stehen.«

»Mir ist seit dreißig Jahren kein Weißer im Weg gestanden.« Ein paar Leute in unserer Nähe lachten; andere murmelten Flüche; die Kellnerin brachte das Bier. »Was für Fragen sind das?« fuhr Blackwell beiläufig fort.

»Über die SNCC-Zeit.«

Er zeigte auf den Professor. »Genau wie er.«

Ich trank erst die Hälfte des Biers weg, ehe ich antwortete. »Nicht ganz. Er befaßt sich in allen Einzelheiten damit, wer was wann und warum getan hat. Und dann macht er daraus ein Buch. Das Äußerste, was *ich* tun kann, ist, Sie vor dem Gefängnis zu bewahren.«

Blackwells bitterböser Blick schien die Dringlichkeit einer schweren Körperverletzung nahezulegen. »Was für 'n Anlaß haben Sie, von Gefängnis zu sprechen?«

»Jemand hat gedroht, Seth Hartman umzubringen. Wenn Sie mir erzählen, was Sie meiner Ansicht nach wissen, kann ich beweisen, daß Sie's nicht waren.«

»Warum sollte jemand das glauben?«

»Weil Seth Sie vor dreißig Jahren aus dem Mitarbeiterstab

des SNCC hat rauswerfen lassen. Der Mann, der den Rauswurf besorgt hat, ist mittlerweile Seths Mandant und Freund und Ihr politischer Rivale. Jede Menge Motive, die sich nur so anbieten – für die Polizei reicht das, um einen Fall draus zu machen.«

»Scheiß auf Ihre Motive. Ich hab mit Seth Hartman nichts am Hut.«

»Er hat Sie feuern lassen, weil Sie sich mit weißen Frauen eingelassen haben.«

»Mit seiner weißen Frau, wollen Sie sagen.«

»War es denn so?«

»Darum ging's gar nicht.«

»Sondern?«

»Der Grund, warum Morrison mich gehaßt hat, war der, daß ich drauf gedrängt hab, das Panther-Programm zu übernehmen. Die ganze Gewaltlosigkeitskacke loswerden, und solche Cocktail-Neger wie Monroe; und die weißen Frauen und Collegebubis gleich dazu. Und auch jeden anderen, der noch glaubte, daß Martin Luther Kriech-in-Arsch irgendwas auf die Reihe kriegen würde. Wenn man was haben will, muß man es sich nehmen. War früher so; ist heute so.«

»Sie meinen also, daß das Problem zwischen Ihnen und Morrison ein politisches war.«

»Genau, das war's. Monroe stand für die alte Zeit – als wir noch bitte und danke gesagt haben und im Staub gekrochen sind wie die Hühner. Aber die Zeiten ändern sich. Stokely hat dann den SNCC übernommen. Die Brüder vom Revolutionären Aktionskomitee sind aus Philadelphia gekommen und haben Macht und Stolz gepredigt. Die Panther meinten: Kauf dir 'ne Knarre und benutz sie; besorgt euch Waffen wie die Weißbande, dann kann die Bewegung ihnen den Arsch aufreißen. Aber Monroe wollte von dem Programm nichts wissen.«

»Bei dem Streit ging es also um taktische Fragen.«

»Verdammt richtig. Im Sommer war Morrison der Boss,

also hat er die Regeln bestimmt. Keine Konfrontationen, meinte er. Keine Waffen, und auch keinen Sex. Aber dann im Herbst kam Stokely und hat Morrison in seinen Totengräberarsch getreten und die College-Gören dahin geschickt, wo sie herkamen.«

»Und das SNCC?«

»SNCC's Zeit war vorbei. *Black Panthers* waren dran.«

»Was hatte Jane Jean Hendersen mit all dem zu tun?«

Blitze schossen aus Blackwells Augen. »Wer hat behauptet, daß sie es hätte?«

»Die Leute, die glauben, daß Sie mit ihr im Bett waren.«

»Scheiße.« Blackwell warf ein paar Blicke zur Seite, um zu sehen, wer alles zuhörte. »Die weißen Schlampen wollten andauernd zeigen, daß sie keine Vorurteile hatten, mußten ihre Muschi immer an unserem schwarzen Arsch reiben. Was mich betrifft, hatte ich gar keine Zeit für so was.«

Eine Frau am Nachbartisch sagte: »Amen.«

»Ich weiß nur eins«, sagte ich. »Wenn Sie sich an Seth rächen wollen für etwas, das er damals getan hat, werde ich es herausfinden. Und wenn Sie den Bund des Stolzen Südens dazu benutzen, für Sie die Drecksarbeit zu erledigen, dann werde ich das ebenfalls rauskriegen.« Ich zeigte in den Raum hinein. »Den Brüdern und Schwestern wird es gar nicht gefallen, wenn sie erfahren, daß Sie einen Haßfanatiker wie Forrest Bedford finanzieren, nur um Ihre kleine Privatfehde zu führen.«

Blackwell prüfte, wie weit meine Rede gedrungen war, dann packte er meinen Arm mit einem Griff, der von Melodramatik und Despotismus genährt wurde. »Wenn Sie hingehen und behaupten, daß ich hinter irgend so einer weißen Vorherrschaftsscheiße stecke, dann ist das die letzte Geschichte, die Sie *je* erzählen werden. Kapiert, weißer Mann?«

Während ich mich bemühte, so unbeeindruckt zu lächeln wie möglich, plusterte sich der Professor ordentlich auf. »Sie müssen sich nicht mit diesem Mann abgeben, Mr. Blackwell; eine Zusammenarbeit mit ihm kann gar nicht in Ihrem Interesse liegen. *Ich* bin derjenige, der jene Tage in ihren historischen Kontext stellen kann. *Ich* bin derjenige, der der Öffentlichkeit von der Entwicklung der neuen schwarzen Militanz berichten wird, in der Sie eine so wichtige Rolle spielten. *Ich* bin derjenige, der Ihre Bedeutung ins rechte Bild rücken kann.«

Blackwell hob die geballte Faust. »Genau, du Wichser. Kontext. Auf meinen Kontext kommt's an.« Blackwell sah mich an und grinste, dann stieß er mir seinen Gehstock vor die Brust. »Geh zurück zur Broad Street, Herr Spion. Hier an der Upper King ist dein Kontext für 'n Arsch.«

35

Ich verließ die Bar und fuhr zurück zur Stadtmitte. Die Stadt, die mir bei meiner Ankunft so makellos und wunderbar erschienen war, hatte inzwischen ihren Glanz verloren; sie kam mir vor wie eine müde alte Hure, die sich mit großem Aufwand zurechtgemacht hat, während unter der glitzernden Oberfläche der Käuflichkeit Krankheit und Verfall schwären. Aber das war sicherlich auch nicht die ganze Wahrheit. Wie bei allem, was mir in Charleston begegnet war, ob es die Personen Seth Hartman und Scar Raveneau waren oder das von mir nur indirekt erlebte soziale und politische Klima: was eine endgültige Einschätzung betraf, so mußte ich schlicht passen.

Als ich zu Seths Büro kam, fand ich die Eingangstür unverschlossen und den Empfang unbesetzt vor – Elmira hatte sich in einen Abend voller Lust und Heiterkeit gestürzt, oder vielleicht war heute auch ihr Waschtag. Seth saß hinter seinem Schreibtisch, den Kopf schwer auf die Hände gestützt, aus leeren, trüben Augen blickend, mit einem Wort: einsam und gottverlassen.

Als er meine Gesichtszüge mit den entsprechenden Daten in seinem Gedächtnisapparat abgeglichen hatte, zeigte er ein Lächeln, das an den Toten, der im Leichenschauhaus bombardiert wird, erinnerte. »Bringst du schlechte Nachrichten?«

»Wie kommst du denn darauf?«

»Mein ganzes Leben ist plötzlich auf den Kopf gestellt.« Seine Stimme klang eingeschüchtert und zerknirscht. »Alles läuft verkehrtrum. Nicht mal du kannst es aufhalten.« Er nahm die Hände vom Kinn, griff sich einen Kugelschreiber vom Schreibtisch und fing an, auf einem vor ihm liegenden gelben Block herumzukritzeln. »Es ist wohl nur gerecht so.

Zeit meines Lebens ist mir alles immer in den Schoß gefallen. Früher oder später mußte die Quittung dafür kommen.«

Mühsam löste er sich aus seinen ontologischen Grübeleien und blickte von seinen gemalten Männchen auf. »Wie steht's mit Abendessen? Jane Jean kommt noch vorbei. Du kannst dich uns gerne anschließen.«

Ich schüttelte den Kopf. »Ich werde nachher mit Scar Raveneau zu Abend essen. Ich bin nur vorbeigekommen, um dir zu sagen, daß ich morgen abfliege.«

Mit einer Verzögerung, die dem Zustand seiner Nerven geschuldet war, reagierte er zunächst mit Protest, dann mit Entschuldigungen.

»Aber du bist doch grade erst angekommen. Du hast meine Tochter noch gar nicht kennengelernt. Du hast Jane Jean noch nicht richtig kennengelernt. Verdammt, du warst ja noch nicht mal bei mir zu Hause.« Er schüttelte unglücklich den Kopf. »Gott, was bin ich für eine Scheißnummer.«

»Nächstes Mal vielleicht, Seth.«

»Es wird kein nächstes Mal geben, das weißt du genau. Du wärst ja auch diesmal nicht gekommen, wenn ich nicht ...« Der Kugelschreiber fiel ihm aus der Hand. »Du bist wütend auf mich, nicht wahr?«

»Ich weiß nicht. Bin ich das?«

Er nickte. »Du nimmst es mir übel, daß ich mich nicht als der erwiesen habe, der ich deiner Ansicht nach sein sollte.«

»Ein bißchen vielleicht. Darüber würde ich mir an deiner Stelle aber keine Gedanken machen.«

»Tu ich aber. Hab ich immer getan. Vier Jahre lang habe ich versucht, deine Achtung zu erwerben.«

»Nun, damit warst du ziemlich erfolgreich.«

»Warum bist du dann so sauer auf mich? Ist es wegen Colin?«

Ich wand mich mit Unbehagen, von Gefühlen heimgesucht, die ich selbst nicht ganz verstand. »Ich bin mir nicht sicher.

Vielleicht denke ich, daß du, bei all deinen Möglichkeiten, keine Entschuldigung dafür hast, so viel Mist gebaut zu haben.« Ich ließ meine Worte nachklingen, um sie gleich darauf abzuschwächen. »Aber das ist vermutlich ungerecht; das Leben ist nicht vollkommen zu machen. Bestenfalls ist es eine zerbrechliche Konstruktion. Alles, was wir tun können, ist, alles zu tun, was wir können, und ich habe keinen Grund anzunehmen, daß du das nicht getan hast.«

»Ich bin mir da gar nicht so sicher.«

Ich lächelte. »Ich ja auch nicht.«

Einen Moment lang sannen wir unseren jeweiligen Makeln nach. »Ich würde es gern noch mal neu versuchen, Marsh«, fuhr Seth ruhig fort. »Wir sollten uns noch einmal treffen, vielleicht in San Francisco, wenn die BSS-Geschichte vorbei ist und Monroes Prozeß und alles. Die alten Zeiten auferstehen lassen.«

»Das wäre nett.«

Er senkte den Blick. »Du klingst nicht sehr optimistisch.«

»Ich bin mir nur nicht sicher, ob es die alten Zeiten sind, die wir brauchen. Ich glaube, was wir brauchen könnten, wären ein paar *neue* Zeiten.«

»Wie meinst du das?«

»Wir sollten vorwärts schreiten, nicht rückwärts. Eine neue Freundschaft aufbauen auf der Grundlage dessen, was wir heute sind.«

Seth nickte. »Das können wir tun. Oder?«

»Ich weiß es nicht.«

»Wir sollten es wenigstens probieren. Nicht wahr? Ich meine, Freunde sind ein seltenes und kostbares Gut. Und neue Freunde sind nicht ganz dasselbe wie alte Freunde. Verstehst du, was ich meine?«

»Darum bin ich ja hier.«

Seth betrachtete mich prüfend, einen Blankofreispruch von mir erhoffend, zu dem ich mich nicht durchringen konnte.

»War's das dann?« fragte er schließlich. »Morgen früh geht's zum Flughafen?«

Ich nickte.

»Aber du läßt mich dich hinfahren, ja?«

Ich schüttelte den Kopf. »Ich ruf mir eine Taxe.«

Er nickte kläglich, als sei meine Weigerung symbolisch. »Mir tut das so leid, Marsh. Wirklich.«

»Was?«

»Daß ich dich angefleht habe, mit hierherzukommen. Daß ich die ganze Zeit nicht richtig . . . für dich da war. Es war nicht fair, dich mit meinen Problemen zu belasten; zu glauben, daß du irgendwas tun könntest gegen den BSS und das alles.«

»Nun, tatsächlich tu ich sogar was gegen den BSS. Wenn alles so läuft, wie ich es mir vorstelle, dann wirst du die Bande heute abend los sein.«

Seth wollte aufstehen, sank dann aber so schwer zurück, daß sein Stuhl gegen die Wand kippte. »Was ist passiert? Was hast du vor? Wie kannst du sicher sein, daß es zu Ende ist?«

»Ich bin nicht sicher, aber ziemlich guter Hoffnung.«

»Aber was hast du denn herausgefunden? Wer steckt dahinter? Wie willst du sie zum Aufgeben zwingen?«

»So sehr viel habe ich eigentlich gar nicht in Erfahrung gebracht. Bloß ein paar Sachen aus der SNCC-Zeit.«

Ungewißheit ließ seine Züge verrutschen und seine Verwirrung komisch erscheinen. »Wieso . . . Was ist damit?«

»Darüber weißt du mehr als ich, Seth. Du warst dabei.«

»Ich weiß, aber ich verstehe nicht, was diese Zeit jetzt für eine Rolle spielt.« Er sank in seinen Stuhl zurück, niedergedrückt von einer dunklen Vergangenheit und der plötzlichen Notwendigkeit, sie zu interpretieren. »Ich versteh's nicht«, wiederholte er trübselig.

»Es ist wahrscheinlich besser so. Ich muß mir von dir nur

noch ein paar Dinge bestätigen lassen, dann mach ich mich auf den Weg.«

»Wohin?«

»Hierhin und dahin.«

Er blinzelte, um eine Träne zurückzudrücken. »Mach dich nicht lustig über mich, Marsh. Bitte. Hat es was mit Jane Jean zu tun? Sag mir das wenigstens.«

»Nein, Seth. Sag du es mir.«

»Was?«

»Was war mit Jane Jean und dem schwarzen Mann?«

»Ich kann nicht –«

»Doch«, unterbrach ich grob. »Und ich muß es jetzt erfahren.«

Benommen von dem starken Gebräu aus Vergangenheit und Gegenwart, blickte Seth hilfesuchend auf seine Gesetzbücher, aber da war keins, das ihm Unterschlupf geboten hätte. Als er schließlich anfing zu reden, klang es, als würde er ein Requiem anstimmen.

»Wir waren eine Woche lang in McClellanville gewesen. Wir sind auf staubigen Straßen marschiert, auf baufällige Veranden gestiegen, haben die Leute angefleht, in die Stadt zu gehen und sich registrieren zu lassen. Wir haben sie gebeten, keine Angst zu haben, haben sie beschworen, tapfer zu sein, und gehofft, daß wir ihr Elend nicht noch verstärken oder sie in einen vorzeitigen Tod treiben würden. Das waren Menschen, die von früh bis spät geschuftet haben, praktisch für nichts. Menschen, die nicht lesen konnten. Menschen, denen man erzählt hatte, daß wir Ungläubige und Kommunisten seien, und Menschen, die dachten, mit uns vollziehe sich die Wiederkunft der Apostel, die gekommen seien, um sie von allem Übel zu erlösen.«

Er hielt inne, um nachzudenken und die Erinnerung herbeizurufen. Ich hielt den Mund und ließ ihn machen.

»Es war gegen Ende des Sommers. Heiß wie die Hölle.

Feucht. Es war wie die ›bodenlose Verdammnis‹ bei Milton – ich hatte noch nie zuvor so ein Wetter erlebt. Wir hatten die Woche über bei Familien auf dem Land gewohnt, hatten auf dem Boden oder auf Feldbetten geschlafen, ohne aber eigentlich richtig zum Schlafen zu kommen, weil jedes Geräusch, das man in der Nacht gehört hat, von irgendwelchen Rednecks hätte stammen können, die uns würden vertreiben wollen, wenn nicht Schlimmeres. Wir waren erschöpft – und erregt. Manche Tage waren deprimierend, aber manche waren auch einfach grandios. Da kamen die Leute wirklich herbei, da ließen sie sich eintragen, da waren sie schlicht großartig. Der Süden war im Begriff, sich zu verändern. Wir konnten es fühlen.«

Er lehnte sich in seinem Stuhl zurück, schloß die Augen und kreuzte seine Arme über der Brust, wie man es von ausgestellten Toten kennt. »Es war Freitagabend. Ich hatte früh Schluß gemacht und fuhr zurück zu der Unterkunft in Columbia, die die SNCC-Leute miteinander bewohnten. Ich war entschlossen, einen letzten Versuch bei Jane Jean zu unternehmen. Ihr zu demonstrieren, was ich empfand; irgend etwas zu sagen oder zu tun, das sie veranlassen würde, das gleiche für mich zu empfinden. Ich duschte, zog mich um und ging zu ihrem Zimmer. Sie war nicht da, also wartete ich. Ich vertrieb mir die Zeit mit Lesen – *Eine amerikanische Tragödie,* das weiß ich noch. Es wurde spät; es wurde dunkel.«

Er unterbrach sich und lauschte, so als ob ein uraltes Geräusch über die Grenzen von Raum und Zeit hinweg zu ihm sprechen würde. »Nach einer ganzen Weile hörte ich sie draußen kommen und parken – ihr Mustang machte immer so ein komisches Geräusch, die Ventile oder was. Ich weiß noch, daß ich dreiundachtzig Seiten gelesen hatte. Ich ging zum Fenster und schaute hinaus, und da sah ich sie im Wagen sitzen und mit jemandem sprechen, der neben ihr saß. Ein Mann. Ein schwarzer Mann. Ich konnte ihre Gesichter nicht sehen, aber ihre Körper konnte ich weiß Gott gut erkennen. Ich konnte weiß Gott gut erkennen, was sie da miteinander anstellten.«

Er schniefte und räusperte sich. »Sie war die Aggressorin, praktisch von dem Moment an, wo der Wagen stand. Sie legte ihm den Arm um die Schultern und zog ihn an sich. Ihre Hand wanderte über seine Brust, dann hinunter in seinen Schoß – es war ganz offensichtlich, was sie wollte. Ich war angewidert – und zugleich erregt; die Vorstellung, daß sie seinen Schwanz rieb, war . . . na ja, jedenfalls knöpfte sie dann nach einer Weile ihre Bluse auf, und jetzt fing er an, *sie* zu streicheln. Sie legte ihre Hände auf seine und zeigte ihm, wie er sie erfreuen konnte: rauhe schwarze Hände, die über weiches weißes Fleisch fuhren – es kam mir wie ein übler Porno vor. Es hat mich wahnsinnig gemacht, Marsh. Das war das einzige Mal in meinem Leben, daß ich einen Mord hätte begehen können. Ich schrie, ich heulte, ich bedachte sie mit den unflätigsten Ausdrücken, die mir einfielen. Wenn ich eine Waffe gehabt hätte, ich hätte sie beide erschossen, einfach so, und wäre erleichtert gewesen, wenn man mich dafür hingerichtet hätte.«

»Du hast es aber nicht getan«, sagte ich sanft.

»Nein, aber ich tat etwas genauso Schlimmes. Am nächsten Tag ging ich zu Monroe und verlangte, daß Aldee gefeuert würde. Aus Gründen des Prinzips natürlich: Schädigung des Ansehens der Bewegung und so weiter. Monroe tat, worum ich ihn gebeten hatte, allerdings nicht, weil mein Koller Eindruck auf ihn gemacht hätte, wie ich später erkannte; er hatte seine eigenen Gründe.«

Seth setzte sich gerade hin. Sein Blick traf für einen Augenblick den meinen, wich aber gleich wieder aus. »Seither bin ich gezwungen, mich der Tatsache zu stellen, daß ich genauso vorurteilsbeladen bin wie das Rassistenpack, das ich in jenem Sommer bekämpft hatte, wie diese Kreaturen, die ich als menschenunwürdig verachtet und als erbärmliche Feiglinge betrachtet hatte. Sobald ein schwarzer Mann sich etwas nahm, das ich selbst haben wollte, wurde auch ich zu einem bornierten Wüterich. Es war schwer, damit zu leben all die Jahre. Manchmal praktisch unmöglich.«

»Wir alle haben Gefühle, auf die wir nicht stolz sein können, Seth. Die entscheidende Frage ist doch, wie wir damit umgehen.«

Er wischte meine Belehrung beiseite. »Für den Rest des Sommers ging ich Jane Jean aus dem Weg, kehrte ins College zurück und fiel beim Vergessen-Kursus durch die Prüfung. Ich bin nicht hierher zurückgegangen, um für die Bürgerrechte zu kämpfen. Ich bin gekommen, um in ihrer Nähe zu sein.« Er schwieg, bis seine Gedanken in aktuellere Bahnen gewandert waren. »Ist sie in die BSS-Geschichte verwickelt, Marsh?«

Ich zögerte, bevor ich antwortete. »Nein.«

»Ich werde die Frau *heiraten*, verdammt noch mal. Du mußt es mir sagen, wenn sie hierfür verantwortlich ist.«

»Nichts von dem, was ich in Erfahrung gebracht habe, braucht deine Pläne zu beeinflussen, Seth. Aber eins muß ich wissen.«

»Über sie und Aldee?«

Ich schüttelte den Kopf; dann sagte ich das, was ich noch vor ein paar Minuten um keinen Preis hatte sagen wollen: »Es war nicht Aldee.«

»Wie meinst du das?«

»Der Mann im Auto. Das war nicht Aldee Blackwell.«

»Aber er muß es gewesen sein. Ich hatte sie morgens noch zusammen gesehen – er hatte dasselbe Hemd an. Außerdem waren die einzigen schwarzen Männer im Columbia-Stab zu der Zeit Aldee und . . .« Er machte große Augen. »Nein. Das ist unmöglich. Das kann nicht sein.«

»Ich glaube, doch.«

»Ich glaube es nicht. Ich kann und will es nicht glauben. Sie hat mir gesagt, daß es Aldee war.«

Seth schien fast unter Schock zu stehen; der Riß in seiner Seele ließ ihn aufstöhnen. »Mein Gott. Es hat mich damals fast umgebracht, und es bringt mich auch jetzt fast um.« Wie ein angeschossenes Tier blickte er mich an. »Ich kann mich damit nicht länger befassen. Ich habe zu tun.« Er schaute sich um, auf der Suche nach irgendeiner Ablenkung, dann schnappte er sich eine Akte von seinem Schreibtisch und schlug sie auf, ohne den Inhalt zur Kenntnis zu nehmen. »Ich bin beschäftigt. Was wolltest du noch wissen?« fragte er geistlos.

»Hat Jane Jean Kinder?«

Seine Verblüffung nahm Züge eines Deliriums an. »Kinder? Ich kann nicht ... Was hat denn *das* mit –«

»Hat sie?«

Meine Heftigkeit ließ ihn Haltung annehmen. »Nein. Sie hat keine.«

»Warum nicht?«

»Ich ... sie kann nicht. Eine Infektion oder was; ihre Eileiter sind durch vernarbtes Gewebe blockiert. Kommt wohl von diesen Spiralen, glaube ich. Aber was spielt das denn für eine Rolle?«

»Frag sie morgen«, sagte ich und erhob mich. »Zwei Sachen noch.«

»Ja?«

»Ich brauche die Kassette, die Alameda mitgebracht hat.«

Er zog eine Schublade des Bücherschranks hinter ihm auf, entnahm ihr die Kassette und übergab sie mir. »Ich muß sie aber zurückhaben«, sagte er. »Für den Fall, daß sich die BSS-Sache zu einem Nötigungsprozeß auswächst.«

Ich steckte die Kassette in die Tasche. »Der Lincoln, mit dem du gestern abend zum Park gefahren bist. Und mit dem wir später nach Johns Island gefahren sind.«

»Was ist damit?«

»Du hattest mir vorher gesagt, du würdest dir Jane Jeans leihen. Das war aber nicht ihrer, nicht wahr? Du hast ihn von jemand anders bekommen.«

Ich war schon aus der Tür, als er den Namen des Mannes aussprach, den zu besuchen ich mich nunmehr aufmachte.

36

Das Haus war neu und verschwenderisch ausgestattet; nach dem Wirbelsturm auf gleiche Weise neu errichtet wie fast alle seine Nachbarn; eine hellfunkelnde frische Muschel, die von den Winden eines tropischen Tiefs an die Küste von Sullivans Island gespült worden war. Der zum Eingang führende Plattenweg war mit Blumen und Büschen eingerahmt und von einer Reihe verwachsener Palmen beschattet; die Fassade bot eine ansprechende Mischung aus Schindeln, Kalkstein und Glasbausteinen; die Tür war ein kupferbeschlagenes Rechteck, auf dem die Elemente bereits ihre Spuren hinterlassen hatten.

Die Frau, die sie öffnete, trug kurze weiße Shorts, ein scharlachrotes Oberteil ohne Träger und weiße geflochtene Sandalen, all dies gänzlich überflüssige Accessoires zu ihren natürlichen Reizen. Ihre bloßen Schultern waren braungebrannt, das Haar trug sie offen und freizügig, und auf den Lippen trug sie nichts weiter als einen Ausdruck von Verwirrung, sobald sie erkannt hatte, wer da zu Besuch kam.

»Ich möchte Ihren Daddy besuchen«, sagte ich zu ihr.

Ihre Stirn legte sich in zweifelnde Falten. »Haben Sie Ärger bekommen?«

Ich schüttelte den Kopf. »Reiner Privatbesuch. Ich dachte, er hätte vielleicht Lust zu einem kleinen Schwätzchen.«

»Worüber wollen Sie denn mit ihm reden?«

»Hauptsächlich über das Alter.«

Sie runzelte die Stirn und blickte an mir vorbei in Richtung Straße. »Ist Seth bei Ihnen? Holen Sie mich zum Abendessen ab? Ich verstehe nicht, worauf Sie hinauswollen.« Während sie hastig die Worte aneinanderreihte, klang ihre Stimme immer deutlicher nach Panikanfall.

»Seth ist noch im Büro. Wie ich schon sagte: Ich muß mit Ihrem Vater sprechen.«

»Aber *worüber?*«

»Über das Leben.«

»Wessen Leben?«

»Seins und meins und Ihres und Seths.«

Sie schüttelte den Kopf so heftig, als müßte sie einen Wakkelkontakt einrenken. Ein Schweißtropfen rann an ihrem Hals hinab, verzog sich zwischen ihre Brüste und verschwand unter dem gedehnten Gummizug. Ich hätte meinerseits nichts dagegen gehabt, mich dort verkriechen zu können.

»Daddy ruht sich aus«, fiel Jane Jean schließlich ein. »Außerdem ist er nicht allein. Sie werden morgen wiederkommen müssen.«

»Morgen fliege ich nach Hause. Vielleicht wäre es nützlich, wenn ich die Personen aufzähle, mit denen ich heute gesprochen habe: Monroe Morrison, Aldee Blackwell, Forrest Bedford, Professor Mickelson. Sagen Sie das Ihrem Daddy. Sagen Sie ihm: Wenn ich ihn nicht in fünf Minuten sprechen kann, dann treibe ich eine Reporterin auf und erzähle ihr meine Geschichte. Die wird zwar nicht so gefühlvoll ausfallen wie eine von Faulkner oder Eudora Welty, aber ich schätze, sie wird mir trotzdem zuhören.«

Sie hatte das deutliche Verlangen, die Tür zuzuknallen und mich auszusperren, aber letzten Endes brachte sie nichts weiter zustande, als dazustehen und herumzuzappeln. Ich griff nach ihrer Hand, damit sie aufhörte, wie ein Schmetterling um sie herumzuschwirren. »Wir wissen doch beide, worum es hier geht, Jane Jean.«

»Ich habe keine Ahnung, wovon Sie sprechen.«

»Ich weiß, was er getrieben hat, und Sie wissen es auch. Er soll wissen, daß ich es weiß, und er soll auch wissen, was passieren wird, wenn er nicht damit aufhört.«

Sie sah mir lange genug in die Augen, um zu erkennen, daß

ich es ernst meinte, dann entzog sie mir ihre Hand und wich zurück; ihr ganzer Charme und ihre Gewandtheit bröckelten unter der Wucht meiner Forderung. Shorts und Oberteil schienen mit einem Mal eine Nummer zu groß, das Haus schien ihr eine freudlose Klause zu sein.

»Müssen Sie das wirklich tun?« fragte sie, indem sie meinen Arm mit ihren rotlackierten Nägeln packte, um so noch ihre letzte und beste Waffe ins Gefecht zu werfen. »Es geht ihm nicht gut, wissen Sie. Er hat Herzbeschwerden.«

»Über sein Herz weiß ich nicht Bescheid, aber in seinem Kopf ist er ein zäher alter Knochen. Niemand weiß das besser als Sie. Er wird nicht aufhören, wenn ich nicht meinen Trumpf ausspielen.«

»Spielen Sie ihn jetzt aus. Für mich. Ich werde ihm dann begreiflich machen, was er zu tun hat.«

Ich schüttelte den Kopf. »Sie sind Papas kleiner Liebling; Sie haben seit Monaten versucht, ihn an seinem Spielchen zu hindern, aber ohne Erfolg. Dann haben Sie versucht, Bedford zu kaufen, doch das hat auch nicht funktioniert.«

Unverstellter Abscheu straffte ihre Lippen. »Sie . . . Sie Fremdling. Sie kommen hierher zu uns, stochern ein paar Tage herum und glauben, Sie hätten uns durchschaut. Aber Sie wissen gar nichts über uns. Ihr Yankees seid so steindumm.«

Ich lachte. »Kann schon sein, daß ich nicht alles weiß, aber so viel weiß ich doch, daß R. Montgomery Hendersen so lange nicht aufhören wird, den BSS als sein privates Marionettentheater zu benutzen, bis ich nicht ein paar Stoßtruppen aufmarschieren lasse. Wenn Sie so klug sind, wie ich glaube, dann lassen Sie mich nicht erst zur Bundespolizei gehen.«

Der Abend verdunkelte sich um eine Nuance, bevor sie den Mund aufmachte: »Er ist hinten«, sagte sie resigniert, als wäre ihr Lebensfaden zerfasert worden. »Mit seiner neuen Freundin.«

»Ich weiß«, sagte ich.

Sie stellte den Kopf schräg. »Woher?«

»Geraten. Ihr waren ein paar Sachen so rausgerutscht.«

»*Seth* weiß nichts davon, oder?«

»Ich glaube nicht.«

»Muß er's denn erfahren?«

»Von mir nicht.«

Sie seufzte in tiefer Verzweiflung. »Das ist auch Teil des Ganzen, wissen Sie.«

»Ich weiß.«

»Von beiden, meine ich.«

»Ich weiß.«

»Armer Seth.«

Mit einem plötzlichen Schub Entschlossenheit straffte sie die Schultern und warf ihr Haar zurück, dann marschierte sie den Flur hinunter zur Küche und durch die Türen hindurch, die zu der die Rückseite des Hauses umgebenden Veranda führten. Ich mußte praktisch joggen, um mit ihr mitzuhalten.

Die Veranda erwies sich als Kaleidoskop aus geblümtem Stoff und bemaltem Korbgeflecht über einem Bodenbelag aus Vinyl, der sich farblich an Vanillepudding und verwittertem Ziegel orientierte. Die Abendwinde ließen sich nicht beeinträchtigen durch die silbrigen Wandschirme, die die einzige Barriere zum dahinterliegenden Meer bildeten. Das dumpfe Glockenspiel des Windes schien einen netten Abend anzukündigen, doch führten derartige Anzeichen, wie im ganzen Leben des Low Country, auch hier in die Irre.

Ich blickte über die Dünen und das Marschgras hinweg auf die Wellen, die sich auf uns zu schlängelten. Ihre Kämme glitzerten im Zwielicht wie gezackte Neonröhren, sie bildeten funkelnde Lichtflecken, die sich in sanften Strudeln fortbewegten, um dann auf dem Sand zu zerbrechen und in irgendein unterirdisches Schlundloch abzusinken. Im Moment erschienen sie mir wie eine Metapher für zerbrochene Freundschaften.

In Shorts und Lederriemen und sonst nichts gekleidet, saß R. Montgomery Hendersen auf einem gepolsterten Korbstuhl und beobachtete den Puls des Ozeans, als sei er dessen gerichtlich bestellter Vormund. Auf einem Sofa zu seiner Rechten, die linke Hand in seine geschlungen und die rechte nachlässig um einen Cocktail gelegt, ruhte Chantrelle Hartman wie eine Haremsdame im Bikini, die Augen nicht auf die Brandung, sondern auf den Mann an ihrer Seite gerichtet. Im Kontrast zu Chantrelles festem und glänzendem Körper hing Montys bleiches Fleisch wie ein zu groß geratener Umhang schlaff an ihm herab.

»Daddy?« sagte Jane Jean durch die Tür. »Mr. Tanner ist hier. Er muß dich kurz sprechen.«

Er wandte die Augen keinen Zentimeter von der Aussicht, die ihn offensichtlich Zeit seines Lebens in ihren Bann geschlagen hatte. »Wer?«

»Mr. Tanner. Seths Freund, du weißt doch. Du hast ihn letztens im Saracen kennengelernt. Chantrelle, hast du –«

»Wir kennen uns.« Chantrelle warf einen schnellen, besitzergreifenden Blick nach links und schlug dann die Beine unter. »Suchen Sie mich, Mr. Tanner? Hat Daddy Sie engagiert, um mich zur Vernunft zu bringen, damit ich aufhöre, mit diesem schmutzigen alten Mann herumzuvögeln?«

»Das einzige, was ich von Ihnen will, ist, daß Sie uns für zwanzig Minuten allein lassen.«

Sie schnaubte zornig. »Sie haben kein Recht, hier hereinzuplatzen und –«

»Mr. Hendersen und ich haben einige Angelegenheiten zu besprechen, mit denen Sie und Jane Jean nicht belastet zu werden brauchen.«

»Was für Angelegenheiten?« wollte Chantrelle wissen.

»Biblische Angelegenheiten.«

»Was?« Sie hätte nicht überraschter reagieren können, wenn ich behauptet hätte, wir wollten einen zweistimmigen Harmoniegesang anstimmen und anschließend eine lippensynchrone Imitation der Platters aufs Parkett legen.

»Präadamitisches«, fuhr ich fort. »Kanaaniten. Die Verschollenen Stämme Israels. Alttestamentarisches Zeug.« Chantrelle schaute nach links. »Er ist geistesgestört, Monty. Soll ich den Sheriff rufen?«

Hendersen schüttelte nur einmal den Kopf. »Geh.« Er drehte sich zu seiner Tochter um. »Du auch, Liebes. Mr. Tanner und ich, wir müssen uns einen Zauberspruch ausdenken.«

»Aber ...« Die Frauen platzten gleichzeitig mit dem gleichen Wort heraus.

»Tut, was ich sage!«

Ich wandte mich an Jane Jean. »Haben Sie hier ein Telefon in der Nähe, das ich benutzen kann?«

Sie zeigte auf ein schnurloses, das auf einem Tisch unter einem frischen Blumenstrauß lag.

»Wie steht's mit einem Kassettenrekorder?«

Sie runzelte die Stirn; zeigte dann auf eine Sony-Kompaktanlage, die man in eine Vitrine in der Nähe der Tür gestopft hatte, und sagte schließlich zu ihrem Vater. »Paß auf, daß du dich nicht aufregst. Du weißt, was der Doktor gesagt hat.«

»Der Yankee muß erst noch erfunden werden, der mir einen Knick in die Leitung machen könnte, mein Zuckerstück. Und nun geh.« Er blickte nach rechts. »Chantrelle, meine Süße, wird Zeit, daß du dir ein neues Spielzeug suchst.« Er deutete auf seine Brust. »Noch 'ne Runde steht die alte Pumpe nicht durch, schätze ich. Strengt mich mehr an, als 'nen Marlin aus dem Wasser zu holen. Nicht, daß ich's nicht zu schätzen wüßte.«

Die pure Empörung stand ihr in die Augen geschrieben. Sie setzte an, etwas zu sagen, fluchte statt dessen lieber, leerte dann ihr Glas mit einem Zug und warf es mir entgegen. Während es noch an der Wand hinter mir zersplitterte, sammelte sie ihre Kleidung von einem Stuhl auf und rauschte, ohne sich umzusehen, durch die Tür.

Nach einem Moment der Unentschlossenheit schickte sich Jane Jean an, ihr zu folgen. »Ich bin dann in meinem Zimmer«, sagte sie im Gehen.

»Seth hat es verdient zu wissen, was passiert ist«, sagte ich zu ihrem bloßen Rücken. »Alles, meine ich.«

Sie hielt inne, nickte und war dann verschwunden. Das einzige, was von ihr blieb, war ihr Duft, ein Hauch von Rosen und Flieder, der aber bald von den Winden verschluckt wurde, die vom Strand heranfegten und die Veranda mit der Selbstverständlichkeit eines altgedienten Nachbarn in Beschlag nahmen.

»Kleine Erfrischung?« fragte Montgomery mich ruhig, die Augen immer noch auf die Brandung gerichtet. »Im Kühler liegt Bier. Importiertes.« Er zeigte auf einen »Igloo«, der neben ihm auf dem Boden stand.

»Nein danke.«

»Es wird gleich frisch werden. Wenn Sie wollen, kann ich auch einen Cognac auftreiben.«

Ich schüttelte den Kopf.

»Dann wären wir wohl mit den Höflichkeiten durch und können ans Eingemachte gehen. Was haben Sie auf dem Herzen, Mr. Tanner?«

»Seth Hartman.«

»Ich kenne Seth seit langer Zeit.« Sein Blick spielte ins Sadistische. »Hab schon bald gemerkt, daß ich ihn auf den Tod nicht ausstehen kann.«

»Auch ich kenne Seth seit langem; er hat nicht verdient, was Sie ihm antun. Eine ganze Menge anderer Leute hat es auch nicht verdient. Inklusive Monroe Morrison.«

Hendersens Kichern klang wie das Tuckern eines vollbeladenen Kipplasters; es kam aber keine Antwort. Ich setzte mich auf das Sofa, das Chantrelle gerade freigemacht hatte, und richtete meine Augen ebenfalls auf das Meer; doch war seine Botschaft nicht recht zu entschlüsseln. Es traute den Fremdlingen wohl auch nicht.

»Ich bin in diese Sache reingeraten, als ich Seth auf unserem Klassentreffen wiedertraf«, sagte ich einleitend, »und er mir von seinen Problemen mit dem Bund des Stolzen Südens erzählte. Ich hatte allerdings auch schon vorher ein bißchen nachgedacht. Nicht über Seth – einfach über das Leben im allgemeinen. Und zu den Dingen, die mir dabei klarwurden, gehörte unter anderem die Tatsache, daß ich auch nach fünfundzwanzig Jahren immer noch einen Groll gegen die College-Zeit mit mir rumschleppte. Einen Groll gegen die Schule, gegen den Lehrkörper, sogar gegen einige der Studenten, die mir damals nahegestanden hatten; und das alles, weil ich irgendwie das Gefühl hatte, sie hätten mir mein Leben beschnitten. Natürlich hatte ich unrecht – mein Leben ist das, was *ich* daraus gemacht habe, und nicht das, was jemand anders damals getan oder nicht getan hat und doch hegte ich meinen Groll.«

»Ich bin kein Seelenklempner«, sagte Hendersen, als ich kurz Atem schöpfte. »Ich bin nur ein Anwalt vom Lande. Sie müssen mir schon erklären, was Ihre Probleme an irgendeiner Yankee-Schule mit mir zu tun haben sollen.«

»Der Zusammenhang liegt darin, daß auch Sie einen Groll hegen. Der ist nicht wegen eines Klassentreffens zum Vorschein gekommen, sondern weil Sie alt werden. Sie grollen vor allem Seth Hartman und Monroe Morrison wegen einer Sache, die in der SNCC-Zeit passiert ist. Aus Ihrer Sicht haben sie Sie betrogen, Ihr Leben auf ewig beeinträchtigt, und ihr Verrat ist um so schmerzlicher, als Sie allmählich anfangen, an Ihre Hinterlassenschaft zu denken. Der Schmerz wurde schließlich so unerträglich, daß Sie beschlossen, zurückzuschlagen gegen die Leute, die Sie eines Großteils Ihres Vermächtnisses beraubt haben. Es hat wirklich etwas Biblisches:

Sie spielen Gott, und Bedford ist Ihr Erzengel, ausgeschickt, die Missetäter zu schlagen, die sich an Ihnen versündigt haben.«

Monty streifte sein stereotypes Rollenspiel ab und ließ ein schwergewichtiges Orakel vom Stapel: »Mir scheint, Beelzebub wäre eine treffendere Analogie, meinen Sie nicht?« Die Schmierenkomödie war jedoch gleich wieder vorbei. »Vielleicht können wir jetzt zur Sache kommen.«

»Der Kern der Sache ist, daß Ihre Wut gegen Seth aus zwei Quellen entspringt. Die mindere Provokation besteht noch darin, daß Seth Sie als der Clarence Darrow von Charleston abgelöst hat.« Ich unterbrach mich. »Irgendwie ist es ja ironisch.«

»Wieso?«

»Sie sind der Mann, dem sowohl Seth als auch ich nacheifern wollten, als wir jung waren. Der Held der Unterdrückten; der Verteidiger der Schwachen und Machtlosen; der furchtlose Streiter für Wahrheit und Gerechtigkeit.«

»Hören Sie auf mit dem Quatsch.«

»Das sollte gar nicht sarkastisch sein. So wie Seth es mir erzählt hat, waren Sie das alles, und ich habe keinen Grund, daran zu zweifeln. Was ich sagen will, ist, daß ich Sie bewundere für das, was Sie waren, und Sie haben das sicherlich auch völlig zu Recht genossen. Aber die gerechte Sache kommt heute nicht mehr zu Ihnen, meistens geht sie zu Seth. Er hat Sie unbedeutend gemacht, und das vertragen Sie nicht. Falls er Morrison in dem Bestechungsprozeß raushaut, während Ihr Mandant ins Gefängnis geht, weil Sie ihm zu einem Teilgeständnis geraten haben, dann sehen Sie keinen bedeutenden Fall mehr; man wird sagen, daß Ihre beste Zeit hinter Ihnen liegt. Deshalb hat sich der BSS auch so viel Mühe gemacht, Seths Mandanten dazu zu bewegen, den Anwalt zu wechseln – damit Sie seine Fälle übernehmen könnten und wieder auf der Überholspur wären, beruflich gesehen.«

Er war schon am Kopfschütteln, bevor ich ausgeredet hatte. »Das ist alles Blödsinn. Mein Gott, Mensch, ich bin praktisch in Rente. Wünsch mir seit zwanzig Jahren, daß ich tot wär.«

»Was uns zu Ihrem eigentlichen Zorn führt.«

Monty zappelte auf seinem Stuhl herum und ließ ihn in den Fugen quietschen wie eine Schlup im Sturm. »Ich weiß nicht, wovon zum Teufel Sie sprechen.«

»Aber klar doch«, sagte ich. »Ihr eigentlicher Groll gegen Seth Hartman rührt daher, daß er vor einem Vierteljahrhundert nicht Manns genug war, Ihre Tochter aus den Armen von Monroe Morrison zu reißen.«

37

Seine Stimme bekam den schroffen, heißen Überzug von geschmolzenem Blei, und er sah mich mit nacktem Haß an. »Sie sind hier im falschen Teil des Landes, um so ein Lied zu singen, Jüngelchen.«

Ich lehnte mich auf dem Sofa zurück und verschränkte meine Hände hinter dem Kopf, bereit, notfalls bis zum jüngsten Tag hier sitzen zu bleiben. »Ich erzähle Ihnen ja nichts, was Sie nicht schon längst wissen, Mr. Hendersen. Als Seth und Jane Jean und Monroe und Aldee in Columbia waren, um die Leute zum Wählen zu bringen, da hat sich Ihre Tochter ein bißchen ausgetobt. Ein idealistisches junges weißes Mädchen, das Seite an Seite mit einem engagierten jungen Schwarzen arbeitet; sie kommen heim nach einem Tag, an dem sie vom Pöbel bespuckt, beschimpft und bedroht worden sind, und finden jeweils Trost in den Armen des anderen – ein fruchtbarer Boden für die Liebe. In diesem Fall ist es damit aber nicht zu Ende. Es gibt ein Nachwehen, wie es beim Sex halt so passiert. Ein Teil davon führt zu Aldees Rauswurf, weil Seth glaubt, daß Jane Jean die Affäre mit ihm hatte. Und ein Teil davon trifft Sie.«

»Sie reden ohne Sinn und Verstand. Ich kann mich kaum an den Namen von meinem Spürhund erinnern, geschweige denn daran, wer damals mit wem rumgemacht hat.«

»Daß Ihre Tochter schwanger wurde, wissen Sie schon noch«, erklärte ich. »Von Monroe Morrison. Ich glaube nicht, daß Seth das gewußt hat, und ich bin mir nicht sicher, ob Monroe es wußte. Aber *Sie* ja.«

Sein Blick sollte die Schaltkreise in meinem Hirn zum Schmelzen bringen. »Das können Sie nie im Leben beweisen.«

»Da haben Sie wahrscheinlich recht, denn Sie haben den Beweis ja verschwinden lassen.«

»Was soll das wieder heißen?«

»Jane Jean hat das Kind nicht bekommen, sondern abgetrieben. Sicherlich haben Sie die Sache bezahlt, und wahrscheinlich haben Sie auch den Arzt aufgetrieben, denn damals war eine Abtreibung ja nicht nur teuer und illegal, sondern auch gefährlich.«

Monty gab den Indignierten. »Wollen Sie damit sagen, daß ich beunruhigt sei, weil meine Tochter keinem Mulatten das Leben geschenkt hat?«

»Ich will sagen, daß Ihre Tochter infolge der Abtreibung keine Kinder mehr bekommen konnte. Das hieß, Sie konnten keine Enkel kriegen. Und das heißt, daß die Hendersen-Linie ausstirbt, sobald Sie vor Ihren Schöpfer treten. Sie haben Ihnen Ihre Unsterblichkeit gestohlen, Monty, und jetzt, wo Sie die Siebzig ansteuern, nagt dieser Gedanke an Ihnen. Die Tatsache, daß der Mann, der Ihre Tochter verführt und sitzenlassen hat, jetzt auch noch in den Kongreß gewählt werden soll, macht es vollends unakzeptabel, daß seine Sünde ungesühnt bleibt.«

Hendersen langte in den Kühler, nahm ein Bier heraus und riß den Verschluß so heftig ab, daß man meinen konnte, es handele sich um meinen Kopf. »Es gibt niemanden auf der Welt, der über irgendeine von diesen Sachen den Mund aufmachen wird.«

»Da wäre ich mir nicht so sicher; Sie haben Ihr Netz ja ziemlich weit ausgeworfen. Es würde mich zum Beispiel nicht überraschen, wenn Sie derjenige gewesen wären, der Mr. Keystone vorgeschlagen hat, sich als Doppelagent zu versuchen und Morrison die Bestechungsklage anzuhängen, damit auch ja dafür gesorgt ist, daß er, wenn er fällt, auch gleich bis ganz nach unten fällt.«

Monty leerte sein Bier bis zur Hälfte, dann sah er mich an.

»Wenn Sie glauben, daß Sie irgend jemandem einen Gefallen tun, indem Sie das hier an die Öffentlichkeit bringen, dann denken Sie noch mal nach. Monroes Karriere wäre in Nullkommanix zu Ende; er würde nicht mal mehr zum Geflügelinspektor gewählt werden. Und Aldee würde wie ein Barsch ausgeweidet werden von den Ganoven, mit denen er herumhängt.«

»Gut möglich«, räumte ich ein. »Pech für Sie, daß mir das scheißegal ist.«

Monty beschloß, seinen Spielraum auszuloten. »Haben Sie schon mit jemandem über diese Sachen geredet?«

»Noch nicht.«

»Haben Sie's vor?«

»Nicht, wenn Sie den Laden zumachen.«

»Welchen Laden?«

»Den Bund des Stolzen Südens.«

»Nie gehört.«

Ich nahm Alamedas Kassette aus der Tasche, ging zum Sony-Gerät und ließ es laufen. Als Colins Worte sich daraufhin in die Abendluft ergossen, erschienen sie mir noch abgestandener als zuvor; sie paßten perfekt zu dem Geruch nach vergammeltem Fisch, der von der nahen Küste zu uns herübersickerte.

Als die Kassette durch war, sah ich Hendersen an. »Stolz auf sich?«

Sein Gesicht war aschfahl, doch war er entschlossen, sich bis zum bitteren Ende durchzubluffen. »Wie kommen Sie darauf, daß ich meine Finger in dieser Soße habe?«

»Weil ich Colin Hartman gestern abend ein MAC-10-Sturmgewehr abgenommen habe, das ich in Ihrem Wagen verstaut und anschließend vergessen hab. Heute morgen hat Seth Ihnen den Wagen zurückgebracht. Ein paar Stunden später hat dasselbe Gewehr bei Forrest Bedford im Bunker, draußen in Folly Beach, an der Wand gelehnt.« Ich grinste. »Das würde einem Staatsanwalt vielleicht noch nicht reichen, aber mir schon.«

Er überlegte so lange, daß mir klar war, er würde weiter mauern. »Wenn Sie Bedford kennen, wissen Sie, daß er nicht für Geld in diesem Teich fischt«, sagte er. »Er wird nicht Reißaus nehmen, selbst wenn ich ihm die Zitze abklemme.«

»Er braucht nicht Reißaus zu nehmen, er soll nur die Hartmans in Ruhe lassen. Und ich glaube, dazu habe ich ihn überredet.«

»Wie?«

»Das geht Sie nichts an.«

Er trank sein Bier in einem Schluck aus. »Verdammt. Seths Kleine hat die ganze Flüssigkeit aus mir rausgefickt.«

Er hoffte, daß seine Vulgarität mich empören würde. Als er sah, daß dies nicht der Fall war, brach es aus ihm heraus.

»Selbst wenn dieser ganze Scheiß wahr wäre, was glauben Sie denn, was Sie dabei tun können, Sie kalifornischer Hurensohn? Die Leute in Charleston sind mir verpflichtet; außerordentlich verpflichtet. Gehen Sie mit diesem Zeug irgendwo hin, und Sie können bis zum Sankt-Nimmerleins-Tag hier rumkaspern.«

Ich ging durchs Zimmer zum Telefon und wählte eine Nummer, die ich von einem Zettel aus meiner Brieftasche ablas. Sobald es läutete, kehrte ich zum Sofa zurück und ließ mich wie der Erbe eines kleinen Vermögens hineinsinken.

»Einige meiner Fälle endeten mit einer Schießerei«, sann ich ganz entspannt. »Und einige mit einer Schlägerei. Manche mit einem Geständnis, und einige wenige mit einer Polizeirazzia. Dieser hier wird mit einer Arie enden.«

Monty hielt sich an einem weiteren Bier schadlos.

»Ja?«

»Aldo Benedetti, bitte.«

»Wer ist da?«

»Ein Freund von Callie, ich habe vor einer Stunde angerufen. Falls Aldo nicht morgen auf der Titelseite der Charlestoner Zeitung auftauchen möchte, sollte er mal kurz mit mir sprechen.«

Der Hörer wurde dröhnend abgelegt, im Hintergrund zischelte es, und dann ertönte eine andere Stimme, einschüchternd und gleichzeitig beherrscht. »Was soll diese Scheiße mit Callie? Ich hab vor zehn Minuten mit ihr gesprochen – sie hat noch nie von Ihnen gehört.«

»Ich mußte irgendwie an Sie herankommen, da habe ich ihren Namen benutzt.«

»Sie hat gar nichts damit zu tun?«

»Nein.«

»Ich mag Leute nicht, die Familie und Geschäft vermischen.«

»Ja, das ist mies, und ich entschuldige mich dafür.«

»Was ist also das Problem?«

»Ihr Autohandel in Charleston.«

Er zögerte. »Wer sagt denn, daß ich 'nen Autohandel in Charleston hätte?«

»Ich.«

»Angenommen, es stimmt, was ist dann damit?«

»Ihr Geschäftsführer hat sich auf üble Sachen eingelassen, die Sie in Schwierigkeiten bringen werden.«

»Üble Sachen? Was für welche?«

»Kreuze auf dem Rasen von schwarzen Leuten anzünden.«

»Was?«

»Sie haben richtig verstanden.«

»So wie der Klan und dieser ganze Scheiß?«

»Genau.«

»Soll das heißen, daß der Scheißbilbow zum Scheißklan gehört?«

»Das soll heißen, daß er für eine Gruppe namens BSS arbeitet. Bund des Stolzen Südens, so nennen sie sich.«

Monty Hendersen hustete, verschluckte sich und spuckte eine Ladung Bier über seine nackte Brust.

»Bilbow und dieser Laden haben ein Kreuz angezündet?«

»Jau.«

»Wissen die Bullen davon?«

»Das mit dem Kreuz wissen sie, das mit Bilbow nicht.«

»Werden Sie's erfahren?«

»Wenn Bilbow und der BSS ihre Rassennummer abblasen, dann nicht.«

»Warum sollten sie das Ihrer Meinung nach tun?«

»Weil Sie es ihnen sagen werden.«

Er dachte nach. »Bilbow, okay. Der wischt sich nicht mal den Arsch ab, ohne daß ich das Papier bereitstelle. Aber dieser andere Laden. Dieser BSS. Wie komm ich an den ran?«

»Der Anführer sitzt gerade neben mir. Erzählen Sie ihm, wer Sie sind und was passieren wird, wenn der BSS und Bilbow weiter unschuldige Menschen belästigen.«

»Wie heißt er?«

»Keine Namen fürs erste. Erklären Sie ihm einfach, warum er ein für allemal Schluß machen sollte. Erzählen Sie ihm von den Augäpfeln.«

Ich hielt Monty das Telefon hin. »Es ist ein Tenor, keine dicke Dame, aber die Regel gilt trotzdem: Es ist aus, Monty.«

Er nahm das Telefon von mir entgegen, aber seine Hände waren so naß, daß er es fallen ließ.

38

Als ich zum Heim zurückkam, klopfte ich an Scar Raveneaus Tür. Da ich keine Antwort erhielt, ging ich in mein Zimmer und wählte die Nummer ihrer Wohnung. Sie meldete sich, und ich fragte sie, ob ich sie zum Abendessen ausführen könne.

»Ich denke nicht«, sagte sie heiser, und ihre Worte drangen wie ein kehliges Brummen an mein Ohr.

»Warum nicht?«

»Weil ich erst mal für eine Weile genug gelitten habe.« Sie seufzte. »Es ist nicht deine Schuld. Es ist nur so, daß ich diese Unmenge von Liebe in mir habe, und ich wünsche mir nichts sehnlicher auf dieser Welt, als sie jemandem zu schenken, aber die einzigen Männer, die dafür in Frage kommen, scheinen damit nichts anfangen zu können.«

»Das ist es nicht; es ist mehr ein ... logistisches Problem. Es wäre vielleicht anders, wenn ich hier unten leben würde.«

»Das bezweifle ich.«

»Mach dich doch nicht selber fertig. Die Nacht letztens war großartig – eine der besten, die ich je erlebt hab.«

»Ehrlich?«

»Ehrlich.«

»Das ist immerhin etwas, schätze ich.«

»Das ist alles, worauf es ankommt, oder?«

»Nicht mal annähernd.« Ihre Stimme wurde zittrig und abwehrend. »Du hast gesagt, ich solle mich entscheiden, ob ich ›etwas‹ oder ›gar nichts‹ wolle. Nun, ich habe beschlossen, mich mit ›gar nichts‹ zu begnügen.«

»Warum?«

»Weil das nicht so weh tut.«

Inmitten meines unzulänglichen Versuchs, ihr zu widersprechen, legte sie den Hörer auf.

Ich atmete tief durch, mixte mir einen gehaltvollen Drink und fischte eine weitere Telefonnummer aus meiner Brieftasche. »Ich werde es wohl nicht schaffen«, sagte ich, als sie sich meldete.

»Das hatte ich mir schon gedacht.«

»Bist du sauer?«

»Nein.«

»Traurig?«

»Ja.«

»Ich auch.«

»Warum kommst du dann nicht?«

»Irgendwann werd ich's tun. Versprochen. Aber nicht jetzt.«

»Warum nicht jetzt?«

»Ich muß mich ein bißchen erholen.«

Sie zögerte. »Das hört sich nicht gut an; was ist denn um Himmelswillen da unten passiert?«

»Die alten Zeiten kamen unter einem Felsen hervorgekrochen und haben irgendwie alles durcheinandergebracht.«

»Das tun sie gerne, die alten Zeiten.« Ihr Lachen kam trokken und distanziert – alle Abwehrmechanismen eingeschaltet. »Geht's dir gut? Was ist mit Seth?«

»Mir geht's gut. Seth wird es auch bald wieder gutgehen. Er braucht allerdings noch ein bißchen Zeit – wir haben uns gegenseitig ein paar Wunden geschlagen.«

»Nicht buchstäblich, will ich hoffen.«

»War nahe dran.«

»Aber warum denn? Was hat er dir getan?«

»Vor langer Zeit habe ich mal beschlossen, daß er perfekt sei. Als er mir jetzt gezeigt hat, daß dem nicht so ist, bin ich sauer geworden.«

»Und was hast du ihm getan?«

»Ich habe einen grellen Scheinwerfer auf die Leute gerichtet, die ihm in dieser Welt am wichtigsten sind, und dabei sind ein paar Narben zum Vorschein gekommen.«

»Ich verstehe immer noch nicht, aber ich hab das Gefühl, das soll ich auch gar nicht. Ich hab mich gefragt, ob du wohl eine Antwort auf die Frage gefunden hast.«

»Welche Frage?«

»Ob du ein Gewinner oder ein Versager bist.«

»Ich nehme an, ich habe entschieden, daß das irrelevant ist.«

»Warum?«

»Alles, was ich *wirklich* wissen muß, ist doch, daß ich Spaß hab an dem, was ich tue, und daß ich es gut mache und daß es nichts gibt, was ich besser machen würde. Und daß ich von Zeit zu Zeit mehr Segen als Schaden bringe. Es ist manchmal schwer, das im Gedächtnis zu behalten, aber solange ich das tue, denke ich, kann ich mit der Situation leben.«

»Was macht es dir so schwer, dich für erfolgreich zu halten?«

»Weil meine Arbeit ein Nullsummenspiel ist. Wenn ein Arzt einen Patienten heilt, dann ist wieder mal ein Mensch am Leben geblieben. Wenn ein Pilot ein Flugzeug sicher zum Landen bringt, dann ist wieder mal ein Flugzeug nicht abgestürzt. Aber wenn ich für jemanden ein Problem löse, dann hab ich leicht für jemand anders ein Problem geschaffen: Der Kunde geht zum Essen; sein Gegenspieler geht ins Gefängnis. Normalerweise ist das ein unproblematischer Handel: Ich helfe dem Guten; den Bösen bringe ich hinter Gitter. Aber manchmal geht es nicht so bequem auf. In Seths Fall –«

»Ich wußte gar nicht, daß Seth einen Fall hat«, unterbrach sie mich.

»Hat er aber. Oder hatte. Er ist so gut wie gelöst. Der Bösewicht war ein erschrockener alter Mann, der Angst hatte, die Welt würde ihn vergessen; ein Edelmann, der zum Halunken wurde, weil er mit seiner eigenen Sterblichkeit nicht klarkommen konnte.«

»Muß er ins Gefängnis?«

»Nur ins Fegefeuer.«

»Und das ist dir recht?«

»Ich denke schon.«

Soweit ich es beurteilen konnte, war das die Wahrheit. Seths Beschwernis war gelindert worden; Alameda würde die Chance haben, auf die Palisade-Akademie zu gehen; Monroe Morrison würde einen fairen Prozeß bekommen, und Colin Hartman würde den Klauen des BSS entrissen sein. Ich hatte das erreicht, wofür ich engagiert worden war, und noch mehr. Falls South Carolina eines Tages Monty Hendersen auf angemessene Weise ehren sollte, dann wäre der von mir angerichtete Schaden nicht von Dauer.

»Wie auch immer«, sagte ich. »Ich wollte dir sagen, daß ich mich über unser Zusammensein beim Klassentreffen sehr gefreut habe.«

»Ich auch.«

»Weißt du, San Francisco könnte bestimmt einen guten Partyservice gebrauchen.«

»Das bezweifle ich. Aber sicherlich könnte Baltimore einen guten Privatdetektiv vertragen.«

»Wenn ich einen treffe, sag ich ihm Bescheid.«

»Auf falsche Bescheidenheit stand ich eigentlich noch nie. Ich weiß nicht, ob ich's schon mal erwähnt habe.«

Ich lachte. »Hast du mit Sicherheit. Tja . . .«

»Tja . . .«

»Bis bald, würde ich sagen.«

»Yeah. Bis bald, Marsh. Aber wann und wo?«

»Das nächste Klassentreffen kommt bestimmt .«